Nederlandstalige editie: Davidsfonds Uitgeverij nv
aat 79, 3000 Leuven
uitgeverij.be
oug & Co. (W. Nygaard) AS, Oslo
tel: Tarantellen
Lahaise
aniël Peetermans
is/Holger Winkler
werk: Smets & Ruppol

8-1

even met de productiesteun van Norla.

D1349266

JORUN THØRRING

TARANT

Vertaald door Maaik

Thørring, Jorun
Tarantula

© 2010, voor de N
Blijde Inkomststr
www.davidsfonds
© 2007, H. Ascheb
Oorspronkelijke ti
Vertaling: Maaike
Omslagontwerp: D
Omslagfoto: © Cor
Vormgeving binner

D/2010/0201/06
ISBN 978-90-6306-58
NUR 305

Dit boek werd uitgeg

Bib

11
Te

D

1

Parijs, 4 november 2000

De donkere wolken waren opengebarsten. In de rue de Rivoli glommen de straten als schoongewreven spiegels. De takken van de kastanjes staken kaal af tegen de loodgrijze lucht, alsof de bomen benige handen ten hemel hieven uit wanhoop over het barre weer. Op de stoepen trokken de winkeliers snel de rekken met T-shirts en souvenirs onder het afdak, voor de ogen van de toeristen die er in hun tentachtige regenponcho's uitzagen als leden van de Ku Klux Klan.

Al veertien dagen miezerde en goot het. De Tuilerieën waren veranderd van idyllische en keurige tuinen in vieze modderpoelen.

Vanachter het raam van zijn kantoor op de derde verdieping staarde Adam Fabre naar de avondspits. Chauffeurs achter bewasemde ruiten wachtten ongeduldig tot er schot kwam in de trage verkeersstroom. De file leek op een lange, natte slang die door het overbelaste stratennet van het stadscentrum kronkelde.

Adam Fabre had een glas cognac ingeschonken en was van plan om voorlopig niet te verkassen. Hij hield van zijn kantoor. Van de geur van oud houtwerk en leer, het knusse kraken van de planken als hij over het parket liep, de sfeer die getuigde van een groots verleden. Overdag stroomde het licht door de majestueuze ramen en op het gladgepolijste tafelblad van het bureau van walnotenhout dat hij voor een onbehoorlijk hoog bedrag bij een antiquair bemachtigd had.

Vanaf de plek waar hij stond, kon hij niet alleen het Louvre en de Jardins des Tuileries zien, maar ook een glimp opvangen van de Seine, die glinsterend als zilverdraad de stad in tweeën spleet.

Hij boog zijn hoofd achterover en bewonderde het hoge plafond. Een grote, gipsen rozet hing als een witte zon aan een lichte hemel, en zoals altijd voelde hij zich vereerd bij het idee dat hij beschikte over vertrekken waar ooit koningen en edelen hadden gewoond.

De telefoon rinkelde en rukte hem uit zijn dromen. Hij greep het toestel en mompelde een paar korte antwoorden terwijl hij Agnès Leclerc, die haar hoofd naar binnen had gestoken, een ontevreden blik toewierp. De secretaresse had haar tas in haar hand en was klaarblijkelijk op weg naar huis. Het was tenslotte al acht uur.

'Ik kon moeilijk beweren dat u in een vergadering zat', zei ze met een schouderophalen.

Hij wimpelde haar af, maar Agnès trok zich er niets van aan. 'Het was belangrijk, zei ze. U moest het dinertje met uw zwager en schoonzus niet vergeten, vanavond.'

'Dat komt me helemaal niet uit.' Hij smeet de hoorn op de haak. 'Ik ben nog lang niet klaar met mijn werk. Daarvan had je haar meteen op de hoogte moeten stellen.'

'Ja, als ik gedachtelezer geweest was', mompelde ze. 'Hoe kon ik dat nou weten?'

'Ik vertelde je vanochtend dat ik er vandaag een lange dag van zou maken', schoot hij uit, geïrriteerd over haar onverschilligheid, die grensde aan een gebrek aan respect. En weer verbaasde hij zich over het feit dat zij met haar lage salaris kon pronken met kleren die een fortuin moesten kosten. Hij tilde een hand op en wuifde haar weg. 'A demain, Agnès. Tot morgen.'

Agnès draaide een halve slag terwijl ze hem goedenavond wenste. Hij hoorde haar de buitendeur sluiten voor hij een zucht slaakte, de garderobekast opende en de lichte kasjmieren mantel losjes over zijn schouders sloeg.

Adam Fabre was zoals gewoonlijk een van de laatsten die het gebouw verliet. De schoonmaakster stond al ongeduldig bij de lift te wachten. Hij meende zich te herinneren dat haar werktijd er eigenlijk om halfacht opzat en vermoedde dat ze alleen door zijn toedoen overuren draaide.

Ze kwam langzaam in beweging toen ze hem in het oog kreeg. Met sloffende tred schoof ze de kar met schoonmaakspullen voor zich uit. Ze hadden haar nog maar net in dienst genomen nadat de vrouw aan Agnès had voorgesteld om zijn kantoor schoon te maken als ze klaar was met dat van de jurist op de tweede verdieping. Hij had het een prima idee gevonden tot hij haar te zien kreeg. Hij deed alsof ze lucht was toen ze elkaar passeerden. Vanuit zijn ooghoek gluurde hij naar de vrouw van ergens in de vijftig, met kleine ogen in een roodwangig gezicht, ingelijst door steil, vet haar dat tot net onder haar oren reikte. Het werkschort was te krap voor haar gedrongen, mollige lichaam en spande over haar boezem en buik. Hij keerde zijn hoofd af bij het zien van de bleke huid tussen de knopen en de blote benen in de versleten sandalen. De blauwe aderen in haar knieholtes en op haar enkels staken als rivieren op een landkaart af tegen het witte vel.

Zonder te begrijpen waarom, voelde hij boosheid opwellen terwijl hij op de lift afbeende. Zijn vrouw beweerde dat hij een ziekelijke interesse had voor exterieurs. Voor zowel gevels van gebouwen, sociale façaden als het menselijke uiterlijk. Inclusief dat van hemzelf. Wat deze vrouw betrof, vermoedde hij dat hij gekwetst was door haar ongepaste gedrag. Een mens behoorde zich niet in het openbaar als een slons te vertonen.

Hij stapte de lift in en liet zich naar de garage in de kelderverdieping voeren. Het was een grijze, bunkerachtige ruimte zonder ramen. De stank van uitlaatgassen, schimmel en vocht sloeg hem tegemoet. Behalve zijn wagen, een donkerblauwe Mercedes met getinte ruiten, stond er geen enkele auto meer in de garage.

Een geluid ving zijn aandacht toen hij over de met olievlekken bedekte betonvloer liep. Het geluid was zacht, maar duidelijk waarneembaar. Het deed denken aan het lichte geknars van stroeve scharnieren. Hij merkte de tocht, het vlaagje wind, voordat hij een deur hoorde dichtgaan.

Hij vroeg zich af of hij zich vergiste en stond stil om met gespitste oren om zich heen te kijken. Twee grote pilaren prijkten midden in de ruimte, de ene belemmerde het zicht naar de deur van de stookkelder. Aan het plafond hing een bolle lamp die af en toe flikkerde en een bleek, maneschijnachtig licht verspreidde. Hij verafschuwde duisternis. Het gaf hem het gevoel dat hij gebrek aan lucht had en naar adem moest happen.

Hij huiverde en liep met snelle pas naar de wagen toen het plotseling pikkedonker werd in de garage. Ook het licht in de auto ging niet aan toen hij het achterportier opende.

Het was alsof de vloer onder zijn voeten verdween, hij dreef rond in een zwarte, diepe poel. Het enige wat hij hoorde, was het geluid van krakende, leren zolen.

De paniek maakte zich van hem meester. Zijn bewegingen werden stijf en onbeholpen. Hij voelde de kracht uit zijn benen wegvloeien terwijl hij zichzelf probeerde wijs te maken dat er iets mis was met de elektriciteit, om nog maar te zwijgen van zijn zenuwen.

Zijn hand schoof de draagbare computer naar het midden van de met kostbaar en zacht leer overtrokken achterbank. De huid die de hand aanraakte, was ook zacht en glad, maar koel als marmer. Hij merkte dat zijn vingers ergens in verstrikt raakten. Dik, lang haar dat hij niet los kon laten, waaraan hij zich vastklampte alsof het zijn laatste rest verstand was. Hij wilde schreeuwen, maar zijn keel was dichtgesnoerd.

Alleen het geluid van de leren zolen doorbrak de stilte. De angst laaide in hem op, de angst voor dat waaraan hij niet kon ontsnappen, de angst voor de dood.

De lichtkegel kwam van achteren en in de korte, felle flits zag hij de achterbank. Hij kreeg de tijd niet om zich om te draaien. Iemand greep hem bij zijn haar en rukte zijn hoofd achterover.

2

Politierechercheur en forensisch geneeskundige Orla Os had zojuist plaatsgenomen op de gammele kantoorstoel van politie-inspecteur Marchal toen er op de deur geklopt werd.

'Hij is er nog niet!' mompelde ze terwijl ze aan de knop draaide waarmee ze de rugsteun kon verstellen. De knop schoot plotseling los en rolde onder de archiefkast. 'Schitterend.' Met een zucht stond ze op. 'We beginnen de dag met een intelligentietest. Zoek de zeven fouten. Uw tijd gaat nu in.' Ze draaide de stoel ondersteboven op het moment dat de deur werd geopend en rechercheur Nicolas Roland de kamer binnenkwam.

'Problemen, Orla?'

Ze glimlachte gelaten en ging op de rand van de tafel zitten. 'Alleen maar een schroefje los. Zoals gewoonlijk.'

Rolands ogen glinsterden vrolijk. Daarna stak hij beide handen diep in zijn zakken en kreeg zijn gezicht een bezorgde uitdrukking. 'Beneden bij de balie staat een vrouw met wie je een praatje moet maken. Ze meldt haar echtgenoot als vermist.'

'Vermist?'

Hij knikte. 'Het is een bijzonder elegante en bijzonder nerveuze vrouw. Ze wringt aan één stuk door haar handschoenen uit, alsof het vaatdoeken zijn.'

'Echt waar?' Orla kreeg de knop van de stoel in het oog en viste hem onder de archiefkast vandaan. 'Zou ze hem vermoord hebben misschien?'

Roland haalde zijn schouders op. 'Dat moet je aan haar vragen. Ze staat erop om met een vrouwelijke kracht te praten, een bekwame nog wel. En zover ik weet, ben jij op dit moment de enige die aan de eisen voldoet.' Hij zweeg even. 'Ze maakt zich echt zorgen over hem. Misschien is dit een van de zeldzame vrouwen die gek is op haar man.' Hij bekeek haar met een veelzeggende blik.

Orla fronste haar voorhoofd. 'Tot aan de lunch staat mijn agenda op barsten. Waarom kan ze niet met iemand aan de balie praten? Of met jou?'

'Ze heeft met iemand aan de balie gesproken', zei hij rustig terwijl hij zijn armen over elkaar sloeg. 'En met mij.'

Orla legde haar handen op de tafel en leunde naar voren. 'Ik weet dat we de burger moeten dienen, maar er zijn grenzen. Ik kan daar niet tegen, mensen die *erop staan* dat ze op een bepaalde manier behandeld worden. Als we met de persoonlijke nukken van Jan en alleman rekening gaan houden, blijft er helemaal geen tijd meer over voor het gewone werk.' Ze begon zachter te praten. 'Vraag haar of haar man een minnares had, dan ben je zo van haar af.'

Roland keek haar indringend aan. 'Geef haar twee minuten. Ze zegt dat ze niet vertrekt voor ze met een vrouwelijke rechercheur heeft gesproken. Ze maakt een overdreven bezorgde indruk. Misschien is er meer aan de hand.' Hij bleef haar aankijken met zijn heldere, blauwe ogen.

Ze zuchtte. 'Mijn hemel, wat ben je toch een doordouwer!' Ze legde de schroef op de tafel. 'Oké, twee minuten dan, als jij intussen een nieuwe stoel voor Marchal op de kop tikt.'

'Hij mag die van mij hebben.' Roland was de deur al uit.

Ze stelde zich voor als Isabelle Fabre. De vrouw had een klein en slank postuur en Orla schatte haar leeftijd op om en nabij de vijfenvijftig. Aan de kwaliteit van haar kleding te oordelen behoorde de vrouw tot de gegoede klasse. Ze droeg het haar in een eenvoudig kapsel. Het was asblond, maar grijzend, zonder dat ze dat probeerde te verdoezelen. Orla vond het haar goed staan. De onopgemaakte, grijsblauwe ogen keken Orla koeltjes aan.

'U bent erg jong', zei ze toen ze op het puntje van de bezoekersstoel was gaan zitten. 'Ik dacht... ik hoopte dat een vrouw de situatie beter zou begrijpen.' Ze keerde haar hoofd weg. 'Bij nader inzien geloof ik niet dat u in staat bent om me te helpen. Het was een inval, meer niet.' Ze leek er spijt van te hebben dat ze erop had aangedrongen om met haar te spreken. 'U bent naar mijn idee niet veel ouder dan mijn eigen zoon', mompelde ze.

Orla begreep dat leeftijd een relatief begrip was nu ze met haar zesendertig jaar als erg jong werd getypeerd. Ze vouwde haar handen en leunde over de tafel. 'Mevrouw Fabre,' zei ze en ze keek haar recht in de ogen, 'het lijkt me zonde van onze tijd om mijn leeftijd ter discussie te stellen. Vertel me liever wat er loos is.'

De vrouw slaakte een zucht en schoof onrustig heen en weer. Ze begon opnieuw aan haar handschoenen te prutsen. 'Mijn man heeft al sinds eergisteravond niets van zich laten horen. Dit klopt niet, er moet iets gebeurd zijn!'

'Waarom neemt u nu pas contact met ons op?'

De vrouw hield op met het knijpen in haar handschoenen en aarzelde een kort moment. 'Om de reden die u zelf waarschijnlijk al in gedachten hebt. Hij heeft een minnares.' De lichte blos die op haar wangen verscheen, was vrijwel meteen weer verdwenen. 'Of liever gezegd, hij heeft minnaressen. Als hij de ene vrouw beu is, neemt hij een nieuwe', voegde ze eraan toe met een stem waarin duidelijk minachting was te horen.

Orla voelde haar ergernis wegebben en plaatsmaken voor sympathie en medelijden. Zou ze echt van haar man houden, dan moest het een hel zijn om in de schaduw van anderen te leven.

Alsof de vrouw haar gedachten las, vervolgde ze: 'U moet de situatie niet verkeerd inschatten. Ik trek me er niets van aan.' Ze keek weg. 'Nu niet meer. Ons huwelijk is platonisch, pro forma. Wat mijn man doet, is zijn zaak. Maar we wonen samen en we hebben een gemeenschappelijke huishouding. En daarom voelen we ons verantwoordelijk voor elkaar, tenminste, zo voel ik het. En dat is de reden waarom ik hier ben.'

'Is hij vaker meerdere dagen achtereen van huis?'

De vrouw keek haar bits aan. 'Nee dus. Hij blijft nooit langer dan één nacht weg. Nooit.'

Orla voelde zich ongemakkelijk. Dit klonk als een delicaat relatieprobleem. Een echtgenoot met telkens nieuwe minnaressen die zijn eigen gang ging. Misschien had hij haar gewoon verlaten? 'Waarom vreest u dat er iets gebeurd is nu hij dit keer voor de verandering twee nachten wegblijft? Zou het niet kunnen dat hij een geliefde heeft gevonden van wie hij moeilijk afscheid kan nemen?' Ze had meteen spijt van deze gevoelloze opmerking.

'Ik verzeker u – er is iets mis!' Ze begon weer aan haar handschoenen te frommelen, maar vertoonde geen teken van hysterie. Ze maakte een beheerste indruk, haar stem was kalm en de blik waarmee ze Orla aankeek, was vastberaden. 'Ik heb geprobeerd om hem te pakken te krijgen, maar hij is onbereikbaar. Zijn mobiele telefoon staat uit.'

'Wanneer sprak u hem het laatst?'

'Eergisteren, om acht uur 's avonds. We hadden gasten uitgenodigd voor een etentje thuis en hij kwam niet opdagen. Ik belde hem en hij zei dat hij moest overwerken.' Haar stem kreeg een harde klank. 'Dat betekent meestal dat hij een afspraakje heeft met een vriendin. Ik heb navraag gedaan bij de man met wie hij zogenaamd nog wat moest doornemen. En die collega beweert dat hij die avond gewoon op tijd naar huis was gegaan.'

'En zijn secretaresse? Wist zij niets van het programma van uw man?'

Mevrouw Fabre snoof. 'Zijn secretaresse? Die weet nooit iets. Je krijgt bijna het idee dat ze betaald wordt om zich van de domme te houden. Ze is uitermate loyaal. Mijn man had zich geen betere secretaresse kunnen wensen.' Haar ogen schoten vuur. 'Die vrouw weet raad met alle leugens waarmee hij op de proppen komt. Ze is een natuurtalent als het aankomt op het verzinnen van goede smoezen.'

'Ik dacht dat u zei dat het u niet interesseerde wat uw man uitspookte?'

Isabelle Fabre rechtte haar rug. 'Dat is juist, maar ik word ziedend als ik merk dat ik voor de gek gehouden word.'

Orla wierp een blik op haar horloge. Er was een kwartier verstreken. 'Moet u luisteren', zei ze en ze probeerde niet onverschillig te klinken. 'Ik begrijp dat u bezorgd bent, maar voorgevoelens alleen zijn niet voldoende. Er zijn voorlopig geen aanwijzingen die erop duiden dat er iets crimineels is gebeurd. Ik raad u aan om aangifte te doen bij onze medewerker aan de balie. Er zal dan een opsporingsbericht opgemaakt worden.'

De vrouw maakte geen aanstalten om te vertrekken. 'Dat is mij al verteld door die collega van u aan de balie!' Er waren rode vlekken op haar wangen verschenen. 'U moet mij serieus nemen!' smeekte ze. 'Het gaat niet alleen om voorgevoelens. Sta me toe om dat met een aantal belangrijke feiten te illustreren.' Ze sloeg haar ogen neer. 'Hij is de meest egocentrische man die ik ken. Hij spiegelt zich in alles wat glimt.' Ze tilde haar hoofd op en keek Orla indringend aan. 'Hij heeft een mooie bos dik haar...'

Dit gaat te ver, dacht Orla vertwijfeld, maar ze liet de vrouw uitpraten. 'Toen hij de veertig gepasseerd was, kwamen de eerste grijze haren. Het verraderlijke gespuis dat zijn ware leeftijd kon ontsluieren. Hij is als de dood voor zijn eigen ouderdom.' Ze leunde naar voren en slaakte een diepe zucht. 'Hij behandelt zijn ouderdomsproces zoals je een kwaadaardig gezwel te lijf gaat. Kun je het niet verwijderen, dan moet je in ieder geval zorgen dat het ding niet uitdijt. Elk jaar geeft hij handenvol geld uit om zijn haar te verven en schoonheidsfoutjes weg te werken.'

'En wat heeft dit alles met zijn verdwijning te maken?' vroeg Orla, die haar lachen nauwelijks kon bedwingen. Roland zou de rest van de week moeten boeten voor het feit dat hij haar met dit huwelijksdrama had opgescheept.

De vrouw verweerde zich als een politicus in een verkiezingsduel. 'Dat zal ik u haarfijn uitleggen!' begon ze. 'Vanaf zijn vijfenveertigste, dus gedurende de afgelopen tien jaar, heeft hij exact om de vier weken zijn haar laten verven. Alleen als deze dag op een zon- of feestdag valt, verandert hij de datum. Zijn natuurlijke haarkleur is zilverwit, maar dat let hem niet om het kastanjebruin te laten verven. U kunt zich voorstellen hoe lelijk dat na een tijdje is, die lichte uitgroei...!' Ze staarde Orla veelzeggend aan, alsof ze met haar relaas alles duidelijk had gemaakt.

Het geduld van Orla was op. Ze kwam overeind en schudde haar hoofd. 'Mevrouw, ook al had uw man de voorkeur gegeven aan een pimpelpaars kapsel, de politie heeft daar volstrekt niets mee te maken. Alles wat u mij tot nu toe verteld heeft, is in ons land toegestaan. Het gedrag van uw echtgenoot is misschien ongepast of hilarisch, maar hij begaat geen strafbare feiten.' Ze sloeg haar handen op alsof ze hogere machten aanriep. 'Het spijt me, maar ik moet mijn tijd aan andere zaken besteden.'

De vrouw veerde op van haar stoel. 'U geeft me de kans niet om mijn redenering af te ronden!' riep ze verontwaardigd. 'Het punt is namelijk dat het in al die jaren nog nooit is voorgekomen dat hij de kapper op zich heeft laten wachten. Al is hij maar vijf minuten te laat, hij geeft de man een seintje. Wat zijn kapper betreft, is mijn man zo trouw als een hond.' Ze sprak op het tempo van een hogesnelheidstrein. 'Gisteren had hij een afspraak. De kapper belde me op om te vragen of mijn man soms verhinderd was. Hij had niets van hem gehoord. En ook vandaag heeft hij noch mij noch zijn kapper gebeld.' Ze hapte naar adem alsof ze een zware krachtsinspanning had verricht, plofte weer neer op de stoel en keek Orla triomfantelijk aan alsof ze haar met haar laatste uiteenzetting schaakmat had gezet.

Orla ging maar weer zitten. 'Heeft u contact opgenomen met zijn naaste collega's?'

Ze knikte. 'Er is niemand die hem de afgelopen twee dagen gezien heeft.'

'Hoe lang zijn jullie getrouwd?'

'Meer dan dertig jaar', zei ze en ze keek weg. 'Het was onze trouwdag, eergisteren, toen hij verdween', mompelde ze.

'Hebben jullie kinderen?' Orla maakte aantekeningen.

'Een zoon. Hij is tweeëndertig.' Het was alsof haar stem een zachtere klank kreeg toen ze dat zei.

'En wat voor werk doet uw man?'

Het was de eerste keer dat Orla onzekerheid bespeurde in de heldere en directe blik. 'Hij runt een modellenbureau.'

'Ik denk dat ik voldoende weet. Als we nu naar de balie gaan en alle gegevens en persoonlijke inlichtingen aan onze medewerker doorgeven, zullen we alles in het werk stellen om u te helpen. Zodra we meer informatie nodig hebben, hoort u van ons.'

De vrouw stond op. 'Ik heb me grondig vergist toen ik dacht dat een vrouwelijke speurder de ernst van de situatie zou begrijpen. Ik had blijkbaar net zo goed meteen met die medewerker kunnen praten.' Orla kreeg een korte, koele handdruk voor ze het kantoor verliet. Haar lichaamstaal sprak boekdelen. Aan de kaarsrechte rug was duidelijk te zien dat mevrouw Fabre het gesprek zeer weinig op prijs had gesteld.

'Het is niet te geloven', verzuchtte Orla aan het bureau van Roland. 'Sommige mensen denken dat we verplicht zijn om al hun sores op te lossen.'

Roland leunde naar achteren op zijn stoel en luisterde geamuseerd. 'Wat had ze jou precies te vertellen?'

'Een smartlap is er niets bij. Mevrouw heeft een pedante echtgenoot die eens per maand zijn haar laat verven en om de haverklap een nieuwe minnares aan de haak slaat. Ze trekt aan de bel omdat hij, tegen zijn gewoonte in, de afspraak bij de kapper vergeten is en nu al twee nachten aan de boemel is in plaats van één.' Ze maakte een slordige stapel van de mappen met paperassen en legde de boel op haar schoot. 'De bedrogen echtgenote vond duidelijk dat ik veel te jong was om me er iets bij voor te stellen, en bovendien was ze zwaar beledigd omdat ik niet beloofde dat ik deze zaak de hoogste prioriteit zou geven. En mijn accent zal wel de laatste druppel geweest zijn.'

Ook al had Orla bijna haar halve leven in Frankrijk gewoond, haar buitenlandse tongval kon niemand ontgaan. Ze was indertijd van het noorden van Noorwegen naar Parijs verhuisd om medicijnen te studeren en had, na haar bul behaald te hebben, het hart van een Fransman gestolen. Dat haar toekomstige echtgenoot uit een sociale kring kwam die in Noorwegen tot het verleden behoorde, begreep ze pas toen ze bij hem thuis uitgenodigd werd voor de lunch en zag dat de tafel gedekt was met vier verschillende glazen en vier sets bestek per persoon. Van de zenuwen had ze een vol glas rode wijn over het witte, linnen tafelkleed van haar aanstaande schoonmoeder gekieperd.

Ze liet de herinneringen varen en doorliep in gedachten het gesprek met Isabelle Fabre. Niet alleen het idee dat ze haar tijd verspilde, had haar opgewonden, maar ook het gedrag van de vrouw.

Haar koele, arrogante houding had Orla het gevoel gegeven dat ze tekortschoot, dat ze niet voor vol werd aangezien. 'Daar zou ik me maar niets van aantrekken.' Rolands nuchtere commentaar schudde haar goed wakker. Hij plantte zijn ellebogen op de tafel en zat haar een tijdlang met gefronste wenkbrauwen aan te staren, alsof hij nadacht. 'Je kunt het vergelijken met een chirurgische ingreep', zei hij. 'Men wil het liefst geholpen worden door de oudste en grijste chirurg omdat men denkt dat hij het beste werk verricht. Maar waar het eigenlijk om draait, is vertrouwen. En iemands vertrouwen winnen, is niet leeftijdsgebonden, of wel?'

Ze merkte dat zijn woorden haar raakten en ze keek hem aan. 'Wat is eigenlijk je bedoeling, Roland? Je klinkt als dokter Arnal. Het verschil is alleen dat ik hem heb gevraagd om mij te analyseren. En dat ik hem voor die klus betaal.' Orla wond er geen doekjes om dat ze in een persoonlijke crisis belandde toen haar man twee jaar nadat ze getrouwd waren, verongelukte bij een verkeersongeval. Er waren inmiddels tien jaar verstreken, maar ze had nog steeds contact met haar psychiater, ook al was het meer sporadisch dan vroeger. 'Probeer je me op een nette manier duidelijk te maken dat ik overgevoelig ben? Of dat ik arrogant overkom?'

Roland schudde zijn hoofd. 'Arrogant? Nee. Maar soms zijn je tenen iets te lang. Je hebt al snel het idee dat je niet naar waarde geschat wordt. Bijvoorbeeld als iemand opmerkt dat je een vrouw bent. Of jong. Of beide.'

Voor ze de kans kreeg om iets terug te zeggen werd er op de deur geklopt. Politie-inspecteur Hervé Marchal kwam binnen en bleef midden in de kamer staan. 'Hier hangt een vrolijk sfeertje, moet ik zeggen!' merkte hij op terwijl hij beiden opnam.

'De ochtendstond had een verrassing in de mond', zei Orla met een brede glimlach.

'O? En daarom kon men niet om negen uur op mijn kantoor zijn, zoals afgesproken? Of mij op de hoogte stellen?'

Orla glimlachte nog steeds. 'Ik was op je kantoor, met het autopsierapport van de vrouw die door haar man dood in de badkuip werd aangetroffen. Er staat een aantal interessante bevindingen in die een nieuw licht werpen op deze zaak...' begon ze.

'Ja, we zullen het een en ander opnieuw moeten bekijken', onderbrak hij haar. Hij was zoals altijd benijdenswaardig energiek op de vroege ochtend en stond al in de deuropening op hen te wachten. 'En deze verrassing, gaat dat mij aan?'

Orla gaf een korte samenvatting van het bezoek van Isabelle Fabre.

'Oké.' Hervé Marchal wierp een ongeduldige blik op zijn horloge. 'Ik denk dat we beginnen met de werkelijke misdaden voor we ons het hoofd breken over de mogelijke.'

3

Parijs, 8 november 2000

Het was lunchtijd en Orla zocht koortsachtig in haar tas naar haar sleutels toen de telefoon ging.

De gevolgen van een van haar vaste en slechte gewoontes, het overslaan van het ontbijt, waren duidelijk merkbaar. Haar maag knorde en het peil van haar humeur was even laag als haar suikerspiegel. Ze smeet de tas op de tafel en rukte de hoorn van het toestel. Het was Marchal. Orla luisterde zwijgend naar wat hij te zeggen had. Ze knikte een paar keer zonder de zinloosheid daarvan in te zien, legde de hoorn weer op de haak en begaf zich naar zijn kantoor.

Roland en Marchal zaten al over de papieren gebogen toen ze binnenkwam. Marchal gebaarde naar de vrije stoel, maar ze bleef staan.

'Dus men heeft de auto van Adam Fabre gevonden?'

Marchal knikte en wees nogmaals naar de stoel. Orla begreep dat dat betekende dat het meer dan een korte briefing betrof. Isabelle Fabre had het dus niet helemaal mis gehad toen ze beweerde dat haar man iets was overkomen. Orla plofte neer op de stoel terwijl ze inzag dat ze de vrouw niet ernstig genoeg had genomen en zich had laten afleiden door onbelangrijke details.

'Hij was geparkeerd in de buurt van de Gare d'Austerlitz', zei Marchal met een diepe rimpel op zijn voorhoofd. 'Een donkerblauwe Mercedes met kentekenplaten en al. Hij stond daar blijkbaar al sinds gisteren en vandaag werden we ervan op de hoogte gesteld, omdat men het een vreemde zaak vond dat iemand zijn gloednieuwe wagen in deze buurt achtergelaten had. Bovendien stond hij fout geparkeerd.' Aan de eigenaardige uitdrukking op zijn gezicht, een mengeling van concentratie en norsheid, maakte Orla op dat men waarschijnlijk meer had gevonden dan alleen de auto.

'Er werden mensen op afgestuurd om de wagen weg te takelen', vervolgde Marchal. 'Alle portieren waren netjes op slot. Een minder nette indruk maakte de wollen plaid die in een hoop op de achterbank lag. Op zich geen doodzonde, ware het niet dat men onder de deken het lijk van een jonge vrouw aantrof.'

'Zijn minnares?' Orla reconstrueerde in gedachten het gesprek dat ze de dag ervoor met Isabelle Fabre had gevoerd.

'Dat zou kunnen.' Marchal streek met een hand over zijn baard. 'Maar voorlopig tasten we in het duister. Er zijn geen meldingen binnengekomen die matchen met het uiterlijk van deze vrouw, in ieder geval niet de afgelopen drie dagen.'

'Wat weten we van Adam Fabre?' Roland zat achteruit geleund met gestrekte, over elkaar geslagen benen en at een appel.

'Niet veel meer dan dat hij niet naar de kapper is geweest terwijl hij alles in het werk stelt om jeugdig en aantrekkelijk voor de dag te komen.'

'Hervé, dit is een buitenkansje', kon Roland niet nalaten om op te merken. 'Ik denk dat er ergens een kapper met de duimen zit te draaien.' Hij wierp een veelzeggende blik op Marchals halflange, blonde haar en zijn volle, rosse baard, maar ging er niet verder op in toen hij de ogen van Marchal ontmoette.

'We weten ook dat hij een modellenbureau runt,' zei Orla, 'maar zover we hebben kunnen nagaan, is hij nooit betrapt op het overtreden van de wet. De man heeft er een gewoonte van gemaakt om zo nu en dan een nacht van huis te zijn en volgens zijn vrouw logeert hij dan bij de minnares van het moment.' Ze zweeg even. 'Aan vrijwel alles in deze zaak zit een luchtje. Waarom heeft hij zijn auto fout geparkeerd langs een openbare weg en zomaar de benen genomen? Waarom heeft hij een dode vrouw achtergelaten in zijn auto, die overigens keurig op slot was en geen tekenen vertoonde van inbraak?' Ze liet haar blik van Marchal naar Roland dwalen. 'Dit is toch tamelijk bizar, nietwaar? Alsof hij bedelt om de rol als hoofdverdachte.'

Marchal schudde zijn hoofd en stond op. 'De man kan haar natuurlijk vermoord hebben, ook al lijkt het iets te voor de hand liggend. Affect, een vlaag van verstandsverbijstering, er zijn oorzaken bij de vleet. Ga na of er iets mis is met zijn geestesgesteldheid. Hoe dan ook, vandaag is er een opsporingsbericht uitgezonden en over een uurtje is er een briefing gepland, in de vergaderkamer. Het Openbaar Ministerie is gewaarschuwd. Wie stelt Isabelle Fabre op de hoogte?'

'Ik heb beloofd om haar te bellen als er nieuws was. Wat is haar nummer?' Ze noteerde het op haar blocnote en verliet het vertrek.

Er werd vrijwel onmiddellijk opgenomen. Ze sprak met Isabelle Fabre. Haar stem klonk wat hijgend, alsof ze hard had gelopen.

Orla stelde zich voor. De kille sfeer die hun ontmoeting overheerst had, lag nog vers in haar geheugen, evenals het daaropvolgende gesprek met Roland. Hij had gelijk gehad. Ze had te weinig moeite gedaan om het vertrouwen van de vrouw te winnen. Ze was eerder kras en ongeduldig geweest. Het was haar aard, ze hield ervan korte metten te maken met situaties.

Ze vertelde zo nuchter mogelijk dat men de auto van Adam Fabre in goede staat bij de Gare d'Austerlitz had gevonden, maar dat van haar man voorlopig elk spoor ontbrak.

Isabelle Fabre leek niet bijster onder de indruk. 'En dat is alles?'

'We hebben deze melding zojuist ontvangen, dus we beschikken nog over weinig details. We geven deze zaak de hoogste prioriteit, mevrouw Fabre, om de reden dat er op de achterbank van de wagen het lijk van een jonge vrouw is aangetroffen.' Het was een tijdlang stil aan de andere kant van de lijn.

'Het lijk van een jonge vrouw?' Orla was onder de indruk van haar zelfbeheersing. Er was slechts een lichte trilling te horen in haar stem. Elk woord werd langzaam en helder uitgesproken, alsof ze een belangrijke mededeling deed. 'Zijn minnares, neem ik aan?'

'We weten helaas niet wie zij is, maar alle lijsten van vermiste personen worden momenteel doorzocht. En haar DNA wordt geanalyseerd.'

Isabelle Fabre liet een gefrustreerde kreun horen. 'Vroeg of laat moest het uitlopen op affect.' Orla hoorde haar diep ademhalen. 'Mijn man in een notendop. Naast het feit dat hij gestuurd werd door zijn gevoelsleven, was hij laf en oneerlijk.'

Orla was een kort ogenblik met stomheid geslagen. 'Mevrouw Fabre, waarom spreekt u over hem alsof hij dood is?'

'Zorg dan dat u hem vindt, dokter Os.' Ze zei het zachtjes.

'Daar zijn we mee bezig. En wat deze dode vrouw betreft, ik wil graag dat u haar ziet. Het zou kunnen dat zij een kennis van u of uw familie is.'

De stilte in de kamer werd als het ware elektrisch. Dan was de stem van Isabelle Fabre opnieuw te horen. Haar woorden klonken als zweepslagen. 'Moet... ík... haar identificeren? De minnares van mijn man?'

Orla had driehoeken en krabbels zitten tekenen terwijl ze met elkaar praatten. Nu drukte ze het potlood zo hard tegen het papier dat de punt brak. 'We halen u op met een wagen, vandaag na de lunch. Om twee uur, als het kan.'

De hoorn werd op de haak gesmeten. Het klonk als een schot in Orla's oor.

Er waren geen zichtbare sporen van geweld. Geen bijzondere bevindingen op de plaats delict.

De jonge vrouw lag op haar zij en gaf de indruk dat ze gewoon een dutje deed op de achterbank. Zoals ze daar lag, in de foetushouding, met haar ene arm onder het hoofd en de andere losjes langs de bank hangend, vond Orla dat ze leek op een pop die met een dekentje was toegedekt. Ze had donkerbruin, golvend haar dat met een elastiekje in de nek bijeengebonden was en bruine ogen zonder make-up.

Ze was helemaal aangekleed en droeg een gewone spijkerbroek, een trui met lange mouwen en een soort zwart jack. Orla verbaasde zich vooral over de platte, versleten schoenen die niet alleen uit de tijd waren, maar vermoedelijk nooit in de mode waren geweest. Zo op het eerste gezicht maakte de vrouw een goedkope, bijna slonzige indruk. Was dit de minnares van Adam Fabre? Orla kon het niet rijmen met het beeld van een man die zoveel waarde hechtte aan schone schijn en kostbare, mooie spullen.

Ondanks de gelige teint en de zwakke, lichtblauwe plekken die ze na haar dood had opgelopen, waren de regelmatige, zachte trekken op haar gezicht goed te zien. Ze had een smalle, rechte neus en een mooi gevormde mond. De vrouw was ongetwijfeld een knappe verschijning geweest. Nu ze dood was, deed ze schrijnend aan, de lijkbleke huid stond in schril contrast met haar donkere haar en ogen.

Orla maakte zich gereed voor het onderzoek. Een aantal jaren ervoor had ze haar baan als gerechtelijk patholoog opgezegd om bij de recherche te beginnen. Vanwege haar vroegere werkervaring werd ze vaak belast met het forensisch onderzoek op de plaats delict.

Ze zuchtte onhoorbaar terwijl ze de koffer met benodigheden opende, er handschoenen en de recorder uithaalde en wachtte tot de vrouw uit de wagen was getild. Het was duidelijk dat er geen sprake meer was van lijkstijfheid.

Orla ging routinematig aan de slag en ritste het jack open om de trui omhoog te schuiven.

'Marchal!' Ze riep hem zachtjes naderbij, maar hij bevond zich al vlak achter haar. 'Moet je dit zien.' Orla wees.

'Wonden. Iemand heeft haar gekrabd?'

Ze pakte meetinstrumenten en een loep, mat en mompelde in de recorder terwijl Marchal ongeduldig heen en weer beende. 'Misschien.'

'Zou ze gevochten hebben?'

'Bekijk haar handen eens. Geen schrammetje. Niets onder de nagels en alle nagels zijn nog heel. Ik denk niet dat ze zich heeft moeten verweren.' Orla haalde haar schouders op. 'Niets duidt erop dat ze met geweld om het leven is gebracht. Het lichaam vertoont geen sporen van messteken, wurging of harde klappen. De doodsoorzaak ligt niet voor de hand, voorlopig.' Ze verwijderde de thermometer en trok de handschoenen uit. 'Ik vermoed dat ze minstens één etmaal geleden overleden is, hoogstens twee. Meer valt er op dit moment niet vast te stellen. Laat haar overbrengen. Hier moeten we meer tijd aan besteden.'

Marchal liep een paar keer langzaam om de auto heen. 'Zeg, heb je het interieur van de kar al bekeken?'

Dat had Orla niet, niet nadat de vrouw was verplaatst.

'Wat een weelde. Crèmekleurige, lederen bekleding. Iets te licht naar mijn smaak, maar toch. Enig idee hoeveel zo'n rijtuigje kost?'

'Nee. En verder nog iets van belang?'

'Wat me verwondert, is dat er geen enkel zichtbaar spoor te bekennen is. Nergens een krasje. Geen spat of vlek op de zittingen.'

'Als ze vermoord is, zal dat waarschijnlijk niet in de auto gebeurd zijn.'

'Waaraan zou ze zijn overleden? Wat denk je?'

'Wat ik denk?' Orla bekeek de vrouw en zweeg even. 'Misschien aan een overdosis?'

'Vreemd dat je uit niets kunt opmaken wie ze is, dat ze helemaal niets bij zich heeft. Geen papieren, telefoon, sieraden. Zelfs geen horloge. Maar het lijkt me het meest voor de hand liggend dat ze een kennis van Adam Fabre is.' Hij streek met zijn hand over zijn voorhoofd en kneedde zijn nek. 'Ik ben benieuwd of Isabelle Fabre ons iets wijzer kan maken.'

4

Orla was amper terug op het bureau voor ze Marchal aan de lijn had. Op een toon die ze associeerde met militaire bevelen gelastte hij haar om naar zijn kantoor te komen. Dat betekende hoogstwaarschijnlijk dat de rechter-commissaris die het onderzoek zou leiden, gearriveerd was. Ze hield haar hart vast en hoopte dat het iedereen behalve Pineau was. Hij gedroeg zich gewoonlijk als een Franse soortgenoot van de pitbull, in het bijzonder tegenover vrouwelijke medewerkers. Orla had geleerd om zijn prehistorische houding te negeren en geen moeite te doen om een goede indruk op hem te maken. Bij elk vriendelijk gebaar liet hij alleen maar meer van zijn tanden zien.

Wat haar verbaasde, was het feit dat de rechter-commissaris zo rap ten tonele was verschenen. Ze had niet eens de tijd gehad om het verslag van het eerste onderzoek op papier te zetten.

'Monsieur Pineau.' Ze begroette hem koeltjes en nam plaats op de enige stoel die nog vrij was, zodat ze tegenover de rechter-commissaris kwam te zitten.

'Dokter Os.' Hij knikte kort.

'Allereerst wil ik zeggen dat we er prijs op stellen dat u meteen kon komen, rechter-commissaris', begon Marchal.

Pineau onderbrak hem. 'Ik was al in het gebouw. En bovendien is dit een zaak die een snelle aanpak vereist. Volgens de informatie die ik van jou heb ontvangen, Marchal, beschikken jullie niet over gegevens van vermiste personen die matchen met de overleden vrouw?' Het stilzwijgen van Marchal voldeed duidelijk als een bevestiging. 'Precies. Het is daarom meer dan waarschijnlijk dat het een van de talrijke *sans-papiers* betreft. Een vrouw die hier illegaal verbleef en op een illegale manier haar brood verdiende. De eigenaar van de auto, Adam Fabre, is verdwenen en dat hij het slachtoffer is geworden van een misdrijf ligt er dik bovenop. Nietwaar?' Hij keek Marchal aan met een ongeduldige blik in zijn ogen, alsof hij hem een wachtwoord had gegeven en de oplossing voor het grijpen lag.

Marchal leunde rustig achterover. 'We volgen de normale procedure. Nog even en we hebben haar DNA-profiel en dan zijn we al een paar stappen verder.'

Pineau vertrok zijn gezicht alsof hij een niersteenaanval kreeg. 'Haar DNA-profiel? Zoiets duurt eeuwen!'

'Dat is een tikkeltje overdreven. Een aantal dagen, schat ik. Hoogstens een week.'

'En in de tussentijd?' Pineau blafte bijna.

'Getuigenverhoor, sporenonderzoek, het doornemen van tips die binnenkomen...' Marchal spreidde zijn armen. 'U kent de gang van zaken net zo goed als ik, Pineau.'

'We kunnen niet wekenlang met deze zaak opgescheept zitten, Marchal. Dan lopen we het risico dat de media iets te nieuwsgierig worden.'

Orla begreep niet waarom Pineau zich zo druk maakte. 'Waarom zou de media in een miljoenenstad belang hechten aan het feit dat er ergens een totaal onbekende dode vrouw gevonden is?'

Pineau leunde naar voren en tikte met zijn wijsvinger op het tafelblad. 'Om de eenvoudige reden dat Isabelle Fabre het nichtje, of nog beter gezegd het adoptiefkind is van Marc Tesson, die een zeer vooraanstaande positie heeft bekleed in het Franse zakenleven.' Hij sprak langzaam en gearticuleerd, alsof ze bijzonder traag van begrip was. 'De Tesson-familie wordt doorgaans niet verbonden met schandalen.'

'En wat heeft dat met deze zaak te maken?' Orla fronste haar voorhoofd en was er niet veel wijzer op geworden.

Pineau liet zich niet afleiden door zijns inziens zinloze vragen en richtte zich weer tot Marchal. 'Ik heb extra mensen ingezet, Marchal, en ik verwacht dat deze zaak snel van de baan is. Komt Adam Fabre niet op eigen houtje terug, dan moeten jullie hem zien te vinden. Zonder tijd te verliezen.'

Orla had bewondering voor de zelfbeheersing van Isabelle Fabre. Roerloos en rustig stond ze naast de stalen tafel in de sectiekamer terwijl het laken werd verwijderd.

Orla bestudeerde haar gezicht. Isabelle staarde een tijdlang naar de dode vrouw, maar de enige reactie die Orla dacht te bespeuren was een lichte afkeer of minachting, geen blijk van herkenning.

'En?'

Isabelle Fabre schudde haar hoofd. 'Deze vrouw komt me niet bekend voor', zei ze zachtjes maar resoluut. Ze tilde haar kin omhoog en keek Orla aan. 'Was dit alles?'

'U klinkt alsof u zeker bent van uw zaak.'

'Dat ben ik. Deze vrouw heb ik nooit eerder gezien.' Ze haalde diep adem. 'Ik neem aan dat ik kan vertrekken?' Zonder een antwoord af te wachten, draaide ze zich om en met vastberaden tred liep ze op de deur af. Rechter-commissaris Pineau was in een mum van tijd ter plekke om de deur voor haar open te houden. 'Madame...'

Ze verwaardigde hem een kort knikje en liep de gang op, waar de agent wachtte die haar thuis zou brengen. Voor ze uit het zicht verdween, wierp ze een snelle blik over haar schouder. 'Zouden jullie mij opnieuw willen spreken, dan wil ik graag dat dat bij mij thuis gebeurt', zei ze tegen Orla.

5

Kille lucht ontsnapte door de klapdeur toen ze de volgende ochtend de sectiekamer binnengingen.

Dokter Berlier stond gereed in wat Marchal zijn bidhouding noemde. De gehandschoende handen hield hij sierlijk ineengestrengeld tegen zijn buik, die verscholen ging onder de naar behoren dichtgeknoopte jas. Zijn haar was bedekt door de muts. De keurig uitziende man was een vreemde verschijning in een omgeving die meestal gekenmerkt werd door een groteske mengeling van chaos en ontbinding. Toen Orla nog werkzaam was bij het Forensisch Instituut was Berlier haar baas geweest en hij had het de politie nooit vergeven dat ze een van zijn meest veelbelovende krachten had ingepikt.

Aan het raam stond onderzoeksleider Pineau zwijgend te wachten.

Berlier knikte. Hij mompelde hun namen en verkwistte geen tijd aan nodeloos geklets. 'Uit de vooronderzoeken was vrijwel niets op te maken.' Hij trok aan de lamp zodat het licht op de tafel scheen. 'Dat wil zeggen, niets bijzonders te zien op röntgenfoto's, geen sporen van sperma of vingerafdrukken op de huid. Voorlopig zijn nog niet alle proeven geanalyseerd, maar wel weten we dat er in haar bloed een hoeveelheid benzodiazepine is aangetroffen die vier keer hoger is dan de aanbevolen dosis. Ze was duidelijk onder invloed, van een slaapmiddel, kalmerende tabletten of iets dergelijks.'

Een slanke, niet ondervoede vrouw, stelde Orla vast. Zoals ze daar lag in het licht van de lamp leek ze op een marmeren beeld, omkranst door een bos zwart haar en ontsierd door de grote snee in haar zij.

'En hoe zou ze dit hebben opgelopen?' Berlier wees naar de ontvelde plekken huid. 'Ze lijken verdacht veel op schaafwonden.' Hij schudde verontschuldigend met zijn hoofd. 'Natuurlijk is dat slechts een gissing, een voorbarige conclusie.' Het licht viel nu op de benen van de vrouw. Berlier liet het brede vergrootglas tot net boven de huid zakken. 'Dit hier wekt nog meer verwondering. Kleine prikwondjes, kijk.' Met de loep waren de vuurrode vlekjes duidelijk waarneembaar.

'Dat er ook hier sprake kan zijn van schaafwondjes lijkt me vrij aannemelijk. Ook bij het scheren kan de huid beschadigd raken, maar die mogelijkheid sluit ik uit, aangezien de huid op de rest van de benen een normale beharing heeft.' Marchal fronste zijn voorhoofd. 'Van schaafwonden gaat niemand dood, zover ik weet.'

'Nee, maar het zijn afwijkingen. En het is mijn taak om die aan te tonen.'

Rechter-commissaris Pineau kwam naderbij. 'U had het over kalmerende medicamenten of slaapverwekkers in haar bloed, Berlier. Dat betekent misschien dat deze vrouw aan de drugs was?'

Berlier haalde zijn schouders op. 'Dat weet ik niet, Pineau.'

Pineau keek alsof hij brandend maagzuur had. 'We hebben een sterk vermoeden dat we een prostituee in de kuip hebben', zei hij ongedurig.

Berlier kneep zijn lippen op elkaar alsof hij nadacht en zei toen: 'De moeilijkheid met deze schaafwondjes is dat ze eventuele prikgaatjes van injectienaalden volledig maskeren. De mogelijkheid bestaat dat men haar eerst verdoofd heeft en vervolgens een middel heeft toegediend dat we niet kunnen terugvinden, maar dat haar wel fataal is geworden.'

'Zoals, Berlier?'

'Het is mijn taak niet om daarover te fabuleren, Pineau.'

Orla schoot hem te hulp. 'Zoals een overdosis insuline of kaliumchloride.'

'Onder andere, dokter Os. Er zijn tal van mogelijkheden, maar de twee middelen die u noemde, zijn wel het meest voor de hand liggend, aangezien ze makkelijk te verkrijgen zijn.' Hij tilde een wenkbrauw omhoog. 'Aan de andere kant, wil je daarmee iemand vermoorden, dan moet je wel handig zijn met de injectiespuit, vooral als het gaat om een intraveneuze injectie. Nietwaar?' Hij ging door met het bestuderen van de huid, de handen, de nagels en de natuurlijke lichaamsopeningen, zoals de neus, de oren en de ogen. Hij knikte tegen de assistent, die zijn gedachten las en onmiddellijk naderbij snelde. De

28

benen van de vrouw werden in kniesteunen gelegd en Berlier nam plaats op een kleine stoel en zette een bril op waaraan een loep was bevestigd.

Pineau staarde naar de grond en Marchals gezicht leek te verstenen terwijl Berlier de geslachtsorganen van de vrouw onderzocht. Berlier was een man die niet meer zei dan hij noodzakelijk achtte. Hij gaf de assistent een korte knik en maakte daarmee duidelijk dat er foto's gemaakt moesten worden. Daarna stond hij op. 'Bepaalde zaken zijn vast te stellen zonder met het scalpel tekeer te gaan', zei hij terwijl hij een paar nieuwe handschoenen aantrok. Hij richtte zich tot Pineau. 'Met de veronderstelling dat de vrouw prostituee was, zit u waarschijnlijk op een dwaalspoor, rechter-commissaris. Dit is een virgo. De vrouw is maagd.'

Marchal trok Orla met zich mee naar de gang. Hij woelde gefrustreerd in zijn baard. 'Daar vervloog de theorie van de minnares, alias straatmeid. Wat moest een gesoigneerde meneer als Adam Fabre in godsnaam met een mooie, maar slonzige maagd in zijn auto?'

'Zal ik dat eens haarfijn uit de doeken doen? Er zijn genoeg mannen die bepaalde voorliefdes hebben voor...'

'Orla, schei uit!' ontplofte hij. 'Ik ben het kotsbeu dat wij mannen altijd verdacht worden van vieze motieven.'

'Houd je gevoelens erbuiten.'

'Oké. Misschien deed hij aan weldoenerij?'

'Adam Fabre wilde stiekem een zielig meisje een plezier doen, bedoel je dat?'

'*Nom de Dieu!*' Hij spreidde zijn armen en maakte het typische Franse wanhoopsgebaar. Hij draaide haar zijn rug toe en beende terug naar de sectiekamer om de rest van Berliers onderzoek te volgen.

Orla drafde hem achterna en bedacht dat ze sinds ze klein was een hekel had gehad aan spelletjes waar je pion, zodra je bijna hebt gewonnen, door iemand anders omver wordt gestoten zodat je van voren af aan moet beginnen.

Berlier was druk bezig. Hij had de borstkas geopend en stond met gekromde rug over het lijk gebogen. Orla kwam naar hem toe. 'Heeft u iets bijzonders gevonden?'

'Een kleine vochtophoping in het longweefsel.' Hij fronste zijn voorhoofd. 'Hoe zou dat komen? Ze is jong en geeft een gezonde, sterke indruk.' Hij sprak zachtjes, alsof hij het tegen zichzelf had, en ging met snelle bewegingen door met het onderzoek. 'Aan de hoge pigmentering op het gezicht en de hals te zien, vermoed ik dat ze veel in de buitenlucht is geweest.' Hij duwde met de punt van het scalpel tegen het kuiltje in de hals. 'Zien we hier geen ronde vlek waar de huid iets bleker is?' Hij tilde zijn hoofd op en keek Orla aan. 'Zou ze meestal een ketting met een medaillon gedragen hebben?' Het scalpel werd weer gebruikt. 'Maar dat soort speculaties moet ik aan jullie overlaten.'

Toen Berlier twee uur later het onderzoek afrondde, was Orla niet veel dichter bij de oplossing. De vrouw was gedrogeerd, had vocht in haar longen en een bleke plek op de hals.

Marchal volgde haar op de hielen toen ze de deur uitliep. 'Kun je me vertellen wat die lijkenfluisteraar te zeggen had?'

'De vrouw was duidelijk gedrogeerd, maar dat is niet de doodsoorzaak. Berlier kon niet zeggen waar ze wel aan gestorven is.'

Marchal woelde door zijn haarbos. 'Geweldig. Dit is een buitengewoon goed begin.'

6

Algerije, 22 april 1961

De bus reed met een slakkengangetje over de stoffige, slingerende wegen en naderde Constantine.

Marc Tesson tilde zijn hand op en streek de zweetdruppel weg die van zijn slaap naar zijn oorlel gleed. Hij was gewend aan de warmte en had er geen last van. Maar de verzetsoorlog en de in intensiteit toegenomen aanvallen van beide partijen maakten hem nerveus en labiel.

Er zat lente in de lucht en tegen de heuvels lag een tapijt van wilde rozen en mimosa. Zo warm als deze dag was het nog niet geweest en toch zat Assia naast hem te rillen alsof ze verging van de kou. Ze leek geen oog te hebben voor de kleurenpracht, zei niets over de zee van paarsblauwe lavendel die ze passeerden, ook al was dat haar lievelingsbloem. Alleen kleine zuchten ontsnapten tussen haar lippen door terwijl ze voor zich uit staarde naar de wegversperring in de verte, de mannen met hun rode baretten en wapens over de schouders, de rij militaire voertuigen langs de berm.

Assia was Algerijnse en de enige vrouw in de bus. Ze droeg westerse kleren, een knielange rok en een bloes, en ook al hadden de Algerijnse mannen hun hoofd afgewend, Marc Tesson las de verachting op hun gezicht.

'Niet bang zijn', fluisterde hij in haar oor. Zijn mond was droog en de hand die hij op de hare legde, was klam.

Bij dat gebaar ging er een schokje door de oudere man die tegenover hen zat. Marc wist dat zij door de buitenwereld, zowel de Algerijnse als de Franse, beschouwd werden als twee paria's. Zij – een twintigjarige, frivool geklede, Algerijnse vrouw – in gezelschap van een Fransman die dubbel zo oud was als zij en die geen moeite deed om zijn gevoelens te verbergen. Zelfs de ambtenaar die het formulier met de aanvraag van een paspoort in ontvangst had genomen, had hen met een mengeling van beleefdheid en minachting behandeld. Hij had afwisselend naar de papieren en naar hen beiden gegluurd, alsof hij probeerde uit te vinden waarom een man als Marc Tesson een Algerijnse vrouw hielp met het verkrijgen van een paspoort. De gedachten van de ambtenaar waren niet moeilijk te raden. Als een lid van een van de meest respectabele families uit de regio aan de haal ging met een hoer, dan was hij zijn goede reputatie kwijt.

De remmen piepten toen de bus bij de versperring halt hield. Iemand zei fluisterend en zo nu en dan naar adem happend dat ze op zoek waren naar saboteurs in verband met de aanval op een nabijgelegen Franse boerderij. Zelfs het vee was er niet levend van afgekomen.

De aangename geur van warme lucht en lavendel die naar binnen stroomde toen de deur werd geopend, vormde een schril contrast met de soldaat die met zichtbare afkeer in zijn ogen naar Assia en vervolgens naar Marc Tesson staarde. De passagiers zaten roerloos op hun plaatsen, een opgeschoten jongen barstte in tranen uit toen de soldaat hem zwijgend opnam. Zonder het woord tot iemand gericht te hebben gebaarde hij ineens iedereen de bus uit.

Ze stonden naast elkaar in de berm, de mannen met de armen boven het hoofd. Marc torende lang en blond boven iedereen uit. Hij sloot zijn ogen om het beeld buiten te sluiten, deze onvoorstelbare situatie, zijn eigen landgenoten die met geweerkolven naar hem wezen. Voor de meeste mensen was wapengeweld dagelijkse kost. In zijn ogen beging men een vergrijp, een onvergeeflijke misstap.

Assia leek vanuit de verte een kleine schim. Een herinnering schoot hem te binnen. Hij zag haar voor zich als klein kind, glurend door een gat in de haag. Hij had haar gesnapt en beetgepakt. Hij had haar opgetild, in de lucht gegooid en geroepen: 'Assia, kleine deugniet, ben je me weer aan het bespieden?' Ze had geschaterd terwijl ze licht als een veer in zijn handen had gelegen. Dat hij later zo nauw met haar verbonden zou raken, had niets met geluk te maken. Afgezien dan van de korte roes die hij kreeg, een paar maanden geleden, toen hij zijn verlangens niet in bedwang kon houden. Assia was een probleem, zijn gevoelens voor haar schiepen moeilijkheden, gaven overlast in een tijd die al zwaar genoeg was. Hij had geen betere uitweg kunnen bedenken dan haar mee te nemen naar Parijs, aangezien hij toch uit Algerije moest vertrekken.

Hij opende zijn ogen en zag de soldaat naar hem kijken. De man bestudeerde de papieren die Marc hem had gegeven en zei langzaam alsof het een bedreiging gold: 'Monsieur, u bent een schande voor het land.' Hij liep op Assia af en greep haar hardhandig bij haar arm. 'Je papieren!'

Een geweerkolf kwam neer op Marcs schouder toen hij een poging deed om haar te hulp te schieten. 'Het is vanwege mannen als u dat dit land naar de verdoemenis gaat!' De soldaat spuugde op de grond voor zijn voeten. Marc wist wat hem verweten werd. Ze dachten dat hij zijn hart verpand had aan een Algerijnse vrouw die hem alleen maar gebruikte als een nuttig wapen in de oorlog.

De soldaten bleken niet te vinden waarnaar ze zochten. Ze mochten weer plaatsnemen in de bus en hun reis vervolgen. Marc had gedacht dat hij opgelucht zou zijn, maar wat hij voelde leek eerder op een soort leegte.

De zon stond hoog aan de hemel toen ze eindelijk in Constantine aankwamen. Een zachte bries leek iets van de benarde stemming weg te blazen. Hij greep Assia bij haar taille en liet haar om haar as tollen, zoals hij gedaan had toen ze nog klein was. 'Nog een paar dagen en we vertrekken naar Frankrijk. Is het niet heerlijk dat Fatima met je meegaat? Dat ze erbij is als we trouwen?' zei hij om haar op te beuren. Assia's twee jaar jongere zus was de avond ervoor in Constantine gearriveerd samen met hun oudste broer Malek, die op zoek was naar werk. Ze hadden met Fatima afgesproken dat ze haar na de lunch bij de pont du Diable zouden ontmoeten en om de tijd te doden besloten ze wat rond te kuieren in de stad. Constantine lag als een adelaarsnest op een uitgestrekt bergplateau dat in tweeën werd gekliefd door een diep ravijn, uitgesleten door de rivier de Rhumel. Op zes verschillende plekken verbonden bruggen de ene kant van de kloof met de andere. Een groot aantal van de gebouwen van de stad stond op de rand van het ravijn en de gevels waren op het eerste gezicht nauwelijks te onderscheiden van de lood-rechte bergwanden.

Ze waren buiten de bebouwde kom beland en rustten uit bij het dichte struikgewas in de nabijheid van de oude Duivelsbrug. Op een diepte van bijna tweehonderd meter stroomde de rivier en ze keken een tijdlang naar het kolkende en klotsende water.

'Het is eerder angstaanjagend dan mooi', zei Assia. 'Je hebt het gevoel dat je naar beneden wordt gezogen.' Ze huiverde. 'Ik durf hier bijna niet te staan.'

'Op deze plek kan je niets gebeuren.'

'Ik word er duizelig van.' Assia drukte een hand tegen haar ogen en deed een stap naar achteren.

Hij liet een vreugdeloze lach horen. 'Ik ook, van de gedachte dat we binnenkort de benen nemen. Het begint me aardig te benauwen hier.'

Ze pakte zijn hand vast, maar haar ogen hadden een verdrietige glans.

Hij trok haar naar zich toe. 'Ik blijf altijd bij je, Assia', mompelde hij met zijn blik op de horizon gericht, en niet op haar. 'Dat wil zeggen, nu moet ik me even verontschuldigen, voor een kleine boodschap', glim-lachte hij. Hij liet haar los en keek om zich heen. Een dichte, ondoor-dringbare haag van naaldboompjes onttrok de achterliggende stad aan het gezicht.

'Dan moeten we weer terug naar de stad.'

Hij schudde zijn hoofd en zei met pretlichtjes in zijn ogen: 'Neem jij de tijd?'

'De tijd?'

'Ik vraag me af hoe lang het duurt voor de straal beneden is.'

Ze bloosde. 'Marc!'

'Ik ga niet helemaal terug naar de stad.'

'Dan verberg je je achter de struiken.'

'Waarom? We zijn toch alleen?'

'Achter de struiken!'

Hij gehoorzaamde grinnikend. Een eindje verderop klauterde hij op een brede richel en ritste zijn gulp open terwijl hij zich met één hand vastklampte aan de knoestige tak van een lage struik. Gefascineerd volgde hij de straal urine in vrije val. Vanuit zijn ooghoek zag hij iets bewegen. Hij draaide zijn hoofd naar links, maar zag alleen een schaduw over het droge zand flitsen. Hij dacht aan een tak die in de wind zwaaide of aan een beest, een hond die langsrende. Op hetzelfde moment hoorde hij een ritselend geluid, gevolgd door een schrille schreeuw, als van een vogel die verschrikt opvloog uit de struiken.

Tegen de azuurblauwe lucht, met het zwarte haar als een waaier om haar hoofd en beide armen voor zich uitgestrekt, zag hij Assia het ravijn in storten.

7

Pas toen ze het centrum van Constantine bereikt had, begon Fatima langzamer te lopen. Doorweekt van het zweet en nog steeds hevig hijgend stak ze de place de la Breche over in de richting van het theater waar de bushalte lag. Van de Duivelsbrug tot aan de stad had ze aan een stuk door gerend terwijl het beeld van Assia die van de klip viel keer op keer op haar netvlies verscheen.

Ze had overwogen om de andere kant op te lopen en de de kloof via de Sidi Rachedbrug over te steken. Als ze dan de avenue des Etats-Unis insloeg, zou ze bij het station belanden, waar ze de bus terug naar huis zou kunnen nemen. Maar ze betwijfelde of er om deze tijd een bus vertrok en vroeg zich af of ze wel genoeg geld bij zich had. Het centrum kende ze bovendien beter en bood meer veiligheid.

Toch had de stad iets dreigends in de snel vallende duisternis. De sirocco nam in hevigheid toe en het temperatuurverschil tussen dag en nacht was op deze hoogte duidelijk merkbaar. Ze rilde terwijl ze de bustabellen probeerde te ontcijferen. Het schrift was klein en de tabellen waren zo onoverzichtelijk dat ze er niet wijs uit kon worden. Ze besloot dat het niet uitmaakte. Dat er zo laat op de dag nog bussen reden, was niet waarschijnlijk. Iedereen wist dat het een riskante onderneming was om in het donker de weg op te gaan.

De straten waren zo goed als verlaten ook al was het nog vóór sluitingstijd. De winkels die al dicht waren, had men opgedoekt. Het was te zien aan de lege schappen en aan de bordjes die op de deuren hingen.

Ze keek om zich heen, maar er was niemand die ze kon aanklampen. Een Frans echtpaar met twee kinderen liep haar voorbij alsof ze haast hadden, met opgetrokken schouders en neergeslagen ogen. Niemand keek elkaar meer aan, vreemden ging men uit de weg. Vrouwen die in hun eentje op stap waren, zoals zij nu, zag men op dit uur nergens.

Drie jonge Algerijnen zaten voor de bar Chez Albert. De mannen zaten te roken, ze zag de sigaretten gloeien terwijl ze haar volgden met hun ogen, die in het donker glinsterden als kattenogen.

36

Kort erna kwam er een zwarte jeep aanrijden die langs de stoeprand in de buurt van het café parkeerde. Vier mannen stapten uit. Fatima zag onmiddellijk dat ze lid waren van de FLN, het Algerijnse bevrijdingsleger. De guerrillastrijders gingen vaker dan voorheen gekleed in uniformen en ze verlieten ook geregeld hun schuilplaatsen in de bergen om na zonsondergang in de stad op te duiken. Fatima trok de haik dichter om zich heen. Ze bespiedde de mannen vanuit een ooghoek en stelde tot haar opluchting vast dat ze in de richting van het café liepen.

Toen gebeurde er iets. De tafel werd omvergeworpen en Fatima zag dat een soldaat de sigaret uit de mond van een van de drie mannen rukte en hem onder zijn schoen verplette. Uit de bar kwam het geluid van machinegeweren en het verbrijzelen van glas. Ze keerde haar gezicht af toen de drie mannen in elkaar geslagen werden.

Na enkele minuten was alles voorbij en verdween de auto. Het bevrijdingsleger had al geruime tijd een verbod op het gebruik van tabak en alcohol geëist en steeds vaker namen ze het heft in eigen handen.

Fatima draaide zich om en stapte in de richting van het raadhuis, aangezien de bus daar altijd langskwam voor hij de stad verliet. Verderop in de straat zag ze het bord dat de weg naar Philippeville aanwees. Die kant moest ze op om thuis te komen. Ze zou er uren over doen als ze de afstand te voet aflegde, maar ze had geen keuze. Hier kon ze niet blijven.

De passen van Fatima waren snel en mechanisch, alsof ze gedreven werd door een kracht van buitenaf. Haar hart hamerde nog steeds en haar hele lichaam tintelde van de angst. Hoe kon het leven ooit weer normaal aanvoelen na een dag als deze? Ze was van slag, liet zich sturen door haar instincten, ook al voerden ze haar de stad uit en door gebieden die onbewoond waren en in het duister werden gehuld. Veel van de boerenbedrijven lagen er verlaten en haveloos bij nadat de Franse eigenaars halsoverkop waren vertrokken.

De angst hield haar niet tegen, hij was niets vergeleken bij de wanhoop die haar bijna het verstand deed verliezen. Assia, haar eigen zus, lag op de bodem van de rivier. De Rhumel had haar verzwolgen, het kolkende water had haar lichaam afgerost en opgeslokt. Ze was voorgoed verdwenen. Assia zou Algerije nooit verlaten, zou zich nooit naar Parijs begeven om daar een bestaan op te bouwen met een rijke *piednoir*. En nooit zou zij, Fatima, wat Assia was overkomen met iemand durven delen.

Achter haar werd het geluid van een automotor steeds duidelijker en het licht van koplampen doorkliefde de duisternis. Ze stond niet stil toen de auto naast haar opdook, maar bleef doorlopen, met vaste tred en de blik star voor zich uit.

'Psst! Zuster!'

De man sprak zachtjes en zijn stem klonk onbekend. De auto reed nu stapvoets en de man sprak opnieuw tegen haar. 'Hé, zuster, ik wil met je praten.' De stem had iets dwingends en ze durfde niet meer te doen alsof ze zich nergens iets van aantrok. Ze wierp een snelle blik op de auto en zag meteen wie de inzittenden waren. Het waren de vier guerrillasoldaten.

Ze probeerde haar zenuwen in toom te houden. Kwamen ze erachter dat ze nog steeds voor de Fransen werkte, dan kon ze represailles verwachten. Er waren er die voor kleinere vergrijpen vermoord waren, dat had ze met eigen ogen gezien.

De jeep was gestopt en Fatima stond nu ook stil. Ze prees zich gelukkig dat ze zo verstandig was geweest om zich in een haik te hullen. Het zwarte, alles bedekkende gewaad gaf haar een veilig gevoel en ze wist dat de mannen in de auto er vriendelijker door gestemd werden.

De guerrillasoldaat nam haar op en ze zorgde ervoor dat ze zijn blik niet ontmoette. 'Waar ga je naartoe?'

Fatima haalde adem om haar stem een kalme klank te geven. 'Ik ben op weg naar St. Charles', zei ze. 'Naar het Safsafdal', preciseerde ze welwillend.

'Waarom?' Het bevel was niet mis te verstaan. Hij eiste exacte informatie.

Fatima deed verslag. Ze vertelde meer dan er van haar verwacht werd, noemde de namen van al haar familieleden, vertelde dat ze in dienst waren bij de familie Tesson. Ze legde alle kaarten op tafel, omdat ze er uiteindelijk toch achter zouden komen en ze niet de indruk wilde geven dat ze hem voor de gek hield. Als hij van plan was om haar dood te schieten vanwege het feit dat ze voor Fransen werkte, kon hij dat net zo goed meteen doen. Ze zag dat haar eerlijkheid een verandering teweegbracht op zijn gezicht. De harde trekken leken iets te verzachten.

Ze sloot haar ogen terwijl hij haar zwijgend aankeek.

'Jouw familie werkt dus voor Tesson, de enige *roumi* die nog over is in het dal?'

Fatima knikte en wachtte gespannen. Toen zei hij rustig: 'Zuster, je vader heeft een verkeerde keuze gemaakt. Hij is geen goede patriot. Maar daar kun jij weinig aan doen.'

Zijn stem was behaaglijk, de manier waarop hij tegen haar sprak, deed haar denken aan de suikersiroop die men over versgebakken baklava goot. Ze kreeg er water van in haar mond, een verlangen laaide op in haar binnenste.

'Je hebt nog een lange tocht voor de boeg', vervolgde hij. 'Ik zag dat je bij de bushalte stond. Stap in, dan brengen we je thuis.'

Hij deed het portier open en Fatima durfde alleen maar te gehoorzamen. Maar ze was niet langer bang voor hem, hij had haar niet bedreigd, en ook al deden er veel verhalen de ronde over hoe de FLN-soldaten vrouwen behandelden, zelfs de Algerijnse, hij leek betrouwbaar.

Ze trok de haik dichter om zich heen, sloeg haar ogen neer en ging naast hem zitten, voorzichtig, zonder hem aan te raken. 'Dank je wel, broer', zei ze met een kleine glimlach.

8

Algerije, 23 april 1961

De zon stond hoog aan de hemel toen Marc Tesson, nadat hij door de politie in Constantine ondervraagd was, huiswaarts keerde.

Het verhoor was niet meer dan een formaliteit, maar hij had er toch voor gekozen om een advocaat in te schakelen. In de huidige omstandigheden, waar chaos en oorlogshandelingen aan de orde van de dag waren, werd het voorval beschouwd als een akkefietje en geprotocolleerd als een ongeluk. Het enige wat de piepjonge agent had opgemerkt, was dat het hem verbaasde dat een man als hij met dit soort vrouwen omging, maar dat het waarschijnlijk te wijten was aan de moeilijke tijden. Niet alleen het land beleefde een crisis, ook de mensen verloren hun verstand. Marc was te verbluft geweest om de man van weerwoord te dienen.

De agenten hadden hun schouders opgehaald terwijl hij zijn getuigenis aflegde. Ze gingen er onwillekeurig van uit dat het een zelfmoord betrof. In welke toestand Assia verkeerd had, lag voor de hand. In de loop der jaren waren tal van vrouwen de diepte in gesprongen. Iedereen wist dat de bruggen en de steile klippen plekken waren waar wanhopige, verwarde of ongewenst zwanger geraakte vrouwen zich van het leven beroofden.

Mechanisch stuurde hij de auto over de stoffige weg terwijl hij strak en somber voor zich uit staarde. Hij had geen idee wat er gebeurd was. Het geritsel in de struiken en Assia's vreemde gil, dat was alles. Ook hij sloot de mogelijkheid niet uit dat ze zelfmoord gepleegd had. Misschien had ze er bittere spijt van dat ze zich door hem had laten verleiden, maar hij had haar nergens toe gedwongen. Ze voelden iets voor elkaar en daar hadden ze geen geheim van gemaakt. Toen bleek dat ze zwanger was, had hij daar eerst moeite mee gehad, voor hij tot de slotsom kwam dat ze dan maar moesten trouwen. Het was nooit bij hem opgekomen dat ze een huwelijk niet zag zitten of dat ze het liefst in Algerije wilde blijven. Misschien was het haar allemaal te veel geworden. Bij die gedachte joeg een pijnscheut door zijn lijf. Hij was teruggekeerd naar de klip, had tevergeefs gezocht naar iets of iemand, naar een spoor. Het was een ongeluk, het kon niet anders.

De hele stad was een onheilsplek. Hij was er niet op voorbereid. Het was twee dagen geleden sinds de generaal een coup pleegde en er deden al geruchten de ronde dat de staatsgreep een mislukking was.

De Franse grondbezitters voerden een hopeloze strijd. Ze raakten steeds vaker hun hele hebben en houden kwijt en voelden zich in de steek gelaten door de Franse regering. Er waren er die actie ondernamen en zich aansloten bij de militie. Marc had gehoord dat een grote groep Fransen, hoofdzakelijk jongeren, een wapendepot had overvallen en vierhonderd machinegeweren had buitgemaakt. Nu doolden ze rond in de stad, als hongerige honden. Willekeurige Algerijnen en Fransen die ervan verdacht werden dat ze Algerijnse sympathieën hadden of de regering steunden, werden zonder blikken of blozen in elkaar getimmerd.

Er heerste overal chaos, maar hij probeerde het hoofd koel te houden. Meer dan honderd jaar had zijn familie hier doorgebracht en nu naderde het bittere eind. Hij kende geen andere plek waar hij meer thuishoorde, maar hij wist wanneer een strijd verloren was. Nu stond hem maar één ding te doen en dat was redden wat er te redden viel.

Zijn gevoelens kwelden hem en maakten hem bezorgd, omdat hij bang was dat hij zijn gezonde verstand zou verliezen. Zijn verdriet was zo immens. Hij rouwde over alles wat hij kwijt was, zijn land, zijn boerenbedrijf, zijn dagelijkse leven.

Ook Assia's dood deed hem pijn, maar hij voelde ook iets anders, iets wat hem vervulde met grote schaamte. Hij voelde opluchting.

Marc had tot nu toe geen moeilijkheden ondervonden, ook al was hij langs meerdere barricades en versperringen gereden. Hij had inmiddels de doorgaande route verlaten, was St. Charles gepasseerd en de weg waarop hij zich nu bevond, was in feite niet meer dan een zanderig karrenspoor. Het liep door een dorp, een *djeba*, dat aan het einde van een kloof lag, en zoals de huizen op beide hellingen zich aan elkaar vastklampten, zagen ze eruit als ruggenwervels van een prehistorisch monster.

Hij kwam eerst langs de moskee, een weinig opzienbarend, witgekalkt huis aan de rand van het dorp, en vervolgens reed hij over het plein. Overdag zaten hier gewoonlijk de jongens en mannen, op banken waarvan het gladgesleten marmer getuigde van honderden jaren gebruik. Vandaag was er niemand te bekennen, deuren waren dicht en ramen gingen schuil achter gesloten luiken. Het verwonderde hem, tot hij de kogelgaten zag. Van veraf leken de witte muren bezaaid met peperkorrels. Het dorp had bezoek gehad. Of van Fransen die zochten naar terroristen, of van de guerrilla die het op verraders had gemunt. Marc haalde zijn schouders op. De gekte liet hem op dit moment koud.

Hij vervolgde zijn weg langs de Safsafrivier en bereikte de landerijen die tot de bezittingen van zijn familie hoorden. Hier was het terrein vlakker en vruchtbaarder, geschikt voor het telen van druiven en akkerbouw. Alles oogde verzorgd en idyllisch, maar de werkelijkheid was dat men na een aantal roofovervallen op de schuren en de wijnstokken het gebied voortdurend moest bewaken.

De Tessons waren de laatsten die hadden standgehouden. De naaste buren, die weliswaar allemaal een eind verderop woonden, hadden het land al verlaten. Voor ze vertrokken, hadden ze alle gebouwen vernield en een puinhoop gemaakt van hun akkers, zodat de veroveraars zich er niet zouden vestigen om de vruchten te plukken van hun werk.

Hij had niet aan die barbarij willen meedoen en had zich vastgeklampt aan de hoop op een vredige oplossing, voor beide partijen. Hij zag voor zich een Algerije dat nog steeds een Franse kolonie was, maar waar de Algerijnen meer voor het zeggen hadden. Achteraf minachtte hij zichzelf voor zijn naïeve idealisme. Het was uitgelopen op een bloedbad. Maar waar had hij heen moeten gaan? Hij had amper een voet buiten Algerije gezet. Zijn familie woonde hier al generaties lang. Hij hield van het land, zijn wortels gingen even diep als die van de pijnbomen die hij op dat moment passeerde.

Hij naderde het huis en verminderde vaart. Op het erf stonden een militaire wagen en twee jeeps geparkeerd. Een stelletje soldaten leunde tegen de auto's aan. Bij het zien van de vlag, de bekende tricolore, begon zijn hart rustiger te kloppen.

Hij zag dat het gedrag van de mannen veranderde toen ze merkten dat hij hun kant op kwam, handen grepen om geweerkolven en alle ogen waren op zijn auto gericht, tot hij zo dichtbij was dat ze zagen dat hij een van hen was.

'*Monsieur.*' Een gedrongen man met een bolrond gezicht en dun, rossig haar stapte op hem af en versperde hem de weg tot hij zich had gelegitimeerd. De man glimlachte en zette een pas opzij terwijl hij zijn hand naar hem uitstak. 'Georges Lambert. Lijfwacht van generaal Salan.' De naam van de generaal werd met eerbied uitgesproken. 'En dit is Adam Fabre, zijn chauffeur.' Hij wees naar een jongeman.

Marc Tesson begroette hen koeltjes, zonder zijn onrust te verraden. 'Is generaal Salan hier?' Hij stelde de vraag, ook al lag het antwoord voor de hand. Het was niet de eerste keer dat de generaal langskwam, maar tot nu toe had hij ervoor gezorgd dat hij niet thuis was.

Lambert keek hem aan en zei zachtjes, bijna samenzweerderig: 'De staatsgreep heeft nergens toe geleid, dat is duidelijk. Generaal Challe was niet geschikt voor deze taak. Hij had natuurlijk een beroep moeten doen op de juiste groeperingen. Op ons bijvoorbeeld. Nu gaat het land naar de haaien. Van de heren in Parijs hoeven we niets te verwachten, die geven ons gewoon cadeau aan een stelletje terroristen. Maar we zullen er een stokje voor steken. Generaal Salan moet zo snel mogelijk het roer overnemen. Hij heeft steun nodig en het doet me deugd dat hij die krijgt van zo'n vooraanstaande familie als die van jullie.'

Tesson luisterde zonder een spier te vertrekken, de vleiende woorden zaten hem verre van lekker. Nog erger was het dat deze lieden hen met een bezoek vereerden. De *Organisation de l'Armée Secrète*, de OAS, of de *Ultra*, zoals ze ook wel werden genoemd, was een militante groep met rechts-extremistische opvattingen. In zijn ogen waren het je reinste fascisten. Er werd beweerd dat de OAS steeds meer terrein won nu het vertrouwen in de Franse regering aan het tanen was.

Hij stond op het punt iets te zeggen, maar de deur ging open en Isabelle, zijn nichtje, kwam naar buiten. Ze had zich mooi gemaakt. Het lange, blonde haar was opgestoken en ze had een jurk aangetrokken die hij te ouwelijk vond voor een meisje van zeventien. Isabelle leefde in een isolement en miste haar vrienden, het contact met jongens. Maar deze kerels waren absoluut geen partij voor haar.

De vier mannen, die allemaal in de twintig waren, draaiden hun hoofd haar kant op.

'Oom Marc!' Ze liep op hem af, koket met de heupen wiegend. 'Wat ben je lang weggebleven!' Ze legde haar naakte armen om zijn hals en kuste hem tweemaal op elke wang. 'Ik vind het zo erg', fluisterde ze. 'Wat gebeurde er nu precies met Assia?' De ogen waarmee ze hem aankeek hadden een vreemde uitdrukking toen ze vervolgde: 'Dat had ik nou nooit van jou gedacht, dat je zou trouwen in Parijs zonder dat wij, je naaste familieleden, er iets van afwisten. Met een inheemse nog wel. Dat slaat toch nergens op?' Ze liet hem los, plotseling, alsof ze zich aan hem brandde. Toen hij niets terugzei, verkilde haar blik. 'Niet dat ik het niet wist van jullie twee. Fatima heeft haar mond voorbijgepraat. Maar dat het zo zou aflopen... De hele familie was van de kaart. We konden nergens anders aan denken, tot Salan ineens voor de deur stond.' Ze stak haar kin omhoog en liep naar het groepje soldaten.

Isabelles krachtige, zoete parfum maakte hem misselijk. Evenals de ogenschijnlijk onbekommerde sfeer die hier bleek te heersen ondanks het feit dat Assia verongelukt was. Isabelle zag er allesbehalve verdrietig uit met de opgewonden blos op haar gezicht en haar feestelijke kledij, omringd door mannen die haar duidelijk niet onverschillig lieten. Marc vond dat ze steeds afstandelijker werd. Als ze hem aankeek met haar mooie, lichtblauwe ogen las hij niets in haar blik, niets dan een mengeling van opstand en apathie. Assia was een paar jaar ouder dan Isabelle en van een hechte band tussen die twee was nooit sprake geweest.

44

'Isabelle.' Hij pakte haar bij de arm. 'Kom, we gaan naar binnen, dan kunnen we met elkaar praten.'

Ze rukte zich los. 'Nee. Binnen praten ze alleen maar over politiek.'

'Politiek is belangrijk, *mademoiselle*. Vooral in deze woelige tijden.' De chauffeur, de man die voorgesteld was als Adam Fabre, mengde zich in het gesprek. De donkere charmeur met zijn verblindende glimlach vergezelde zijn opmerking van een vrijpostig knipoogje.

'Er zijn andere zaken die me meer boeien.' Isabelle glimlachte terug.

Marc wilde haar weer met zich meetrekken, maar ze schudde hem van zich af, kruiste haar armen voor haar borst en keek hem aan. 'En Fatima doet maar. Toen deze soldaten arriveerden, ging ze er doodleuk vandoor, in haar eentje. Ik heb haar niet om toestemming horen vragen. Ze wikkelde zich in een van die afgrijselijke lakens van haar en weg was ze. Ik zou niet weten waarom ik niet gewoon met onze gasten kan staan praten.'

Marc hield zijn mond. Hij voelde zich machteloos. Hij had niet langer het idee dat hij iets te zeggen had of in staat was ergens iets aan te veranderen. De onverschilligheid en het onverstand van Isabelle maakten hem moedeloos. Net als het gedrag van Charles, haar jongere broer. Hij was een in zichzelf gekeerde zestienjarige met een schuchtere blik in zijn ogen. Nu stond hij een paar meter van hen af tegen een jeep geleund terwijl hij de soldaten stilletjes gadesloeg. Ondanks zijn jonge leeftijd gaf de jongen blijk van een bijzonder zwakke persoonlijkheid. Marc was blij dat hij niet de vader was van de twee en geen verantwoordelijkheid voor hen droeg. Op dit moment had hij het gevoel dat het vreemden waren.

Met een knikje liet hij hen achter en ging naar binnen. De eetkamer was leeg. Het was vijf over acht en men was duidelijk tijdens het voorgerecht van tafel gegaan. Hij nam plaats aan het hoofd van de tafel en staarde naar de halfvolle borden. Het deed hem denken aan alle Fransen die halsoverkop hun huizen hadden verlaten.

Ze bleken voor de televisie in de huiskamer te zitten, zijn broer Paul, zijn schoonzus Michelle en de generaal. Op het scherm liet president de Gaulle zien wie er de baas was. Vanuit Parijs tierde hij tegen de Franse coupplegers terwijl hij zowel het leger als de Algerijnse bevolking beval om te buigen voor hem en de legaal verkozen regering. De boodschap was duidelijk: het proces was niet te stuiten, de onafhankelijkheid van Algerije stond voor de deur.

Marc luisterde gelaten naar de man die enkele maanden geleden op de place de la Brèche in Constantine stond en 'Vive l'Algérie française!' riep en die nu bereid was om te onderhandelen over een machtsovername met terroristische groeperingen.

De strijd was verloren. Het was slechts een kwestie van tijd voor Algerije een zelfstandige staat was, en hij een man zonder thuisland.

Ze moesten weg zien te komen en wel zo snel mogelijk. Dralen was gelijk aan sterven.

9

Parijs, 9 november 2000

Orla had de inlichtingen bestudeerd die waren opgetekend over Adam Fabre en zijn modellenbureau JeuneMode. Ze had een rode streep gezet onder de jaaropgaven van de man. Op zijn inkomen was weinig aan te merken, behalve dan dat het niet aanzienlijk was. In tegenstelling tot zijn vermogen. Orla's eerste gedachte was dat het misschien om een ontvoering met bijbehorende geldafpersing ging, maar bij nader inzien lag dat niet voor de hand. In de loop van de vijf etmalen die verstreken waren sinds de vermissing, had niemand van zich laten horen. Bovendien, zou iemand zin hebben om op deze manier zijn beurs te spekken, dan waren er in de grote poel met rijkaards veel vettere vissen te vangen dan Adam Fabre en zijn echtgenote.

Dat hij intussen het land had verlaten, leek ook onwaarschijnlijk. Niemand met de naam Adam Fabre was volgens de betreffende instanties met de trein of het vliegtuig uit Parijs vertrokken.

Orla noteerde de naam van Fabres secretaresse voor ze Marchal opzocht en een kwartier later reden ze de rue de Rivoli al in. Orla parkeerde op de enige plek die nog vrij was, een piepklein stukje straat naast een brandkraan. Bij het openslaan van het portier klonk het geluid van metaal tegen metaal, een venijnig gekras dat Orla deed denken aan gokautomaten en verspild geld.

Marchal keek haar aan. 'Alweer raak.'

Ze stapte uit. 'Jezus. Zag jij die metalen pen die uit deze pomp steekt?' In de lak van de pas één jaar oude Peugeot zaten al meerdere krassen.

Marchal haalde zijn schouders op. 'Ja, ik ben niet blind.'

'Kon je me niet waarschuwen?' Orla's ogen schoten vuur.

Marchal zuchtte en kroop uit de auto. 'De afspraak luidt dat als jij rijdt, ik me nergens mee bemoei en mijn mond houd. Ook tijdens je bizarre parkeermanoeuvres. Alleen jij haalt het in je hoofd om te parkeren op een plek waar een normaal mens niet eens een klodder spuug kwijt kan.' Hij gooide het portier met een klap dicht om duidelijk te maken dat de discussie beëindigd was.

Ze stonden voor de ingangsdeur van een statig, vier verdiepingen hoog gebouw. De gevel was niet lang geleden gereinigd en vertoonde geen sporen van uitlaatgassen. Bloembakken sierden de decoratieve gietijzeren spijlen onder de ramen en op de brede voordeur van gelakt eikenhout prijkte een grote, koperen deurknop. Op glimmende bordjes van messing kon men lezen dat er in dit pand onder anderen een arts, een kaakchirurg en een psycholooog gevestigd waren, en dat Jeune-Mode Modellenbureau zich op de bovenste verdieping bevond.

Marchal wierp een blik op het Louvre en de Jardins des Tuileries en liet zijn ogen langs de majestueuze gevel glijden voor hij zich naar Orla omdraaide. Aan haar gezicht te zien, was ze nog steeds met haar gedachten bij de nieuwe kras op de auto. Marchal kon zich niet inhouden. 'Hoeveel keer zou je je auto kunnen laten overspuiten voor de huur die men hier maandelijks betaalt, denk je?'

Orla's arm schoot naar voren en haar wijsvinger drukte zo hard op de bel dat haar kootjes wit werden.

Een lijzige vrouwenstem klonk uit de luidspreker. Dat was vast en zeker de vriendin van mevrouw Fabre, de beruchte secretaresse. Ze betraden de marmeren vloer van de hal en liepen de korte trap op naar een tweede kolossale deur, die naar de lift leidde.

De secretaresse, Agnès Leclerc, was als geknipt uit een modeblad. Midden in de twintig, slank en gekleed in een nauwsluitend, roze mantelpakje dat in combinatie met het koperkleurige, schouderlange haar een psychedelisch effect gaf. De lange benen balanceerden op schoenen met indrukwekkend hoge naaldhakken. Ze stelden zich voor en Orla constateerde gefascineerd dat haar nagels zo lang waren dat je het gevoel had dat je een hooivork de hand schudde.

'Hij is nog steeds vermist, nietwaar?' zei Agnès Leclerc zonder inleidende frasen. Ze richtte een paar indringende, bruine ogen op Orla, die begon te vermoeden dat de vrouw ondanks haar gepolijste uiterlijk waarschijnlijk over hersenen beschikte.

Agnès ging door met het stellen van vragen waarop ze zelf antwoordde. 'Er is sprake van een misdaad, nietwaar?'

Orla keek haar onderzoekend aan. 'Waarom denk je dat?'

Agnès bestudeerde haar nagels een paar seconden. 'Ik zou niet weten waarom hij er zomaar vandoor zou gaan', zei ze toen. 'Hier heeft hij alles wat zijn hart begeert.'

'En dat is?'

'Geld en vrouwelijk schoon', zei ze zonder aarzeling. Ze glimlachte bij het zien van Orla's verbaasde gezicht. 'Vergeet niet dat ik zijn secretaresse ben.'

Orla opende haar tas en haalde er een aantekenboek uit. 'Agnès,' zei ze langzaam, 'heb je enig idee waarom iemand Adam Fabre iets zou willen aandoen?'

Agnès bewoog haar blik naar het raam. 'Er zijn misschien echtgenoten en vriendjes die een hekel aan hem hebben?'

Orla begon het idee te krijgen dat Adam Fabre een hartstochtelijke rokkenjager was. 'Kun je mij een lijst geven van de vrouwen die voor hem werken?'

Agnès zette grote ogen op, alsof Orla haar gevraagd had naar een exemplaar van de Dode Zeerollen. 'Waar moet ik die vandaan halen? Ik ben op geen enkele vergadering aanwezig en heb geen weet van plannen en besluiten. En dus ook niet van de contracten die hij ondertekent.' Ze aarzelde voor ze er met een gewiekte grijns aan toevoegde: 'Er lag iets in zijn la. Ja, toen hij maar wegbleef, moest ik wel kijken of hij ergens een bericht had achtergelaten.' Met overdreven elegante stapjes liep ze zijn kantoor in. Ze keerde terug met een in leer gebonden almanak. Er waren tal van afspraken in genoteerd en vrouwennamen kwamen het meest voor.

'Ken je deze dames?'

'Nee, geen enkele. Zoals u ziet, staan er alleen maar voornamen. Hij was uitermate discreet, waarschijnlijk omdat hij als de dood was voor de draak die thuis op de loer lag.'

'Maar dat je baas aan de haal ging met andermans vrouwen kun je hier niet uit opmaken, of wel?'

Agnès haalde haar schouders op en gaf de indruk dat ze zich verveelde. 'Misschien niet.'

'Hoe goed ken je Isabelle Fabre?'

Agnès bestudeerde opnieuw haar nagels, alsof het kleinodiën waren. 'Ik heb haar een paar keer ontmoet', zei ze zonder op te kijken. 'En aan de lijn gehad.'

Orla zweeg en Agnès tilde ten slotte haar hoofd op. Orla merkte dat haar ogen versmald waren en dat ze diep adem haalde. 'Het is een kakwijf. Ze blaft je af alsof je bij de inlichtingendienst van de spoorwegen werkt en ze urenlang heeft moeten wachten voor er werd opgenomen.'

Orla kon zich dat zeer goed voorstellen.

'Bovendien heeft ze het idee dat we een relatie hebben', ging Agnès door. 'En ik laat haar in die waan, met groot plezier.'

'Jullie hebben nooit een relatie gehad?'

Agnès keek weg. 'Wij?' zei ze toonloos. 'Nee, dat wil zeggen, niets serieus in ieder geval. Niets van belang.' Orla bekeek het gesloten gezicht en besloot deze kwestie voorlopig te laten liggen. Agnès leek haar iemand die ineens de verbinding kon verbreken.

'Sprak je haar zaterdagavond, de dag dat Fabre verdween?'

'Nou en of. Dat was de *grande finale* van mijn werkdag, voorzichtig uitgedrukt. Ze zat thuis op hem te wachten, met hun gasten. Hij had het gepresteerd om te vergeten dat ze een etentje hadden.' Met leedvermaak in haar ogen voegde ze eraan toe: 'Daar heb ik overigens wel begrip voor. Ik zou ook niet staan popelen om thuis te komen als er een haaibaai op me wachtte.'

'Hoe laat was het toen ze belde?'

'Ongeveer halfacht. Ik herinner me dat ik op het punt stond om de deur uit te gaan.'

'Hoorde je dat Fabre het kantoor verliet?'

'Nee, hij was nog aan het telefoneren toen ik wegging, tenminste, dat dacht ik te horen', zei ze en ze kreeg een lichte blos op haar wangen.

Ze had achter de deur staan luisteren, vermoedde Orla.

'Kan iemand anders hem het kantoor hebben zien verlaten?'

Agnès haalde haar schouders op. 'Het was zaterdag en dan is er na achten meestal niemand meer. Fabre neemt altijd de lift naar de garage. Daar wacht zijn op één na grootste lieveling, zijn auto. Boven aan het lijstje komt meneer zelf.'

Orla hoorde de spot in haar stem, de lichte weerzin, die ze ook tijdens het gesprek met mevrouw Fabre had opgevangen. Ongeacht welke andere eigenschappen Fabre mocht hebben, hij was ongetwijfeld een man die bepaalde vrouwen op stang joeg. Het zou haar niet verbazen als Agnès een van zijn in onmin geraakte vriendinnen was.

Orla vertrok geen spier. 'Niet iedereen heeft toegang tot deze garage, neem ik aan?'

Agnès schudde haar hoofd. 'Van binnenuit kun je er via de trap of de lift komen, maar van buitenaf gaat de deur alleen open met een speciale kaart.'

'Gebruik jij de garage?'

Agnès knikte. 'Iedereen die hier werkt, heeft een eigen vak.'

Orla bestudeerde haar met interesse. Agnès was de perfecte prooi voor een speurder. Kwiek, nieuwsgierig en loslippig.

'Hij heeft een computer?'

'Een laptop. Die neemt hij altijd mee als hij weggaat.' Het Perzische kleed absorbeerde het geluid van de naaldhakken terwijl ze rusteloos heen en weer trippelde. 'De foto's van de modellen worden genomen door een fotograaf, een jonge vent. Hij is hier geregeld, ja, en Georges Lambert natuurlijk, de partner van Fabre. Maar we vergaderen nooit met zijn allen en verslagen van wat er besproken wordt, die zijn er niet.'

Orla hield haar in het oog terwijl ze aantekeningen maakte. Een efficiënte en onberispelijke secretaresse die loyaliteit aan de dag legde, ondanks alle irritatiemomenten. En die misschien in staat was om haar baas de rug toe te keren zodra haar trouw te weinig of geen vruchten afwierp.

Orla haalde de foto van de overleden vrouw tevoorschijn. 'Heb je deze vrouw ooit gezien, bijvoorbeeld hier op kantoor?'

Agnès werd bleek en schudde heftig met haar hoofd. 'Ze is dood, dat zie ik.' Ze gaf de foto terug en haalde diep adem, alsof ze een besluit nam. 'Op zaterdag zei Fabre dat ik tegen zijn vrouw moest zeggen dat hij 's avonds samen met Georges Lambert, zijn compagnon dus, zaken moest doornemen. Dat was niet waar.' Agnès bloosde en haar stem klonk gejaagd. 'Eerlijk gezegd vond ik dat hij zich de laatste dagen vreemd gedroeg, onrustig, gestrest leek het wel. Of bezeten van iets.'

'En je weet niet waar hij mee bezig was?'

Ze schudde nogmaals van nee.

'De afspraken die hij heeft, schrijft hij die nog ergens anders op, behalve in zijn agenda?'

'Misschien op zijn laptop, maar die is dus niet hier. Hij laat hem nooit op kantoor liggen. Een kwestie van discretie, zegt hij.' Ze staarde weer naar haar nagels. 'Wat dat gedoe met modellen met discretie te maken heeft, moet je mij niet vragen.'

'Nog zo'n vreemd vrouwspersoon', stelde Marchal vast toen ze weer op straat stonden.

'Nog eentje?' Orla wierp hem een veelzeggende blik toe terwijl ze met de ochtendstroom van voetgangers door de rue de Rivoli liepen.

Marchal knikte. 'Als je zoveel tijd doorbrengt met een volkomen normale, ongecompliceerde en ongekunstelde vrouw als jij, heb je snel in de gaten wanneer iemand niet helemaal standaard is', legde hij rustig uit. 'Ik krijg bijvoorbeeld de indruk dat deze Agnès een nieuwsgierig aagje is, een sensatiebelust type. Zo iemand die door sleutelgaten loert en stiekem in papieren snuffelt. Het is maar een indruk', zei hij en hij hield zijn hand afwerend omhoog. 'Maar ik heb ook het idee dat ze niet erg op de hoogte is. Stel je een concrete vraag, dan heeft ze niets gezien of gehoord, niets van belang in ieder geval.'

'Ik vroeg me al af waarom je zo stil was', knikte Orla, tevreden over het feit dat Marchal tot dezelfde conclusie was gekomen als zij. 'Meneer was dus met stomheid geslagen en ik verwijt je niets. Aan Agnès kunnen we geen touw vastknopen.'

'Dat maakt haar wel interessant', zei Marchal. 'Gelukkig. Bovendien ben ik ervan overtuigd dat ze meer weet dan ze tot nu toe verteld heeft.' Hij keek op zijn horloge. 'Mijn zwaar op de proef gestelde spijsverteringssysteem zegt me dat het lunchtijd is. En aangezien Agnès me de naam van het favoriete eetcafé van de heer Lambert gaf, stel ik voor dat we zijn gezelschap opzoeken.'

10

Georges Lambert zat ineengedoken in een hoek van de bistro. Hij leek getekend te zijn door een zwaar leven. Zijn gezicht had dezelfde rode tint als de kunstlederen bekleding van de bank en de ogen waarmee hij hen aankeek toen ze zich voorstelden, waren dof en roodomrand. Zijn neus deed denken aan een kleine knol, had zwarte, grove poriën en zag blauw van de adertjes. De ronde buik leek eerder opgezwollen dan gewoon dik. De witte handen vormden een vreemd contrast met de rode huidkleur, net als de bleke schedel met de bruine levervlekken waar slechts hier en daar nog een plukje haar groeide. Het kon niet anders dan dat de man gebukt ging onder een aantal problemen. En Orla nam aan dat de verdwijning van Adam Fabre ergens onder aan het lijstje stond.

'We runnen een modellenbureau', siste hij en hij tastte naar zijn sigaretten. 'Dat wil zeggen, Adam runt het en wij zijn zijn personeel.' Hij siste weer.

Orla begreep dat hij niet in staat was om gelijktijdig te praten en adem te halen. Rooklongen, dacht ze en ze vloekte inwendig.

'Wat voor modellen? Voor welk doel?'

Hij haalde zijn schouders op. 'Een allegaartje.' Er verstreken een paar minuten toen hij een sigaret opstak. 'Modeshows. Cosmeticareclame.'

'Waarom vinden we zo weinig inlichtingen over de gang van zaken in dit bedrijf?'

De man streek meerdere malen over zijn buik, alsof hij pijn had en die probeerde weg te masseren. 'We doen niet aan marketing. De meisjes komen op ons af en als ze de moeite waard zijn, stuurt Adam ze door naar de klanten.'

'En er wordt geen overzicht opgemaakt van degenen die hij doorstuurt?'

Georges Lambert knipperde verrast met zijn ogen. 'Dat spreekt vanzelf, dat hij er een overzicht van heeft. Hij is geen liefhebber van administratie, maar hij weet donders goed wie hij ergens tewerkstelt.'

Orla werd ongeduldig. 'Weet u hoe ik me voel? Als een hacker die probeert binnen te dringen in het computersysteem van de Wereldbank! Waarom vinden we nergens foto's of lijsten met namen?'

Hij drukte de sigaret uit in de asbak. 'Eerlijk gezegd geloof ik niet dat u veel verstand heeft van deze branche. U denkt toch niet dat we foto's op de muren prikken en overal memoblaadjes laten slingeren met namen?'

Orla stond versteld van de brutaliteit van de man. Ze voelde het bloed naar haar hoofd stijgen op het moment dat Marchal naar voren leunde en met zijn brede hand de glazen en asbakken opzijschoof.

'Oké. Adam Fabre beschikt over de nodige informatie en die heeft hij netjes opgeslagen op zijn computer?'

Georges Lambert knikte. 'Dat klopt.'

'En uw rol?'

Lambert keek om zich heen en greep een kelner bij de arm om een glas water te bestellen. 'Coördinator, dat is misschien de juiste benaming', zei hij eindelijk. 'Ik ben een soort verbindingsschakel tussen Adam, de meisjes en de fotograaf... begrijpt u.'

Orla was er niet zeker van dat ze hem begreep. 'Een verhelderend bezoek aan de fotostudio, wat vindt u daarvan?'

'Daar is de politie al geweest', zei hij en hij tilde het glas water naar zijn mond. 'Een jonge adonis van wie de naam me niet te binnen schiet, vereerde ons vanochtend met een bezoek.'

Roland had dus al tijd gevonden om daar een kijkje te nemen, concludeerde Orla. Adonis was geen slechte typering.

'Hoe zit het met de financiële kant van de firma?'

Georges Lambert nam nog een forse slok water. 'Dat is Adams domein. Hij bemoeit zich met de cijfers. Als hij weer boven water is, zal hij jullie alles haarfijn kunnen uitleggen.' Zijn gezicht betrok en er kwam een angstige uitdrukking in zijn ogen. 'Jullie denken toch niet dat hij niet meer terugkomt?'

Marchal legde zijn armen over elkaar. 'Zou daar een reden voor kunnen zijn?'

Georges Lambert keek hem niet-begrijpend aan.

'Ik kan de vraag ook anders formuleren. Zijn er mensen die in staat zijn om Adam Fabre iets aan te doen?'

Georges Lambert schudde langzaam zijn hoofd. 'Hij is een prachtkerel', zei hij zachtjes en voor het eerst was er een soort emotie in zijn stem te bespeuren. 'De enige stomme zet die hij gedaan heeft, is te trouwen met een vrouw uit de verkeerde familie. Die lieden zijn geen van allen goed snik.' Hij stopte het pakje sigaretten in zijn zak. 'Dat heb ik hem dan ook talloze keren onder zijn neus gewreven, dat die familie hem kapot maakt.'

Marchal legde de foto van de vrouw op de tafel. 'Een schoonheid, nietwaar? Zelfs nu ze dood is. Kent u haar, Lambert?'

Georges Lambert pakte de foto met een lichte aarzeling op en hield hem met twee vingers vast, alsof er levensgevaarlijke bacteriën op zaten. 'Het spijt me, deze vrouw heb ik nog nooit gezien', zei hij zonder op te kijken. 'Daar ben ik honderd procent zeker van.'

Orla bestudeerde zijn gezicht terwijl hij naar de foto staarde. 'Deze vrouw is gevonden in de auto van Adam Fabre. Het is ons nog niet gelukt om haar te identificeren, en dat verbaast ons in feite. Iedereen houdt zich van de domme, het lijkt wel alsof we naar de naam van de maîtresse van de president vragen. U heeft haar dus nog nooit ontmoet?'

Hij schudde zijn hoofd. 'Adam laat over zulke zaken zeer weinig los. Ik moet zeggen dat ik verbijsterd ben, ik had nooit verwacht dat hij een moord zou plegen.'

'U denkt dat hij haar vermoord heeft?'

Lambert zette een ongelukkig gezicht op. 'U moet me niet verkeerd begrijpen. Maar het kan zijn dat het meisje iets wist, dat ze gedreigd heeft om inlichtingen door te spelen aan Isabelle, bijvoorbeeld.'

'Over wat voor inlichtingen heeft u het?'

Lambert slaakte een vermoeide zucht. 'Geen idee. Echt, ik zou niet weten wat er gebeurd is. Ik ben zijn compagnon, niet zijn biechtvader.' Hij zakte achteruit op de bank. 'Ook al beschouw ik hem als een vriend. Een goede vriend zelfs.'

'Hij beweerde dat jullie afgelopen zaterdagavond moesten over-werken.'

'Dat klopt niet. Ik heb hem die dag niet eens gesproken.'

'Heeft u een vermoeden waar meneer Fabre zich bevindt?'

Lambert richtte zijn wazige blik op Orla. 'Aan de andere kant van de aardbol, op een plek waar geen mens hem meer vindt, misschien?'

11

Georges Lambert leek buitengewoon opgelucht toen het gesprek erop zat en hij de bistro kon verlaten.

Orla vroeg zich af of hij blij was dat het verhoor beëindigd was, of dat hij zich niet op zijn gemak voelde tussen alle gasten die ondertussen in het tamelijk kleine café hadden plaatsgenomen. Hij was duidelijk van slag, had in korte tijd minstens drie glazen water naar binnen geslokt en de hand waarmee hij het glas optilde, had steeds lichtjes getrild. Met grote krachtsinspanning krabbelde hij overeind van de harde bank en proestend als een paard trok hij zijn jasje aan. Nervositeit? Schuldgevoel? Orla jongleerde een tijdje met die mogelijkheden, maar besloot dat het zijn slechte gezondheid was die hem parten speelde. Hij was ziek. Maar dat nam niet weg dat de man ook last kon hebben van zaken die hij het liefst voor zichzelf wilde houden.

'Die laatste opmerking van meneer Lambert was niet mis.' Marchal greep naar de menukaart.

Orla fronste haar voorhoofd. 'Hij was anders zo glad als een aal. Mij maakt hij niet wijs dat hij zo slecht geïnformeerd is als hij beweert.'

Marchal krabde in zijn baard. 'Agnès Leclerc en Isabelle Fabre schetsten beiden een weinig flatteus beeld van Adam Fabre terwijl Georges Lambert hem een prachtkerel noemt. Zou het kunnen dat ze niet allemaal de waarheid vertellen? En zo ja, waarom?'

Orla dacht na over Marchals woorden, maar wist niet wat ze moest antwoorden. In de spiegel zag ze haar eigen gezicht, het roodblonde haar slordig opgestoken met een speld, een diepe rimpel op haar voorhoofd. Marchal had ooit spottend opgemerkt dat ze haar goede gezondheid te danken had aan het feit dat ze een nagelbijter was. Daardoor kreeg ze dagelijks de nodige bacteriën binnen en hield ze haar afweermechanisme chronisch in paraatheid.

Een man wurmde zich moeizaam tussen de tafeltjes door en schoof bij hen aan. 'En?' vroeg Roland.

58

Marchal klapte de menukaart dicht. 'We nemen genoegen met *parmentier de canard.*'

Roland haalde een hand door zijn halflange haardos en trok zijn wenkbrauwen op. 'Mij best. Maar mijn vraag gold eigenlijk het gesprek met Georges Lambert. Kwamen jullie iets aan de weet?'

'Hij was of te ziek om helder te denken, of uit het lood geslagen door onze vragen.' Marchal leek er nog steeds niet uit te zijn. 'Hij beweert dat hij de vrouw nog nooit gezien heeft. En hij heeft een hekel aan de familie Tesson. Dat laatste zou wel eens geen leugen kunnen zijn.' Hij vouwde zijn handen en zweeg even, alsof hij zat te bidden. 'Adam Fabre vindt hij een prachtkerel, ook al sluit hij de mogelijkheid niet helemaal uit dat deze goede vriend een moord op zijn geweten heeft. Je vraagt je af of hier iets wringt.' Marchal slaakte een diepe zucht. 'Hopelijk heb jij meer geoogst.'

Roland gooide een verfomfaaid kladblok op de tafel. 'Die fotostudio deed me denken aan de zaak waar ik op mijn zestiende naartoe gesleept werd, omdat mijn moeder zonodig een echte familiefoto boven de schouw wilde hangen. Witte muren, een paar zwarte paraplu's, een zitbankje en schijnwerpers.' Hij haalde zijn schouders op. 'Er was niets te vinden. Adam Fabre had daar in ieder geval geen afscheidsbriefje achtergelaten. De knul die er werkte, hun hoffotograaf, was één brok chagrijn. Het zou me niet verbazen als hij in een van die beruchte voorsteden woont, want hij zanikte aan een stuk door over smerissen en de vuile streken die ze uithalen. Als illustratie serveerde hij me een aantal aardige anekdotes.' Hij zweeg en stak het kladblok weer in zijn zak op het moment dat de rappe en bedreven kelner drie borden op de tafel zette. Orla staarde naar de dampende eendenbouten op het imposante bed van aardappelpuree, klontjes boter en parmezaankaas en deed zoals ze gewoon was. Ze deelde de portie in tweeën en draaide de ene helft in de richting van Marchal. 'Dit hoort bij jouw portie.'

Hij knikte vergenoegd. 'Als er nog ruimte over is. Eerst mijn eigen bord leegeten.'

'Als er nog ruimte over is...' Roland rolde met zijn ogen en pakte zijn vork. 'Vergeleken met het deftige kantoor dat Adam Fabre bij het Louvre op de kop getikt heeft, was deze studio een afknapper. De zaak lag ergens in een achterbuurt, op de eerste verdieping van een haveloos flatgebouw. De schimmel droop van de muren.' Hij rilde bij de gedachte. 'Schimmel?' Orla had net een telefoontje gekregen en met een half oor zitten luisteren. Ze stopte het mobieltje weer in haar tas. 'Het was het lab. Ze hebben haar van een vrouw in de auto van Adam Fabre gevonden. En dat haar blijkt van de dode vrouw te zijn. Ook zaten er sprietjes onder haar schoenen.'

'Sprietjes?' Marchal sprak met volle mond. 'Zoals in grássprietjes?' Ze knikte. 'Sprietjes en wat opgedroogde modder.'

'Wie weet was meneer Fabre de chique hotelkamers beu en wilde hij liever vrijen in een hooischuur, voor de verandering?' zei Roland.

Orla zette grote ogen op. 'Knullen van een jaar of achtentwintig met sexy jeans en een oversized libido komen misschien op zulke leuke ideeën. Heren van Fabres generatie hebben niets met hooi en dat geldt in het bijzonder voor heren met een voorliefde voor Armanipakken en handgenaaide schoenen. Daarbij komt dat dit soort modder niet is aangetroffen in de groeven van zijn autobanden, dus voorlopig blijkt uit niets dat Adam Fabre een ritje heeft gemaakt naar het platteland. Zover wij weten heeft hij Parijs niet verlaten, tot nu toe.' Ze bestudeerde Rolands sombere gezicht en gaf hem een klopje op zijn hand. 'Kop op, vriend. Volgende keer beter.'

Hij greep haar pols voor ze de kans kreeg om haar hand weg te trekken. 'Soms vraag ik me af hoeveel verstand je hebt van mannen.' Hij zei het zo zachtjes dat Orla dacht dat ze hem verkeerd verstond. Dat soort opmerkingen was ze niet van hem gewend. Toch merkte ze dat ze een blos op haar wangen kreeg. Ze had meer ervaring met mannen opgedaan dan haar lief was. Eerst een overleden echtgenoot en daarna een nieuwe vriend die haar bijna om zeep had geholpen. De maat was vol voor haar. Ze rukte haar hand los en kwakte haar portemonnee op de tafel. 'Ik trakteer.'

Marchal was verdiept in zijn eigen wereld en trommelde nadenkend met zijn vingers. 'Roland, jij gaat terug naar het bureau en zoekt iemand die het cv van Georges Lambert grondig kan uitpluizen. Er moet daar iets te vinden zijn. Van alleen maar een slechte spijsvertering raakt iemand niet totaal van de kaart. En probeer meer te weten te komen over die modellenbusiness. De maten van de meisjes laten me koud. Wat mij interesseert, is of het bedrijf ooit betrapt is op iets onreglementairs.'

Buiten getuigden de glimmende stoepen van een korte en hevige regenbui. Orla bleef naast de auto staan en stopte de paraplu in haar tas. 'Zouden ze een buitenverblijf hebben? Isabelle heeft het er niet over gehad. Niet met mij tenminste.' Ze had er ook niet naar gevraagd. Van het begin af had ze de indruk gehad dat Adam Fabre geen type was voor een teruggetrokken leven op een boerderijtje. Integendeel.

Orla wierp een blik op Marchal. Hij stak zijn kin omhoog, beet op zijn snor en leek na te denken over dat wat ze had gezegd. Voor zijn doen hield hij erg lang zijn mond.

'Je denkt niet dat hij op vakantie is?'

Marchal schudde langzaam zijn hoofd. 'Ik denk dat hij dood is.'

'Ga je af op je mannelijke intuïtie?'

Marchal keek nog steeds voor zich uit. 'Hij lijkt of leek me een man die te veel waarde hechtte aan het goede leven om gevaarlijke risico's te nemen. Alleen al het feit dat hij zo krampachtig bezig was om de ouderdom op een afstand te houden. Wat mij vooral bezighoudt, is dat bedrijf van hem. Nergens is er ook maar iets aan informatie te vinden. Waar die man zijn tijd aan besteedde, is een raadsel. Wat moeten we daaruit opmaken, Orla?'

Zwijgend stapten ze in de auto. Het verkeer bewoog zich met een slakkengangetje over de Petit Pont naar de andere oever van de Seine. De namiddagspits was een crime. Het was alsof de straten van stroop waren en het lawaai met de minuut helser werd. Orla dacht aan Georges Lambert, die de partner was van Adam Fabre en toch opmerkelijk weinig afwist van de gang van zaken in hun bedrijf.

Ze zette de radio aan voor wat afleiding. Twee debatterenden vlogen elkaar verbaal in de haren tijdens een discussie over het peil van de nationale voetbalploeg. De gemoederen liepen zo hoog op dat zelfs het meest oververhitte moslimdebat hierbij vergeleken lieflijk in de oren had geklonken. Van het indringende stemgeluid van de gespreksleider kreeg ze helemaal de zenuwen. *'Jækla skvalder!'* mompelde ze in het Noors terwijl ze de kibbelaars het zwijgen oplegde. Het gekakel was de laatste druppel geweest. Ze had behoefte aan stilte, diepe stilte.

Marchal klikte de veiligheidsgordel los. 'We zijn op een behaaglijke loopafstand van het bureau, dus ik stel voor dat je hier even stopt. Als je in tongentaal begint te spreken en buitenlandse woorden gaat brabbelen, voel ik me overbodig.'

Orla liet hem zonder mokken uitstappen. Marchal had een afspraak met rechter-commissaris Pineau en zelf was ze van plan om het doen en laten van de familie Tesson aan een onderzoek te onderwerpen.

Ze reed door naar de place Maubert en zocht daar naar een plekje waar ze kon parkeren. Het was kwart over vier toen ze de Crèmerie des Carmes binnenliep, haar vaste kaaswinkel. De winkelbediende begroette haar even opgetogen als altijd, alsof hij alleen maar op haar stond te wachten. Van de kleine, donkerharige man kreeg Orla dadelijk een beter humeur.

'Een klein stukje *comté*', verkondigde ze.

Hij stond in een wip achter in de zaak en wees. 'Jong, halfrijp of goed rijp?'

Orla staarde naar de kazen, die er in haar ogen allemaal hetzelfde uitzagen. Ze haalde haar schouders even op en hij snapte het signaal. Orla zette haar tas op de grond terwijl de man haar liet proeven en een voordracht hield over de hoeveelheid zon, het soort gras en andere factoren die de kwaliteit van de melk en het rijpingsproces beïnvloedden.

'Halfrijp', besloot ze.

Terwijl hij sneed, woog en inpakte, bedacht ze dat ze voor vijf euro aan kaas en kennis had gekocht. De man had een beroepstrots waar je jaloers op kon zijn.

Ze legde de kaas in haar tas en keek ernaar uit om thuis te komen en zich te vertroetelen met een bordje troost, zoals ze vaak deed als de kerst naderde en de heimwee in haar opwelde. Dan vrat ze koekjes en kaas en maakte ze zichzelf wijs dat dit de enige plek op de wereld was waar ze zulke zalige *comté* hadden. Om van de *croissants aux amandes* maar te zwijgen. Later, als ze haar smaakpapillen, haar richtingsgevoel en haar halve verstand kwijt was, zou ze haar intrek nemen in het bejaardentehuis in Melbu om de rest van haar leven vispudding te eten en naar de zee te luisteren. In de tussentijd zou ze zich in eerste instantie bezighouden met het surfen naar informatie over de familie Tesson.

12

Algerije, 24 april 1961

Het geluid van voetstappen en bedrijvigheid was tot diep in de nacht te horen. Niemand had de slaap kunnen vatten, met uitzondering van Isabelle en Charles, die de ernst van de situatie niet schenen in te zien. Generaal Salan had geen tijd te verliezen gehad. Na de toespraak van de president was hij halsoverkop samen met zijn mannen in de ene auto naar Algiers vertrokken. Het was de bedoeling geweest dat ze zo snel mogelijk met zijn allen en onder geleide van de generaal op pad zouden gaan. Dat plan was plotseling veranderd.

Men had besloten dat Paul en Michelle, de broer en schoonzus van Marc Tesson, samen met hun twee kinderen, Charles en Isabelle, voor zonsopgang zouden vertrekken. Marc zou nog een dag op het landgoed blijven om de laatste zaken af te wikkelen.

'Ze zeggen dat het op de kade krioelt van de mensen die wachten op een schip naar Frankrijk. Jonge mensen, bejaarden, zelfs de ziekenhuizen worden geleegd. Stel je voor!' Isabelles ogen glinsterden bij het vooruitzicht om dit doodse oord eindelijk te verlaten. 'We zijn al in geen eeuwen in de hoofdstad geweest.'

'Nee, vind je het gek. In deze situatie.' Haar moeder haastte zich heen en weer, met roodomrande ogen en een opgezwollen gezicht. Ze trok de ene lade na de andere open en rommelde in kasten. 'Je hebt geen benul van wat er gaande is', zei ze met scherpe stem.

'Lieverd, er kan geen bagage meer bij.' Paul Tesson begon zijn geduld te verliezen. 'We zijn klaar met inpakken.'

Zijn vrouw zeeg neer op een stoel. 'Het is waanzin. Alle bezittingen laten we achter, bijna alles', zei ze ongelukkig.

'Jullie bezitten hier niets. Dit land is niet van jullie.'

Het leek alsof de stem uit de muur kwam. Alle gezichten waren op Fatima gericht, die de hele tijd op een stoel had gezeten en de bedrijvigheid zwijgend had gadegeslagen.

'Wat zei je, Fatima?' Michelle Tesson sprak fluisterend, alsof ze haar oren niet durfde te geloven.

'Dit land is niet van jullie.' Fatima herhaalde de woorden, zachtjes, maar met overtuiging, terwijl er iets koortsachtigs in haar blik kwam.

Haar vader, die druk bezig was om de bagage naar de auto te dragen, bleef als aan de grond genageld staan. 'Fatima!' De schrik was op zijn gezicht te lezen toen hij zich omdraaide naar Michelle Tesson. 'Madame... monsieur, Fatima is in de war, ze weet niet wat ze zegt.'

'Jawel, ik weet heel goed wat ik zeg', zei Fatima rustig. 'De Fransen hebben ons bestolen. Alles is van ons.'

Ze waren als verlamd. Fatima, de achttien jaar oude, beeldschone dochter van het dienstpersoneel, deed zich, zonder een spier te vertrekken, voor als een rasechte rebel.

Isabelles ogen schoten plotseling vuur. 'Bestolen?!' Ze schreeuwde, veerde op van haar stoel en balde haar vuisten. 'Wie hebben hier wegen en spoorlijnen aangelegd? Wie hebben vliegvelden gebouwd, kantoren en ziekenhuizen? En de scholen waar jij en Malek op hebben gezeten? Wie bouwden de bruggen in Constantine? En wie hebben al het land ontgonnen dat wij moeten achterlaten?'

'Het is van ons, alles is van ons.' Fatima knipperde niet eens met haar ogen.

Ze staarden haar verbijsterd aan. Het was alsof het meisje een metamorfose had ondergaan.

Isabelle liet haar armen zakken, maar ziedde nog steeds van woede. 'Ze is niet goed wijs, mensen. Ze is bekeerd, overgelopen.' Ze hield haar hoofd schuin en zei met trillende stem: 'Je bent een parasiet, Fatima. Wij zijn amper de deur uit of jij heult met de vijand. Dan kun je daar je buikje vol eten. Mispunt!'

'Je noemt míj een parasiet, Isabelle?'

'Houd op, allebei.' Michelle Tesson stond op. Ze zag er vermoeid uit. 'Kom, Isabelle, als we geluk hebben, kunnen we nog even slapen. Je weet, om vier uur moeten we in de auto zitten.' Ze liep met haar dochter de kamer uit. 'Ik maak je over twee uurtjes wakker, schat.'

Het was halfvier in de ochtend en op het erf van de hoeve van de familie Tesson heerste een gespannen bedrijvigheid. Er waren vrijwel geen lampen aan, voor het geval de vijand zich in de buurt bevond. Ze mochten absoluut niet de indruk wekken dat er iets gaande was.

De auto stond op het punt te vertrekken toen Michelle Tesson met snelle pas het huis uitkwam. 'Het is niet te geloven. Isabelle en Charles, ze zijn allebei ziek', fluisterde ze. 'Ik denk dat ze iets verkeerds gegeten hebben.'

'Ziek? Wat bedoel je?' Paul zat roerloos en staarde voor zich uit in het donker.

'Ze geven over, hebben buikloop, kunnen nauwelijks op hun benen staan.' Michelle drukte een hand tegen haar voorhoofd. 'Wat nu, Paul?'

'Het was dat ijs', zei Paul. 'Ik zei toch dat het niet goed meer was, dat het veel te vaak gesmolten en weer bevroren was, na al die stroomstoringen van de laatste tijd? Maar ze vertikten het om te luisteren.'

'We kunnen niet vertrekken, ze zijn er te slecht aan toe.'

'We móéten vertrekken', zei Paul. 'Zeg dat ze moeten komen.'

'Echt, ze zijn veel te ziek.' Ze barstte bijna in tranen uit. 'Vertrek jij alvast, dan komen wij zo snel mogelijk achter je aan.'

Marc liep naar de auto en legde een hand op de schouder van zijn broer. 'Ik ga morgen pas weg, misschien kan ik zelfs nog een dag wachten. Isabelle en Charles kunnen met mij meegaan. Stellen we de reis allemaal uit, dan is het de vraag of we nog een plaats op de boot kunnen bemachtigen. Michelle en jij vertrekken nu. Wacht op ons in Marseille.'

Michelle liep met afhangende schouders weg om met de kinderen te praten. Na een emotioneel afscheid van het aanwezige personeel stapte ze in een van de twee auto's die de familie bezat. Om het benzineverbruik te beperken, hadden ze er de laatste weken niet in gereden. Ook de landbouwmachines stonden in de schuren sinds ze besloten hadden het land voorgoed te verlaten. Michelle zag bleek als Marie-Antoinette op weg naar het schavot toen de auto het zandpad opreed en niet eenmaal keek ze om.

'Kun je niet sneller rijden?'

Ze waren het naburige dorp gepasseerd en volgden een smalle, bochtige weg die naar de hoofdweg leidde.

'Dat heb je al een paar keer gevraagd en het antwoord blijft nee. Je kent dit terrein. Belanden we in de berm, dan zijn we verloren. Niemand heeft het lef om ons te helpen.' De stem van Paul klonk gespannen, zijn handen hielden het stuur zo hard vast dat zijn knokkels wit waren. Hij was bang. Ze rook het aan zijn geur, ze zag het aan de zweetdruppels die, ondanks de kou, op zijn slapen glommen.

Michelle keek weer voor zich uit. De oude pijnbomen die langs de weg vooroverhelden, waren nauwelijks te onderscheiden van de diepe duisternis rondom het zwakke schijnsel van de koplampen.

Paul las haar gedachten. Iedereen kende de verhalen over aanvallen en moordpartijen die zo bestiaal waren dat ze alle verstand te boven gingen. 'Er kan ons niets gebeuren', troostte hij. 'Het is kwart over vier. Iedereen slaapt, tenzij de oorlog is uitgebroken en het leger op de been is.'

'Het ís oorlog.' Michelle fluisterde. De angst lag als een dikke deken over haar heen, benam haar de adem, leek haar te wurgen. De auto kwam amper vooruit, vond ze. Het donker wekte de schijn van stilstand, van verlorenheid.

'Hadden we gisteren maar kunnen vertrekken, samen met de generaal', verzuchtte ze. 'Het was veel veiliger geweest als we met twee wagens op pad waren gegaan. De soldaten hadden ons kunnen beschermen. Dat was toch veel beter geweest?'

Hij gaf geen antwoord en leek nog alleen maar op de weg te letten. Zijn zwijgzaamheid werkte nog meer op haar zenuwen. 'Paul, zeg iets.'

'Wees blij dat we in ons eentje zijn', zei hij kort. 'Ik had niet graag samen met de leider van die groepering op dit donkere weggetje gereden. Je moet...' Hij leek plotseling naar adem te happen. 'Mijn god', fluisterde hij.

Michelle keek hem aan voor ze in de achteruitkijkspiegel de koplampen opmerkte. 'Een auto, Paul!' Ze probeerde de paniek in haar stem te bedwingen. 'Waar komt die ineens vandaan? Paul!' Haar stem sloeg over.

Het gezicht van Paul was krijtwit. 'Rustig, Michelle. Houd je in godsnaam rustig. Hits ze niet op, laat mij het woord doen.' Hij bracht de auto tot stilstand. De wagen achter hen stopte ook. Twee mannen stapten uit.

'Het zijn Fransen, mijn...' De woorden bleven van opluchting in haar keel steken. 'Paul, ze zijn Frans!'

De mannen doken naast de auto op. In het donker kregen de karakteristieke uniformen met de luipaardvlekken en de rode baretten iets heroïsch. Paul draaide het raampje naar beneden. Zijn hand beefde nog van de doodsangst die hij had doorstaan.

De soldaat begroette hen, boog naar voren en wierp een blik in de wagen. 'Alleen jullie twee?'

Paul knikte. 'Alleen wij tweeën', zei hij met trillende stem. 'We zijn op weg naar Algiers. De boot naar Marseille vertrekt rond het middaguur.'

'Naar Marseille? Zonder andere familieleden of kennissen?'

Paul knikte, omdat hij nog steeds bang was dat zijn stem hem in de steek zou laten. Hij dacht een soort teleurstelling op het gezicht van de man te bespeuren, maar weet dat aan de duisternis, die alle details uitwiste.

De man rechtte zijn rug. 'Dan wensen we jullie een goede reis. Rijd voorzichtig.' Hij tilde zijn hand op en keerde daarna met zijn metgezel terug naar hun auto.

Paul liet een luide zucht horen. 'Godallemachtig, ik schrok me dood toen die lieden uit het niets opdoken.' Hij schudde zijn hoofd en startte de auto. 'Ze stonden vast in een zijpad dat we in het donker niet konden zien. Ik had nooit gedacht dat ik zo gelukkig kon worden bij het zien van twee Franse soldaten.'

'Vond je niet dat die man een Kabylisch accent had? Het waren toch wel echte Fransen?' Michelle was de angst nog niet te boven.

'Die uniformen spraken toch een duidelijke taal zou ik zeggen. Misschien woont hij hier even lang als wij en praat hij vaak met de lokale bevolking. Dan krijg je vanzelf een accent, nietwaar?' Paul wierp een blik op Michelle. 'Wat is er? Ik praat tegen je.'

Ze keek als gehypnotiseerd voor zich uit. Haar tengere hand wees naar de voorruit. 'Daar, zie je dat?'

Hij remde af en tuurde in de richting die zij aanwees. In de berm zag hij twee personen zitten, met hun rug tegen een boomstam. Het beeld drong heel langzaam tot hen door. De jonge mannen waren blond. Naakt. De ogen verstard. Hun witte hals werd door een brede, donkere streep in tweeën gedeeld.

'Dít waren Fransen... het waren hun uniformen...' Michelle drukte beide handen tegen haar mond om niet luidkeels te gillen.

Paul had zijn blik weer op het wegdek gericht en gaf geen antwoord. Even later zagen ze de auto die midden op de weg geparkeerd was. De koplampen waren gedoofd en de roerloze gedaanten die voor de auto stonden, waren in het donker amper te onderscheiden. De lopen van de geweren leken op lege oogkassen.

Michelles schrille kreet werd overstemd door het geluid van de afgevuurde schoten.

13

Algerije, 27 april 1961

Twee etmalen waren verstreken sinds hun vertrek en niemand had ook maar iets van hen vernomen.

Marc Tesson wist dat het in de huidige situatie problematisch was om vanuit Algiers te bellen en dat het zo mogelijk nog moeilijker was vanuit Marseille, maar dat nam niet weg dat hij ongerust was. De provinciale weg die ze genomen hadden om het dal te doorkruisen, stond bekend als onveilig en er reed nauwelijks nog verkeer. En ook op de hoofdweg tussen Constantine en Philippeville kon er van alles gebeuren, zelfs midden in de nacht.

Was alles voorspoedig verlopen, dan zouden Michelle en Paul nu in Frankrijk moeten zijn. Weer suste hij zich met de gedachte dat ze niemand kenden in Marseille en dat de stad overspoeld werd door Fransen die uit Algerije waren gevlucht. Ze zouden hem vast bellen zodra ze er de kans toe kregen.

Hij zette de beslommeringen van zich af en richtte zijn aandacht op het naderende vertrek. Alles was inmiddels geregeld, maar toch kon hij er met zijn verstand niet bij dat hij nooit meer terug zou keren. De avond ervoor had Kagda, de bedrijfsleider, bevelen gegeven aan het personeel en de indruk gewekt dat hij slechts een paar dagen afwezig zou zijn. 'Ali, vergeet niet om de pruimen op tijd te plukken en houd de druiven goed in het oog. Nassredine, je moet de artisjokken nogmaals mesten voor ze geoogst kunnen worden. En let op de kruiden. Voor ze gaan bloeien, moeten ze naar binnen om te drogen!' Het personeel had hem zwijgend en met verwondering aangehoord, want ze wisten allemaal donders goed dat het bedrijf opgedoekt was. Zelfs Kagda zat nu zonder werk. Dat betekende dat hij niet meer voor Malek, zijn oudste zoon, die nog op school zat, kon zorgen. En hetzelfde gold voor Fatima. Een tijdje had Marc met de gedachte gespeeld om het landgoed over te dragen aan Kagda. Ook al was de relatie tussen de man en hem verslechterd na de dood van Assia, Marc wist dat de vader, net zoals iedereen, van mening was dat Assia door een ongeval om het leven was gekomen. Maar Kagda zou nooit in staat zijn om dit grote bedrijf te runnen. Hij kon noch lezen, noch schrijven en het ontbrak hem aan kapitaal. Bovendien was het niet waarschijnlijk dat Kagda de kans kreeg om zijn intrek te nemen als Marc zijn hielen gelicht had. Kagda was tot op de laatste dag een loyale bondgenoot van de familie Tesson gebleven en dat werd hem bijzonder kwalijk genomen. In de ogen van velen was de man een verrader. Marc moest er niet aan denken dat de vijand zijn landerijen en zijn woning inpikte.

Fatima was de enige die niet tegen de toekomst opzag. Ze was ervan overtuigd dat alles op zijn pootjes terechtkwam.

Toen het moment om te vertrekken was aangebroken, vulde Marc de grootste jerrycan met de benzine uit de tank die gebruikt werd om de auto's en landbouwmachines van brandstof te voorzien. Zodra de duisternis gevallen was, goot hij benzine in en om de schuren, over de moestuinen en de boomgaarden voor hij aan de leegstaande woningen begon. Kagda, de enige werknemer die met zijn gezin op het landgoed had gewoond, was de voorgaande dag verhuisd naar de dichtstbijzijnde *djeba*.

Hij liep vervolgens langs dezelfde weg terug terwijl hij de ene lucifer na de andere afstreek en wegwierp. Bij de haag die de tuin omzoomde, bleef hij staan. Hij zag de haag als een symbool, een monument ter nagedachtenis aan een verloren tijd. Hier had hij als kind verstoppertje gespeeld en hier had Assia stiekem naar hem staan gluren. De gedachte aan haar maalde de hele tijd in zijn achterhoofd, zelfs te midden van de chaos die er op dit moment heerste. Hij voelde zich schuldig. Assia's leven was voortijdig beëindigd, ze was als een boek waarin je nauwelijks begonnen was voor het zoekraakte. Hij smeet de jerrycan met een onderdrukte kreet in de haag terwijl hij bedacht dat niets van dit alles hem nog toebehoorde en dat rouwen zo goed als zinloos was.

Wat de financiën betrof, hoefde hij zich nergens zorgen over te maken. Zijn familie had nooit uitsluitend van de landbouw geleefd.

Zelf had hij indertijd het welvarende bouwbedrijf van zijn grootvader overgenomen en dankzij alle bouwwerkzaamheden in het land had hij daar in de loop der jaren een vermogen aan overgehouden. Het geld was al een tijd geleden van de bank in Algiers naar die in Parijs overgeplaatst. Met lege handen zou hij dus niet beginnen. De hitte van de branden werd al snel ondraaglijk en ze haastten zich naar de auto.

'Ik zal blij zijn als ik in Parijs woon.'

Isabelles gevoelloze afscheid van haar geboorteplaats schokte Marc. 'Vergeet niet dat je hier grootgebracht bent en nooit meer terug zal keren, Isabelle.'

'In Frankrijk krijg ik kansen die ik hier nooit gekregen had', antwoordde ze rustig.

Marc startte de auto en draaide de weg op. Hij had besloten om Kagda mee te nemen naar Marseille, voor het geval er iets zou gebeuren tijdens de rit. De verantwoordelijkheid voor Charles en Isabelle woog bijzonder zwaar.

Charles zat ineengezakt op de achterbank, met zijn ene hand onder zijn kin. De gevoelens van de jongen waren, zoals altijd, niet te duiden. Marc deed al lang geen moeite meer om hem te begrijpen.

Het was vier uur in de ochtend, net als toen Paul en Michelle vertrokken. Hij had de datum en het tijdstip van het vertrek niet van tevoren aangekondigd. Een alarmbelletje had hem gewaarschuwd om zo omzichtig mogelijk te werk te gaan. Hun koffers stonden al twee dagen gereed en slechts een uur voor het vertrek had hij Charles en Isabelle wakker gemaakt.

Er was iets aan de hand met zijn zenuwen de laatste tijd. Na het ongeluk van Assia was hij niet meer zichzelf geweest. Ongeluk? Voor de zoveelste keer doorliep hij in gedachten de gang van zaken. Assia was te angstig geweest om een stap te verzetten. Hoe kon haar dan een ongeluk overkomen? In zijn hart vreesde hij dat de ware toedracht anders was. Dit scenario, deze nachtmerrie, hield in dat iemand haar een duw had gegeven op het moment dat hij uit het zicht was. Maar wie?

Hij reed door het donker met het gevoel dat hij zelf een afgrond naderde. Niemand zei iets. Charles en Isabelle dommelden op de achterbank, en Kagda zat zwijgend naast hem, even zenuwachtig en waakzaam als hijzelf. Ze waren het dorp al gepasseerd en waren nog maar vijf kilometer van de hoofdweg verwijderd. Hij begon langzaam te ontspannen.

'*Monsieur!*' De plotse stem van Kagda deed hem naar adem happen.

'Jezus, Kagda, wat bezielt je? Ik schrok me wezenloos!'

Kagda's ogen waren groot en gericht op iets in de berm. Marc had alleen maar voor zich uit zitten turen en op niets anders gelet dan het wegdek. Nu zag hij het ook.

Mensen. Ze lagen tussen de boomstammen en waren nauwelijks zichtbaar. Je zou zeggen dat ze lagen te slapen, ware het niet dat twee van hen naakt waren. Vlak naast de rijbaan staken twee dunne palen omhoog en boven op de palen waren de hoofden van een man en een vrouw gestoken. Op de achterbank hoorde hij Isabelle en Charles bewegen. Op hetzelfde moment dacht hij een kreun of een onderdrukte kreet op te vangen en hij had bijna een arm naar achteren gestrekt om Isabelles hand te pakken. Maar zijn vingers omknelden het stuur en het geruis in zijn oren leek op een storm op zee. Misschien had hij het verkeerd gehoord en hij wilde of durfde zich niet om te draaien om het aan de weet te komen.

Marc duwde zijn voet op het gaspedaal om deze onheilsplek zo snel mogelijk achter zich te laten. Hij had geen idee wat de twee op de achterbank gezien hadden en hoeveel ze ervan begrepen hadden. Zelf was hij geen moment in twijfel. Nu wist hij waarom Michelle en Paul niets van zich hadden laten horen.

Kagda nam al gauw het stuur van hem over. Marc was niet in staat om te rijden, hij trilde zo hevig dat hij zijn voet niet op het gaspedaal kon houden.

Op de achterbank was Charles in slaap gevallen, terwijl Isabelle stilletjes en met grote ogen voor zich uit staarde. Hij kon er alleen uit opmaken dat ze waarschijnlijk iets gezien hadden, maar dat ze de slachtoffers niet hadden herkend. Hij wist dat het zijn taak zou zijn om hen op de hoogte te stellen. Later. Op dit moment zou hij met geen woorden kunnen beschrijven wat hij voelde en wat hij gezien had. Ze hadden nog een kilometer of twintig voor de boeg. Hij had tijd nodig om te kalmeren en na te denken.

Kagda had geen woord gezegd nadat ze van plaats waren verwisseld. Hij zat als versteend, hij ook, maar was gelukkig bij machte om de auto te besturen.

Ze reden de stad in en zagen met verbazing dat vele deuren en muren beklad waren met drie grote letters. oas. Geweerschoten weerklonken overal, net als het geluid van springstof die ontplofte. Nadat de coupplegers zich in de vroege ochtend hadden overgegeven, had de ultraconservatieve Franse organisatie de stad geterroriseerd.

'Het is hier erg onveilig, monsieur Tesson.' Kagda deed eindelijk zijn mond open. Met schichtige blik keek hij om zich heen. 'Jullie moeten zien dat jullie zo snel mogelijk aan boord komen, en ik moet zorgen dat ik thuiskom.' Hij zweeg even. Daarna zei hij zachtjes: 'Ik moet Malek ophalen en mee naar huis nemen. Hij kan niet op die school blijven. Het is hier te gevaarlijk voor die jongen.'

Marc knikte. 'Dat komt goed uit. Ik moet nog geld halen voor de overvaart. Rijd naar de Banque de France en parkeer voor het gebouw. De school ligt in dezelfde straat.' Marc probeerde zijn onrust te verbergen en zijn stem zo kalm mogelijk te laten klinken. Malek zat nu al een jaar op het Centre Sociaux Éducatif, een school voor Algerijnse jongeren, opgericht vanwege de kritiek op de slechte opleiding die kinderen van eigen bodem genoten. De school was een doorn in het oog van zowel de guerrilla als de rechts-extremistische Fransen. Kagda had het bij het rechte eind. In de huidige situatie liepen de leerlingen en de leraren groot gevaar.

De sfeer in de straten was opgewonden. Overal stonden groepjes mannen terwijl vrouwen en kinderen vrijwel nergens te zien waren. Woede, frustratie en wanhoop waren op alle gezichten te lezen. Het gistte in de smeltkroes van gevoelens. Marc besefte dat hij het land op het laatste nippertje zou verlaten.

Kagda hield stil voor de bank. Vijftig meter verderop lag de school. De deuren waren nog dicht, maar op de stoep had zich al een groot aantal leerlingen en leraren verzameld. Marc constateerde dat de groep uit zowel Algerijnen als Fransen bestond. Malek woonde bij een ver familielid op kamers en was duidelijk vroeg uit de veren. Marc zag dat hij in een gesprek gewikkeld was met een wat oudere man en hij nam aan dat dit een van de Franse docenten was.

Marc, Isabelle en Charles stapten uit de auto op het moment dat twee wagens de straat inreden. In de buurt van de school remden ze af. Uit de eerste auto sprongen twee zwaargewapende mannen, gekleed in de uniformen van de OAS. Geweren werden op de groep gericht. Schoten scheurden de ochtendstilte aan flarden. Lichamen zakten in elkaar. De mannen doken in de auto en reden weg. Het schietincident had zich binnen een minuut voltrokken.

Terwijl hij met de armen beschermend om Isabelle en Charles geslagen achteruit het bankgebouw binnenliep, zag Marc dat Malek naar de auto strompelde waarmee zijn vader kwam aanrijden. Hij stapte in en niet veel later was de wagen uit het zicht verdwenen.

Het geluid van de schoten op straat had een ijzige stilte doen vallen in het eerbiedwaardige banklokaal met de donkere, eikenhouten wanden. Voetstappen en stemmen kregen een naargeestige, holle klank, alsof men zich in een grafkamer bevond. Marc vroeg of hij gebruik mocht maken van een van de telefoonlijnen van de bank. Het was de allereerste keer dat hij de naam van zijn familie uitbuitte en contact opnam met generaal Salan. Het gesprek nam niet veel tijd in beslag. Marc had slechts één verzoek: hulp om weg te komen.

Hij ging tussen Charles en Isabelle in op een bank in een hoek van het lokaal zitten. Geen van hen zei een woord, ze luisterden stilletjes naar de loeiende sirenes en de opgewonden kreten buiten op straat. Marc dacht aan alles wat hij later moest uitleggen, maar waar hij nooit de moed voor zou kunnen opbrengen. En nooit zou hij er vrede mee hebben dat hij alle principes overboord had gegooid om zijn eigen hachje en dat van zijn naasten te redden.

Twintig minuten later werd de deur geopend. Georges Lambert

en Adam Fabre kwamen binnen, beiden gewapend. Zodra ze het drietal zagen zitten, liepen ze glimlachend op hen af.

'Monsieur Tesson! De generaal heeft beloofd dat hij jullie gastvrij zal onthalen in zijn villa, ook al is de toestand zeer kritiek en rust er een zware druk op zijn schouders. Kom maar mee. Morgen brengen we jullie weer veilig terug in Algiers en zullen we ervoor zorgen dat jullie zonder problemen het land verlaten.'

Het was Georges Lambert die het woord voerde. Marc luisterde naar hem zonder een spier te vertrekken terwijl hij bemerkte dat zijn compagnon, Adam Fabre, niet met zijn gedachten bij het gesprek was. De man had alleen maar aandacht voor Isabelle en keek haar in de ogen met een onbeschaamdheid die Marc woest maakte.

Hij knikte mechanisch en stond op. Zwijgend duwde hij Isabelle voor zich uit naar de deur.

14

Parijs, 10 november 2000

Isabelle Fabre opende de deur.

Haar ogen hadden dezelfde koele uitdrukking als tijdens hun eerste ontmoeting. Ze was beleefd en formeel, maar niet onvriendelijk en ging Orla en Roland voor naar een lichte, ruime zitkamer. Elegante, beige meubels waren stijlvol neergezet en drie hoge, openslaande deuren verleenden toegang tot een brede veranda. Het echtpaar woonde zonder meer plechtstatig in de dure buitenwijk Neuilly-sur-Seine.

'Jullie willen de spullen van mijn man onderzoeken. Kom maar mee.' Ze liep door naar de slaapkamers. 'Mijn man en ik slapen gescheiden. Dit is zijn slaapkamer en die deur daar leidt naar zijn bureau. In deze twee vertrekken bewaart hij alles wat hem lief is.' Ze liep met kaarsrechte rug door de slaapkamer, die, in tegenstelling tot de rest van de flat, ingericht was met zware, antieke meubels. 'Zoals jullie zien, vertoeft mijn man graag in een vorstelijke omgeving.' Ze glimlachte, maar de opmerking was duidelijk sarcastisch bedoeld. Ze opende de deur naar de werkkamer en deed een stap opzij. 'Mijn man is een pietje-precies. Hij heeft een gloeiende hekel aan rommel. Ik denk niet dat jullie mijn hulp nodig hebben.'

Adam Fabre had inderdaad een hang naar weelde, moest Orla beamen. Op de schrijftafel van donker mahonie stond een bronzen bureaulamp met een voetstuk dat een Romeinse krijger voorstelde. Tegen de muur hing een grote spiegel met een brede, vergulde lijst. Wat echter het meest opviel, was de kolossale kroonluchter.

Isabelle zag Orla omhoog kijken en slaakte een kleine zucht. 'Van donkere kamers griezelt hij en ik denk dat hij daarom zo verzot is op die lamp. Ik vind het geen gezicht. Dat ding hoort thuis in een feestzaal, boven een enorme eettafel.'

Ze glimlachte naar Roland. 'Alle laden en kasten zijn open. Hij doet nooit iets op slot. Alleen zijn laptop ontbreekt helaas. Die neemt hij altijd met zich mee.' Ze keerde zich om naar Orla. 'U wilde me spreken, nietwaar? Het is zulk heerlijk weer, dus stel ik voor dat we op het terras gaan zitten.' Zonder een antwoord af te wachten, begaf ze zich naar de deur. Orla liep haar achterna terwijl ze met verbazing constateerde dat Isabelle Fabre de regie voerde over dit bezoek.

Het terras was indrukwekkend. In grote sierpotten waren heesters en coniferen geplant. Naast een dichtgeklapte parasol stond een teakhouten zitgroep. Een ovaal, betegeld zwembad lag als een turkooizen oog achter in de tuin. 'Neemt u plaats. Ik zet snel een kopje kruidenthee voor ons beiden.' Ze verdween weer naar binnen zonder haar gast te vragen of ze dat soort thee wel dronk.

Dat deed Orla niet. Ze hoopte dat ze een klein kopje door haar keel kon krijgen als ze de smaak wegwerkte met een overdosis suiker. Ze ging zitten en probeerde te gissen hoeveel een mens moest betalen voor een appartement als dit. Haar eigen schoonouders bezaten een soortgelijke flat, maar de waarde ervan was nooit een gespreksthema geweest. Ze boog haar hoofd naar achteren en genoot van de zonnestralen op haar gezicht.

Isabelle Fabre keerde terug met een dienblad waarop twee kopjes en een theepot stonden. Tot haar schrik zag Orla dat de suikerpot ontbrak.

'Salie en kamille', zei Isabelle Fabre en ze schonk de kopjes tot aan de rand vol. 'Mijn eigen melange.' Ze reikte Orla het ene kopje. 'Ik hoop dat u het lekker vindt', zei ze en ze nipte van de gloeiend hete thee. 'Niets voor beginnelingen, ben ik bang. Vooral salie heeft een specifieke smaak, scherp, zeggen sommigen. Kamille is daarentegen bijzonder mild. Ik vind deze combinatie goddelijk.'

Orla tilde het kopje naar haar mond. Ze vond dat de thee net zo rook als de rotte wortels van haar kamerplanten als die weer eens bezweken waren aan een goedbedoeld teveel aan water en mest. Op de thee dreef een dikke smurrie gedroogde kruiden. Orla nam een slokje en moest zich beheersen om niet te kokhalzen. 'Heel speciaal', knikte ze welwillend en ze pulkte een blaadje salie van haar lip.

Isabelle Fabre plaatste haar kopje op de kleine tafel die voor hen stond. 'En zeer goed voor de spijsvertering. De beste remedie als je last van lucht in je buik hebt. En kamille staat bovendien bekend om zijn kalmerende werking.'

Orla knikte weer en bedacht dat ze niets tegen kruiden had. Ze kreeg ze alleen niet door haar keel. Net als ingewanden trouwens. En oesters. Zodra ze zo'n beest in haar mond had, kreeg ze de neiging om te braken. 'Zeer speciaal', herhaalde ze en zette het kopje neer. 'Moet u luisteren', zei ze toen ze het gevoel kreeg dat Isabelle Fabre nog urenlang kon kwebbelen over de heilzame werking van kruiden. 'De auto hebben we dus gevonden, maar van uw man hebben we nog steeds niets vernomen. Er is een landelijk opsporingsbericht uitgegaan en ook Interpol is gewaarschuwd. Hoe meer we over uw man weten, hoe gerichter we te werk kunnen gaan.' Orla viste haar aantekenboek uit haar tas. 'U zei dat hij een modellenbureau runt, nietwaar?'

Orla merkte dat Isabelle Fabre haar niet langer aankeek. Ze knikte alleen maar.

'Kunt u me daar meer over vertellen?' vroeg Orla toen bleek dat de vrouw niet van plan was om op haar vraag in te gaan.

Isabelle Fabre bleef zwijgen. Ze staarde geboeid naar de top van een cipres waar een zwart met wit vogeltje was neergestreken. 'Het verschil tussen dag en nacht is soms gewoon niet te vatten', zei ze plotseling. 'Overdag staat de zon aan een strakblauwe hemel, de vogeltjes fluiten en alles is betoverend mooi.' Nu keek ze Orla weer aan. 'Gisterenavond zag ik ineens twee vleermuizen om de schoorsteen vliegen.' Haar ogen kregen een vreemde blik. 'Als het nog niet helemaal donker is en de lucht een bijna paarse kleur heeft, dan zie je silhouetten als in een schimmenspel.' Ze haalde adem. 'Ik wist niet dat ze hier voorkwamen. Maar ik herkende ze meteen aan hun gefladder en hun chaotische manier van vliegen.' Ze huiverde. 'Ik vind het engerds, weerzinwekkende beesten.'

'De zaak van uw man...'

'Die komt me de strot uit!'

Orla fronste haar wenkbrauwen. Zowel de plotse uitbarsting als de woordkeuze verraste haar.

'Hij doet zaken met piepjonge meisjes die ik weet niet wat willen doen om op de cover van een glossy te komen. Maar mijn mening over het bedrijf lijkt me van ondergeschikt belang.' Ze nam nog een slokje thee en leunde achteruit in haar stoel. De blik waarmee ze Orla aankeek, was bedaard. 'Ik kan u verzekeren dat mijn man nooit de moeite heeft gedaan om mij bij het bedrijf te betrekken. Ja, afgezien van de eerste jaren, toen meneer behoefte had aan geld.' Weer die sarcastische ondertoon. 'En dat had u?' Orla kon het antwoord bijna raden. Rijke jonge vrouw ontmoet jonge geldwolf. Een klassiek scenario.

'Mijn beide ouders stierven toen ik zeer jong was. Mijn broer en ik erfden een aanzienlijk vermogen. Op dat moment kende ik Adam al. Ik had hem leren kennen als een man met een overmaats ego en grootse dromen. Hij wilde zowel op sociaal als op financieel gebied boven iedereen uitsteken. Een leven in overvloed, daar hunkerde hij naar. Rijk worden, en wel zo snel mogelijk.' Ze kon de bitterheid in haar stem niet verbergen. 'Wat hij te bieden had, was een bijzonder aantrekkelijk uiterlijk en een onweerstaanbare charme. Ik beschouwde mezelf als een geluksvogel.' Ze ging rechtop zitten en schudde haar hoofd. 'Mijn god, wat was ik naïef. Maar wat wil je, ik was amper achttien, vreselijk verwend en overbeschut.' Ze staarde een tijdlang voor zich uit, voor ze zich ineens naar Orla toe boog. 'Bent u gehuwd?' Haar gezicht was zo dichtbij dat Orla haar zwakke parfum rook en onder het dunne laagje poeder het fijne rag van rimpeltjes kon onderscheiden. De ogen deden haar denken aan die van een Siberische husky. Op het eerste gezicht kalm en uitdrukkingsloos, maar achter de lichtblauwe blik gingen onvermoede krachten schuil.

Orla knikte langzaam, bijna mechanisch.

Isabelle Fabre zuchtte. 'Ja, dan weet u natuurlijk dat een huwelijk soms een ware hel is.'

Orla stopte het aantekenboek terug in haar tas zonder op de opmerking in te gaan. Haar hel begon toen haar man omkwam bij een auto-ongeval, vlak nadat ze getrouwd waren. Vaak had ze het gevoel dat ze op de rand van een krater balanceerde als het onderwerp ter sprake kwam. De eerste jaren waren de herinneringen alleen al voldoende om in een depressie te verzeilen. Nu wist ze dat ze sterker in haar schoenen stond en kon terugdenken zonder in te storten. 'Ik ben hier om concrete inlichtingen te vergaren over het werk van uw echtgenoot', zei ze rustig. 'Met wie hij dagelijks samenwerkt, met wie hij andere contacten onderhoudt, de financiële status van het bedrijf, dat soort zaken.'

'Het wordt kil.' Isabelle Fabre goot het nog volle kopje van Orla leeg in een van de bloempotten en zette de kopjes en de theepot op het dienblad. 'Van al die zaken heb ik geen flauw benul. Voor dat soort vragen kunt u terecht bij zijn compagnon, Georges Lambert. Kom, we gaan naar binnen.'

Orla voelde zich opnieuw gemanipuleerd en bleef zitten. 'Madame Fabre, waar was u die avond toen uw man verdween?'

Isabelle Fabre stond haar aan te staren met ogen die steeds smaller werden. Er woedde duidelijk een strijd in haar binnenste, tussen de wens om het huis in te snellen en de deur achter zich dicht te smijten, en de behoefte om korte metten te maken met de vraag van Orla.

'Waar ík was? Heeft dat enige betekenis voor uw onderzoek?' Ze zette het dienblad langzaam neer en leunde naar voren. 'Het spijt me, maar ik kan die vraag niet anders opvatten dan dat u niet uitsluit dat ik iets met de verdwijning van mijn man te maken heb. Is dat juist?'

'Het is een routinevraag, madame Fabre. Iedereen in de directe omgeving van uw man wordt in het onderzoek betrokken. U hoeft me alleen maar te vertellen waar u zich bevond omstreeks het tijdstip waarop hij verdween. Dat is alles.' Orla slaakte een ongeduldige zucht.

Isabelle Fabre kneep haar witte lippen op elkaar en keek Orla verbijsterd aan, alsof dit de eerste keer in haar leven was dat niet zij maar iemand anders de lakens uitdeelde. 'Ik zat samen met mijn broer Charles en zijn vrouw in mijn eigen eetkamer op Adam te wachten. Het eten stond al op tafel.' Ze draaide haar rug naar Orla, maar bleek nog niet uitgesproken te zijn. 'U kunt zijn secretaresse bellen. Die zal u precies hetzelfde verhaal vertellen. Als dat achterlijke mens in staat is om terug te schakelen van woensdag naar zaterdag. Ik ben daar eerlijk gezegd niet zo zeker van.'

Op dat moment kwam Roland het terras op. Hij hield een in donkerbruin leer gebonden boekje omhoog. 'Dit is zijn agenda, madame Fabre. Behoort hij die niet bij zich te hebben?' Isabelle Fabre pakte de agenda uit zijn hand. 'Hij heeft er twee. De ene laat hij thuis liggen, de andere neemt hij altijd mee. Hij noteert alle afspraken in beide agenda's, voor de zekerheid.' Ze gaf Roland de agenda weer terug.

Roland deed hem open en bladerde erin. 'De inhoud maakt me niet veel wijzer.' Hij keek mevrouw Fabre aan. 'Misschien kunt u ons een handje helpen? Hier staat bijvoorbeeld een rijtje namen, maar het zijn uitsluitend voornamen, en alleen van vrouwen.'

Isabelle Fabres blik kreeg iets afwezigs. 'Die zeggen me vast en zeker niets. Ik veronderstel dat het afspraken met modellen zijn.'

'Gebruikt hij alleen hun voornamen?'

De manier waarop ze haar schouders ophaalde, was een toonbeeld van onverschilligheid. 'Ik heb geen idee hoe hij met deze meisjes communiceert.'

'Er staat ook een naam bij de datum waarop hij verdween. Mina. Zegt die naam u iets?'

Ze schudde haar hoofd. 'Helemaal niets. Misschien was zij dat zogenaamde overwerk die avond?'

'En dit vond ik ook.' Hij vouwde een A4'tje open. 'Het is een uitdraai van een elektronisch vliegticket naar Algiers.'

Ze keek verrast. 'Die lag in mijn mans werkkamer?'

'Onder de plastic onderlegger op zijn schrijftafel. De vertrekdatum is over veertien dagen. Terugreis een week later. Hij boekte deze reis op de dag dat hij verdween.'

Isabelle Fabre sperde haar ogen open. 'Zou het kunnen dat hij eerder naar Algerije is vertrokken? Dat hij zich daar bevindt?' Ze schudde zachtjes haar hoofd. 'Het spijt me werkelijk dat ik zo weinig kan bijdragen aan dit onderzoek, maar zoals ik al geprobeerd heb duidelijk te maken, we bemoeien ons niet langer met elkaars leven. Zo nu en dan heeft hij het er wel eens over gehad, dat hij graag terug wilde keren naar Algerije...' Haar blik verhardde. 'Ja, misschien is meneer er een weekje tussenuit getrokken, met een vriendin. Om oude herinneringen op te halen. Een betere tip kan ik jullie niet geven op het moment.'

Roland reikte haar een netjes opgevouwen brief. 'Zou dit hier die suggestie kunnen bevestigen?'

Isabelle Fabre nam de brief aarzelend van hem over. Ze vouwde hem open en begon te lezen. De kleur op haar gezicht leek iets te verbleken voor ze de brief teruggaf. 'Ik blijf het antwoord schuldig, meneer. Dit zegt me helemaal niets.'

Roland reikte Orla de brief aan toen ze even later weer in de wagen zaten. 'Ik ben benieuwd wat jij ervan vindt.'

Beste monsieur Fabre,
Ik heb geen woorden voor de dankbaarheid die ik voel omdat u mij wilt ontmoeten. Ik had nooit gedacht dat een man als u hierin zou toestemmen, vooral nadat ik u voorgelogen had dat ik wilde werken als model. Maar ik was radeloos en wist geen andere manier om in contact met u te komen.
Ik begrijp goed dat het moeilijk voor u is om alles te geloven wat ik u tijdens ons korte telefoongesprek verteld heb. En juist daarom ben ik zo blij dat u mij wilt ontmoeten.
Dan zult u alle namen en details te horen krijgen, zodat u niet meer twijfelt aan de waarheid van mijn woorden.
Omdat ik geen mobiele telefoon heb, stuur ik u een briefje waarin ik onze afspraak genoteerd heb, om vergissingen te voorkomen:
Vrijdag 3 november, 21.00 uur. Ik zit op een bankje, links van de carrousel bij het Louvre. Ik heb donker haar in een paardenstaart en een zwart windjack. U herkent me ook aan de ketting om mijn hals. Er hangt een gouden hartje aan met kleine, rode steentjes.
Ik kijk uit naar onze ontmoeting.

De brief was gedateerd 1 november, maar het onderste gedeelte van het vel papier was afgescheurd, waarschijnlijk met naam en al.

'Ik denk dat er een naam heeft gestaan, misschien ook een adres. Het zou kunnen dat Fabre het heeft afgescheurd en meegenomen, voor het geval hij haar naam vergat.'

Roland knikte. 'De brief lag onder het televisietoestel dat op zijn bureau staat. Je zou bijna zeggen dat hij hem daar verstopt heeft, want er lagen verder geen andere papieren. Ook geen envelop.'

'Dit is een kopie.'

'Ja. Misschien heeft hij de originele brief ergens gearchiveerd.'

Orla fronste haar voorhoofd. 'Vrijdag, de dag vóór Fabre verdween en de dag waarop die jonge vrouw stierf, dus. Hebben we te maken met de Mina uit zijn agenda?'

'Dat zou kunnen. We weten zo goed als niets over Fabre en wie weet gold dat ook voor de vrouw die in zijn auto lag. Ze koesterde geen argwaan en moest dat met haar leven bekopen. Iets in die geest.'

'Ik vraag me af waarom ze zo radeloos was, waarover ze zo nodig met hem moest spreken.'

Roland schudde zijn hoofd. 'Misschien hebben we het bij het verkeerde eind. Deze vrouw zou ook een lokduif geweest kunnen zijn die Adam Fabre in de val moest lokken.'

Ze waren aangekomen bij het politiebureau en Orla hapte een paar keer naar adem, alsof ze een zuurstoftekort had. 'Ik begrijp niet waarom Isabelle Fabre zo humeurig is en bij elk niemendalletje uit haar slof schiet.' Ze keek Roland van opzij aan. 'Heeft het iets met mij te maken, denk je?' Om aan te geven dat ze een antwoord verwachtte, bleef ze roerloos achter het stuur zitten. 'Roland, ik probeer mijn gedrag te analyseren en heb behoefte aan feedback. Ik wil mijn werk goed doen, een beter mens worden', zei ze toen hij bleef zwijgen.

Roland zuchtte. 'Petje af, Orla. Dat is een goede instelling. Alleen wil ik niet dat je een ander mens wordt.' Hij opende het portier.

'Zo maak je het me nog moeilijker!' Ze greep zijn arm en hield hem tegen. 'Als je mijn vader was geweest, of mijn opvoeder, zou ik je ervan beschuldigen dat je dubbele en tegenstrijdige signalen geeft.'

'Ik ben gelukkig noch de een noch de ander. Maar als je wilt weten wat ik vind van Isabelle Fabre, dan geloof ik dat die nukken bij haar persoonlijkheid horen. Ik zie haar als een hoogmoedige, welgestelde vrouw die het niet kan pruimen dat iemand haar lastigvalt met persoonlijke en wellicht krenkende vragen. Daar is ze gewoon niet aan gewend. Wat mij bezighoudt, is haar bitterheid.' Hij staarde voor zich uit. 'Ik vraag me af of je zo wordt als je systematisch en openlijk bedrogen wordt, of dat er iets anders aan de hand is.'

'Ze leek niet erg geschokt over de inhoud van die brief.'

Roland wreef zijn handpalmen over zijn dijen. 'Orla, ik ben geen kenner van vrouwelijke gevoelens. Maar mijn gezonde verstand zegt me dat Isabelle Fabre al lang niet meer overdonderd wordt door dit soort zaken. Die avontuurtjes van haar man, daar is ze inmiddels aan gewend. Dit laatste slippertje is een van de vele, alleen lijkt het erop dat hij dit keer ergens uit de bocht is gevlogen.'

Orla hield nog steeds zijn arm vast. 'Geen kenner van vrouwelijke gevoelens? Roland, dat is niet waar, ik vind juist van wel.' Ze voelde dat ze plotseling begon te blozen en trok de speld uit haar haar zodat het voor haar gezicht viel. 'Alleen niet die van mij. Die zijn zelfs voor mij af en toe een raadsel.' Ze stapte uit en trok zijn portier open. 'Kom, Roland, er is werk aan de winkel.'

15

Agnès Leclerc had het bureau van Adam Fabre een uur vroeger dan anders verlaten.

Secretaresse zijn zonder een baas die haar van werk voorzag, was slopend. Ze had weekbladen zitten lezen en elke dag haar nagels gevijld en opnieuw gelakt en zich afgevraagd of ze haar tijd beter kon besteden aan het zoeken naar een baan die meer opbracht. Ze trok de lamsleren handschoenen uit en duwde de buitendeur met twee gestrekte vingers open, alsof een vunzige zwerver haar de weg versperde. Roet en stof lagen in een dikke laag op de afgebladderde deur. Ze wilde die voor geen goud met haar nieuwe handschoenen aanraken.

Iemand had de deur op een kier laten staan en de stank van kattenpis prikte in haar neusgaten. Ze liep de lift in terwijl ze haar hand tegen haar mond drukte en verwensingen mompelde. De flat was een piepkleine tweekamerwoning die ze op het moment met haar moeder deelde. Agnès had gehoopt dat deze oplossing lagere huurlasten zou betekenen, maar haar moeder was meestal platzak. Alleen bij hoge nood kluste Louise Leclerc wel eens wat bij, maar een kostwinner kon je haar niet noemen. Louises aanwezigheid had tot gevolg dat de zitkamer als slaapkamer werd gebruikt en dat het altijd een puinhoop was in de badkamer.

De flat bevond zich in een toestand van tristesse en verloedering. En van haar moeder kon men exact hetzelfde zeggen, bedacht Agnès. De muren waren vergeeld en zaten vol vlekken, er zat nog amper verf op de kozijnen en de kranen druppelden. Louise trok zich nergens iets van aan. Ze kocht haar kleren op de markt en waste haar haar pas als Agnès uit haar vel sprong. Ze bracht de avonden door voor de televisie, met een wollen deken over haar benen en een blikje bier binnen handbereik. Hogere eisen stelde ze niet aan comfort. Haar bijdrage aan de inboedel bestond uit een frituurpan, een magnetron en een broodrooster. De stank van frituurolie plakte als beits tegen de muren en Agnès liet de deur van haar kamer nog geen halve minuut openstaan.

In het gangetje werd ze verwelkomd door de lachsalvo's op de televisie.

'Je bent mijn Kronenbourgs toch niet vergeten?'

Agnès plantte de tas met bierblikjes naast haar moeder op de bank. 'Je had best kunnen luchten en een beetje kunnen opruimen.'

Louise zette het volume hoger. 'Verdomme! Hij vergiste zich. Nu ligt hij eruit.'

'Of aan het eten kunnen beginnen.'

'Alsof twee volwassen vrouwen zoveel rommel maken.' Ze keek Agnès van opzij aan. 'Die kleur roze staat totaal niet bij dat rode haar van je.' Ze richtte haar aandacht weer op het scherm. 'Rechtvaardigheid is de wereld uit. Die vent is veel te slim om te verliezen.' Ze schoof met haar ene hand een halfvol bord frieten in de richting van haar dochter. 'Hier, ik hoef niet meer. Je kunt ze opwarmen in de koekenpan.'

Agnès draaide zich walgend om. Haar moeder had gelijk. Rechtvaardigheid bestond niet meer. Maar ook al had ze het gevoel dat ze tot haar nek in het slijk zat, zij was niet van plan om de strijd te verliezen. Haar hele leven had ze geweten dat ze het ver zou schoppen. Het wachten was op iemand die haar ontdekte.

Van kindsbeen af was ze met haar moeder mee geweest naar haar werk. Een tijdje was dat in de keuken van een rijke familie in de avenue Georges V. Alleen al die keuken was driemaal zo groot als het flatje dat ze nu bewoonden. Agnès herinnerde zich dat ze muisstil in een hoekje zat terwijl de vrouwen de gerechten bereidden voor een feest. Een vrouw was de keuken binnengekomen en Agnès had gemerkt dat het gesprek verstomde en dat haar moeder en de andere vrouwen hun ogen neersloegen. Die dag leerde ze dat er verschillende soorten mensen bestonden. De gaste, gekleed in een elegante avondjurk en behangen met glinsterende sieraden, was op Agnès afgelopen en had haar lange tijd bekeken, alsof ze een soort standbeeldje was. Daarna had ze op een vriendelijke, hautaine toon gezegd: 'Wat is dat een mooi meisje, zeg.' Nadat ze een korte blik geworpen had op de bezwete vrouwen had ze eraan toegevoegd: 'Wie is de vader?'

Dat dat niet bepaald een compliment was aan deze volwassen vrouwen, begreep Agnès pas later. Maar ze had meteen door wat de vrouw van haar vond. En de gebeurtenis had iets wakker gemaakt in haar, een gevoel van eigenwaarde en macht. Ze had het idee dat ze alles en iedereen kon veroveren. De charismatische vrouw die indertijd de keuken in stevende, zou ze nooit vergeten.

De stem van haar moeder verdreef haar gedachten. 'Die brieven daar kwamen vandaag, met een speciale bode. Ik heb voor je ondertekend.'

Agnès liep langzaam op het kastje af, alsof er een ratelslang lag. Ze wierp een blik op de bovenste envelop en herkende het logo. Crediteuren. Ze opende de deur van haar kamer en plofte neer op het bed. Die schulden moest en zou ze kwijtraken.

16

De werklieden hadden het pand verlaten en de wolken steengruis en stof waren opgetrokken toen Orla terugkwam in de flat.

Het gereedschap hadden ze keurig in een hoek gelegd, zodat ze de volgende dag zonder dralen aan de slag konden gaan. De oude keuken was gesloopt om plaats te maken voor nieuwe kasten, een nieuw fornuis, een vaatwasser en alles wat in een moderne keuken thuishoorde. Ze had het idee dat ze een complete showroom in huis haalde en daar zou deze keuken waarschijnlijk ook voornamelijk voor dienen, want niemand kon haar ervan betichten dat ze haar tijd verkwistte aan kokkerellen. Ze hing haar jas aan de kapstok in de gang, knikte naar haar spiegelbeeld en liep door naar de zitkamer. Meer dan dertig jaar geleden was men begonnen met de renovatie van de gebouwen in dit gedeelte van Parijs. De armetierige krotwoningen waren omgetoverd in nette appartementen waarvoor je nu een onfatsoenlijk hoog bedrag moest neertellen.

De muren van de flat waren crèmekleurig, net zoals de diepe sofa, de gordijnen en de kussens. De woning maakte een lichte en modieuze indruk en had haar een smak geld gekost. Er hing voorlopig nog niets aan de muren, omdat ze vond dat geen van haar schilderijen of foto's in deze omgeving paste. Als ze in de huiskamer zat en om zich heen keek, kwam het geregeld voor dat ze zich afvroeg of ze niet wat vaker met haar psycholoog, dokter Arnal, moest spreken over haar drang naar orde en structuur. Vergeleken bij deze kamer was het Noorse vliegveld Gardermoen een oergezellige, huiselijke ruimte. Een klassiek voorbeeld van dwangneurose, bedacht ze moedeloos terwijl ze een cd in de speler schoof. Uitgeput zonk ze neer tussen de donzen kussens, de zak met de tonijnsalade, de baguette en de kaas nog in haar armen. *J'ai quitté mon pays'*, zong Enrico Macias met een lage, vibrerende stem. Orla drukte haar wang tegen de koude, krakende plastic zak en overwoog of ze zich aan het gevoel van eenzaamheid zou overgeven en in huilen zou uitbarsten of dat ze zichzelf ervan zou overtuigen dat ze tot de geprivilegierden behoorde en een hapje zou eten.

Ze deed geen van beide en ging aan haar bureau zitten. Het was inmiddels zeven uur. Buiten werd de straat verlicht door lantaarns en neonreclame. Het overzicht dat ze gemaakt had van de families Fabre en Tesson lag bovenop. De patriarch, Marc Tesson, bleek achtenzeventig jaar te zijn en nog steeds relatief vitaal. Hij leefde teruggetrokken en verscheen zelden in het openbaar. Hij was geboren in Algerije, uit Franse ouders, en was kinderloos en ongehuwd. In Algerije had hij een bouwonderneming geëxploiteerd terwijl zijn broer Paul het landgoed van de familie beheerde. Tijdens de Algerijnse oorlog was de hele familie op de vlucht geslagen. Paul en zijn vrouw overleefden de tocht naar Frankrijk niet. Zij werden onderweg door guerrillasoldaten vermoord. Marc Tesson nam daarna de verantwoordelijkheid op zich voor Isabelle en Charles, de twee kinderen van zijn broer. Isabelle was twee jaar later, op negentienjarige leeftijd, getrouwd met Adam Fabre. Charles trouwde vijf jaar nadien met Juliette, ook geboren uit Franse ouders en opgegroeid in Algerije. Het echtpaar had geen kinderen.

Orla bestudeerde het overzicht. Ergens moest ze beginnen. Zolang Adam Fabre niet gevonden was en geen enkele getuige zich gemeld had, zat er niet veel anders op dan de familie aan een onderzoek te onderwerpen. Ze kauwde op haar nagels alsof het haar laatste avondmaal was, maar hield ermee op toen haar middelvinger begon te bloeden.

Ze schrok van het schrille geluid van de deurbel. Verrast liep ze naar de deurtelefoon. 'Ja?' zei ze aarzelend.

In de hoorn hoorde ze: 'Ik ben het. Roland.'

Ze drukte op de deuropener en een paar seconden later stond hij al voor haar ingangsdeur. Ze gluurde door het kijkgaatje en zag hem staan, met zijn ene hand tegen de deurpost en de andere op zijn heup. Over zijn schouder hingen zijn skeelers. Zijn werkdag zat erop en hij was op weg naar huis, bedacht ze.

Hij knikte toen ze de deur opende en liep zonder een woord te zeggen langs haar heen. Roland wipte zelden zomaar aan. Als hij op bezoek kwam, dan was het om iets met haar te bespreken. Hij zette zijn skeelers tegen de muur, trok de beschermers van zijn ellebogen en polsen en maakte een rondje door de keuken. Voor het nieuwe fancy fornuis met kookplaten voor gas en inductie bleef hij staan.

'Wie is hij?'

Orla staarde hem verbluft aan. 'Wie is wie?'

Roland leunde tegen de muur en sloeg zijn armen over elkaar. 'Orla, jouw keuken was tot voor kort een godverlaten plek met de charme van een bezemkast. Ik denk dat er dagen waren dat je geen voet in je eigen keuken zette. Als je ineens in een peperdure designkeuken investeert, dan hangt er iets in de lucht.' Ze leek een ondertoon in zijn stem te horen, een vage aanklacht, alsof hij teleurgesteld was.

'Zou je dat geen aanwinst vinden?' zei ze overdreven nonchalant. 'Eindelijk een man in mijn leven. Misschien brengt hij ook wat meer kleur aan in mijn huiskamer. Jullie vonden toch dat die even steriel was als een operatiekamer?'

Roland draaide zijn hoofd langzaam haar kant op, liet zijn helderblauwe ogen over haar gezicht dwalen, alsof de waarheid daarop te lezen stond, en trok daarna zijn ene mondhoek omhoog. 'Ja, je hebt gelijk.' Hij rechtte zijn rug en werd ineens formeel. 'Niemand schijnt iets bijzonders te hebben opgemerkt bij het station omstreeks het tijdstip dat de auto van Fabre daar werd geparkeerd. En het meisje zit in geen enkel fotoarchief.' Hij drentelde naar de keukentafel en Orla reikte hem een bord aan met de helft van de tonijnsalade.

'Ik heb nog niet ontdekt hoe dat fornuis werkt', glimlachte ze en ze stak haar vork in de salade. Ze had geen verstand van koken. Het was veel te gemakkelijk om kant-en-klaarmaaltijden te kopen in dit land.

Roland schonk water in zijn glas. 'Ik ga ervan uit dat Adam Fabre die vrouw ontmoette. Haar brief is niet mis te verstaan. Ze moest hem dringend spreken en hoogstwaarschijnlijk om andere redenen dan zijn vrouw aanduidde. Maar ook op de plek waar ze met elkaar hadden afgesproken, heeft niemand iets gezien. Vanochtend zijn daar tal van mensen ondervraagd. Maar of we daar iets uit kunnen opmaken, betwijfel ik. Het krioelt daar van de bezoekers.' Roland schudde even met zijn schouders, alsof er een rilling langs zijn rug liep, voor hij een hap van de salade nam. 'De resultaten van zo'n onderzoek zijn, sorry dat ik het zeg, even magertjes als deze maaltijd.'

Orla was het met hem eens. 'Als deze vrouw ooit op zijn bureau geweest is, zou Agnès haar herkend moeten hebben. En dat deed ze niet.'

Roland zag er niet bepaald tevreden uit. 'We werken volgens de methode van de eliminatie, maar voorlopig lijkt het meer op gokken. De foto van de vrouw zouden we ook aan andere naaste familieleden van Fabre moeten laten zien. In de eerste plaats aan de broer van Isabelle Fabre en zijn vrouw.'

Orla keek naar de klok. 'Het is pas acht uur, Roland. Laten we er nu heen gaan en horen wat ze te zeggen hebben.'

17

Algerije, februari 1980

De toestand van de non in de krappe zespersoonskamer was verslechterd. Het geluid van haar adem klonk dan weer gierend, dan weer rochelend. De vrouw was met pijn in de borst overgebracht van het kleine klooster naar het hospitaal. In de loop van de dag was ze in een coma geraakt.

De arts, een gestreste jongeman met een neerbuigende stem en ongeduldige bewegingen, spoedde zich langs de bedden. Hij wierp een snelle blik op de verpleegster die bij het bed van de non stond en toen hij zag dat ze hem naar zich toe gebaarde, verscheen er een ontevreden rimpel op zijn voorhoofd.

'Ze gaat achteruit.' Fatima Kagda keek de arts rustig aan. Ze was zesendertig en ouder dan hij. Bovendien had ze zo lang soldaten en andere militairen om zich heen gehad dat ze zich niet snel van haar stuk liet brengen.

'De vrouw was al niet meer rijp voor behandeling toen ze hier arriveerde', zei de arts koeltjes. 'Ze lijdt aan een vergaande vorm van diabetes en aan de gevolgen van een hartinfarct. Ze ligt op sterven.' Hij stond op het punt om door te lopen, maar bedacht zich. 'Als het schikt, kun je een poosje bij haar blijven. Ze heeft geen andere naasten dan de nonnen in het klooster.'

Fatima knikte. Ze wist van de katholieke nonnen in het afgelegen klooster. Na de bevrijding had geen van hen het land willen verlaten. Ze ging ervan uit dat er nu nog maar een handjevol oudere en bejaarde nonnen over was.

Haar dienst zat er eigenlijk op. Maar het ziekenhuis had te weinig verpleegkundigen ter beschikking en ze had besloten om door te werken. Thuis was er niemand die op haar wachtte. Ze had geen kinderen en in feite ook geen echtgenoot. Vijftien jaar was ze nu al getrouwd met de knappe FLN-soldaat die haar indertijd even buiten Constantine oppikte. Ze woonden nog steeds onder hetzelfde dak, maar hij beschouwde haar niet langer als zijn vrouw, aangezien ze niet in staat was om hem kinderen te schenken. In plaats van bij haar zocht hij nu zijn heil bij andere vrouwen. Ze had geen kinderen, geen eigen man en ook geen familie. Haar vader en haar broer Malek hadden haar de rug toegekeerd toen ze thuiskwam en vertelde met wie ze wilde trouwen.

Fatima ging op een stoel naast de non zitten en trok het gordijn tussen de bedden dicht. Aan een spijker hing de kleerhanger met de kledij van de non, de eenvoudige grijze jurk en de kap. In een kleine, zwarte tas die naast het bed stond, lagen haar spullen. Fatima stak haar hand vrijpostig in de tas en viste er een ouderwetse, versleten portemonnee van bruin leer uit. Er zaten wat dinars in, identiteitsbewijzen en een paspoort. De vrouw bleek een Frans paspoort te hebben, afgeleverd in Avignon, en nog steeds geldig. De vrouw heette Angélique Perraux en was vijftig jaar, las ze. Zelf had Fatima nog nooit een paspoort gehad. In de tas lagen verder alleen een bijbel en wat ondergoed en kousen. De bescheiden verzameling persoonlijke bezittingen gaf Fatima een indruk van het ascetische leven van de vrouw.

Ze stopte alles terug in de tas en legde haar handen geduldig op haar schoot. De uren verstreken terwijl de geluiden van de anderen in de kamer verstomden. Het enige wat bewoog, was het vocht dat uit het infuuszakje in de slang druppelde. De nacht brak aan, niemand loste haar af en ze bleef rustig zitten. De adem van de vrouw was niet meer te horen en Fatima wist dat ze gestorven was.

Het was alsof bij het gloren van de dag ook het idee ontwaakte. Het dook op in haar hoofd op het moment dat de zon fel en warm aan de horizon verscheen.

Zodra de arts langs was gekomen en had vastgesteld dat de vrouw was overleden, trok Fatima het laken over haar heen en reed haar naar de kamer waar ze verzorgd zou worden.

Het was nog steeds vroeg in de ochtend toen Fatima het ziekenhuis verliet. De lucht was koel, maar ze merkte er niets van. Gehuld in de zwarte haik begaf ze zich te voet door de straten in de richting van de haven. De boot naar Marseille vertrok om tien uur. Ze prees zich gelukkig dat ze het geld voor de overtocht bijtijds opzij had gelegd.

'Marseille, enkele reis.'

De man achter de balie keek haar amper aan. Hij nam het geld in ontvangst en overhandigde haar het kaartje met geroutineerde bewegingen en zonder een woord te zeggen.

Ze mompelde een onhoorbaar 'dank u' en ging op zoek naar een damestoilet. Het zou nog drie uur duren voor de boot vertrok en de toiletruimte was leeg.

Fatima liep een van de hokjes binnen en sloot de deur. Ze trok de haik uit, vouwde hem zo klein mogelijk op en propte hem in de vuilnisemmer. Met beide handen streek ze de grijze nonnenjurk glad. Hij zat haar als gegoten.

Een halfuur voor de boot naar Marseille het anker lichtte, begaf de non Angélique Perraux zich aan boord. Ze nam plaats in een verlaten hoek van het schip. Haar haar ging schuil onder de kap, haar gezicht was bleek en de ogen had ze op de grond gericht. Gedurende de gehele overvaart sprak ze met geen mens. Ze dacht aan haar kansen, aan de agent die de wacht hield bij de Franse grensovergang en over haar toekomst beschikte. De man schonk echter nauwelijks aandacht aan haar. Zijn ogen gleden onverschillig over haar kledij en Franse pas voor hij haar gebaarde om door te lopen.

Het was al donker toen ze op de Gare d'Austerlitz uit de trein stapte. Ze liep op een telefooncel af en toen ze het nummer draaide, trilden haar handen voor het eerst sinds de aanvang van de reis.

Er werd bijna meteen opgenomen. 'Marc Tesson.'

Haar stem was ongewoon rustig terwijl ze sprak. 'Monsieur Tesson, u spreekt met Fatima Kagda, de zus van Assia. Ik sta op een station in Parijs. Bent u in de gelegenheid om mij te ontmoeten?'

18

Parijs, 10 november 2000

De vrouw die voor Orla en Roland de deur opendeed, was gekleed in een witte broek en een felgroene bloes. Om het hoofd had ze een lange, dunne sjaal gewikkeld. De donkere ogen en de olijfkleurige huid deden vermoeden dat het haar dat onder de tulband schuilging, zwart was. Afkomstig uit het Middellandse Zeegebied, dacht Orla. Waarschijnlijk Algerije, maar Marokko of Tunesië was ook mogelijk. De vrouw stelde zich voor als Fatima Kagda en Orla begreep dat Noord-Afrika een juiste gok was geweest.

De donkere ogen werden opengesperd toen Orla haar pasje liet zien. 'Politie!' Ze sprak accentloos Frans. Even drukte ze de lippen op elkaar, toen zei ze: 'Als jullie voor mij komen, dan is het een vergissing. Mijn papieren zijn in orde, ik heb al jaren een verblijfsvergunning.' Haar ogen versmalden toen Orla het hoofd schudde. 'Wat is er dan aan de hand?' Ze deed een stap dichterbij en ze roken een geur van vanille en kruiden.

'We hebben een paar vragen in verband met de vermissing van Adam Fabre.' Orla keek over de schouder van de vrouw de spaarzaam verlichte hal in. In een nis onder een spiegel met vergulde lijst stond een schitterende commode. Ze zag een dure en smaakvolle flat achter de rug van de niet erg toeschietelijke vrouw.

De gekruiste armen waren slank en glad en de armbanden om haar ene pols rinkelden toen ze een sleutel uit haar tas pakte en in het slot stak. 'Ik ben bang dat jullie later moeten terugkomen. Mevrouw en meneer hebben het erg druk, ze vertrekken zo naar een etentje.'

'Dan spreken we eerst met u', zei Orla rustig. 'U woont hier misschien, aangezien u een eigen sleutel heeft?'

De vrouw draaide haar hoofd langzaam haar kant op. 'Nee, wonen doe ik hier niet.' Niet alleen haar mond, maar haar hele lichaam leek zich te sluiten. Toen zei ze plotseling: 'Waarom zouden jullie met mij praten? Wat heeft dat voor zin?'

Orla leunde tegen de smeedijzeren balustrade. 'Bent u een goede kennis van de heer en mevrouw Tesson?'

De vrouw trok haar ene mondhoek omhoog. 'Het zijn mijn werkgevers. Ik ben hier al jarenlang hulp in de huishouding', zei ze kort.

Orla keek de vrouw onderzoekend aan. Ze was waarschijnlijk de vijftig gepasseerd en nog steeds een opvallend knappe verschijning. Haar houding straalde fierheid uit, om niet te zeggen hoogmoed.

'We nemen niet veel van uw tijd in beslag.' Orla gaf een summiere uitleg en haalde de foto uit haar tas. 'Deze vrouw werd op de achterbank van de auto van Adam Fabre gevonden. Heeft u haar eerder gezien?'

Fatima Kagda pakte de foto aan en bekeek hem aandachtig.

'Ik heb haar nog nooit gezien.'

'U weet het zeker?' Orla dacht een kleine trilling bij haar ooghoek waar te nemen.

'Ik weet het zeker.' Ze gaf de foto terug terwijl ze Orla recht in de ogen keek. 'Waarom stelt u míj deze vraag?' Ze hield haar beide ellebogen vast, de armen tegen haar lichaam gedrukt, alsof ze het koud had.

'Omdat u de familie Tesson kent.' Orla aarzelde. 'En omdat het zou kunnen dat de vrouw buitenlandse is en afkomstig uit een van de oude koloniën.'

'En omdat ik Algerijnse ben, zou ik haar kennen?' De vrouw glimlachte schamper. 'U weet blijkbaar niet dat er alleen al in Parijs honderdduizenden Algerijnen wonen.'

Orla was zich daar niet van bewust en zweeg.

'Het spijt me, maar nu moet ik de deur sluiten', zei Fatima. Ze legde haar hand op de deurklink en beschouwde het gesprek blijkbaar als beëindigd. 'Wat mij betreft, wachten jullie buiten op mevrouw en meneer. Ze kunnen elk moment vertrekken. Tot ziens.'

Geen van hen hoorde de voetstappen op de dikke mat in de gang. De man en de vrouw die plotseling in de deuropening verschenen, waren duidelijk op weg naar een feestje. Ze keken Orla en Roland koeltjes aan.

Zij was donkerblond en droeg een lichte mantel over een nauw-sluitende japon. Hij had zijn jas losjes over zijn schouders geslagen en hield beide handschoenen in één hand. Het dikke, staalgrijze haar bedekte zijn voorhoofd, de neus was fors en recht. Maar het waren vooral de ogen die opvielen, intens grijs in het hoekige, verweerde gezicht. De man was nog steeds bijzonder aantrekkelijk, constateerde Orla en een gevoel van onbehagen bekroop haar toen hij haar van top tot teen opnam.

'Waarmee kunnen we jullie van dienst zijn?' Zijn stem was vlak en koel.

Roland deed een stap naar voren en stelde zich voor. In een paar zinnen verklaarde hij het doel van het bezoek. De houding van het echtpaar werd, zo mogelijk, nog gereserveerder.

'Onderzoek?' De vrouw spuugde het woord bijna uit. 'Wat hebben wij in hemelsnaam met de verdwijning van Adam Fabre te maken?' Ze trok de mantel achteloos met één hand dicht en Orla zag dat ze een ring droeg met een opvallende diamant. Het deed bijna banaal aan, vond ze. Rijke vrouw, grote diamant. Maar zowel de vrouw als de diamant zag er onvervalst uit. Ze was slank, aan de magere kant, met een smal gezicht en kortgeknipt, glad haar. De bijna doorzichtige huid zat strak over de hoge jukbeenderen en de twee dramatisch opgemaakte ogen domineerden het porseleinwitte gezicht.

Orla haalde de foto van de overleden vrouw uit haar tas. 'Komt deze vrouw jullie bekend voor?'

Charles Tesson nam de foto van haar over. Hij hield hem een tijd-lang in zijn hand en schudde daarna het hoofd. 'Nee.' Met een bruusk gebaar gaf hij Orla de foto terug. 'Deze vrouw zegt me totaal niets.'

Zonder iets te zeggen, reikte Orla Juliette Tesson de foto aan.

De zwaar geschminkte ogen waren opengesperd. Niet van schrik, stelde Orla vast. De vrouw leek eerder kwaad, of woedend. Met een tengere hand nam ze de foto in ontvangst. Nadat ze Orla nog een aan-tal seconden had aangestaard, richtte ze haar blik pas op de foto. Haar mond begon te trillen. 'O, mijn god...'

'Kent u haar?'

Juliette Tesson schudde het hoofd. 'Nee... nee... dat niet...' Ze stak Orla de foto toe, haastig, alsof ze zich eraan kon branden. 'Alleen... ze is... dood, nietwaar? Is dit de vrouw die in Adams auto gevonden werd?'

Charles Tesson sloeg een beschermende arm om haar schouders terwijl hij zijn sleutels tevoorschijn haalde. Zonder dralen stak hij ze een voor een in het dubbele slot. 'Mijn vrouw heeft het goed gezien. Deze vrouw is dood en dat betreuren we. Ook al weten we dus geen van beiden wie zij is. We weten überhaupt niets betreffende deze geschiedenis.' Hij begeleidde zijn vrouw naar de trap. Ze had haar gezicht afgewend. 'Ik hoop dat jullie dit soort bezoeken in de toekomst achterwege laten', vervolgde hij. 'Tenzij het werkelijk van groot belang is. Met het doen en laten van Adam Fabre hebben we ons nooit bemoeid en ik begrijp niet waarom wij in deze tragische gebeurtenis betrokken worden.'

'Jullie waren beiden bij hem thuis op de avond dat hij verdween?'

'Dat klopt. Maar Adam kwam niet opdagen en we hebben hem sindsdien ook niet meer gezien.'

Orla en Roland bleven besluiteloos staan terwijl het echtpaar de trap afliep.

'Hartelijk en behulpzaam is anders.'

'Laten we dit eerst maar eens verwerken', zei Roland langzaam. 'Ze hebben deze vrouw nooit gezien, zeggen ze. Is het wensdenken als ik toch het idee heb dat ik iets van hun gezichten kon aflezen?'

Orla knikte. 'Ik had hetzelfde gevoel. Ze doken allebei in hun schulp op het moment dat we ons voorstelden. Als je niets te verbergen hebt, dan kun je toch wel een beetje meewerken, zou je zeggen. Of vond je dat ik te kortaf was?' Ze zweeg even. 'Die man was me iets te glad, hij keek me geen enkele keer recht in de ogen. Dat maakt me sceptisch.'

'Orla, niet alle mannen met kasjmieren mantels zijn wolven in schaapskleren. Je bent bevooroordeeld.'

'Hoe dan ook, het leek alsof ze de vrouw herkenden', zei Orla bedachtzaam. 'Ik denk niet dat Juliette Tesson alleen geschokt was door het feit dat we haar een foto van een dode vrouw lieten zien. En hetzelfde geldt voor Fatima, hun dienstbode.' Ze aarzelde. 'Konden ze weten dat Adam deze vrouw ontmoette?'

Ze liepen de trap af en Orla vroeg zich af wat deze mensen bezielde. Die introverte houding, die norse gezichten. 'De familie Tesson staat erom bekend dat ze erg gereserveerd en individualistisch is, nietwaar?' Orla keek Roland aan. Hij knikte. 'Ze komen niet graag in de publiciteit, vooral de media schuwen ze als de pest. Wie weet zijn ze gewoon te rijk. Heb je te veel materiële goederen, dan word je misschien vanzelf mensenschuw en hypernerveus.' Roland zweeg plotseling en wierp een snelle blik op Orla. 'Sorry, meid, ik dacht even niet aan jou.' Hij glimlachte bij de gedachte dat Orla door haar huwelijk een vermogende vrouw was geworden.

'Ik kreeg een erfenis, Roland', zei ze zachtjes. 'Je hebt geen idee wat ik daarvoor heb moeten offeren.' Haar stem was ineens onherkenbaar.

Hij stond stil en greep haar bij haar schouders. 'Orla, het spijt me... het was niet mijn bedoeling om je te kwetsen. Ik denk er eigenlijk nooit aan, dat je getrouwd was... of bent, moet ik zeggen. Dat je man, dat hij...' Roland keek haar vertwijfeld aan.

'Laat maar, het is al goed.' Ze probeerde te glimlachen en ze gaf hem een aai over zijn wang. 'Ik ben alweer aan het dubben over de familie Tesson. Er is iets met die mensen, maar dat hoeft natuurlijk niets met het onderzoek te maken te hebben', onderstreepte ze.

19

Agnès Leclerc stak de sleutel in het slot van de archiefkast.

Het was pas halfzes en ze stond al op het punt om naar huis te gaan. Wat maakte het ook allemaal uit? De korte klik die te horen was, kwam niet alleen van het sluitmechanisme. Ze staarde naar de gebroken nagel van haar rechter wijsvinger. Met een diepe zucht trok ze het losse stuk eraf en liet het op het handgeknoopte, antieke vloerkleed van Adam Fabre vallen. Hij was buiten zinnen geweest toen ze met naaldhakken van staal over dat stomme kleed liep. Een half jaarsalaris van een secretaresse bleek die mat gekost te hebben en hij had een lange preek gehouden over Kabylische tapijtmakers die honderden jaren geleden miljoenen knoopjes hadden gelegd op het centimeter grote oppervlak dat ze met één stap naar de haaien hielp. Een half jaarsalaris, dacht ze verbitterd terwijl ze op haar wijsvinger zoog. Het zou maanden duren voor die nagel weer even lang was.

Ze voelde de wanhoop stijgen en liep recht op Fabres barkast af, waar de flessen voor bijzondere gelegenheden in het gelid stonden. Tot dusver waren al deze partijtjes aan haar neus voorbijgegaan. Peperdure sherry van de beste kwaliteit. Ze koos een fles die hij een extra pluimpje had gegeven, eentje die hij over zijn tong had laten rollen en waar hij als mondwater mee had staan gorgelen voor hij zijn hoofd achterover had gebogen om de gouden druppels met een gelukzalige kreun door te slikken. *Le connard!*

Agnès schonk een glas vol, plofte neer op de bureaustoel en probeerde haar gevoelens te ordenen. Ze wist zich geen raad. Haar nagel was gebroken, het was een ramp, maar hij zou weer groeien. Haar baas was verdwenen. Dat was haar een zorg, als hij maar weer opdook, of liever gezegd, als haar salaris maar op haar rekening belandde. Erger was het dat haar huisbaas een dreigbrief had gestuurd omdat ze een maand achterliep met het betalen van de huur. Bovendien was er die verdomde cabriolet. De lening die ze had gesloten, kostte haar de kop. De brieven van de bank die ze gisteravond had geopend, logen er niet om. Ze gaven haar nog maar één kans en bleef ze in gebreke, werd er overgegaan tot incasso.

Agnès dronk het glas leeg en vulde het opnieuw. Ze vroeg zich af welke gevolgen zo'n incasso had. Welk risico liep ze? Wat zouden ze bij haar komen wegpikken? De auto natuurlijk. Misschien de mooie bontstola die ze bij Sonia Rykiel gekocht had, waarschijnlijk in een vlaag van verstandsverbijstering. Ze kon geen andere verklaring vinden voor het feit dat ze zo'n enorme som geld had neergeteld voor een kledingstuk. De Vuittontas en meer van dat soort luxeartikelen zouden ook een aardig bedrag opbrengen. Het probleem was dat ze geen van haar tassen en spulletjes ook maar een dag kon missen. Agnès hees zich omhoog in de stoel terwijl ze bedacht dat je als vrouw niet op jacht kon gaan in de juiste kringen zonder gepaste kleren met bijbehorende accessoires.

Ze nipte van de barnsteenkleurige sherry, leunde naar voren en trok de laden van het bureau van Fabre een voor een open om de inhoud nogmaals te inspecteren. Toen Fabre nog op zijn werk was, had ze dat nooit durven doen. Hij was als een geest op kousenvoeten en kon plotseling achter haar staan zonder dat ze een geluid had opgevangen. De dag nadat hij verdween, vóór zijn vrouw onraad rook en de politie waarschuwde, had ze de sleutel gepakt waarvan ze wist dat hij die in de barkast verborg. Ze had van alles en nog wat in de laden gevonden, voornamelijk dingen die een gewoon mens niet achter slot en grendel opborg, zoals neusspray en sokken. Dikke stapels bankbiljetten lagen er in ieder geval niet.

Helemaal achter in de onderste la vond ze een brief. Het verbaasde haar dat ze die niet eerder gezien had, maar ze weet het aan de wanorde die in de laden heerste. Hij lag verscholen achter een pot haargel en een flacon handcrème. Ze schonk het glas voor de derde keer vol en vlijde haar voeten met de hooggehakte schoenen op het bureau.

Toen ze de brief gelezen had, goot ze het laatste scheutje sherry naar binnen en ze stelde vast dat sherry op een nuchtere maag een uitstekend medicijn was tegen dreigbrieven en incassobureaus. Maar bij lange na niet zo doeltreffend als de inhoud van deze brief.

De politie hoefde ze er niet mee lastig te vallen. De brief had niets te maken met de vermissing van Fabre. Ze viste haar tas van de vloer en stopte de brief erin. Hij was goud waard, als haar verstand haar dan niet beduvelde. Ze was plotseling in het bezit van een waardepapier. Ook al wist ze nog niet precies hoe ze het zou gebruiken.

Ze rechtte haar rug en voelde zich een beetje duizelig. Het was bijna etenstijd en ze besefte dat ze rammelde van de honger. De brief had haar in een opperbeste bui gebracht. Ze popelde om zich een beetje te verwennen. Ze had niet alleen trek in lekker eten, ze had meer dan ooit trek in geld.

Het geluid van een deur die openging, jaagde haar de schrik op het lijf. Er kwam iemand de receptie binnen. De politie! Verdomme! Ze hadden gisteren gebeld en gezegd dat ze vandaag terugkwamen om het bureau grondiger te onderzoeken. Ze trok haar voeten van de tafel, slingerde de stola om haar schouders en stond op van de stoel.

De deur werd geopend en Isabelle Fabre stevende de kamer in. 'Mademoiselle Leclerc...' De halfopen ogen namen haar op en een glimlach speelde om haar lippen. 'Nee, maar... Wat een uitzonderlijke creatie heeft u aan. Een echte nerts. Die zie je niet elke dag.' De glimlach verdween. 'U staat op het punt om naar huis te gaan? Bent u nu al klaar dan?'

Agnès voelde dat ze bloedrood werd. 'Ja', zei ze en ze stak haar kin naar voren. 'Dat klopt.'

'U gaat ervandoor terwijl de politie elk moment kan arriveren?'

'Dat was ik vergeten.'

Isabelle Fabre liep naar het raam en wierp een blik op de straat. 'Aangezien ik hier toch ben, kan ik een oogje in het zeil houden. Daar zijn ze al, zie ik. U kunt vertrekken.'

Agnès draaide zich om.

'Een moment, mademoiselle Leclerc...' Agnès verstijfde.

'Misschien kunt u dit eerst even afwassen?' Isabelle Fabre hield het sherryglas tussen twee vingers. 'Het schaadt de goede naam van het bedrijf als men ziet dat het personeel tijdens de kantooruren alcohol nuttigt. Dat bent u toch met me eens?'

Agnès rukte het glas uit haar hand en beende de kamer uit.

20

Agnès klapte het dak van de cabriolet dicht en wurmde de wagen achter een BMW die geparkeerd stond in een van de straatjes in de buurt van Les Bouquinistes. Het hippe hoekrestaurant op de quai des Grands-Augustins was op dit vroege uur al stampvol. Ze had geen tafeltje gereserveerd, aangezien ze toch geen geld had om hier iets te eten. Het was geen restaurant voor mensen uit de middenmoot met een kleine beurs. Keurige jongemannen in overhemden of colberts stonden aan de toog of zaten aan de tafels te praten en te dineren. Ze vertegenwoordigden de trendy en succesvolle buurtbewoners, mannen en vrouwen met ambities en centen. Ze schudde haar haar over haar schouders, rechtte haar rug en perste zich naar binnen terwijl ze haar gezicht van links naar rechts draaide, niet om te kijken, wel om bekeken te worden.

Ze zat in grote geldnood. De ergste die ze zich kon herinneren. Het mantelpakje dat ze droeg, zag ze in een etalage in de rue Royal hangen, dertig procent in prijs verlaagd. Ze was op weg naar de bank geweest om de huur te betalen, maar de keuze lag voor de hand. De huur moest wachten.

De lening die ze voor de auto had lopen, was een week geleden vervallen. Ze had hem zonder een cent eigen kapitaal gekocht. Je kon niet in zomaar een auto rondrijden, zoals je niet in zomaar een jurkje kon verschijnen. Het verschil tussen echte merken en namaak was hemelsbreed. Hemelsbreed en van levensbelang, bedacht ze terwijl ze haar ogen de kost gaf.

Een aantal irritante, zelfverzekerde zakenvrouwen stond in gezelschap van een groepje mannen aan het ene uiteinde van de toog en ze bewoog zich als vanzelf naar de andere kant. Ze had net genoeg munten op zak voor een *café au lait* en hoopte dat de scheut melk haar honger een tijdje kon stillen. Haar blik viel op alle creditcards en de opgetogen stemming die ze gevoeld had sinds het lezen van de brief loste op in het niets. Haar schulden waren met de dag gestegen en ze had zich genoodzaakt gevoeld om gebruik te maken van een van de sluwe aanbiedingen die je overal op het internet vond. 'Snel geld nodig? Twintigduizend euro vandaag nog op uw rekening!' Daar kon ze in ieder geval de rentes van betalen, voorlopig. De verdomde woekerrentes. Binnenkort zou ze zelfs te arm zijn voor dat rottige flatje en haar intrek moeten nemen in een echte krotwoning. Maar waar ze woonde, maakte niet uit, zolang niemand haar daar naar binnen zag gaan.

Ze wist donders goed wie er verantwoordelijk was voor deze miserabele toestand. Adam Fabre, de gluiperd. Aantrekkelijk, machtig en steenrijk, die indruk had hij gewekt tijdens het sollicitatiegesprek. Ook zijn signalen hadden haar op het verkeerde been gezet. De manier waarop hij haar aankeek, met zijn hand onder zijn kin, alsof hij niet genoeg van haar kreeg.

Ze had zich voorgesteld dat al haar wensen vervuld zouden worden, dat ze niet langer hoefde te hongeren om kleding en schoenen te kopen. Hij had haar hoop gegeven, valse hoop, want sinds ze bij hem begon, had hij geen enkele keer toenadering gezocht. Toen zij uiteindelijk het initiatief nam, had hij haar een koude schouder gegeven. 'Ik denk dat je een verkeerd beeld hebt van onze relatie, Agnès. Het is prettig dat je hier werkt, je bent een buitengewoon representabele jonge vrouw, maar je bent hier uitsluitend in de functie van secretaresse.' Ze hoorde de woorden nog steeds in haar oren.

Tot op die fatale dag had ze zich ingebeeld dat hij al haar kosten zou dekken en had ze zonder zich erover te bekommeren enorme sommen geld uitgegeven, dat wil zeggen, alles wat ze kocht, was op krediet. Ze had het belangrijk gevonden dat ze goed voor de dag kwam, vooral als ze samen ergens gingen dineren. Nu was hij verdwenen en hoopte ze dat er iets rottigs met hem gebeurd was. Dat zou zijn verdiende loon zijn!

Ze stond tegen de toog gedrukt en kon slechts met moeite de volle kop naar haar mond tillen. Iemand stootte met zijn elleboog tegen haar aan en een golf warme koffie kwam op haar dure jasje terecht.

Ze gaf een schreeuw. 'Idioot! Kun je niet uitkijken?' Haar ogen brandden. Godver! Ze had het een week geleden gekocht en nu was het al bedorven.

De man die de catastrofe veroorzaakt had, stond haar een ogenblik zwijgend aan te staren. Ze had hem bij het binnenkomen al naar haar zien kijken met de typische jagersblik. Het zou haar niet verbazen als hij dat soort trucjes gebruikte om met vrouwen in contact te komen. Normaal gesproken zou ze van die gedachte in vuur en vlam zijn geraakt, maar net dit jasje had haar te veel gekost. Ze wierp hem een ijskoude blik toe. Hij had een breed gezicht met scherpe ogen en diepe groeven in beide wangen, alsof hij de godganse dag glimlachte. Zijn haar was grijzend, maar vol en dik. Het was warm in het lokaal en hij had het bovenste knoopje van zijn overhemd geopend en zijn stropdas hing losjes om zijn nek. 'Sorry.' Hij sprak met een zachte stem en zijn lippen bewogen nauwelijks. Hij pakte de kop uit haar hand en plaatste hem op de toog. Haar getrainde ogen merkten dadelijk de gouden manchetknopen op. Zijn hand greep om haar elleboog en zonder een woord te zeggen geleidde hij haar voorzichtig, maar vastberaden naar de deur.

Ze wrong haar arm los. 'Sorry?' snoof ze. 'Is dat alles wat u kunt zeggen nadat u een kostbaar jasje heeft geruïneerd?' Ze stampte nijdig met haar voet op de stoeptegel waardoor ze even stond te zwaaien op haar naaldhakken.

Hij pakte haar opnieuw bij haar arm en glimlachte galant. 'Mademoiselle, voorzichtig. Komt u mee.' Hij liet haar elleboog niet meer los en plotseling was ze samen met deze wildvreemde man op weg richting de place St. Michel.

Hij greep haar steviger vast toen hij merkte dat ze weer begon tegen te stribbelen. 'Het is hier vlak om de hoek.'

Ze liet hem begaan, perplex en nieuwsgierig, maar vooral gefascineerd door het resolute optreden van de man. Ze sloegen een van de kleine zijstraten in. Voor een winkelpand bleef hij staan. Met een knikje hield hij de deur voor haar open. Ze stapte naar binnen en zag toen pas dat de zaak een stomerij was. In een mum van tijd had hij haar jasje uitgetrokken en afgegeven, haar naam genoteerd en een goudkleurige creditcard door de betaalautomaat geschoven.

Toen ze weer buiten stonden, zij alleen in haar rok en bloes, voelde ze dat de rollen waren omgekeerd. Nu was zij in verlegenheid gebracht. 'Zo is het wel in orde', zei ze houterig.

'Tja... nog niet helemaal, volgens mij.' De groeven in zijn wangen werden dieper toen hij haar glimlachend aankeek.

Het hart van Agnès maakte een sprongetje. Deze man was zo gek nog niet. Misschien had ze toch een slimme zet gedaan door bij Les Bouquinistes binnen te wippen. 'Nee?' Ze streek haar haar naar achteren, legde haar hoofd een beetje schuin en glimlachte de glimlach waarvan ze gehoord had dat hij zowel innemend als ondeugend was. 'Zijn we iets vergeten dan?'

Hij deed een pas naar voren en stond nu zo dichtbij dat ze zijn frisse geur opsnoof. Het knoopje van zijn overhemd was nog steeds open en als ze recht voor zich uit keek, zag ze het kuiltje in zijn hals.

'We hebben nog niet kennisgemaakt met elkaar.' Hij stak zijn hand uit en toen ze elkaars hand geschud hadden, hield hij die van haar nog even vast. 'Charles Tesson.'

'Agnès Leclerc', mompelde ze ademloos. Bij de klank van zijn naam alleen al leken de woekerrentes en de crediteuren achter de horizon te verdwijnen.

'Nu we elkaars voornaam kennen, stel ik voor dat we elkaar tutoyeren. En om mijn flater echt goed te maken, nodig ik je uit voor een etentje.' Hij glimlachte weer. 'Als ik een tafeltje reserveer in Laserre, voor morgenavond om acht uur, wil je me dan vergezellen?'

Agnès knikte verheugd terwijl ze het liefst luidkeels in jubelen was uitgebarsten. Het beroemde restaurant stond erom bekend dat je minstens een week van tevoren moest reserveren. Deze man was een invloedrijke persoon, daar twijfelde ze niet aan.

Ze zweefde bijna toen ze zich terug naar de cabriolet repte.

21

Constantine, Algerije, april 1989

Buiten weerklonken geweersalvo's.

Malek Kagda had zich uit bed moeten worstelen. Het tekort aan slaap maakte zijn lichaam overgevoelig voor het minste geluid en het lawaai op straat was voldoende om hem te doen rillen.

Op de smalle trap van de huurkazerne waar hij en Jamal een twee-kamerflat deelden, overwoog hij of hij beter thuis had kunnen blijven. Schietpartijen waren dagelijkse kost en weerhielden hem er niet van om de straat op te gaan, tenzij hij riskeerde om in de vuurlinie terecht te komen, zoals vandaag.

Om terug te keren naar de flat en daar te wachten tot het rustiger werd, sprak hem echter nog minder aan. Jamal had al in geen tijden een stap buiten de deur gezet. Een ontmoeting met een aantal andersgezinden op een late avond in een café had onzichtbare littekens op zijn ziel achtergelaten en hem helemaal uitgeschakeld.

Dertig jaar eerder, toen ze beiden studeerden aan het Centre Sociaux Éducatif, hadden Jamal en hij ook onder hetzelfde dak gewoond. Na de aanslag voor de ingang van de school in 1961 waren hun wegen gescheiden, tot Jamal een jaar geleden weer in Algerije opdook. Hij had zijn twee duimen verloren tijdens een ongeluk in een autofabriek in Frankrijk en was teruggekeerd met een kleine uitkering waarvan hij zich nog net in leven kon houden.

Toch was Jamal in de ogen van Malek een geluksvogel. In vergelijking met de gemiddelde Algerijn was hij geprivilegieerd. Tachtig procent van de mannen in het land hadden geen vast inkomen, en Malek was een van hen. Hij duldde dat Jamal bij hem ingetrokken was, omdat zijn oude vriend zorgde voor brood op de plank voor hen beiden.

Het leven van Jamal bestond voornamelijk uit wachten. Met baardstoppels op zijn kin, wallen onder zijn ogen en een altijd trillend ooglid wachtte hij op zijn maandelijkse uitkering, zoals hij wachtte op het bericht dat er een einde was gekomen aan het terreurregime en mensen zoals hij weer veilig over straat konden lopen. Alleen zijn uitkering liet niet op zich wachten.

In de tussentijd schreef hij, hamerde hij als een gek met twee wijsvingers op een ouderwetse typemachine. Het resulteerde niet in de romans waarvan hij droomde toen hij nog op school zat en waarmee hij hoopte een nieuwe Camus te worden. Hij schreef brieven en petities aan mensenrechtenorganisaties en politici om hen ertoe te bewegen actie te ondernemen tegen de machthebbers en de onderdrukking van de bevolking.

Maleks been deed vandaag extra veel pijn en hij liep nog manker dan anders. Een van de schoten die op die rampzalige dag in 1961 bij de school werden afgevuurd, had hem in zijn scheenbeen getroffen. In de chaos die indertijd overal heerste, was er geen enkel ziekenhuis dat hem een adequate behandeling had kunnen bieden. De wond heelde, hij had geen infectie opgelopen en men beweerde dat hij ontzettend geboft had.

Zelf werd hij elke dag herinnerd aan de noodlottige gebeurtenis. Hij werd geen soldaat en zou nooit voor honderd procent arbeidsgeschikt worden. Het leek wel alsof zijn been het enige was dat hij niet verloren had. Alles wat hij als vanzelfsprekend had beschouwd, raakte hij in de loop van een paar etmalen kwijt. Zijn opleiding moest hij afbreken, zijn werkgever verliet het land, zijn vader verloor zijn baan en zijn zus Fatima heulde met de nieuwe despoten. Hij, die de Fransen verafgoodde, was hen gaan haten. In het begin had hij gejubeld bij elke overwinning van de guerrilla, maar naarmate het geweld toenam, was zijn enthousiasme bekoeld. Nu er steeds meer onschuldige burgers koelbloedig vermoord werden, had hij nog maar één oogmerk. Hij moest zorgen dat hij zo vindingrijk was dat hij de dag doorkwam, met behoud van leven.

Hij liep een café binnen en bestelde een kop pepermuntthee om de slaap uit zijn hoofd te bannen. Een dubbele calvados had hem beter gesmaakt, maar alcohol was niet langer verkrijgbaar in openbare ruimtes.

Het café was al stampvol met mannen die geen werk hadden en hier hun tijd zaten te doden. Door de ruit kon hij zijn auto in de gaten houden, een oude Renault die niet meer te vertrouwen was. Het was een teken des tijds. Op niets en niemand kon je meer rekenen. Zoals de meeste mannen, verlangde hij ernaar om weg te komen. Maar hij kon niets ondernemen. Hij kon amper op zijn benen staan, laat staan de benen nemen.

Van wanhoop had hij alle principes en zijn trots overboord gegooid en een brief naar Marc Tesson in Parijs geschreven. In de brief, die een regelrechte smeekbede was om werk en hulp om het land te verlaten, had hij Tesson herinnerd aan zijn oude vader, die de familie nooit in de steek gelaten had.

Wekenlang had hij gewacht op een reactie. Toen hij eindelijk een brief ontving, was die van een onbekende die door Marc Tesson op de hoogte gesteld was van zijn situatie. Er werd hem verteld dat er misschien iets te regelen viel. De afzender wilde hem ontmoeten, mits hij kon rekenen op volle discretie en absolute loyaliteit. Malek had daar geen moeite mee. Hij had er alles voor over om aan het benauwende leven met Jamal te ontsnappen. De herinneringen waren in hem opgeweld en hadden hem overdonderd. Hij begreep niet waar alle namen en beelden van plaatsen waar hij ooit geweest was ineens vandaan kwamen. In geen jaren had hij ook maar een woord met een Fransman gewisseld.

Halfnegen 's ochtends was een ongewoon tijdstip voor een afspraak. Dat hij nog steeds in staat was om zich te verwonderen over een klein detail beschouwde hij als een positief teken. Net als het wilde hameren van zijn hart. Aan de andere kant van de ruit stak een in een zwarte haik gehulde vrouw met snelle passen de straat over. Haar ogen waren nauwelijks te onderscheiden toen ze haar hoofd van links naar rechts draaide. Malek verliet het café en begaf zich naar zijn auto, met het beeld van de vrouw op zijn netvlies. Geheel onverwachts dook de herinnering bij hem op. Hij zag de huid van een naakte vrouw, glashelder, alsof hij haar gisteren nog gezien had. Isabelle Tesson, met haar goudbruine lichaam en het dikke, blonde haar. Ze had lange, slanke benen, lichte donshaartjes op haar armen en dijen. Geen enkele vrouw had sindsdien zo'n betoverende indruk op hem gemaakt. De Fransman zou hem voor de oude Citroëngarage bij het theater opwachten. Malek was een halfuur te vroeg op de afgesproken plek. Op de stoel naast hem lagen twee brieven die Jamal de avond ervoor uit de typemachine gerukt had. De ene was gericht aan een politicus, de andere aan een bekende intellectueel. Aangezien Jamal nooit buiten kwam, werd hij altijd opgescheept met het posten van zijn brieven. Malek vond het niet alleen onnodige geldverspilling, hij kreeg er altijd de zenuwen van als hij een brief in de bus liet glijden. In zijn fantasie zag hij dat ze een detector in de bus gemonteerd hadden, die de inhoud van alle brieven scande.

Jamal had geen oor voor zijn beslommeringen. 'Dat is nou het enige waar ik me totaal geen zorgen over maak', had hij gezegd terwijl hij een nieuw vel papier in de typemachine draaide. 'Je denkt toch niet dat die religieuze goeroes kunnen lezen?' Het kon best zijn dat Jamal gelijk had, maar toch voelde hij zich verre van gerust. Als hij zich te voet door de rue Nationale begaf, keek hij herhaaldelijk over zijn schouder en niet zelden vroeg hij zich af of zijn laatste uur had geslagen. Want het was alsof zijn oude zonden – het feit dat hij op een Franse school had gezeten en op het landgoed van een Franse familie was opgegroeid – als een embleem op zijn borst prijkten. Ook had hij het idee dat men aan hem zag dat hij nog steeds de oude Franse namen van de straten en gebouwen gebruikte. Om nog maar te zwijgen van zijn teleurstelling over de machthebbers die volgens hem in zijn gezicht gegrift stond. Hij voelde zich als een vreemdeling in eigen land.

Malek stopte de brieven in het dashboardkastje en wierp een blik op de straat. Op dit moment was er vrijwel geen verkeer en het leek hem niet zo slim om hier een halfuur in de auto te blijven wachten.

Hij startte de motor om een stukje door de stad te rijden. Zoals hij had kunnen voorspellen, kwam hij als vanzelf terecht op de plek waar hij vrijwel altijd belandde. Hij parkeerde in de buurt van de oude Duivelsbrug, verliet de auto en slenterde in de richting van het ravijn.

Op de plaats waar zijn zus naar zeggen naar beneden was gevallen, bleef hij staan. Hij tuurde lange tijd in de diepte, alsof hij hoopte dat Assia als door een mirakel voor zijn ogen zou verschijnen. Het was een droevig gezicht. De rivier was een schuimend, diepblauw inferno geweest toen hij jong was. Nu was het ravijn een vuilnisbelt en de rivier een geelbruine stroom vervuild water. Malek wierp een blik op zijn horloge en zag dat de tijd gevlogen was. Hij liep weer naar de auto en reed terug naar de plek waar de ontmoeting zou plaatsvinden.

Op het moment dat hij de auto parkeerde, hield er een zwarte Mercedes naast hem stil. Er zaten twee mannen in de wagen. Een van hen stapte uit en nam zwijgend plaats op de passagiersstoel naast hem. Ook Malek zei geen woord. Hij wist niet wat hij verwacht had, maar in ieder geval geen man in een kostbaar driedelig pak en een auto die je zo goed als nooit zag in deze omgeving.

'We hebben een afspraak in Algiers. We nemen mijn auto, dat lijkt me het beste.'

Malek knikte, nog steeds perplex, ook door het feit dat hij niet gevraagd was naar zijn naam. De man, die duidelijk van Franse afkomst was, leek er echter van overtuigd dat hij de juiste man voor zich had.

Malek krabbelde uit de oude Renault en probeerde niet te hinken toen hij op de Mercedes afliep. De man achter het stuur zag er eveneens Frans uit, maar ook hij stelde zich niet voor. De Fransman ging op de achterbank zitten terwijl hij Malek gebaarde om voorin plaats te nemen.

'We worden tegen lunchtijd verwacht', zei de Fransman. 'Er wordt je een aanbod gedaan dat je niet zult afslaan. Hier in Constantine krijg je nooit van je leven zo'n mooie kans.'

Malek knikte apathisch, alsof hij wachtte op een nekschot. Maar de chauffeur startte de motor en draaide de auto de weg op. Malek peinsde en probeerde zich alle Franse gezichten voor de geest te halen die hij in een ver verleden gekend had. Het zou immers kunnen dat hij deze twee mannen eerder ontmoet had.

22

Malek reed met zijn twee zwijgende metgezellen door straten waarvan elke vierkante meter in beslag genomen leek door kraampjes en
straatverkopers. Broodwaren werden op bijna alle straathoeken verkocht terwijl er geen buitentrap was waar geen toiletartikelen en
andere snuisterijen werden aangeboden. Ze vervolgden hun route
langs stoffige wegen waar volgeladen ezels kuierden tussen auto's die
zich aan geen enkele verkeersregel leken te houden.

Na een aantal uren bereikten ze de buitenwijken van Algiers en
belandden ze in een andere wereld. Hier lagen villa's die je niet zou
verwachten in een land dat al tijden geteisterd werd door een burgeroorlog. De auto's die op de opritten geparkeerd stonden, zagen er even
duur uit als de auto waarin zij reden. Klimrozen en mimosa bloeiden
welig en witgekalkte tuinmuren gaven zo'n mooie, maagdelijke indruk dat je aannam dat ze nog nooit door een fundamentalistische
kogel waren geschonden.

De Fransman voerde Malek de trap op van een indrukwekkende
woning die hem deed denken aan oude Hollywoodfilms uit de jaren
vijftig. De enorme hal waar ze vervolgens terechtkwamen had een
glanzende, roze, marmeren vloer. Hij stond met zijn ogen te knipperen toen een zijdeur werd geopend. Een dienstbode, gestoken in li-
vrei, kwam op hen af en vroeg hun mee te komen.

De Fransman gedroeg zich alsof dit alles de gewoonste zaak van
de wereld was. Malek bestudeerde hem vanuit een ooghoek toen ze
achter de bediende aan liepen naar een vertrek waar hen verzocht
werd om plaats te nemen in een diepe, pluchen bank. Nog geen
minuut later ging de deur opnieuw open. Een gezette man met zwart
haar en een snor kwam de kamer binnen.

'Malek Kagda. Het doet me een plezier om je te ontmoeten.' Aan
de rechterhand die hij uitstak, blonken twee brede gouden ringen.

Malek wist wie hij was. De man verscheen geregeld in de media
en hij was een van de velen met wie Malek contact had opgenomen

tijdens zijn zoektocht naar een baantje. Hij heette Brahim Yacef en was havenmeester in Algiers. Hoewel hij een normaal ambtenarensalaris ontving, leefde hij, zover Malek dat kon beoordelen, als een prins.

Malek had het bange voorgevoel dat de gevolgen niet mals zouden zijn als hij het aanbod van de man afsloeg. Hij knikte mechanisch.

Yacef ging recht tegenover hem zitten. Hij droeg een maatpak en de pijpen van zijn pantalon hadden messcherpe vouwen. 'Ik zal je uitleggen waar het om gaat, Kagda, maar eerst wil ik onderstrepen dat dit een strikt vertrouwelijk gesprek is.' Hij viste een pakje sigaretten uit zijn zak. 'We werken zeer nauw samen met belangrijke partners in een van onze buurlanden en dit werk vereist dat we uitsluitend mensen in dienst nemen die we voor honderd procent kunnen vertrouwen.' Zijn ogen bleven op Malek gericht toen hij een sigaret uit het pakje trok en aanstak. 'Men heeft mij verzekerd dat jij de juiste man bent. Een man waarop we kunnen rekenen.'

Malek ging verzitten. Het was duidelijk welke richting dit opging. Hij stond op het punt om betrokken te worden in werkzaamheden die in strijd waren met de wet. Het kon hem niet schelen. Tot nu toe had hij zich altijd keurig gedragen, zonder dat dat vruchten afwierp. Bovendien leefde hij in een land waar wetten weinig met eerlijkheid te maken hadden.

'We hebben onderzoek gepleegd naar jouw achtergrond, Kagda. Daar blijkt niets op aan te merken. Ook heb je goede referenties, met name van de heer die zo vriendelijk was om je hier te brengen.'

Malek wierp een snelle blik op de Fransman naast zich, maar zijn gezicht zei hem nog steeds niets.

'Laten we eerst wat drinken', vervolgde Yacef. 'Daarna stel ik je op de hoogte van de werkzaamheden die wij verrichten.'

Malek knikte toen hem een sigaret werd aangeboden en zijn ogen keken begeerlijk naar het glas calvados dat voor hem werd neergezet.

Het was avond toen de zwarte Mercedes op de plek arriveerde waar Malek 's ochtends was opgepikt. Nadat hij was uitgestapt, verdween de auto zo snel uit het zicht dat Malek zich heel even afvroeg of hij alles gedroomd had.

114

Met stijve en pijnlijke ledematen van de vele uren die hij zittend had doorgebracht, kroop hij in de Renault. Hij was blij dat hij maar een korte rit voor de boeg had voor hij thuis was. Toen hij de straat inreed, zag hij dat er een donkere auto voor de ingang van hun flat stond. Het merk kon hij van veraf niet zien, maar hij wist zeker dat deze auto niet van een van de buurtbewoners was.

Natuurlijk zou de eigenaar gewoon ergens op bezoek kunnen zijn, maar Malek had in de loop der jaren een chronisch wantrouwen ontwikkeld. Hij reed langzaam langs de auto en besloot dat het te riskant was om naar binnen te gaan. In zijn zak zat het briefje met het telefoonnummer dat hij had gekregen. De afspraak was dat hij terug zou bellen als hij het aanbod overwogen had. Ze hadden hem tot middernacht de tijd gegeven.

Als in een nare droom bewoog hij zich voort, over de Sidi Rached-brug en door de lange straat die vroeger de avenue des Etats-Unis heette. Bij het station aangekomen, parkeerde hij de auto. Hij stapte uit en ging op een bankje zitten. Terwijl hij stilletjes voor zich uit staarde, bedacht hij dat hij misschien beter af was geweest als zijn leven toen in 1961 op de stoep voor de school beëindigd was. Het marmeren slot in de hoofdstad dat hij zojuist had bezocht, de man met zijn kostbare maatpak, gouden sieraden, Amerikaanse sigaretten en calvados, alles leek hem even onwerkelijk als een luchtspiegeling in de woestijn.

Het was tien uur toen hij eindelijk terug naar huis reed. De auto die voor het gebouw had gestaan, was verdwenen. Een magere hond jakkerde met hangende kop in de straatgoot. Uit open ramen klonk het geluid van stemmen.

Na voor de zekerheid nog een paar rondjes gereden te hebben, parkeerde hij de auto in een zijstraat. Plotseling schoot hem te binnen dat hij vergeten was de brieven van Jamal te posten. Hij stak zijn hand in het dashboardkastje. Beide brieven waren weg.

Hij krabbelde uit de auto en begaf zich huiswaarts, zijn hoofd diep in de opstaande kraag van zijn jas. Als een dief sloop hij langs de huismuren tot hij voor de buitendeur stond. Hij glipte de portiek in, klom de donkere trap op, waar elke lamp het begeven had, en ging door de open deur de flat binnen.

Er brandde geen licht. Jamal bevond zich zoals gewoonlijk aan zijn bureau. Hij had bezoek gehad. Zijn bovenlichaam hing over de tafel en met zijn wang lag hij op de typemachine. De boord van zijn overhemd was bloedrood. Jamal had de 'Kabylische kus' gekregen, de laatste groet van vurige gelovigen aan valse verraders.

Malek sleepte zijn voeten voort, die aan de vloer leken vastgenageld. Uit de la van zijn eigen schrijftafel pakte hij zijn paspoort en het beetje kleingeld dat hij bezat. Hij liep de wc in en klom door het venster naar buiten. Op het dak bleef hij staan. Zijn ogen gleden over de duizenden daken van Souika. Nauwe, met klinkers geplaveide steegjes leken de oude binnenstad in brokken te delen. Hij kroop over de daken tot hij een geschikte plek vond om naar beneden te klauteren. Sluipend door de steegjes bereikte hij het gedeelte van de stad dat boven het ravijn en de rivier uitstak, niet ver van de Sidi Rached-brug. Hij wachtte tot het groepje leerlooiers dat aan de rand van de klip een hap zat te eten, hun biezen gepakt hadden en liep toen als een slaapwandelaar over de brug en naar het station.

Er werd meteen opgenomen nadat hij het nummer gedraaid had. 'Ik doe 't', zei hij alleen maar.

Een paar uur later werd hij opgehaald.

23

De zaterdag begon veelbelovend, met stralend herfstweer en een temperatuur rond vijftien graden, wat uitzonderlijk was in de maand november.

Orla werd weer eens veel te vroeg wakker. Het leek wel of haar lichaam vergeten was wat uitslapen betekende. Om klokslag halfzeven ging er in haar hoofd een wekker af en zulke ondingen bracht je niet met een welgemikte mep tot zwijgen.

Ze kneep haar oogleden op elkaar en bleef een kwartier liggen woelen tot ze de moed opgaf. Na een korte douche wikkelde ze de handdoek om haar hoofd en stak ze haar armen in de te grote, slonzige ochtendjas. Het was tenslotte weekend. Ze zou voorlopig niets anders doen dan genieten van een volle pot koffie. In de keuken pakte ze de koffiebus en een filter uit de kast. Daarna bestudeerde ze met gefronst voorhoofd het nieuwe fornuis. Er zaten meer kabels en knopjes aan dan aan een hart-longmachine. Ze had geen flauw idee waar alle schakelaars voor dienden en bovendien was ze als de dood voor gas. Had ze de vakmannen maar gevraagd hoe alles werkte en vooral of alles aangesloten was en klaar voor gebruik.

Het gebruikershandboek lag op het fraaie aanrechtblad van massief edelhout. Ze had voor berk gekozen omdat de lichte kleur haar deed denken aan het hoge Noorden. Ze draaide een knop om zonder dat er iets gebeurde. Achter het fornuis bleken twee stekkers te hangen die waarschijnlijk ergens in gestoken moesten worden. De stekkers leken niet op elkaar. Misschien was de ene voor de elektriciteit en de andere voor het gas, of omgekeerd.

Haar zin in koffie steeg en haar eigendunk zakte. Hoe was het in godsnaam mogelijk dat iemand die als gerechtelijk patholoog met grote precisie naalden en scalpels in zowel dode als levende wezens prikte, niet eens de stekker van haar eigen fornuis in het stopcontact kon steken? Ze rukte de handdoek geërgerd van haar hoofd en smeet de ochtendjas op een stoel. Twintig minuten later stond ze in de nog lege gang op haar werk, de laatste plek waar ze haar vrije weekend gedacht had door te brengen. Ze aaide de koffiemachine terwijl hij met zijn bekende gulzigheid de munten opslokte om daarna zonder gezeur een dubbele espresso tevoorschijn te toveren.

Behoedzaam balanceerde ze de beker koffie en het stapeltje post naar haar kantoor. Ze slaakte een zucht en zou willen dat de orde die hier heerste ook gold voor de zaak waaraan ze werkte. Het verslag dat dokter Berlier geschreven had nadat hij de vrouw had onderzocht, lag netjes op de hoek van de schrijftafel. Daar had het al een paar dagen gelegen en de inhoud kende ze uit het hoofd. Er stond geen woord te veel in het verslag, geen enkele vage hypothese. Hij had er een handge-schreven briefje in telegramstijl bijgevoegd, alsof hij zich over haar ont-fermde en begreep dat hij met zijn terughoudende conclusies de zaak niet eenvoudiger voor haar maakte. 'M.i. werd de vrouw gedrogeerd, maar dat is niet de doodsoorzaak', had hij gekrabbeld met zijn bijna onleesbare handschrift. 'Vocht op de longen, niet specifiek, zegt weinig, geen doodsoor-zaak. Geen geweld gebruikt. M.i. snelle, pijnloze dood in bewusteloze toestand.'

Orla las het berichtje nogmaals en zag dat hij er zijn naam niet onder had geschreven. Het lag niet in zijn aard om rechercheurs een handje te helpen. Toch begreep ze wat hij bedoelde. De vrouw was op een snelle manier van het leven beroofd en de doodsoorzaak was niet voor de hand liggend. Dat waren belangrijke gegevens. Het betekende dat de moordenaar niet spontaan gehandeld had, maar met voorbe-dachten rade. De moord was goed voorbereid door een persoon die ken-nis van zaken had en koelbloedig genoeg was om het plan uit te voeren.

Een vraag dook als vanzelf bij haar op. Als de moord snel en vrij-wel zonder sporen na te laten gepleegd was, waarom liet de dader haar dan gewoon achter in een auto die langs een openbare weg geparkeerd stond?

Orla's gedachten werden onderbroken door de telefoon. Het bericht was kort en ze noteerde terwijl ze luisterde. De vrouwelijke agent aan de andere kant van de lijn sprak razendsnel en met een markant Zuid-Afrikaans accent, zodat Orla grote moeite moest doen om geen woord te missen.

'Het voorlopige DNA van de vrouw staat vast. We kunnen nu al concluderen dat ze niet in onze registers voorkomt. Ze heeft geen strafbare feiten begaan in ons land en tot nu toe is ze niet als vermist opgegegeven. Zoekresultaten in STIC zijn nog niet beschikbaar. Afwachten dus.'

De agente verwees naar het Système de Traitement de l'Information Criminelle, een centrale database waar inlichtingen over begane misdrijven en delicten verzameld en geclassificeerd werden. Orla bedankte de vrouw en legde de telefoon neer. Dat de vrouw door niemand gemist werd, versterkte het vermoeden dat ze buitenlandse was. Iemand die geen familieleden of kennissen had die 's avonds op haar zaten te wachten. Misschien werd er pas navraag gedaan als ze wekenlang niets van zich liet horen. In dat geval konden ze de samenwerking met Interpol uitbreiden.

Orla wierp een blik op haar horloge. Georges Lambert moest opnieuw verhoord worden, en dit keer zou hij er niet makkelijk van afkomen. Voor zover ze wisten, was er niemand die beter op de hoogte was van Adam Fabres werkzaamheden en vriendinnenkring. Als Georges Fabre volhield dat hij geen idee had wie deze overleden vrouw was, dan zou het wel eens kunnen dat Adam Fabre er een verborgen agenda op nahield, wat deze vrouw betrof.

Ze ging door met het verzamelen van inlichtingen over de familie Tesson. Misschien lag er ergens in hun geschiedenis een interessante leidraad verborgen. Ze herinnerde zich de opmerking van Georges Lambert dat Adam Fabre een stomme zet deed toen hij trouwde met iemand uit een familie waar ze geen van allen goed snik waren.

Marc Tesson, de oom en pleegvader van Isabelle Fabre, had indertijd in Algerije een fortuin opgebouwd. Hij had niet alleen grote landerijen opgekocht, als eigenaar van een bouwonderneming had hij goed geboerd tijdens de bouwboom in de bloeiperiode van de Franse kolonie. Tegen het einde van de burgeroorlog, in de jaren zestig, had hij zijn gehele vermogen overgemaakt naar een bank in Frankrijk.

Nadat ze zich in Parijs vestigden, werd het stil rond de familie. Er was zo goed als geen informatie te vinden, op geen enkel schandaaltje of louche praktijk waren de Tessons betrapt.

Orla haalde de notitie tevoorschijn die Roland had geschreven. Marc Tesson had geld geschonken voor de schoolgang van twee kinderen van zijn personeel. De jongen was aan een opleiding begonnen in de hoofdstad Algiers. Het meisje had de middelbare school doorlopen, wat niet gebruikelijk was voor het vrouwelijke deel van de bevolking.

Orla staarde naar de namen van die twee. Malek en Fatima Kagda. Het zou haar verbazen als dat niet de huishoudelijke hulp was die ze hadden aangetroffen in het huis van Charles Tesson.

Ze maakte er een aantekening van voor ze alle papieren weer op een stapel legde en opstond van haar stoel. Het was tijd om naar huis te rijden en zich om te kleden. Vandaag moest ze er weer aan geloven, aan de maandelijkse lunch met haar schoonouders.

24

De mannenstem aan de andere kant van de lijn klonk onbekend. 'Madame Chenu?' Orla staarde naar de bumper van de auto voor haar. Formeel gezien was ze madame Chenu, aangezien dat de naam was van haar overleden echtgenoot, maar ze had zich altijd Orla Os laten noemen. Het had geen zin om op deze materie in te gaan terwijl ze haar wagen door de zaterdagochtendspits op de boulevard St. Germain manoeuvreerde en dus antwoordde ze: 'Ja?'

Ze vergat bijna om voor het rode licht te stoppen toen de man zich voorstelde als Marc Tesson. De oude patriarch. Hij hield het kort, verzocht haar op een bijzonder beleefde toon om bij hem langs te komen voor een gesprek, het liefst onmiddellijk. Hij had haar advies nodig, maar over de aard van de zaak wilde hij zich niet uitlaten.

Orla voelde de twijfel knagen. Waarom moest ze bij hem thuis komen? Het bureau van de recherche op de quai des Orfèvres was alom bekend. Waarom zocht hij haar niet op haar werk op? Ze besloot om het hem gewoon te vragen.

Hij antwoordde ongeduldig, maar niet op haar vraag. 'Ik zal persoonlijk de deur voor u openen. Als u ziet in welke lichamelijke conditie ik ben, zult u begrijpen dat u geen gevaar loopt.' Hij herhaalde zijn verzoek en Orla gaf zich gewonnen.

'Je nieuwsgierigheid gaat je eens de kop kosten', zei ze hardop tegen zichzelf terwijl ze van richting veranderde. Het adres dat hij had opgegeven, lag op het Île St. Louis, het kleinste van de twee eilandjes in de Seine. Hij woonde aan de quai d'Orléans, waar de huizen dateerden uit het begin van de achttiende eeuw. Vanuit het huiskamerraam op de eerste verdieping kon hij het bootverkeer op de rivier gadeslaan en vanaf het dakterras had hij uitzicht op het Île de la Cité met de kathedraal Notre-Dame de Paris. Het verbaasde haar dat deze oude man het uithield om dag en nacht omgeven te worden door verkeerslawaai. Aan de andere kant, misschien hadden mensen van zijn leeftijd juist behoefte aan geluiden en drukte om zich heen.

Tesson voldeed niet aan het stereotiepe beeld van een hoogbejaarde man. Hij was lang, had een kaarsrechte rug en maakte een verrassend vitale indruk. Zilvergrijs haar bedekte zijn schedel, zijn neus was groot en krom, als de snavel van een arend. Ook zijn scherpe, heldere ogen deden denken aan een roofvogel.

Hij ging onberispelijk gekleed in een tweedelig pak met een vlinderstrikje. Zoals beloofd, had hij de deur voor haar opengedaan. Zwijgend ging hij haar daarna voor naar de zitkamer. Niets in de flat gaf blijk van enorme rijkdom. Hij liet haar in een nogal versleten fauteuil plaatsnemen en ging zelf tegenover haar op een kleine bank zitten. De blik waarmee hij haar bestudeerde, gaf Orla het gevoel dat ze een tweederangs toneelspeler was op auditie bij een wereldberoemde filmproducent.

'Madame Chenu', zei hij langzaam. 'Ik ben blij dat u zo snel kon komen.'

'Dokter Os', corrigeerde ze. De formaliteiten dienden in orde te zijn, in ieder geval voor ze in zee ging met een man als hij.

Hij trok eerst zijn wenkbrauwen op. Daarna verscheen er een glimlach op zijn gezicht. 'De vrouwen van tegenwoordig...'

Orla onderdrukte een zucht. Het viel haar trouwens nog mee dat Tesson geen grapje had gemaakt over haar achternaam, die in het Frans 'bot' betekende. Na achttien jaar in het land was ze dat meer dan beu. 'U wilde me ergens over spreken.' Orla zag een man binnenkomen, ook correct gekleed, en achter in het vertrek op een stoel plaatsnemen.

'Dit is Maurice Vilar.' Tesson maakte een handgebaar naar de gast. 'Mijn advocaat en goede vriend. We beschouwen hem als een erelid van de familie.'

De man, die er iets jonger uitzag dan Tesson, knikte haar toe.

Orla voelde zich steeds minder op haar gemak. Het feit dat Tesson haar uitgenodigd had, was op zich een vreemde zaak. Nu bleek dat ook zijn advocaat aanwezig was, vroeg ze zich helemaal af waar ze aan begonnen was. 'Meneer Tesson, waarom nam u contact op met mij?' vroeg ze zakelijk.

Hij nam haar onderzoekend op. 'Hoe ver is men gekomen in het onderzoek rond Adam Fabre?'

Orla draaide haar hoofd naar de advocaat, een pezige man met kleine, scherpe ogen en een uitdrukkingsloos gezicht, en vervolgens naar Tesson. Ze leunde naar voren en keek hem indringend aan. 'U wilt toch niet zeggen dat ik ontboden ben voor een soort kruisverhoor betreffende de resultaten van een rechercheonderzoek?'

Tesson vertrok geen spier. 'Ik heb een brief ontvangen.' Hij pakte een envelop van de tafel. 'Het gaat om geldafpersing.'

Orla slikte. 'Ik raad u aan om onmiddellijk aangifte te doen.'

'Een moment, laat mij uitspreken', zei hij en hij tilde zijn hand op toen hij merkte dat ze wilde protesteren. 'Nee, ik ben niet van plan om contact op te nemen met de politie, niet op de gangbare manier in ieder geval. Men heeft mij zojuist gebeld om mij dat ten sterkste af te raden. Ik dacht dadelijk aan u, vanwege uw achtergrond als rechercheur, maar vooral omdat u de schoondochter bent van Jean Chenu, een man die ik bijzonder hoogacht. Ik vraag u om de brief te lezen en mij te adviseren welke stappen ik kan ondernemen zonder de politie hierin te betrekken.' Hij reikte haar de envelop aan.

Er ontstond een stilte terwijl Orla aarzelde. Ze was zowel politierechercheur als forensisch geneeskundige. Haar taak als rechercheur hield in dat ze lid was van een team dat onderzoek deed naar misdrijven waar personen een niet-natuurlijke dood waren gestorven. Als forensisch geneeskundige was zij vaak de eerste die het slachtoffer op de plaats delict onderzocht. Het soort misdrijven waar het ging om afpersing of vermissingen hoorde in feite niet tot haar domein.

De envelop was gevoerd en onopvallend. Ze gebruikte zelf geregeld dergelijke enveloppen als ze boeken of papieren verstuurde die niet tegen een stootje konden. In de envelop lag een opgevouwen vel papier met een getypte tekst.

Meneer Tesson,

Wij hebben Adam Fabre.
Gaat u naar de politie, dan verdwijnt hij voor altijd.
Wij eisen een half miljoen euro.
Dat moet worden bezorgd door uw neef. Waar en wanneer vertellen we u later.
Blijf in de buurt van de telefoon.

Orla las de brief een tweede keer voor ze hem aan Tesson teruggaf. 'Hoe weet u dat ze Adam Fabre echt te pakken hebben en niet alleen op geld uit zijn?'

Tesson knikte naar de envelop. 'Kijk eens wat erin zit.'

Orla voelde iets hards in de envelop en schudde het eruit. Het was een dasspeld van goud. Op de achterkant waren de letters A.F. gegraveerd.

'De man is een snob', zei Tesson hard. De gelijkenis tussen hem en zijn nicht Isabelle was plotseling frappant. 'Dat dit zijn dasspeld is, daar twijfel ik geen moment aan. Hij gedraagt zich als een pauw en gaat de deur niet uit zonder een van zijn vele dasspelden. Allemaal van goud natuurlijk en allemaal met zijn initialen erop.' Hij keek haar aan, zijn ogen waren koud. 'Toch ben ik niet van plan om hem te laten creperen. Mijn ethische houding ten opzichte van levende wezens gebiedt mij dat', zei hij zonder enige emotie in zijn stem.

'Wanneer ontving u deze brief?' Ze bestudeerde de envelop, die volgens het poststempel de dag ervoor op de Gare du Nord gepost was. De naam en het adres van Tesson waren met blokletters geschreven.

'Vanochtend.'

'Heeft u contact opgenomen met uw neef?'

Hij knikte. 'Charles komt zo dadelijk. Ik wilde er echter eerst honderd procent zeker van zijn dat dit geen macabere grap is, en de tijd hebben om met u overleg te plegen.'

Orla staarde naar de envelop. Het dreigement leek haar serieus genoeg en ze kon Tesson maar één advies geven. Hij moest aangifte doen. Maar de man was daar niet voor te vinden, begreep ze.

Charles Tesson arriveerde slechts twintig minuten later, bleek en ernstig. Marc Tesson begroette hem op een ongeduldige, bijna geërgerde toon. Het was alsof hem een taak was opgelegd die hij uiterst onbehaaglijk vond en die hij daarom het liefst onmiddellijk tot uitvoering wilde brengen. Orla had het idee dat er in deze familie een sterke drang heerste om schandalen in een zo vroeg mogelijk stadium in de doofpot te stoppen. Die drang was misschien zelfs sterker dan de bekommernis om het lot van Adam Fabre, een familielid dat men toch al geen warm hart toedroeg. De wil van het oude opperhoofd scheen nog steeds wet te zijn. De neef leek er niet over te piekeren om niet aan de eis van zijn oom gehoor te geven.

'Die lieden dat geld bezorgen, brengt geen enkel risico met zich mee zolang wij geen stommiteiten uithalen', zei Marc Tesson. 'Volgens mij zijn ze primair geïnteresseerd in centen, niet in bloed.'

'En Isabelle, wat...'

Verder kwam ze niet. Tesson veerde omhoog in zijn stoel. 'Isabelle moet hier níét in worden betrokken! Ze heeft het al moeilijk genoeg. We mogen haar in dit stadium geen valse hoop geven.' Hij zweeg en maakte een hulpeloos gebaar met zijn ene hand.

Orla vervloekte de hele situatie. Had ze eerder van deze brief afgeweten, dan zouden ze de telefoon kunnen afluisteren en de gesprekken opnemen. 'Dat telefoontje, de stem kwam u niet bekend voor?'

Hij schudde zijn hoofd. 'Ik neem aan dat ze hun stem anders laten klinken.'

Orla was al bezig met het toetsen van Rolands nummer, maar Tesson schudde opnieuw zijn hoofd. 'U hoeft geen moeite te doen. Er werd me verteld dat het gesprek niet te achterhalen is. Het toestel was een halfuur eerder gestolen van een jong meisje in een winkelcentrum. Ik kreeg te horen hoe ik het geld moest bezorgen. En wanneer. Morgenavond, tegen middernacht. Precies waar wordt me later verteld. Ze houden ons goed in de gaten. Merken ze dat de politie in de buurt is, kunnen we alles vergeten en zien we Adam nooit meer terug. De tas met geld staat klaar, zoals u ziet.'

Orla stond op. 'U vroeg mij om advies, meneer Tesson, en ik heb maar één goede raad. U doet aangifte en laat de rest aan de politie over.'

Tessons gezicht verstarde. 'Uw antwoord is duidelijk. Ik hoop dat mijn woorden net zo duidelijk zijn, dokter Os. Vergeet dat u hier bent geweest. Indien ik word benaderd door de politie omdat u hen ingelicht hebt, dan zweer ik u dat ik alles wat er vandaag besproken is glashard zal ontkennen. Vanzelfsprekend zal ik nadenken over uw advies, maar volgen doe ik het zeker niet.'

Hij begeleidde haar vriendelijk en resoluut naar de deur.

Orla bleef staan en aarzelde. 'Meneer Tesson, kunt u mij alstublieft bellen als de afpersers opnieuw contact met u opgenomen hebben?' Hij keek haar vragend aan. 'U kunt mij vertrouwen, dat beloof ik u', voegde ze eraan toe.

Tesson knikte kort. 'Ik bel u als ik opnieuw van hen hoor.'

25

Een halfuur later draaide Orla de avenue van Dyck in. Dat men een grote smeedijzeren poort door moest om de woningen te bereiken, was misschien nog opmerkelijker dan het feit dat dit kleine straatje aan het Monceaupark avenue werd genoemd.

Orla parkeerde aan het einde van de straat en inspecteerde haar haar en gezicht in het spiegeltje. Ze constateerde mismoedig dat haar façade duidelijk blijk gaf van haastwerk en wanorde. Zowel oorbellen als make-up was ze vergeten toen ze die ochtend halsoverkop de deur uitvloog, en haar pas gewassen krullen zagen er psychedelisch uit wanneer ze niet in toom werden gehouden door haargel en spelden.

Ze duwde het spiegeltje weg en bedacht dat het hoog tijd werd dat ze zich minder liet opjutten door het oordelende oog van anderen. Ze was weduwe, kinderloos en zou niet weten voor wie ze eigenlijk op haar tenen moest lopen. Terwijl ze het portier dichtsloeg, tolden haar gedachten alweer om het gesprek met Marc Tesson. Die affaire kwelde haar meer dan haar onverzorgde uiterlijk.

De dikke loper dempte de klank van haar voetstappen toen ze de trap nam naar de derde verdieping. Haar schoonmoeder deed open en begroette haar met de verplichte kussen, op elke wang eentje.

'Je ziet er fantastisch uit', kirde ze met een stralende glimlach.

Orla knikte gedwee bij die overdrijving. Ze verzette geen stap terwijl het vijftien jaar oude schoothondje met het postuur van een langharige hamster woedend naar haar benen hapte. Behalve in het bezit van een agressieve aard, was het beest ongetwijfeld aan het dementeren. Orla was er zeker van dat hij haar allang niet meer herkende. Misschien was dat maar goed ook, aangezien hun relatie nooit bijzonder hartelijk was geweest. Eerlijk gezegd was ze meerdere malen in de verleiding geweest om een moord te begaan als het rothondje weer eens grommend en met ontblote, gele tanden om haar enkels cirkelde.

Orla zuchtte. 'Kun je hem opsluiten in de slaapkamer?'

Haar schoonmoeder staarde haar verbijsterd aan. 'Wat zeg je me nou?' Ze bukte en tilde haar lieveling van de grond. 'Hij zit toch altijd bij ons aan tafel?'

Orla knikte. 'Ik ben bang dat ik een allergie heb ontwikkeld voor huisdieren', loog ze zonder met haar ogen te knipperen. 'Toen ik er laatst op uit was met de hondenpatrouille kreeg ik het ineens vreselijk benauwd. Het leek wel een astma-aanval. Dat kwam van die hondenharen, ik weet het zeker.' Ze kuchte. Het vooruitzicht om haar bord leeg te eten naast die rat bezorgde haar koude rillingen. Het was niet alleen onhygiënisch, het beest stonk ook nog. Dat deze hond meer aandacht kreeg dan het gemiddelde Franse kind was gewoon niet te geloven.

'Een astma-aanval?' Haar schoonmoeder sperde haar ogen open.

Orla gaf haar mantel aan David, haar zwager, die de gang in was gekomen. Hij was arts en had met een frons op zijn voorhoofd geluisterd naar de klachten van Orla.

Ze haalde een paar keer diep adem. 'Ja, en nu merk ik het weer dat mijn keel potdicht gaat zitten.'

Haar schoonmoeder was een vrouw die van aanpakken wist. Ze kieperde de hond in de armen van David. 'Zorg ervoor dat iemand hem in de keuken zijn hapje geeft', zei ze kordaat. 'Hij moet uit de buurt van Orla blijven.'

Orla feliciteerde zichzelf met deze mijlpaal in haar leven. Het dier had tot nu toe elke maaltijd en elk bezoek grondig verpest. 'Het ruikt hier zalig', glimlachte ze tegemoetkomend. 'Zoals altijd.'

Orla, David en haar schoonvader Jean Chenu hadden zich na de lunch teruggetrokken in de zitkamer. Haar schoonmoeder had het huis verlaten om een vriendin te bezoeken met wie ze welzijnswerk deed. Orla besloot om niet om de hete brij heen te draaien. 'Ken je een zekere Marc Tesson?'

Haar schoonvader zette zijn kopje op de tafel. 'Natuurlijk ken ik hem. Hij is niet zomaar iemand.' Hij keek haar lange tijd aan terwijl ze zich afvroeg hoe ze de volgende vraag zou formuleren. 'Ik heb gehoord dat zijn "schoonzoon" vermist wordt.' Met zijn vingers maakte hij aanhalingstekens in de lucht.

Orla knikte. 'We onderzoeken de zaak, maar we tasten nog steeds in het duister', zei ze voorzichtig en ze zweeg even. 'Weet je toevallig of er in deze familie mensen zijn die geen schone lei hebben?'

Hij schudde zijn hoofd en stak zijn hand weer uit naar het kopje. 'De overgrootvader van Marc Tesson emigreerde al omstreeks 1850 naar Algerije, en pas na de bevrijding keerde Marc terug naar Frankrijk. Het is alom bekend dat Marc en zijn broer een enorm vermogen opbouwden in den vreemde. Nadat de familie zich in Parijs vestigde, hebben ze weinig van zich laten horen. Van aanstootgevende zaken weet ik niets.'

Orla dacht na over wat hij zei. Het antwoord luidde telkens eender. In deze familie kwamen geen buitensporigheden voor. 'Heb je enig vermoeden om welke reden Adam Fabre verdween? Je krijgt de indruk dat zijn vrouw Isabelle nogal onuitstaanbaar is. Klopt dat?'

Chenu haalde zijn schouders op. 'Zoals gezegd, leiden deze mensen een bijzonder teruggetrokken bestaan.' Hij aarzelde even. 'Maar zoals in veel families beginnen de problemen bij de jonge garde. Isabelle huwde een man die hoge ogen scoorde. Bij de vrouwen, welteverstaan. Vraag mij niet waarom. Adam Fabre is uiteraard een knappe verschijning, maar toch.' Hij schonk meer koffie in de kopjes en keek haar plotseling onderzoekend aan. 'Je hebt iets ontdekt of ondervonden waar je niet wijs uit wordt. Is dat zo?'

Orla wist niet hoe ze moest reageren op zijn directe vraag. 'Ik weet het niet', zei ze eerlijk. 'Alles wat verband kan houden met de vermissing moeten we onder de loep nemen.'

Haar antwoord was ontwijkend en hij begreep de hint. 'Volgens mij is Marc Tesson een rechtschapen man. Ook al ligt het voor de hand dat iemand die veel geld en macht vergaard heeft, niet iedereen even netjes bejegend heeft.'

'Kun je zeggen dat hij zwemt in het geld?'

Haar schoonvader knikte. 'Ja, neem dat maar van mij aan.' Hij draaide het cognacglas tussen zijn vingers. 'Toen Marc Tesson in 1961 in allerijl uit Algerije vertrok, liet hij alles achter, behalve zijn geld en zijn twee pleegkinderen.'

'En al dat geld staat nog steeds tot zijn beschikking?'

'Daar twijfel ik niet aan. De man is op leeftijd, maar zo gezond als een vis.'

David, de jongste zoon van Chenu, had het gesprek zwijgend aangehoord. 'Ik ken de zoon van Isabelle Fabre van de faculteit. Hij begon een jaar later dan ik', zei hij plotseling.

Orla keek hem verbaasd aan. 'En dat zeg je nu pas?'

Hij lachte. 'Ik kwam nu pas aan het woord.' Daarna werd hij ernstig. 'Misschien heb ik het mis, maar ik heb het idee dat je Isabelle Fabre niet bijzonder sympathiek vindt. Ik kan niet zeggen dat ik haar en die zoon van haar goed ken, maar ik had geregeld met hem te maken en met haar heb ik ook zo nu en dan een woordje gewisseld.'

'En...?'

'Elke woensdag dook Isabelle Fabre in haar snelle autootje op bij de universiteit om met haar zoon te gaan lunchen. In een van de betere eethuizen. Daar scheen ze mee begonnen te zijn toen hij op de kleuterschool zat. Ik kreeg de indruk dat ze een liefdevolle moeder was die alles voor die knul overhad.'

Orla fronste haar wenkbrauwen. 'We praten over dezelfde persoon?'

'Je kunt natuurlijk gelijk hebben. Maar laten we eerlijk zijn, Orla, soms ga je iets te gemakkelijk af op je gevoelens. En dat lijkt me even problematisch voor een rechercheur als voor een arts, of ben ik abuis?' Hij glimlachte ontwapenend. 'Isabelle Fabre was in mijn ogen een mooie vrouw die misschien een tikkeltje gereserveerd overkwam, maar die zich met hart en ziel inzette voor haar naasten. En dat op zich vind ik geen onsympathiek trekje.'

26

Orla had de gedachte aan het losgeld nog steeds niet uit haar hoofd kunnen bannen toen ze tegen de avond op weg was naar huis. Ze had behoefte om de kwestie met iemand te bespreken, maar Marchal was hoogstwaarschijnlijk buiten bereik. Hij was met zijn stokoude deux-chevaux op weg naar Bretagne, waar hij oorspronkelijk vandaan kwam. Tegen een lawaaierige motor en loeiharde radiomuziek kon geen mobieltje het opnemen.

'Dingen die tegen mijn lijf trillen, daar kan ik zeer slecht tegen', beweerde hij toen Orla een keer zurig opmerkte dat elke mobiel een trilfunctie heeft. 'Ze doen me denken aan pacemakers en andere apparaten die ooit mijn ouderdom gaan vergallen. En daar bedank ik voor. Als ik de telefoon toevallig niet hoor, dan is daar niets aan te doen.'

Vandaag hoorde hij hem niet. Orla liet een bericht achter waarin ze hem vroeg haar te bellen als hij op de plek van bestemming was aangekomen. Ze stopte voor het rode licht en dacht na. Op het moment dat het licht op groen sprong, had ze een besluit genomen. Ze moest en zou iemand op de hoogte stellen van de geldafpersing, maar ze deed er verstandig aan om zo min mogelijk inlichtingen telefonisch over te brieven. Ze wist niet met wat voor personen ze te maken hadden, maar ze mocht geen risico's nemen. Even later had ze de wagen gekeerd en reed ze in de richting van de passage Montbrun, waar Roland woonde. Het was halfzeven. Nog iets meer dan een etmaal en dan stonden ze in het Bois de Boulogne op het geld te wachten.

Ze had een goed advies nodig. Indien ze met haar verhaal naar toevallige collega's stapte, dan zou de zaak zijn eigen leven gaan leiden. Anderen namen het van haar over en deinsden er misschien niet voor terug om actie te ondernemen. Maar tegen wie? Zolang Tesson weigerde om aangifte te doen en vermoedelijk alles zou ontkennen als men contact met hem opnam, zou de zaak wel eens in verkeerd vaarwater terecht kunnen komen.

Ze moest verhinderen dat Marc Tesson overhaast te werk ging. Hij had haar ontboden voor een confidentieel gesprek, vanwege haar bijzondere achtergrond. Haar dilemma was dat ze naast privépersoon ook politievrouw was. Hoe moest ze omgaan met dergelijke vertrouwelijke gegevens? Ze dacht terug aan haar tijd als arts en alle schokkende verhalen die ze had aangehoord. Verhalen die ze vanwege de zwijgplicht met niemand had mogen delen, tenzij het leven van een mens op het spel stond. Ze vroeg zich af of dat het geval was bij de situatie waarin ze momenteel verwikkeld was en het verontrustende antwoord was ja. Maar als ze de informatie die haar was toevertrouwd aan derden doorspeelde, kon ze riskeren dat zij degene was die anderen in gevaar bracht. Ongeacht welke keuze ze maakte, het zou fout kunnen aflopen, bedacht ze bezorgd.

Ze parkeerde in het smalle straatje. Het was etenstijd, schoot haar nu pas te binnen. Wie weet zat hij net aan tafel en kwam ze vreselijk ongelegen. Ze stapte de portiek binnen met het voornemen om hem niet meer dan een paar minuten lastig te vallen. Zodra hij haar van advies had voorzien, zou ze weer vertrekken.

Orla nam de trap. De klim naar de derde verdieping was goed voor haar conditie en bovendien vertrouwde ze de liften in deze oude gebouwen voor geen cent.

Ze was bijna boven toen ze hoorde dat de deur van Rolands flat werd geopend. Zonder erbij na te denken, deed ze een stap terug. Roland kwam de gang op, samen met een jongere vrouw. Orla ving een korte glimp op van een knap gezicht omlijst door glanzend, golvend haar. Roland hield zijn arm om haar middel, lachte om iets wat ze zei en trok haar even naar zich toe.

Orla streek een hand door haar warrige krullen en wachtte tot de twee in de lift waren verdwenen. Ze voelde een vreemde druk op haar borst, alsof ze Roland betrapt had op een overtreding. Ze bleef nog een paar minuten staan tot ze er zeker van was dat ze het gebouw hadden verlaten en liep toen langzaam de trap af. Wat Roland dacht van deze zaak leek haar plotseling betekenisloos. In feite was er nauwelijks sprake van een zaak, niet vóór Marc Tesson haar opnieuw gebeld had. Het stille straatje lag er verlaten bij. Orla snoof de scherpe novemberlucht op en slenterde naar haar auto. Mechanisch als een robot reed ze terug naar huis.

27

'Ben je soms flauwgevallen?'

Agnès hoorde de stem van haar moeder boven het geschreeuw op de televisie uit. Louise zat in de huiskamer en keek naar haar lievelingsprogramma, *Wil je miljonair worden?* In de loop van de drie jaar dat de quiz werd uitgezonden, had ze volgens Agnès geen enkele vraag goed beantwoord.

'Ik ben bezig!' Ze staarde naar het bed, waar haar hele garderobe op een grote hoop lag. Haar doorgaans goede smaak liet haar vandaag volledig in de steek. Het krappe mini-jurkje dat ze net had aangetrokken, was al even fout als de rest. Te veel blote huid bij een eerste ontmoeting zou wel eens verkeerd kunnen worden opgevat. Haar ambities lagen hoger dan een avondje rollebollen tussen de lakens. Met koele elegantie kwam ze waarschijnlijk verder. Ze wurmde zich uit het zwarte kokertje en viste een auberginekleurige, nauwsluitende zijden jurk uit de berg. Hij reikte tot net over haar knieën, had een blote rug en een spannend decolleté. Sexy en elegant tegelijk.

De jurk accentueerde haar haren, stelde ze tevreden vast terwijl ze voor de tiende keer van sieraden wisselde. Het Guccihorloge hield ze om. De man zou met één oogopslag zien dat het geen nep was. Ze maakte een rondje voor de spiegel en begon opnieuw te twijfelen. Het was alsof elk kledingstuk zijn glans had verloren. Kleren waarin ze zich vroeger verblindend had gevoeld, leken nu armetierige vodden. De valhoogte was huiveringwekkend. Vanavond moest ze scoren. Ze wist dat ze maar één kans kreeg. Het was alsof ze voor de buis in de huiskamer zat te azen op de hoofdprijs. Als ze het spel goed speelde, dan zou ze binnenkort een vette buit kunnen binnenhalen.

Ze had onderzoek gepleegd op het internet en was bijna van haar stoel gebuiteld van geluk. Haar voorgevoelens hadden haar niet bedrogen, Tesson was een ware goudmijn. Ze was op een artikel gestuit dat vier jaar eerder in *Le Parisien* was verschenen ter ere van de vijfenzeventigste verjaardag van Marc Tesson, de oom van Charles Tesson. Ze had haar ogen niet kunnen geloven toen ze op een foto van het festijn haar werkgever ontwaarde. Adam Fabre stond als een gelikte aap te pronken naast zijn vrouw, Isabelle Fabre, de feeks. Ze plantte haar voeten in een paar gloednieuwe pumps met hoge hakken. De huiskamer stonk zoals altijd naar sigarettenrook en frituurolie en ze moest zorgen dat ze de flat uit was voor de lucht in haar kleren ging zitten. Ze deed haar mantel aan en hield haar sleutelbos in de aanslag, zodat ze de kamerdeur zo snel mogelijk achter zich op slot kon doen.

'Je gaat zeker naar je eigen bruiloft?' Haar moeder zat weggezakt op de bank met een wollen deken over haar benen en een blikje Kronenbourg binnen handbereik. Ze hadden op het moment amper geld om te stoken en het was ijskoud in de kamer. 'Zo opgetut heb ik je in geen tijden gezien, en dat zegt heel wat', zei ze met de sigaret bungelend tussen haar lippen.

Agnès draaide de sleutel om en snelde de gang in.

'Allemaal verloren moeite', hoorde ze terwijl ze de grendel van de deur schoof. 'Als ze die veren van je lijf hebben geplukt, blijft er een doodgewone Agnès Leclerc over. Je komt niet uit een paleisje, meid, maar uit een volksbuurt waar je struikelde over de arme sloebers.' Ze grinnikte schor en rochelend. 'Chique vrouwen komen uit andere eitjes!' Ze jubelde zo luidkeels toen een van de deelnemers het juiste antwoord gaf dat ze de klap van de deur overstemde.

'Godver!' Agnès kon wel in huilen uitbarsten, maar ze moest denken aan haar make-up. 'Ze is stikjaloers', zei ze hardop en ze klampte zich vast aan de muur om haar enkels niet te verstuiken. 'Ze kan het niet hebben dat ik mooi ben terwijl zij eruitziet als een vet varken. En zij vond háár niet chic genoeg?' Agnès snoof minachtend en drukte op de knop van de lift. Elke week las ze de Cosmopolitan, de Elle en de Marie-Claire. Bovendien had ze een boek over etiquette aangeschaft. Ze wist dat je met het buitenste bestek moest beginnen en hoe je een soeplepel netjes in je mond stak. Belangrijker dan al die kennis was echter haar bijzondere instinct, haar goede neus die haar nooit in de steek liet. Ze rook gewoon waar de zwakke kanten van een man zaten, zoals een getrainde hond truffels opspoorde.

Ja, op het gebied van dating was ze doorkneed. Ze nam een taxi, zou iets te laat arriveren, zodat hij op haar moest wachten, maar niet te lang. Nooit na de eerste avond al je adres opgeven, dan denkt een man dat je lichtzinnig bent. Ze lachte bitter. Haar adres zou ze zelfs na hun zoveelste afspraakje geheimhouden. Tenzij ze ervan overtuigd was dat hij onvoorwaardelijk van haar hield. Dan zou ze verklappen waar ze woonde en hem alles durven vertellen. Ze tilde haar hand op en hield een taxi aan. Nee, dan nog zou ze zwijgen. Charles Tesson zou nooit ofte nimmer bij haar thuis uitgenodigd worden. Het paffende drankorgel zou al haar kansen verknallen.

Toen ze drie minuten over acht aankwam, zag ze dat hij al stond te wachten. Hij droeg een zwarte jas over zijn pak, had beide handen in zijn zakken en leunde nonchalant tegen de muur. Agnès hapte naar adem. De man zag eruit alsof hij rechtstreeks uit het atelier van een modeontwerper kwam. Hij representeerde alles wat haar hart begeerde. Geld, macht, autoriteit. Klasse.

In twee stappen was hij bij de auto. Hij stak de chauffeur een bankbiljet toe, opende het portier, pakte haar hand en begeleidde haar naar de ingang van het restaurant. Binnen werden ze amicaal verwelkomd door de kelner, die hen naar hun tafeltje bracht.

Agnès prees zich gelukkig dat ze het boek over etiquette uit haar hoofd kende. Nooit eerder had ze zo'n indrukwekkende hoeveelheid bestek en glazen op een tafeltje voor twee gezien.

Charles Tesson schoof de stoel voor haar aan, bestelde een aperitief en gaf haar de menukaart. Ze moest zich beheersen om geen spier te vertrekken toen ze de prijzen zag. 'Jij kent de keuken beter dan ik,' zei ze koket en ze leunde naar voren zodat hij haar mooiste kanten kon bewonderen, 'en daarom denk ik dat ik hetzelfde kies als jij. Dit keer.'

Hij had de kaart al dichtgevouwen terwijl hij zijn ogen de kost gaf, precies zoals ze verwacht had. 'Dat doet me deugd. Ik ben blij dat je me durft te vertrouwen.' Hij legde zijn hand losjes op die van haar. 'Ik zal je niet teleurstellen.'

De maaltijd bestond uit zeven gangen. Agnès wist amper wat ze at, maar troostte zich met de gedachte dat de creaties op haar bord ook bedoeld waren als een lust voor het oog. Bij elke schotel verscheen er een nieuwe fles wijn en het duurde niet lang voor Agnès zich volledig ontspande. Na het derde gerecht had ze haar tafelgenoot ingewijd in Adam Fabres beroerde leiderschapskwaliteiten. Aan zijn blik te zien, boeide het onderwerp hem mateloos. 'Je hebt geen idee hoeveel ik weet over die familie van jou!' flapte ze eruit terwijl ze flirtend aan zijn manchetknoop frunnikte.

De glimlach verdween van het gezicht van Charles Tesson. Hij keek haar aan met ogen die een vreemde staalgrijze kleur hadden. Agnès probeerde er iets uit op te maken, maar ze had het idee dat ze in twee troebele vijvers staarde.

Ze wist ineens niet meer wat ze moest zeggen en moedeloos pakte ze haar vork weer op.

Tijdens het vijfde gerecht leek hij weer op te fleuren. Toen hij over haar werk begon, schakelde ze behendig over naar de verdwijning van Adam Fabre. Hij luisterde een tijdlang aandachtig voor hij vroeg: 'Wat denk jij dat er met hem gebeurd is?'

Agnès knipperde even verrast met haar ogen. 'Wat ik denk? Ik denk dat een van zijn minnaressen hem een kopje kleiner heeft gemaakt toen hij zei dat hij haar beu was.' Ze giechelde, maar hield er meteen weer mee op. Giechelen werd vaak opgevat als een beetje onnozel, en onnozele vrouwen wekten afkeer bij dit soort mannen, had ze ergens gelezen.

Charles Tesson leek niets in de gaten te hebben. 'Een van zijn minnaressen?' Hij liet de steel van zijn glas tussen zijn vingers draaien. 'Jij denkt dat hij die had?'

Agnès knikte opgewonden. 'Dat moet wel! Zijn vrouw belde om de haverklap om te vragen waar hij was. Hij maakte heel vaak een ommetje voor hij naar huis ging, dat is duidelijk.'

'Echt?' Een nieuwe schotel werd opgediend en hij glimlachte naar de ober. 'Dat is interessant.'

Agnès voegde er haastig aan toe: 'Niet dat ik hem veroordeel, hoor.'

Hij mag van mij zoveel vriendinnetjes hebben als hij wil.' Ze wilde niet bekrompen overkomen. Toen hij zijn ene mondhoek even optrok, wist ze dat hij de boodschap ontvangen had.

'Agnès, daar geef ik je gelijk in.'

Ze begonnen te eten en er viel een stilte. Toen zei hij: 'Heb je de indruk dat hij veel geld verdient?'

Agnès glimlachte. 'Handenvol!'

'Je doet misschien zijn boekhouding?'

Ze schudde haar hoofd. 'Daar heb ik niets mee te maken.'

Het leek alsof het onderwerp hem verder niet interesseerde en opnieuw zwegen ze. 'Wat doe je als hij niet meer terugkomt?' vroeg hij plotseling.

Ze staarde hem aan. 'Wat ik dan doe?'

'Ja, dan zit je waarschijnlijk zonder werk?'

Ze knikte. Het kostte haar ineens moeite om te slikken. De enorme bedragen die ze schuldig was, tolden door haar hoofd. Ze sloeg haar ogen neer en voelde dat hij zijn hand op die van haar legde. 'Je bent een bijzondere vrouw, Agnès.'

Ze keek hem aan. Zijn ogen zagen er niet langer kil uit. Haar hart begon sneller te kloppen. 'Bijzonder?'

'Ik ben niet blind, ik zie dat je oprecht bent, iemand op wie je kunt bouwen.'

Agnès merkte dat ze helemaal warm werd vanbinnen.

'Volgens mij zullen wij tweetjes veel plezier aan elkaar beleven als we wat meer tijd samen hebben doorgebracht, denk je ook niet?'

Ze had zin om hardop te jubelen. Dit ging bijna te gemakkelijk. 'Daar ben ik zeker van.'

Charles Tesson werd ernstig. 'Betrouwbaarheid, daar draait het om in het leven, Agnès.' Hij hield haar blik vast terwijl hij over haar hand streek. 'Heb ik gelijk, kan ik van je op aan?'

Ze leunde naar voren. 'Dat kun je, Charles', kirde ze. 'Ik kan dat zelfs bewijzen.' Haar ene borst beroerde zijn hand die nog steeds op die van haar lag. 'Ik weet namelijk zaken over enkele familieleden van je. En ik zweer je dat ik daar met niemand over gesproken heb.'

Ze trok haar hand langzaam naar zich toe en opende het laktasje dat naast haar op de tafel lag. 'Ik heb iets bij me.' Ze glimlachte. 'Iets dat aantoont dat een mooie smoel geen garantie is voor een schoon geweten.'

'Een mooie smoel?' Hij zette grote ogen op en ze kon het niet laten om te giechelen.

'Hier.' Ze schoof de envelop zijn kant uit met de wijsvinger met de ongeschonden nagel. 'Lees maar wat die zwager van je in zijn bureaula had liggen.' Ze sloeg haar ogen neer, alsof ze zelf in verlegenheid gebracht was. 'Je staat er vaak versteld van hoe slecht je je naasten kent, nietwaar? Wat denk je, Charles, kunnen wij tweetjes niet op de een of andere manier profijt trekken uit deze zaak?'

28

Constantine, Algerije, 7 oktober 2000

Malek was voor de tweede maal dat jaar terug in Constantine.

Al een week lang waren de avonden ongewoon mooi en zacht. De warmte had er ook toe geleid dat lieden van diverse pluimage uit hun schuilplaatsen vandaan waren gekropen. Zodra het donker werd, namen ze de parken en de portieken in bezit, opvallend resistent tegen scheldwoorden en sporadische politierazzia's. Het lag misschien aan het feit dat het niet de politie was die aan de touwtjes trok. Dat deed het officieuze machtsapparaat, de door zichzelf in het leven geroepen bewakers van de eerbaarheid. Wat deze rondhangende individuen betrof, bleken ze echter een oogje toe te knijpen. Malek hoopte dat het aan zijn eigen leeftijd lag dat hij vond dat de daklozen steeds jonger werden, maar hij vreesde dat ze daadwerkelijk steeds eerder de straat op gingen.

Als hij in de avonduren en het holst van de nacht door de stad zwierf, beschouwde hij zichzelf als een parelduiker. Twee weken lang had hij door de straten gedoold, op zoek naar zeldzame schatten, naar nieuwkomers, naar enkelingen die opvielen vanwege hun bijzondere schoonheid.

Hij bekommerde zich al lang niet meer om de schrikbarende stijging van het aantal verslaafden of de illegale immigratie uit de zuidelijke landen. Donkergetinte gelukzoekers stroomden Algerije binnen in grotere getalen dan de zandkorrels die door de siroccowind uit de Sahara het land in waaiden. Het zou een koud kunstje zijn om vrouwen uit die groepen te rekruteren.

Maar de baas had geen behoefte aan junkies en van zwarte vrouwen wilde hij helemaal niet weten. Malek begreep waarom. Uit Tamanrasset en andere dorpjes aan de grens, waar ze neerstreken om te bekomen van hun zware reis alvorens ze verder trokken naar de kust en Europa, kwamen genoeg geruchten over de uiteenlopende ziektes die deze vrouwen onder de leden hadden.

De bestelling betrof blanke Berbervrouwen afkomstig uit het district Kabylië. Ze waren niet alleen mooi, ze vielen ook minder op en pasten zich sneller aan in Parijs.

Het was acht uur en hij slenterde door de straten van het centrum van Constantine. Terwijl hij over de grote boulevards zoals El-Kasbah en rue de France liep, verbaasde hij zich opnieuw over het feit dat er in enkele buurten in het openbaar prostitutie bedreven werd.

In deze stad, die hij altijd als conservatief had opgevat, leek het alsof de deugd en de zonde een overeenkomst hadden gesloten die inhield dat men elkaar de ruimte gaf als de tijd daar rijp voor was.

Bij een straatlantaarn stond een jonge vrouw van amper een jaar of achttien. De lichtbundel viel op haar gezicht, dat monstrueus opgemaakt was als dat van een Japanse geisha. Ze kreeg hem in het oog en kwam zachtjes mompelend op hem af. Van dichtbij zag hij de vermoeide trekken, de blauwe plekken op haar hals en de rusteloosheid die zo kenmerkend is voor verslaafden, en hij liep verder zonder een spier te vertrekken. Ook anderen zag hij naar de vrouw kijken en in hun blikken las Malek schaamte, angst, woede, medelijden en zelfs fascinatie.

Tussen de bomen bij Sidi Rached was het al bijna donker. Malek liep op de twee vrouwen af die bij het bruggenhoofd stonden te roken. De dichtstbijzijnde vrouw had ogen die in het licht van het verkeer op de brug fonkelden als barnsteen. Ze trok een onverschillig gezicht om bij voorbaat duidelijk te maken dat ze nergens in geïnteresseerd was. Maar haar mooie ogen verraadden haar. Ze reflecteerden ellende en angst. Malek was blij dat hij nog steeds in staat was om dat soort reacties waar te nemen.

Hij stond op het punt om iets te zeggen toen zijn aandacht werd getrokken door een gedaante niet ver van de twee vandaan. Ze zat op haar hurken, met haar rug tegen een boom. Haar blik tuurde in de verte, alsof ze naar het verkeer keek, maar Malek wist dat ze hem met haar ogen gevolgd had, uit nieuwsgierigheid en angst. Hij had haar de drie voorgaande avonden ook gezien, op dezelfde plek, maar ze was ervandoor gegaan toen ze merkte dat hij haar gadesloeg. Ze kwam vroeg, zat in haar eentje en Malek begreep instinctief dat ze een beginnelinge was, iemand die zich nog niet verzoend had met alles wat het nieuwe bestaan met zich meebracht. Ze was bleek, een klassieke schoonheid en hoogstens twintig jaar.

Zijn schoenen knarsten in het zand toen hij op haar afliep. 'Waarom zit je hier elke avond? Ben je alleen?'

Het antwoord op zijn vraag was zo vanzelfsprekend dat ze alleen maar even met haar hoofd knikte. Ze maakte een nerveuze indruk en hij begreep dat ze dacht dat hij een 'klant' was.

'Ik heb geen verkeerde bedoelingen', zei hij tot zijn eigen verbazing, want het gebeurde niet vaak dat hij een vrouw vond die zowel onbevangen als beeldschoon was. Een vrouw die aan alle wensen voldeed. 'Je hoeft me niet te plezieren.'

Ze ontspande en tilde haar gezicht naar hem op. 'Waarom komt u dan naar me toe?'

'Omdat je er eenzaam uitzag. Ik wilde alleen maar met je praten.' Hij kon niet uitleggen waarom ze hem zo boeide.

Ze gaf geen antwoord.

'Vertel me waarom je hier zit.'

'Waar moet je anders zitten als je geen thuis hebt?'

Malek wachtte op het vervolg.

'Mijn vader had een man voor me gevonden, een oude dorpeling, een weduwnaar.' Ze keek voor zich uit en haar gezicht vertrok. 'Ik wilde hem niet. Mijn vader werd woedend. Hij zei dat ik niets meer had. Geen vader, geen onderkomen. Ik moest het huis uit en nu zit ik hier.'

'Waar slaap je?'

'Onder de brug.' Haar lippen trilden even, voor ze haar rug rechtte en haar ogen een koppige uitdrukking kregen. 'Die vrouw daar is er erger aan toe.' Ze draaide haar hoofd opzij en knikte. 'Zij werd uit huis gezet omdat ze zwanger was. Het kind moest ze na de geboorte afstaan. We hebben allebei onze familie verloren, maar zij is veel meer kwijt. Haar kind, haar lichaam...'

De jonge vrouw zweeg en Malek nam de tijd om haar goed te bekijken. Het was niet langer haar knappe verschijning die hem intrigeerde. Het was de manier waarop ze haar hoofd hield, de trotse blik in haar ogen. Er welde een golf van medeleven bij hem op. Hij voelde een plotse, onverklaarbare drang om haar te helpen.

'Wat is jouw grootste wens?'

'Hier wegkomen, wegvluchten naar Europa.' Ze staarde nog steeds voor zich uit, alsof ze hem niet durfde aan te kijken en bang was voor de gevolgen. Met de vingers van haar ene hand wreef ze zenuwachtig over de hanger die ze aan een dunne gouden ketting om haar hals droeg.

'Je moet geen sieraden dragen waaraan je gehecht bent.'

Haar vingers sloten zich onmiddellijk om de hanger.

'Je denkt nog steeds dat ik je iets zal aandoen. Waarom?'

Ze snoof en hij begreep dat hij een domme vraag had gesteld. Ze wist dat ze tussen de parasieten beland was en dat ze hoogstwaarschijnlijk met huid en haar werd opgevreten.

Ze had de ketting losgelaten en Malek kon nu pas het sieraad bekijken. Het was een gouden hartje ingezet met kleine, rode robijnen. Hij moest denken aan kleine bloeddruppels en hij voelde een scherpe pijnscheut in zijn borst.

Toen hij opnieuw het woord nam, beefde zijn stem van aandoening. 'Ik wil je helpen. Vertel me alles over jezelf, je familie, waar je bent geboren. Binnenkort vertrek ik naar Frankrijk en daar heb ik contacten.'

29

Parijs, 12 november 2000

Orla zat in een hoek van de in schemer gehulde kamer, veel neer-slachtiger dan ze voor mogelijk achtte. Nog voor het buiten donker werd, had ze de luiken gesloten, maar nog steeds hoorde ze het zenuwslopende geluid van de druppelende dakgoot. De zondag was tergend langzaam verstreken. Besluiteloosheid had haar bevangen en vanaf de vroege ochtend aan de zachte zitbank gekluisterd, zodat ze nu zo stijf was als een plank. Boodschappen voor het weekend had ze niet in huis gehaald en ze pendelde tussen zelfbeklag en zelfverach-ting terwijl ze van een kop thee slurpte en op een droge baguette kauwde. Het liefst had ze de buitenwereld ervan beticht alleenstaan-de vrouwen van hun vrijheid en levenslust te beroven.

Het monotone gedruppel van de goot klonk als een meedogenloos uurwerk. Bij elke tik kwam het tijdstip waarop het losgeld betaald moest worden naderbij. De zaak had haar gedachten in beslag geno-men vanaf het moment dat ze de woning van Marc Tesson had verla-ten. Ze had het bureau meerdere malen gebeld om te checken of er nieuws was omtrent de vermissing van Adam Fabre, maar elke keer was het antwoord negatief.

Toen de deurbel ging, veerde ze verschrikt op. Binnen een paar seconden was ze bij de deurtelefoon. 'Ja?' zei ze op een toon die zelfs de meest gewiekste deurventer ontmoedigd had.

'Ik. Roland.'

Ze keek op haar horloge en deed perplex de deur voor hem open. Wat kwam hij doen?

Roland sprong met twee treden tegelijk de trap op, zoals hij altijd deed. Voor ze van de verbazing bekomen was, had hij haar de twee verplichte kussen gegeven en zijn schoenen uitgeschopt.

'Jij. Hier?' Ze hoorde dat ze dezelfde telegramstijl gebruikte als hij.

Hij knikte terwijl hij een geamuseerde blik wierp op het broodje en de theekop op de salontafel. 'Ja, en wat deed jij gisterenavond bij mij?'

Orla merkte dat ze begon te blozen en was blij dat de huiskamer zo slecht verlicht was. 'Was ik bij jou?'

Roland had blauwe ogen, die in combinatie met het donkere haar een bijzondere lichtblauwe tint kregen. 'Orla, er stond een splinternieuwe rode Peugeot pal voor mijn buitendeur...'

'Hoeveel nieuwe rode Peugeots rijden er rond in Parijs, denk je?'

'Maar alleen die van jou is rondom gedecoreerd met diepe krassen', zei hij langzaam. 'Bovendien ken ik je nummerbord uit mijn hoofd.' Roland keek haar vragend aan en ze tilde beide handen verontschuldigend omhoog.

'Oké, ik kwam even langs.'

'Zonder dat ik dat in de gaten had?'

Ze haalde weer haar schouders op en stak haar hand uit naar de theekop. 'Je liep net de deur uit. Ik zag dat ik je beter niet kon storen.'

Roland plofte neer op de bank en grinnikte. 'Dus Orla Os, befaamd rechercheur bij de politie, staat stiekem een collega te bespioneren?'

'Roland, ik wilde je niet lastigvallen', beet ze hem toe. Ze voelde zich als een tiener die betrapt werd op het spelen met poppen.

'Goed. Ik geloof je, omdat jij het bent.' Hij sloeg zijn armen over elkaar, had nog steeds een grijns op zijn gezicht en deed geen enkele poging om dieper in te gaan op de zaak die haar mateloos interesseerde. 'Kwam je me gezelschap houden of vereerde je me met een werkbezoek?'

'Het laatste.' Ze nam een slok van de koude thee en ging op de stoel tegenover hem zitten, blij dat ze eindelijk een collega in vertrouwen kon nemen. Of het tegen de afspraak met Marc Tesson in was, kon haar geen biet schelen.

Roland werd steeds ernstiger hoe meer ze uit de doeken deed. Vooral toen ze vertelde dat ze besloten had om naar het Bois de Boulogne te rijden om te checken of Tesson de waarheid had gesproken en hij zijn centen zonder morren weggaf. Hoe ze haar plan precies zou uitvoeren, wist ze nog niet, maar ze nam aan dat er in een bos voldoende bomen waren om zich achter te verschuilen. Ze glimlachte om de ongelovige uitdrukking op zijn gezicht.

'Was je dat echt van plan?' Hij beet op zijn lip. 'Mijn hemel, Orla, je hebt geen idee met wat voor lieden we te maken hebben. Dacht je dat ik je een schouderklopje ging geven? Vergeet het maar. Je had meteen aan de bel moeten trekken. Waarom stelde je ons niet op de hoogte?'

'Aan de bel trekken? Zou dat veel zin hebben als Tesson stante pede alles ontkent en mij ervan beschuldigt dat ik nonsens uitkraam? En bij deze heb ik je geïnformeerd.' Ze zweeg even. 'Ik heb het idee dat de afpersers nogal amateuristisch te werk gaan. Waarom stelden ze bijvoorbeeld geen speciale eisen aan de bankbiljetten?'

Roland zat een tijdje te piekeren. 'Wie weet is Tesson tot de conclusie gekomen dat Fabre de pot op kan en onderneemt hij helemaal niets. Zolang de man geen aangifte doet, ben jij niet verplicht om de kastanjes voor hem uit het vuur te halen.'

Orla staarde voor zich uit en overwoog of ze Rolands raad ter harte zou nemen toen de telefoon ging. Het was Marc Tesson. Hij had niet meer dan twintig seconden nodig om haar te informeren en verbrak de verbinding voor ze de kans kreeg iets terug te zeggen.

'Het gaat gebeuren', zei Orla. 'Charles vertrekt met het geld naar het Bois de Boulogne. Onderweg krijgt hij nadere instructies.'

Roland stond zwijgend op en liep haar als vanzelfsprekend achterna.

Ze namen Rolands tien jaar oude Peugeot. De auto maakte een knusse, aftandse indruk en rook naar zweterige sportschoenen en vochtige handdoeken.

'Wunderbaum is nog viezer', zei ze droog toen hij zich verontschuldigde. Zwijgend reden ze over wegen die nat waren van de regen in de richting van het Bois de Boulogne, dat in het voorname zestiende arrondissement lag, niet ver van de Arc de Triomphe. Volgens Marc Tesson was er gezegd dat Charles aan de rand van het bos, op de hoek van de rue des Pins en de allée des Dames, moest wachten op meer informatie.

Ze parkeerden aan een plein waar het krioelde van de cafeetjes en restaurants. Paartjes onder één paraplu haastten zich huiswaarts of in de richting van dancings en nachtclubs. Roland trok een blauwe, gebreide muts over zijn oren en viste een grote herenparaplu van de achterbank. Orla had de capuchon van haar jas al opgezet en de weerbarstige krullen er zo goed en zo kwaad als het ging ingepropt.

Hij hield de paraplu boven haar hoofd en sloeg een arm om haar schouders. 'Nou doen we net alsof we tortelduifjes zijn en popelen om thuis te komen!' Hij trok haar naar zich toe. 'Dit is een buitenkansje, Orla', mompelde hij terwijl hij zijn arm verplaatste en om haar middel legde.

Ze wandelden zwijgend en dicht naast elkaar over de stoep, waar de plassen gekleurd werden door het felle licht van de reclameborden. Na een tijdje belandden ze in een rustige wijk met statige woningen die bijna allemaal achter hoge hekken en hagen schuilgingen. Het aantal voetgangers was afgenomen terwijl het autoverkeer nog steeds door de straten jakkerde.

'Kun je niet wat langzamer lopen?' Orla voelde zich niet op haar gemak en hoorde dat haar stem kattiger klonk dan de bedoeling was. 'Het lijkt verdomme wel alsof we aan het snelwandelen zijn. Romantisch is anders.'

Ze naderden de hoek van de allée des Dames. Roland draaide plotseling zijn gezicht naar haar toe. 'Niet omkijken. Er komt een zwarte Citroën aan. Hij stopt. Er zitten twee mannen in, oom en neef Tesson.' Zijn adem was warm en zijn lippen gleden zachtjes over haar lippen. 'Ze rijden weer verder, slaan de allée des Dames in', mompelde hij terwijl hij met zijn hand over haar rug streek en haar gezicht bedekte met kusjes. 'Het is een doodlopende straat. Hij komt uit op het meer.'

'Verdomme, wat een achterlijk idee om hierheen te wandelen en de auto aan de andere kant van de stad achter te laten', siste ze tegen het kuiltje van zijn hals. Ze was nog steeds op van de zenuwen, maar wist niet langer waarom.

'Orla', fluisterde hij. 'Op het gebied van Franse vloeken is je kennis erbarmelijk.' Zijn mond gleed langs haar hals omhoog terwijl de kracht uit haar benen leek weg te vloeien. 'En ook je acteertalent stelt me teleur.'

'Dat kan ik van het jouwe niet zeggen', stamelde ze toen ze voelde dat hij haar nog harder tegen zich aan drukte en met zijn tong langs haar oorlel streek. De onbekende vriendin met de stralende glimlach spookte nog steeds door haar hoofd toen ze vanuit een ooghoek zag dat de zwarte Citroën langzaam uit het zicht verdween. 'Kappen, Roland.' Haar stem klonk alsof ze een brok in haar keel had en ze liet hem haastig los. 'Shit, ik sta gewoon te trillen.'

'Prima', zei hij. 'Maar het is geen Frans.'

'Wat doen we nu?'

Roland stak zijn handen in zijn zakken en wierp een blik over haar hoofd de stille straat in. 'We wachten tot ze terugkomen en kijken of er een derde persoon in de wagen zit.'

30

Marc Tesson had gemerkt dat Charles de opdracht had aanvaard zonder te protesteren of moeilijk te doen. Zwijgend zat hij achter het stuur en leek zich volledig te concentreren op het verkeer en de taak die hem wachtte. Marc keek hem van opzij aan. Een bleke, ernstige man, knap om te zien, het evenbeeld van zijn moeder, net als Isabelle. Hij vroeg zich af of zijn neef ook gedreven werd door plichtsgevoel. Bij hem kwam de familie altijd op de eerste plaats en hun problemen lagen hem nauwer aan het hart dan zijn eigen sores. Zelfs voor Adam Fabre, die in hun ogen nooit een volwaardig familielid was geweest, maakte hij geen uitzondering.

Charles Tesson streek over zijn haar en verbrak de stilte, alsof hij de gedachten van zijn oom gelezen had. 'En dat allemaal voor Adam, die nul waar de familie mee opgezadeld is!' De bijvallende blik in de ogen van zijn oom spoorde hem aan om door te gaan. Hij opende zijn mond om nog meer gal te spuwen, toen de telefoon van Marc Tesson overging.

De stem aan de andere kant klonk mechanisch en gemanipuleerd. De toon was helder, maar je kon niet horen of de stem van een vrouw of een man was.

'Rijd de allée des Dames in en parkeer aan het einde van de straat, met de achterklep naar het meer. Loop met de tas duidelijk zichtbaar over het pad naar het water. Zet de tas onder de eerste bank die je ziet. Keer daarna onmiddellijk terug naar de auto en wacht daar. Adam Fabre komt na vijf minuten naar de auto.'

Ze parkeerden op de afgesproken plek. Charles greep de tas zonder zijn oom aan te kijken en opende het portier. Zijn witte gezicht lichtte op in de duisternis. Stijf als een tinnen soldaat begaf hij zich naar het pad. Ze hadden na het telefoontje geen woord meer met elkaar gewisseld.

Het verbaasde Marc Tesson niet dat hij het een acceptabele handeling vond om Charles dit aan te doen. Er was niets wat hem meer schrik aanjoeg dan een schandaal. Een schandaal dat de goede naam en reputatie van de familie door het slijk haalde. Hij deed wat hij gewoon was. Hij voorkwam, voorzag, fungeerde als schokdemper en bemiddelaar. Hij was de olie op het water. En hij was die rol meer dan beu.

Charles liep met rustige, regelmatige passen terwijl hij bedacht dat alles opvallend moeiteloos verliep. Hij had zich de situatie veel problematischer voorgesteld. Zijn oom had echter geen onnodige hindernissen opgeworpen, geen tegeneisen ingebracht, geen vragen gesteld. Dat lag dan ook niet in zijn natuur. Hij was een realist en een man die van aanpakken hield.

De bank stond aan het begin van het grote meer. Er was in de wijde omtrek geen andere bank te bekennen, dus Charles begreep dat dit de juiste was. De bank werd beschut door struiken en oude bomen met een wirwar van takken. Zelfs nu er geen blaadje meer was te bespeuren, was dit een perfecte plek om iemand ongezien in de gaten te houden.

Met lange tussenpauzes lichtten de lantaarns het pad op. Zodra ze uit waren, kon je geen hand voor ogen zien. Charles plaatste de tas onder de bank, rechtte zijn rug en staarde naar het struikgewas.

Het deed hem plotseling denken aan de donkere struiken die hij als kleine jongen had gezien door de ruiten van de auto van zijn oom. Struiken en bomen en dan ineens dode lichamen. Lichamen zonder hoofd. Hij zou het macabere schouwspel ook nu nog met geen woorden kunnen beschrijven en daarom sprak hij er met niemand over. Indertijd, in 1961, had hij zichzelf wijsgemaakt dat als hij die nacht overleefde, hij overal tegen zou kunnen. Nooit zou hij iets dergelijks opnieuw kunnen meemaken.

Halverwege de terugweg naar de auto keek hij om. De tas stond er nog steeds, precies zoals hij verwacht had. En hij was er ook vrijwel zeker van dat niemand zou opduiken voor de zwarte Citroën van zijn oom uit het zicht verdwenen was.

Charles stapte in de auto en trok zonder een woord te zeggen het portier dicht. Stilletjes zaten ze naast elkaar voor zich uit te staren terwijl de minuten verstreken. Ze keken elkaar pas aan toen de telefoon van Marc opnieuw overging. Dezelfde stem weerklonk.

'We weten dat je de politie gewaarschuwd hebt.'

Het gesprek werd verbroken. Ze bleven roerloos zitten, ook al wisten ze dat ze niet meer op Adam Fabre hoefden te wachten.

31

Het was inmiddels een halfuur geleden sinds de zwarte wagen van Marc Tesson hen opnieuw voorbijreed, met niet meer dan twee inzittenden.

Orla en Roland waren teruggekeerd naar hun eigen auto, waar ze met de motor aan en de verwarming op de hoogste stand zaten bij te komen. Het was al één uur en de straten waren zo goed als verlaten. Orla trok de regenjas dichter om zich heen. Ze bibberde, maar dat was eerder van vermoeidheid dan van de kou. Vermoeidheid, gepaard met een lichte paniek, stelde ze vast. Roland had het spelletje zo goed gespeeld dat ze er nog steeds paf van stond. Hij zat in gedachten verzonken naast haar, met een diepe frons tussen zijn wenkbrauwen, en leek in de verste verte niet meer op een tortelduif. 'We rijden het bos in en kijken of we iets kunnen vinden', zei hij eindelijk, toen ze al een eindje gereden hadden en voor een stoplicht stilhielden. 'We weten ongeveer waar ze hun auto parkeerden en ik neem aan dat Charles niet ver heeft moeten lopen. Het is beter om daar nu een kijkje te nemen, morgenochtend krioelt het er van de wandelaars en honden.'

Daar had hij natuurlijk gelijk in en ze knikte, ook al had ze weinig zin in een ommetje. Met de auto waren ze in een mum van tijd opnieuw bij de allée des Dames. Stapvoets reed Roland het brede bospad op dat naar het meer leidde. Op een kleine parkeerplaats bracht hij de wagen tot stilstand.

'Het is veertig minuten geleden sinds de Tessons vertrokken.' Hij stak een wapen in zijn zak en opende het portier.

Orla stapte uit en ging naast hem lopen. Ze wandelden het bos in, dat er doods bij lag. Een meter of vijftig van de waterkant stond een bank. 'Laten we in eerste instantie de banken en vuilnisbakken langs dit pad checken.' Roland haalde een zaklantaarn tevoorschijn. De grond rondom de bank was bedekt met dik gras waar je niet naar voetafdrukken hoefde te zoeken. Orla bleef staan terwijl Roland het struikgewas binnendrong. Ze hoorde hem vloeken.

'Rozen. Hoge bossen vol doorns. Het lijkt wel prikkeldraad. Hier kan geen normaal mens zich verbergen. Misschien hierachter.' Zijn stem werd zwakker en ze zag zijn rug verdwijnen.

Het gevoel bekroop haar dat er iets niet pluis was, dat ze niet alleen waren, dat ze werden begluurd. Haar oren vingen een geluid op. Ze draaide haar hoofd haastig naar links, naar de kleine heuvel met de amandelbomen waar het grindpad met een boogje omheen liep. Er was niets te zien. Haar fantasie sloeg op hol. Bomen namen vreemde vormen aan, kregen menselijke silhouetten, werden schuilplaatsen voor allerlei gespuis.

Onder de bank was niets te vinden. Meer dan drie kwartier waren verstreken sinds het geld van eigenaar gewisseld was. Ze suste zich met de gedachte dat de afpersers natuurlijk meteen de benen hadden genomen. Roland was nog steeds aan het zicht onttrokken en plotseling leek haar keel dichtgesnoerd, een gevoel dat haar soms overmeesterde als ze alleen in het pikkedonker was. Ze omknelde het wapen in haar zak terwijl ze zich tussen de bank en de rozenstruiken wurmde. Haar voet trapte op iets hards.

Ze bukte zich en probeerde het kleine voorwerp van de donkere ondergrond te onderscheiden voor ze de zaklantaarn erop richtte. De lichtkegel ontsluierde een rechthoekig, zwart apparaatje. Het zou een mobieltje kunnen zijn, maar net zo goed een radio of een dictafoon. Ze raakte het niet aan, het was al erg genoeg dat ze er haar voet op had gezet.

Ze schrok zich dood toen Roland een hand op haar schouder legde, huiverde toen ze besefte dat haar aandacht een moment verslapt was. Ondertussen had hij al een handschoen uit zijn zak getrokken en het vreemde voorwerp opgeraapt. 'Dit is een bijzonder handig apparaatje', zei hij langzaam toen hij het toestel van alle kanten bekeken had. 'Je kunt er stemmen mee verdraaien. Vrouwen klinken als mannen, en mannen als vrouwen.'

'Je kunt zelfs de indruk geven dat er meerdere mensen tegelijk aan het woord zijn', knikte Orla. 'Dat ding hebben ze misschien gebruikt toen ze met Marc Tesson spraken. Ze zullen het verloren hebben toen ze de tas ophaalden.'

'Niet erg professioneel.'

'Nee, en dat zei ik je al, dat ik het amateuristisch vond dat ze geen eisen stelden aan die bankbiljetten.'

Ze keerden terug naar de auto. 'De kans is groot dat er vingerafdrukken of DNA-sporen op zitten. Meestal springt men minder voorzichtig met dit soort toestellen om dan bijvoorbeeld met wapens.' Roland sloeg een arm om haar schouder en boog zijn hoofd om te zien waar ze zo aandachtig naar keek.

Orla hield het toestel in haar hand, behoedzaam alsof het een gewond vogeltje was. 'Zie je die vlek hier?'

'Verf?' Hij kneep zijn ogen bijna dicht, verblind door het licht.

'Hm. Weet je wat het volgens mij is?'

Hij schudde zijn hoofd.

'Lippenstift. Misschien heeft het ding in een tas of een jaszak gelegen, samen met een lippenstift waarvan het dopje af was. Of iemand heeft het met zijn lippen aangeraakt.'

'En die iemand is een vrouw.'

'Dat lijkt me logisch, Roland.'

32

Advocaat Vilar en Charles zaten bij Marc Tesson in de huiskamer toen Orla en Roland diep in de nacht bij hem opdoken. Ze deden verwoede pogingen om Marc ertoe te bewegen om aangifte te doen, maar het was tevergeefs. Hij vertikte het om met hen mee te gaan naar het bureau.

'Ik heb het mijne gedaan', zei hij met een onbeweeglijk gezicht. 'Niemand kan beweren dat ik niet geprobeerd heb om de man van mijn nicht te helpen. En daarmee is de kous af.'

'Ze hebben u een half miljoen afgetroggeld! Dat kunt u toch niet stilzwijgend accepteren? U moet naar de politie stappen!' Orla gaf het nog steeds niet op.

'Wat voor zin heeft dat?' Zijn stem was ijzig. 'In het slechtste geval krijg ik een horde journalisten op mijn dak. In het beste geval gebeurt er totaal niets en belandt de zaak ergens in een bureaula.' Zijn lippen waren wit en strak. 'Eigenlijk zou ik u voor de rechter moeten dagen, dokter Os. Door uw onzinnige inmenging heeft u alles bedorven. De uitdrukkelijke boodschap was dat de politie niet benaderd werd. Ze hebben jullie gezien.'

Orla begreep dat hij woedend was en het leek haar verstandig om niet met hem in discussie te gaan. Hoe de afpersers konden weten dat het verliefde stelletje onder de paraplu bij de politie werkte, was onbegrijpelijk. Onbegrijpelijk was niet het juiste woord, constateerde ze na een korte overpeinzing. Het was eerder opmerkelijk. Iemand moest geweten hebben dat zij door Marc Tesson op de hoogte gesteld was.

Ze herinnerde zich de woorden van haar schoonvader. Marc Tesson zwom in het geld. Een half miljoen minder op zijn rekening betekende waarschijnlijk geen rib uit zijn lijf. Ze schudde langzaam het hoofd. 'U begrijpt natuurlijk dat wij niet kunnen doen alsof we van deze hele gebeurtenis niets afweten.'

Tesson keek haar koeltjes aan. 'U kunt doen en laten wat u wilt. Ik doe zoals gezegd niets. Ik doe geen aangifte en ik sta niemand over deze kwestie te woord, noch de politie, noch de pers. Deze zaak beschouw ik als afgerond of, nog beter gezegd, als nooit voorgevallen.' Hij stond op en stak een lamp aan, keerde zich om naar het raam en liet zijn ogen over de Seine dwalen.

Orla wierp een blik op Maurice Vilar. Het verbaasde haar dat de advocaat zich zo passief opstelde en geen druk op Tesson uitoefende.

Alsof hij haar gedachten raadde, kwam hij plotseling overeind. Hij legde een hand op de schouder van Marc Tesson. 'Nu spreek ik tegen je in de functie van advocaat en niet als vriend, Marc', zei hij. 'Je hebt dokter Os zelf in deze heikele geschiedenis betrokken en ik denk dat ze geen andere keuze heeft dan deze zaak te vervolgen.'

Tesson draaide zich bruusk om. 'Ik ben uitgesproken.'

'De vraag is of dat wel verstandig is. Als ik jou was, zou ik met de politie samenwerken.'

Tessons enige reactie was een onverschillig schouderophalen.

Op een stoel in de hoek zat de neef, stil en ineengedoken. Hij leek in de verste verte niet op de elegante man met de zelfverzekerde pose die Orla die zaterdag voor het eerst had ontmoet.

Tesson bleef zwijgend voor het raam staan en wachtte duidelijk op het moment dat de gasten hun biezen pakten. Orla keek Roland veelzeggend aan en ze stonden op.

Vilar deed hen uitgeleide. 'Mijn vriend is zichzelf niet', zei hij zachtjes. 'De laatste tijd heeft hij het zwaar te verduren gehad.' Hij deed de deur open. 'Een momentje', zei hij toen ze al bijna buiten stonden. 'De nummers van de bankbiljetten zijn natuurlijk genoteerd.' Hij haalde een envelop uit zijn zak. 'Hier is de lijst. Wat jullie ermee doen, gaat mij niet aan.'

Hij knikte en sloot de deur.

33

Orla keek van de witte envelop, waarin alleen een vel papier met een lange reeks getallen zat, naar Roland, die voor haar uit de trap afliep. Hij had gedurende het bezoek een grotendeels luisterende rol gespeeld. Tesson had geen enkele maal het woord tot hem gericht en gedaan alsof de man lucht was.

Roland stond op de stoep op haar te wachten. Het was bijna twee uur. Er reden nog steeds auto's over de boulevard, maar de cafés waren gesloten en de voetgangers waren op één hand te tellen. 'Wat een verkwikking om buiten te zijn. Ik dacht dat mijn laatste uur geslagen had.'

Orla keek hem van opzij aan. 'Hoezo?'

'Ik stikte zowat in die kamer. Wat een benauwende toestand.' Hij wapperde met zijn jaspanden alsof hij zichzelf frisse lucht toediende. 'En wat vond je van die neef? Niets had hij in te brengen terwijl oomlief hem met de poen het boze bos had ingestuurd.' Hij deed het portier open en kroop achter het stuur. 'Die heeft een leuke kindertijd achter de rug, zeker weten.'

Orla plofte neer op de passagiersstoel. 'Ben je nu ook psycholoog, Roland?' grinnikte ze.

Hij deed alsof hij haar niet hoorde. 'Die sfeer die daar heerste, verklaart misschien ook waarom Isabelle zo weinig toeschietelijk is. Ik wil wedden dat ze evenveel billenkoek kreeg voor een schaterlach als voor een scheet.'

'Hobbypsycholoog, bedoel ik.'

'Nu rij ik je naar huis. Ik hoor dat je moe bent.'

'Roland, morgen schrijf je een verslag en dat leg je op Marchals tafel. Daarna pluizen we de boel samen uit. Die genummerde bankbiljetten moeten terug te vinden zijn.'

Roland leunde met zijn hoofd tegen de neksteun. 'Wat ik me afvraag, is hoe die lieden wisten dat jij met Tesson gesproken had. Ze hebben hem goed in de gaten gehouden, dat kan bijna niet anders.' Hij staarde voor zich uit. 'En waarom wil Tesson dat deze zaak zo snel mogelijk in de doofpot verdwijnt? Dat hij niet wakker ligt van het geld dat hij kwijt is, begrijp ik. Dat hij zich geen zorgen maakt over Adam Fabre is bijzonder, maar best mogelijk. Dat hij een hekel heeft aan opspraak en een boel gedoe kun je een bejaarde man niet kwalijk nemen. Maar zou het kunnen dat hij bang is dat er meer aan het licht komt?'

'Denk je dat Tesson iets te verbergen heeft?'

Roland haalde zijn schouders op. 'Ik weet niet wat ik moet denken. Voorlopig is deze man een raadsel. Hij zwaait de scepter in deze familie, beheert een fortuin en leeft als een heremiet.'

'Wat die afpersers betreft, ben ik ook van mening dat ze zeer goed geïnformeerd waren. Je maakt mij niet wijs dat we eruitzagen als wijkagenten toen we op de hoek van de allée des Dames stonden. Ze wisten dat Tesson contact met mij opgenomen had.'

Roland draaide de rue de la Bièvre in en parkeerde voor de ingangsdeur van de flat van Orla. De meeste ramen gingen achter luiken schuil en een magere kat die langs de huismuur sloop, was het enige levende wezen dat te bespeuren viel.

'Toch begrijp ik er niets van. Een half miljoen pakken die schooiers van hem af', zei Roland terwijl hij de gordel losmaakte. Hij bleef zitten, met het uiteinde van de riem in zijn hand. 'Maar aangifte doen, ho maar. Wat heeft hij te verliezen als de politie alle zeilen bijzet?' Hij keek haar vragend aan. 'Alsof niet iedereen weet dat de Tessons in moeilijkheden verkeren. Waar is die man zo bang voor?'

Orla volgde de kat met haar ogen toen hij de straat overstak en onder het hek door kroop dat het kleine park omheinde. In het donker had het beest er zwart uitgezien en ze huiverde. 'Ja, ik ben het met je eens', zei ze eindelijk. 'De beweegredenen van die man zijn bijzonder onduidelijk. Hoe dan ook komen we er nu niet uit. Laten we er in ieder geval een nachtje over slapen.'

Roland glimlachte en deed het portier open. 'Mijn idee.' Hij liep om de auto heen en wachtte bij de voordeur tot ze was uitgestapt. Tot zijn grote verbazing spuugde ze drie keer over haar schouder.

'Voor de zekerheid', zei ze en ze toetste de deurcode in. 'Volgens mij was die kat zwart. Dat betekent ongeluk.' Ze gaf hem een snelle kus op zijn wang en glipte naar binnen.

Orla was bijna ingeslapen toen haar mobieltje ging. Op de tast graaide ze het van het nachtkastje. Onbekend, las ze op het display. Ze knorde een schor 'hallo' terwijl ze met haar vrije hand naar het knopje van het bedlampje zocht. De wekker wees drie uur aan.

'We weten dat jij en een collega betrokken zijn bij deze zaak', werd er aan de andere kant van de lijn gezegd. De stem klonk vreemd en onbestemd. Orla dacht aan de verloren stemvervormer en nam aan dat er door een zakdoek of iets dergelijks werd gesproken.

'Doe vooral geen moeite om deze telefoon op te sporen of naar Adam Fabre te zoeken', vervolgde de stem. 'Het verkleint namelijk de kans dat hij ooit boven water komt.'

'Wil dat zeggen dat hij nog steeds in leven...' begon Orla, maar de stem onderbrak haar.

'Over twee minuten is de simkaart van dit mobieltje verkoold en ligt het toestel op de bodem van de Seine. Daarom herhaal ik de boodschap: bemoeienis van de politie maakt de zaak alleen maar erger.'

'Maar...' protesteerde Orla terwijl ze rechtop ging zitten en haar hand uitstak naar haar kleren. Ze legde het toestel neer. De verbinding was verbroken.

Orla was klaarwakker. Het beddengoed voelde vochtig en klam aan en ze wierp het dekbed van zich af. Ze opende de luiken en liet haar ogen langs de donkere gevel aan de overkant van de straat dwalen.

34

Het was drie uur 's nachts. Charles Tesson had afscheid genomen van zijn oom en was rechtstreeks naar de woning van zijn zus gereden. Hij trof Isabelle aan in de zitkamer, gehuld in haar ochtendjas. Of ze daar al zat of wakker was geworden toen hij de sleutel in het slot stak, was hem niet duidelijk. Het bijzondere aan Isabelle was haar aan achterdocht grenzende waakzaamheid. Net als zijn oom Marc, leek ze altijd in staat van paraatheid. Ze gedroeg zich als een vrouw in oorlogstijd, als iemand die eerder slechte dan goede tijdingen verwachtte.

Ze stond zonder een woord te zeggen op en schonk een glas cognac voor hem in. 'Of heb je al genoeg op?' Ze reikte hem het glas aan en wierp een onderzoekende blik op zijn onverzorgde uiterlijk. 'Bij wie ben je geweest?' Ze sprak op een nuchtere toon, maar het stille verwijt was duidelijk merkbaar.

'Het had een vrouw kunnen zijn, maar het is niet zo.' Hij zonk neer op een stoel en wreef over zijn voorhoofd. De roodomrande ogen staken af tegen de bleke gezichtshuid. Met een diepe zucht haalde hij een vel papier uit zijn zak. 'Ik moet je een brief laten zien. Agnès Leclerc... zij vond hem in een la op Adams kantoor.'

'Agnès Leclerc. Ik wist niet dat je dat mormel kende. Een brief, zei je?'

Charles knikte en gaf haar de brief, vervuld van het minderwaardigheidsgevoel dat hem altijd overmande als hij in de buurt van zijn oudere zus was. 'Het is een kopie. Agnès wilde het origineel niet afstaan zonder een soort van compensatie.'

Ze ging zitten en stak de kleine leeslamp aan. De uitdrukking in haar ogen was niet te ontcijferen toen ze de hand met de brief weer op haar schoot legde. 'Een vrouw uit Algerije die naar Parijs wil komen? Waarom klopt ze in godsnaam bij Adam aan? Alsof hij iets voor haar zou kunnen doen!'

'Vergis je niet. Je hebt vast niet alles gelezen', zei hij nadat hij zijn glas had leeggedronken. 'Iemand heeft haar aangeraden om contact op te nemen met Adam, omdat hij... omdat zijn bedrijf bijzondere diensten verleent... en hij haar daarom zou kunnen helpen.'

Ze vouwde de brief keurig op. 'Bijzondere diensten?'

'Lees dan wat er staat', bromde hij. 'Hoe goed ken je je man eigenlijk? Agnès insinueerde dat ze over een schat aan inlichtingen beschikt.'

Isabelle lachte schamper en wapperde met de brief. 'Hij is weken geleden geschreven. Moet ik me daar nu over opwinden?' Haar ogen doorboorden hem van de andere kant van de kamer. 'En deze uitgeslapen secretaresse vond geen bewijsstuk waaruit blijkt dat Adam de brief beantwoord heeft?'

Charles schudde zijn hoofd. 'Daar heb ik naar gevraagd, maar Agnès wist niet wat hij had ondernomen. Ze nam aan dat hij de brief in de la had gelegd en vervolgens was vergeten.'

Isabelle was opgestaan en met snelle passen naar de open haard gelopen. Ze streek een lucifer aan en hield hem onder de brief. 'Beste Charles, dan stel ik voor dat wij hem ook vergeten. Als je goed bij kas bent, dan zijn er altijd gelukzoekers die daarvan willen profiteren. Onze familie verbleef tenslotte meer dan honderd jaar in Algerije. Er zijn daar natuurlijk tal van mensen die ons kennen en weten te vinden.' Ze liep op zijn stoel af, ging op de armleuning zitten en legde een vinger onder zijn kin. 'Als ik jou was, zou ik die secretaresse aan haar verstand brengen dat we niet gevoelig zijn voor dit soort informatie. Lijkt je dat geen goed idee?' Haar ogen, die bijna zwart leken in de schemerdonkere kamer, staarden in die van hem. 'Je ziet er slecht uit. Is er iets?' De vinger streek over zijn voorhoofd.

'Nee. Ik ben alleen bang dat je toch gaat piekeren over deze brief.'

Isabelle slaakte een gelaten zucht en ging weer staan. 'Charles, ik ben wel wijzer. Vrouwen zoals deze Agnès Leclerc zijn van een bijzonder ras. Met een mooi woord zou je ze opportunist kunnen noemen.' Ze pakte zijn hand en geleidde hem vastberaden naar de deur. 'Nu is het hoog tijd dat je thuiskomt en naast Juliette in bed kruipt. Het is al bijna ochtend en je hebt je slaap hard nodig.'

Een paar minuten later zat hij al in een taxi op weg naar huis. Hij zag dat er nog steeds licht brandde in de flat toen hij op de stoep zijn sleutels uit zijn zak viste.

Geluidloos, als een schooljongen met een slecht geweten, sloop hij de trap op.

Juliette bleek in de huiskamer te zitten, die schaars verlicht werd door het kille, blauwige schijnsel van de televisie. Hij schrok toen ze haar gezicht naar hem toe keerde. De dikke lagen mascara waren opgelost en lagen als een rouwband onder haar ogen.

'Heb je zin om naar een film te kijken?'

'Nu? Dat meen je niet.'

'Ga zitten.' Haar stem was van staal. 'Het is een opvallend boeiende film, ook al ontbreekt het geluid.' Ze richtte de afstandsbediening op de kingsize thuisbioscoop. Haar hand trilde een beetje terwijl ze wachtte tot de dvd-speler het signaal ontvangen had.

De film was een paar minuten aan de gang voor hij de moeite nam om te kijken. Het was een amateuropname, gefilmd door een ruit, maar toch verbazend scherp. Er was een verliefd stelletje te zien. Ze glimlachten gelukkig en hadden alleen oog voor elkaar. De man pakte de hand van de vrouw en drukte er een kus op, hij speelde met haar vingers, streek als bij toeval over haar ene borst. De vrouw hield hem een vork voor en hij at ervan.

Het duurde een eeuwigheid voor hij in de gaten had dat hij naar zichzelf en Agnès keek tijdens hun eerste uitje.

'Mooie nagels. Een adembenemend decolleté.' Juliette keek hem van opzij aan. Haar gezicht leek uit steen gehouwen terwijl haar pupillen als vlammen oplaaiden in de donkere oogholtes.

Charles krabbelde overeind en sjokte naar de televisie. Ze zette het toestel uit toen ze zijn uitgestoken hand zag en begreep wat hij van plan was.

'Je raakt die film niet aan! Hij is van mij en komt goed van pas als je me ooit durft te verlaten.' Ze greep naar het cognacglas. 'Bovendien is het een cadeau van mijn geliefde. Het werd vannacht aan de deur afgeleverd, samen met een bos rode rozen. De koerier zei dat het een spoedverzending was en dat jij gezegd had dat de bloemen samen met het pakje bezorgd moesten worden.' Ze kieperde de cognac in haar keel. 'Je wordt bedankt, schat. Zullen we nu maar naar bed gaan?'

35

Loodgrijs licht drong de kamer binnen toen Orla maandagochtend wakker werd. Het regende nog steeds en ze vervloekte de duiven die op een kluitje onder de dakrand klagend zaten te koeren en haar uit haar broodnodige slaap hadden gehaald. 'Ik moet een kop koffie hebben, ook al veroorzaak ik een gigantische gasexplosie', mompelde ze half bewusteloos terwijl ze haar oren met het kussen bedekte. Een seconde later had de moed haar al in de steek gelaten. Ze snelde op blote voeten naar de telefoon en liet hem net zo lang overgaan tot ze Roland onder de douche vandaan had gehaald. Ze kon hem bijna horen druppelen toen ze hem met weinig woorden vertelde over het telefoontje van die nacht en vroeg of hij om halfacht op het bureau kon zijn. De volgende bevlieging die ze kreeg, was Tesson bellen om te vragen of hij van gedachten was veranderd en besloten had om aangifte te doen. Maar bij nader inzien vond ze dat idee zinloos. Een man als hij had meer tijd nodig om mals te worden. Zijn neef leek haar daarentegen van een ander kaliber.

Ze hield het mobieltje een poos in haar hand voor ze het nummer van Charles Tesson toetste. De vrouw aan de andere kant van de lijn maakte een nerveuze en kortademige indruk toen ze de oproep beantwoordde.

'Ja, hallo?'

Orla stelde zich voor en vroeg of ze met Charles Tesson kon spreken. Het duurde even voor de vrouw antwoordde.

'Is dit van levensbelang?' Haar stem was nu hard en koud als metaal. Orla begreep dat ze met Juliette Tesson sprak.

'Zou u even uw man kunnen halen?' Orla trommelde met haar vingers op de tafel.

'Dat kan ik helaas niet', klonk het kortaf. 'Hij... staat onder de douche.'

'Dan spijt het me dat ik u heb lastiggevallen', zei Orla ongemeend beleefd. 'Zodra uw man aanspreekbaar is, kunt u hem vertellen dat we hem vandaag tijdens de lunch op zijn kantoor opzoeken.' Ze beëindigde het gesprek voor de vrouw de kans kreeg om iets terug te zeggen.

Marchal zat met kaarsrechte rug en de armen gekruist te wachten toen ze om halfacht de vergaderkamer binnenkwam. 'Ik ben zeer benieuwd wanneer mevrouw van plan was mij op de hoogte te stellen', zei hij met trillende neusgaten. Marchal had een antenne voor problemen en trammelant, zoals hij ook een antenne had voor eethuizen met een goede spijskaart.

Orla gooide haar tas op een vrije stoel. 'En ik vraag me af wanneer meneer zijn antwoordapparaat checkt', repliceerde ze en ze ging tegenover hem zitten.

'Je wist dat ik in Bretagne zat', zei hij.

'Namelijk.' Ze had eraan toe willen voegen dat hij net zo goed op de maan had kunnen zitten, maar ze hield zich in.

'Orla.' Marchal krabde in zijn baard. 'Ik voel me relatief gedesoriënteerd. Waar zijn jullie eigenlijk mee bezig? Met de vermissing van Adam Fabre? Of met die vrouw die in zijn auto lag? En waar hoort dat losgeld thuis?' Hij opende de bovenste knoopjes van het dikke flanellen overhemd en rolde de mouwen op. 'Roland vertelde me bovendien van een nachtelijk telefoontje nadat jullie Marc en Charles Tesson bespied hadden tijdens een hachelijke expeditie die geknipt lijkt uit het scenario van een slechte film.' Hij stak een beschuldigende wijsvinger naar haar uit. 'En jullie peinsden er blijkbaar geen moment over om collega's in te schakelen?'

Orla had haar dosis cafeïne nog niet achter de kiezen en was in een licht ontvlambaar humeur. 'Nu moet je eens goed luisteren, Hervé', zei ze bokkig. 'Wat dat gedoe met dat losgeld betreft, daar werd ik gewoon ingeluisd. Marc Tesson belde me op omdat hij iets met me wilde bespreken. Pas toen ik bij hem thuis aan een stoel gekluisterd zat, kreeg ik te horen wat er gaande was. Hij stond erop dat de politie niet mocht worden ingelicht.'

'En waarom nam hij dan contact op met jou?'

'Ik geloof niet dat de man doorheeft dat ik aangesteld ben bij de politie.' Ze zweeg en staarde voor zich uit, maar toen ze merkte dat Marchal haar afwachtend aankeek, praatte ze door. 'In zijn ogen heb ik naast een opleiding als forensisch geneeskundige, een doctorsgraad in sociaal opklimmen. Hij weet donders goed in welke kringen ik verkeer en hij verwacht dat ik vanwege mijn werk ook zicht heb op het doen en laten van de politie. Ik denk dat het zo in elkaar zit.' Marchal tilde alleen zijn wenkbrauwen op en ze voegde eraan toe: 'Heus, ik heb hem onder zijn neus gewreven dat hij aangifte moest doen. En toen hij vertikte om naar me te luisteren, ben ik opgestapt.'

Roland was inmiddels binnengekomen en had, alsof dat afgesproken was, een kop koffie voor haar neergezet. 'Tesson deed braaf wat er van hem geëist werd, maar Adam Fabre kreeg hij niet retour. Om de eenvoudige reden dat de afpersers wisten dat wij ingelicht waren.' Roland schudde het hoofd. 'Meerdere scenario's zijn mogelijk', vervolgde hij en hij begon op zijn vingers te tellen. 'Iemand had hen op de hoogte gebracht.'

'De vraag is wie. Behalve Marc en Charles Tesson wisten alleen Marcs advocaat en heel misschien Juliette, de vrouw van Charles, van de eis af', merkte Orla op. 'Voor zover wij weten dan', corrigeerde ze zichzelf.

'Een tweede mogelijkheid is dat Adam Fabre dood is en dat die lieden Marc Tesson er gewoon in lieten tuinen.'

Orla beet op haar lip. 'Die kans is helaas bijzonder groot.'

Roland knikte. 'Wat ook zou kunnen, is dat ze helemaal niet wisten waar Fabre uithangt, maar dat ze van de situatie misbruik hebben gemaakt. En dat spelletje kan wie dan ook gespeeld hebben.'

'Toch niet. Aangezien ze een van Fabres dasspelden in hun bezit hadden, lijkt het me aannemelijk dat ze in ieder geval contact met hem hebben gehad.'

Marchal had hen zwijgend aangehoord. 'Het bevreemdt me dat Marc Tesson nog steeds niet met de politie wil samenwerken', zei hij bedachtzaam. 'Is er voldoende onderzoek gepleegd naar zijn persoon?'

'Zowel door Orla als mij. Hij heeft in ieder geval een schoon strafblad.' Roland speelde met het lege bekertje. 'En zo te zien heeft hij door de jaren heen zo goed als geen krassen opgelopen. Wat ik wel vond, is een heikele kwestie waarin Juliette Tesson, de vrouw van Charles, betrokken was. De betreffende geschiedenis vond twintig jaar geleden plaats en is zonder enige relevantie. Maar ze moet genoemd worden.' Ze keken hem belangstellend aan en hij vervolgde: 'Juliette en Charles waren toen al tien jaar getrouwd en nog steeds kinderloos. Ze wilden een kind adopteren van wie de moeder op het punt stond om haar ouderschapsrechten af te staan, op aandringen van de kinderbescherming. Juliette werd echter afgekeurd omdat ze twee langdurige verblijven in een privékliniek voor alcoholverslaafden achter de rug had.'

'Tragisch, maar heikel?'

'Het blijkt dat Juliette eerst tevergeefs geprobeerd heeft om de vrouw die het rapport zou schrijven over haar en Charles' kwaliteiten als ouders, om te kopen. Daarna heeft Juliette verwoede pogingen gedaan om de moeder van het kind over te halen om het kind aan hen toe te vertrouwen. Die moeder had echter ondertussen besloten om het kind te behouden en haar leven drastisch te verbeteren. Juliette blijkt haar in eerste instantie een grote som geld geboden te hebben.'

'En vervolgens?' Marchal klonk ongeduldig.

'Vervolgens werd Juliette door deze moeder aangeklaagd wegens poging tot moord. De vrouw, wiens naam Louise Leclerc is, beweerde dat Juliette bij haar thuis was geweest en gedreigd had om haar te vermoorden. Juliette ontkende dat en meende dat de vrouw niet goed bij haar verstand was. De zaak werd geseponeerd bij gebrek aan bewijs en getuigen.'

Marchal knikte langzaam. 'Interessant, Roland. Nu weten we dat dit kleine, tengere mevrouwtje in ieder geval twintig jaar geleden niet voor de poes was. Vandaag de dag zal ze wel een toontje lager zingen.' Hij trommelde afwezig met zijn vingers. 'Hoewel je soms raar kunt opkijken. Wie had durven vermoeden dat Edith Piaf, die een meter zevenenveertig was, alleen al door haar mond te openen het dak van een concertgebouw kon optillen?' Hij keek Orla aan. 'Iets heel anders. Op deze stemvervormer is inderdaad lippenstift aangetroffen. Het lab beweert dat ze de samenstelling zo minutieus kunnen analyseren dat men de producent van de lippenstift kan achterhalen. Als deze vlek met de mond gemaakt is, zullen er zelfs DNA-sporen te vinden zijn.' Hij rimpelde zijn voorhoofd. 'Vingerafdrukken ontbraken echter. Het ding was netjes schoongepoetst en daarna alleen met latexhandschoenen aangeraakt.' Hij richtte zijn blik op Roland. 'Met Charles Tesson had ik graag hier op het bureau een praatje gemaakt, zonder die oom op sleeptouw. Maar de man beweert dat hij de hele dag bezet is en met geen mogelijkheid weg kan, omdat hij dan tal van cruciale afspraken moet annuleren.'

Hij keek weer naar Orla en het leek alsof zijn ogen ondeugend schitterden. 'Jij neemt die man voor je rekening, Orla. Ik denk dat dit een fluitje van een cent is voor jou.'

'Prima, Marchal. Charles heeft namelijk ook een afspraak met mij vandaag.'

36

Het was kwart voor twaalf en Charles Tesson had al koers gezet naar het restaurant aan de overkant van de straat. Zijn kantoor in de rue de Rennes lag in een buurt waar artsen, advocaten en chique modezaken vochten om klanten met dikke portefeuilles.

Orla had het idee dat zelfs een gefortuneerde man zich krom moest werken alleen al om de huur te betalen. De kraag van zijn jas stond omhoog en beide handen staken in de diepe zakken. Hij keek langs haar heen toen hij haar op de brede trap tegenkwam.

'Charles Tesson?' Ze riep zijn naam toen hij haar al gepasseerd was.

De man stond stil, zonder om te kijken. Het leek alsof hij overwoog om door te lopen en te doen alsof hij niets gehoord had.

Orla riep hem nogmaals en deed een paar passen in zijn richting.

Hij draaide zich langzaam om, nog steeds een tikje voorovergebogen, alsof hij tegenwind had. Zijn gezicht had vermoeide trekken, de huid was grauw en de grijzige, maar dikke kuif haar hing voor zijn ogen. Met een snel handgebaar streek hij hem opzij. 'Ja?' De ogen die haar verbaasd aankeken, hadden iets gejaagds.

'Ik moet u spreken, meneer Tesson. Gaat u ergens lunchen, dan houd ik u gezelschap.' Ze draafde bijna naast hem. Hij beende met zijn blik naar de grond gericht op het dichtstbijzijnde voetgangerslicht af. Daar hield hij halt. Bruusk draaide hij zijn hoofd opzij.

'Ik dacht dat wij uitgepraat waren. Hebben wij de samenwerking gisteren niet beëindigd?'

Hij stak over en Orla zag dat hij zijn jas beter dichtknoopte en de kraag nog hoger optrok, alsof hij zich beschutte tegen de kou, een kou die juist vandaag best te verduren was. Ze dacht aan de nachtelijke expeditie die hij achter de rug had. Ook zij zou slecht slapen en lopen te rillen na zo'n belevenis.

Ze wees naar de ingangsdeur van de brasserie die ze naderden. Le Lutetia. 'Daar is het zeker? Eet u daar tussen de middag?'

Hij knikte gelaten en opende de deur. Binnen was het stil. Twaalf uur was aan de vroege kant voor de meeste lunchgasten. Tesson was duidelijk een vaste klant. De ober noemde hem bij zijn naam en ging hem voor naar een tafeltje achter in het lokaal. De glazen koepels die aan dunne snoeren aan het plafond hingen, schenen in de grote spiegelwanden, zodat men het interieurdesign van de beroemde Sonia Rykiel van alle kanten kon bewonderen.

Ze kregen de menukaarten en Tesson dook weg achter die van hem. 'De dagschotel', mompelde hij tegen de wachtende ober. 'En een fles water.'

Orla gaf de kaart met een knikje terug. Ze bestudeerde Tesson terwijl hij zijn manchetten gladstreek, zijn stropdas strakker aantrok en een hand door zijn haar haalde, voor ze van wal stak. 'U begrijpt natuurlijk waarom ik hier zit.'

Hij liet zijn ogen even door de bistro dwalen en reikte toen schouderophalend naar het glas water. 'Dat zou kunnen.'

'Tassen boordevol geld overhandigen doet u misschien dagelijks?'

'Die affaire moeten jullie met mijn oom bespreken.' Zijn vingers hielden zich bezig met het broodmandje. Hij pakte een stuk brood, brak er een stukje af, dat hij in plaats van in zijn mond te steken, begon te verkruimelen, alsof hij er de vogels mee zou voeren. 'Ik heb hem een dienst bewezen, meer niet.'

Het voorgerecht verscheen op de tafel. Een plakje paté, twee augurkjes en een paar zilveruitjes. Orla wierp er alleen een blik op. 'Zonder te aarzelen, zonder vragen te stellen?'

Tesson had zijn vork al naar zijn mond getild. Hij legde hem langzaam neer. 'Waarom zou ik? De zaak was zo klaar als een klontje. Mijn zwager is ontvoerd en de daders eisten losgeld. Iemand moest die tas wegbrengen en die iemand was ik, om de eenvoudige reden dat ze dat verlangden.'

Orla begon te eten en vroeg zich af hoe ze het probleem het beste kon aanpakken. Ze popelde om te weten te komen waarom Marc Tesson de politie op een afstand hield, maar ze wist nu al dat een man als Charles Tesson ontboezemingen uit de weg ging. Ook al gaf hij geen bijzonder manhaftige indruk, het zou haar niet verbazen als hij zichzelf een aantal kneepjes had aangeleerd om zijn bazige oom het hoofd te bieden. Trucjes die goed van pas kwamen als hij zich moest redden uit penibele situaties en onaangename kruisverhoren.

'Dit is een paté van kalfskop.' Tesson wierp haar een snelle blik toe voor hij doorging met eten. 'Mijn oom heeft me verteld dat u Noorse bent. Ik heb ooit gehoord dat Scandinaviërs niet erg happig zijn op dit soort gerechten. Ik vergat u de visschotels aan te bevelen. Die zijn hier excellent.'

Een afleidingsmanoeuvre, bedacht Orla. Een slimme zet. Ze was even uit haar concentratie gehaald terwijl ze de paté probeerde door te slikken zonder te kokhalzen. Maar schaakmat was ze bij lange na niet. 'Wat mijn vroegere landgenoten wel of niet lusten, weet ik niet.' Ze nam een slok water en keek hem indringend aan. 'Tesson, uw zwager is nog steeds vermist en het enige spoor dat we momenteel kunnen volgen, zijn de afpersers. Zag u iets bijzonders toen u de tas wegbracht?'

'Niets anders dan een houten bank en een donker bos.' Hij legde zijn bestek neer, ditmaal bewoog hij zijn handen uitermate rustig, alsof hij zijn zenuwen nu pas onder controle had gekregen. 'Adam Fabre,' zei hij langzaam, 'heeft zich van begin af aan ontpopt als een grote opportunist.' Tesson liet zijn blik op haar gezicht rusten en ze keek in twee kleine, opvallend scherpe ogen. 'Hij was amper twintig toen hij mijn zus ontmoette. Een boerenpummel, dat vond ik hem, opgegroeid in een of ander gehucht. Ondanks het feit dat ze bij hem thuis straatarm waren, heeft zijn moeder hem in de watten gelegd en helaas wijsgemaakt dat hij over unieke eigenschappen beschikt. Met het gevolg dat zoonlief bijzonder verwaand overkomt', zei hij terwijl hij zijn handen optilde om plaats te maken voor het gietijzeren pannetje met runderfilet, gebakken aardappels en champignons in gorgonzolasaus. Met een tevreden glimlach snoof hij de hete baklucht op. 'Bevalt het u in Parijs?'

Orla knikte en kon het niet goed hebben dat ze aangesproken werd als een weekendtoerist. 'Ik woon hier al sinds mijn achttiende, mijn halve leven in feite', zei ze afgemeten.

'Dat kan zijn', zei hij vriendelijk. 'Toch zult u nooit een echte Parisienne worden, dat bent u wel met me eens?'

Orla staarde hem aan, zich afvragend welke wending hij aan het gesprek gaf, maar dat hij op zijn praatstoel zat, was duidelijk.

'Ik was een kleine jongen, maar ik herinner me als de dag van gisteren dat we Algerije verlieten en hier aankwamen. Zelfs nu ik al bijna mijn hele leven in Parijs heb doorgebracht, voel ik me nog steeds niet thuis. Enerzijds omdat we niet als Fransen beschouwd werden toen we repatrieerden. Merkwaardig, nietwaar? Anderzijds omdat ik altijd ben blijven hopen dat we ooit terug zouden keren naar Algerije.' Hij kreeg een dromerige blik en keek voor zich uit. 'Kunt u zich dat voorstellen? Dat ik me voel als een vreemdeling?'

Orla knikte en begreep het beter dan hij kon vermoeden. Met één voet in twee verschillende landen, zo had ze al die tijd gestaan. Het onderwerp boeide haar, maar ze liet zich niet verleiden om op de problematiek in te gaan.

'Die zwager van u schijnt toch geen sukkelaar te zijn, of heb ik het mis?'

Charles Tesson haalde even zijn schouders op en richtte zijn aandacht weer op de maaltijd.

Orla besloot om hem het resultaat van Rolands grondige onderzoek voor te leggen. 'Het bedrijf dat hij runt schijnt niet bepaald groot of winstgevend te zijn. Onbeduidend is misschien de beste beschrijving. Wij hebben begrepen dat hij modellen aanbiedt en dat zijn klanten hoofdzakelijk kleine en evenzeer onbeduidende reclamebureaus zijn.' Ze prikte haar vork in een stukje aardappel en voelde zich eindelijk op bekend terrein. 'Desalniettemin huurt hij een kantoorruimte in een peperdure buurt, woont hij bijzonder riant en bezit hij een niet onaanzienlijk vermogen.'

Charles Tesson keek op en de verbeten trek om zijn mond deed vermoeden dat hij niet blij was met het nieuwe gespreksthema. 'Ja, want meneer teert op het rendement van het geld van mijn zus', zei hij bitter. 'En dus op de erfenis van onze ouders.'

Orla herinnerde zich dat haar schoonvader had opgemerkt dat de

170

erfenis niet zo waanzinnig groot geweest kon zijn en zeker niet voldoende om er al die jaren nog goed van te leven. 'Bij gebrek aan andere inkomsten misschien?' zei ze voorzichtig.

Met een vermoeid gebaar streek hij zijn haar naar achteren. 'U zegt dat zijn bedrijf geen winst maakt, en dat begrijp ik eigenlijk niet. Ik heb gehoord dat de zaken zeer goed gaan.'

'Van wie heeft u dat gehoord?'

'Van mijn zus, van Isabelle.'

'U denk dat hij ontvoerd is, omdat ze op het geld van uw oom uit zijn?'

Charles gaf niet meteen antwoord. Hij trok zijn ene mondhoek iets omhoog. 'Die verklaring ligt voor de hand. Ook al sluit ik persoonlijk de mogelijkheid niet uit dat hij dit alles zelf geënsceneerd heeft. Misschien is hij slechter bij kas dan ik dacht.'

Orla keek hem verbluft aan. 'U denkt dat Adam Fabre achter de dreigbrief zit?'

Charles Tesson knikte langzaam. 'Die gedachte is inderdaad bij me opgekomen.' De opgetrokken mondhoek was nu veranderd in een grote grijns. 'Daarom zat ik hem ook niet te knijpen toen ik dat geld moest afgeven. Adam Fabre is geen messentrekker. Maar het ligt wel in zijn aard om ons allemaal te bedonderen, zoals hij al die jaren met mijn zus gedaan heeft. Het zou me niet verbazen als hij op dit moment ergens in het buitenland in zijn vuistje zit te lachen. Terwijl wij bang zijn dat hij dood is.' Hij leunde naar voren. 'Bekijk het logisch. Waarom zou iemand met hém aan de haal gaan? De man is geen bloedverwant van ons en ook geen dierbaar familielid. Als iemand er zeker van wil zijn dat er losgeld betaald wordt, dan moeten ze míj ontvoeren, of mijn zus.'

'De dode vrouw die in zijn auto werd gevonden, wat denkt u daarvan?'

Charles Tesson haalde zijn schouders op. 'Daar heb ik geen antwoord op, dokter Os.'

Orla had moeite met het verwerken van zijn opmerkingen. 'Hoe reageert uw oom op de stelling die u zojuist presenteerde?'

Charles Tesson snoof verachtelijk. 'Ik heb daar niet met hem over gesproken. Hij zou toch niet luisteren. Hij wil de zaak zo snel mogelijk achter zich laten. Rust is hem liever dan dat beetje geld.'

'Een laatste vraag, Tesson. Op de avond dat Adam Fabre verdween, waren u en uw vrouw bij hem thuis uitgenodigd voor een etentje, nietwaar?'

Charles Tesson was al opgestaan. 'Ja, dat waren we. Daarvan bent u toch al op de hoogte?' Hij wisselde snel wat woorden uit met de ober terwijl hij de rekening ondertekende.

'Gebeurde er die avond iets bijzonders? Werd Isabelle bijvoorbeeld door iemand gebeld? Was zij de hele avond aanwezig of is ze ook de deur uit geweest?'

Charles staarde haar aan en het leek of hij een grove belediging wegslikte. 'Dokter Os, ik geloof dat u een zeer slecht geheugen hebt. Ik heb u reeds verteld dat er iemand belde, en dat was Adam om te zeggen dat hij niet thuis kwam eten. En dat is alles.'

Ze greep hem bij zijn arm op het moment dat hij weg wilde lopen. 'We zijn op de zaak gestuit waarbij uw vrouw indertijd betrokken was. Het betrof de adoptie van een kind.'

Hij plofte weer op zijn stoel neer en keek haar met felle ogen aan. 'Wat heeft die geschiedenis in godsnaam met het huidige onderzoek te maken? Mijn vrouw kampte met een zware, persoonlijke crisis en gedroeg zich om die reden impulsiever dan we van haar gewoon zijn.' De tot nu toe beheerste Charles maakte een opgewonden en barse indruk. 'Juliette heeft een uitermate vredelievend karakter. Dat zij de controle zou kunnen verliezen, had niemand verwacht, zijzelf het allerminst.' Hij bevochtigde zijn lippen met het puntje van zijn tong. 'Ze had nog nooit met één woord over adoptie gerept, voor ze dat schattige kleine meisje ontmoette. De moeder bleek totaal niet geschikt te zijn voor het ouderschap en had er in eerste instantie niets op tegen om het kind aan ons af te staan. Juliette was dolgelukkig en sprak over niets anders dan de adoptie.' Charles zat met zijn dikke winterjas aan en de zweetdruppels parelden op zijn slapen. 'Ik probeerde haar enthousiasme te temperen, zei dat het ging om een kind dat ver-

zorgd en opgevoed moest worden, en niet om een mooi siervoorwerp.'
Hij keek weg.

'Kende u de vrouw?'

'Nee, godzijdank. Ik heb haar zelfs nooit ontmoet. Ze veranderde gelukkig vrij snel van mening. Voor Juliette was dat een enorme klap, zoals gezegd.' Hij veerde op van zijn stoel. 'Nu moet ik echt terug naar mijn kantoor.' Hij mompelde een groet en was in drie lange passen bij de deur.

37

Bercy, 29 november 2000

Malek parkeerde voor de leegstaande boerderij.

Ze lag op een afgelegen plek, ten zuiden van Parijs, langs een kronkelige en moeilijk begaanbare weg. Het gebouw was omgeven door kreupelhout en aan de achterkant lag een akker die ooit door een koppige boer ontgonnen was en nu overwoekerd werd door metershoog onkruid. Op de plaatsen waar de verf nog niet afgebladderd was, hadden de buitenmuren een groezelige, lichtbruine kleur. Onderaan vertoonde de gevel donkere vlekken en was het kalksteen duidelijk doortrokken van vocht.

Een bouwvallige schuur ging schuil achter een berg vuilnis, een roestige vrachtwagen en een prehistorische dorsmachine. Naast de oude silo prijkte een badkuip met leeuwenpoten, die daar waarschijnlijk vanwege het gewicht en voor het gemak was neergezet. Waar precies het erf veranderde in een vuilnisstort was in feite niet te zien. Alles aan en om de boerderij straalde verloedering uit, maar Malek beschouwde de plek als een paradijs.

Niet alleen was er in de wijde omtrek geen huis te bekennen, de boerderij zelf was door het kreupelhout en de omringende bomen bijna aan het oog onttrokken. Toen hij hier voor de eerste keer kwam, was hij de oprit driemaal voorbijgereden. Hij was er zeker van dat niemand in de gaten had dat hij hier met tussenpozen verbleef. Het grootste voordeel van deze plek was echter de korte afstand naar Parijs.

Hij ging door de voordeur naar binnen en deed de luiken open. Er hing een muffe lucht in het huis en overal was het even kil en vochtig. De kale muren en stenen vloeren onderstreepten de spartaanse atmosfeer. Het deerde hem niet. Zijn familie leefde in soortgelijke omstandigheden in Constantine nadat ze hun stabiele, nuchtere bestaan hadden moeten inruilen voor armoede en werkloosheid. Zijn vader had voor de Fransen gewerkt en een *fallah* werd bestempeld als verrader en met de nek aangekeken. Malek had gelukkig een uitweg kunnen vinden om zichzelf in leven te houden.

Hij stak het gas aan en zette water op voor de pepermuntthee. Buiten was het gaan schemeren en de motregen maakte de keukenruit dof en ondoorzichtig. De bestelwagen stond achter de schuur. Als een hedendaags werkpaard wachtte de donkerblauwe Toyota Hiace rustig op de terugkeer van zijn baas. Malek goot het water over de thee, liet hem trekken en deed er een grote hoeveelheid suiker in. Toen de thee klaar was, liep hij naar de auto. Hij stak de sleutel in het slot en opende de achterdeuren. Op het dikke zeildoek dat de vloer bedekte, lagen tientallen trossen knoflook. Hij had ze bij de knoflooktelers in de Provence opgehaald en ze moesten de volgende dag in de marktkramen in Parijs liggen.

Hij klom de auto in, tilde een hoek van het zeildoek omhoog, schudde de knoflook van het doek en fluisterde een paar korte commando's. In het donker zag hij alleen het wit in de zes paar ogen die zijn bewegingen angstvallig en zwijgend volgden.

'Kom op. Maak dat jullie binnenkomen.' Hij klonk ongeduldig en ze kropen tevoorschijn, met stijve, pijnlijke ledematen. Strompelend en struikelend staken ze het erf over naar het huis, waar ze op een kluitje in de gang bleven staan om de aarde en de knoflookschillen van hun kleren te borstelen. Malek stuurde hen de keuken in en wees naar de stoelen. Terwijl hij de kopjes thee uitdeelde, bekeek hij de vrouwen, die allemaal een jaar of twintig waren en geselecteerd waren op grond van hun opvallende schoonheid.

'Nu zijn jullie hier, op de plek waarvan jullie droomden. Dat wil zeggen, bijna. Morgenochtend vroeg, nadat jullie wat geslapen en gegeten hebben, breng ik jullie naar Parijs. Daar gaan jullie aan de slag. En ik wil dat jullie het volgende goed onthouden: tot nu toe hebben jullie op één persoon moeten vertrouwen. Op mij. Als ik jullie in Parijs afzet, krijgen jullie nieuwe bazen en die zullen jullie moeten gehoorzamen. Gedragen jullie je netjes, dan mogen jullie blijven. Zo niet, dan is het meteen afgelopen.'

Hij bleef bij de deur staan wachten terwijl ze van hun thee slurpten en snelle, sceptische blikken op hem wierpen. Het was nooit nodig om zijn stem te verheffen. De angst hing als een mist om hen heen, kleefde als spinrag op hun gezichten. In zijn ogen waren de vrouwen schaakstukken die hij met enkele slimme en doordachte zetten op de overwinning afstuurde. Zo dadelijk zou hij uitleggen wat voor werk er op hen wachtte. Voorts zou hij hen duidelijk maken wat de gevolgen waren van ongehoorzaamheid. Hij wist bij voorbaat dat ze alles kritiekloos zouden aanvaarden. Dat hadden hun voorgangsters ook gedaan.

Hij kneep zijn ogen dicht en verdrong de gedachte die hem af en toe kwelde. Zouden zijn eigen zussen in een dergelijke situatie beland zijn, dan had hij de kerel die hen meegelokt had met zijn blote handen vermoord. Hij dwong zichzelf om de werkelijkheid onder ogen te zien. Zonder zijn hulp waren deze vrouwen verloren. Ze behoorden tot de paria's, omdat ze zich hadden misdragen en het ouderlijk huis waren uitgezet. Stuk voor stuk hadden ze de moraalwet overtreden door in het geheim een man te ontmoeten, van een vriendje zwanger te worden of iets in die geest. Als hij deze vrouwen niet had meegenomen, wat zou er dan van hen terechtgekomen zijn? Hoe lang hadden ze zich onder de bruggen van Constantine kunnen verschuilen en als honden door de labyrintische straten van de oude binnenstad kunnen sluipen voor ze om te overleven vanzelf in de prostitutie waren beland?

Hij zei tegen zichzelf dat de groepen vrouwen die hij hielp, bevoorrecht waren. Hij had hen verkozen boven de hordes zwarte vrouwen die uit het zuiden en door de Sahara naar het noorden trokken. Zij zouden gesmeekt en gevochten hebben om een dergelijke kans te krijgen.

Hij wees naar het aanrecht, waar hij een zak couscous en een paar blikken groente had neergezet. 'Maak wat te eten en zorg dat jullie een beetje uitrusten. Dit wordt een korte nacht.'

Malek ging aan het uiteinde van de tafel zitten en volgde de vrouwen met zijn ogen. Hij zag dat ze onhandig en onzeker aan de slag gingen met de etenswaren. Ze klungelden zo met het gasfornuis en de blikopener dat hij bijna met ze te doen had. Hij wist dat ze uitgehongerd waren na twee etmalen lang alleen water gedronken te hebben.

176

Zijn blik dwaalde af naar de bewasemde ruit en zijn gedachten strandden weer bij de jonge vrouw die hij een maand ervoor naar Parijs had gebracht. Ze had deel uitgemaakt van eenzelfde kleine groep, maar was door hem op een uitzonderlijke manier behandeld. Hij had namelijk hemel en aarde bewogen om de vrouw een zo goed mogelijke start te geven in Parijs.

Die avond bij de Sidi Rachedbrug hadden ze urenlang met elkaar zitten praten. De vrouw was zo jong dat ze zijn dochter had kunnen zijn en misschien kwam het door een soort vadergevoel dat hij alles over haar achtergrond wilde weten, voor hij haar met wortel en al uit de Algerijnse aarde trok en meenam naar Parijs.

Wat hij te weten kwam, had hem met verbijstering vervuld. Haar relaas verklaarde de vreemde onrust die in hem was opgeweld toen hij haar zag, de sterke drang die hij had gevoeld om haar uit deze chaotische, wrede wereld weg te halen en in veiligheid te brengen.

Na hun gesprek had hij contact opgenomen met zijn Algerijnse kennissen en gevraagd of ze hem voor deze ene keer een dienst wilden verlenen. Hij had haar helemaal naar Parijs vergezeld, zoals hij met alle vrouwen deed. Maar zij had als enige de groep verlaten om het adres op te zoeken dat hij voor haar gevonden had.

De maand was verstreken zonder dat hij iets van haar had vernomen. Hij, Malek Kagda, zoon van een werkloze, Algerijnse boerenknecht en zonder permanente verblijfsvergunning in Frankrijk, was niet bij machte om bij de juiste instanties navraag te doen.

Hij moest zelf op zoek gaan.

38

Parijs, 13 november 2000

Orla schoof de papieren opzij en deed het raam open. Ze had achter haar bureau gezeten sinds ze terugkwam van het etentje met Charles Tesson. Niet dat ze veel verorberd had. De geprakte kalfskop had haar eetlust volledig bedorven. Het gesprek had haar daarentegen goed gedaan. Dat Charles Tesson Adam Fabre in staat achtte om zijn eigen vermissing te regisseren, was sterke taal uit de mond van een zwager. Ze had Roland ingelicht en hem gevraagd te checken of Isabelle, Juliette of Charles getelefoneerd had op de avond dat Fabre verdween.

Ze had de hele middag gebruikt om Fabres doen en laten van de laatste tijd in kaart te brengen. Aan zijn bankrekening te zien had hij ook tijdens de dagen voor zijn vermissing geen grote sommen geld opgenomen. Zou hij het land verlaten hebben, dan had hij dat wellicht platzak gedaan en in een auto, of anders met een vals identiteitsbewijs. Ze had ook navraag gedaan bij de post en de douane. Er bleken de afgelopen maanden geen poststukken of pakketten met zijn naam erop te zijn geregistreerd.

Zijn strafblad was opvallend schoon, in ieder geval vergeleken bij Georges Lambert, die publiekelijk een kleine fascistische organisatie steunde en sinds de Tweede Wereldoorlog rechts-extremistische sympathieën bleek te koesteren.

Ze hadden databases en statistieken nageplozen en waren opnieuw tot de conclusie gekomen dat Adam Fabre een middelmatig modellenbureau runde en dat zijn vette bankrekening te maken moest hebben met zijn vermogende vrouw.

Elf dagen was hij nu al verdwenen, vrijwillig of onvrijwillig. Een stem in haar binnenste bleef volhouden dat hij het slachtoffer was van een misdaad.

De gure novemberlucht drong haar kantoor binnen. Ze sloot het raam en keek op haar horloge. Halfzes. Dus ze had een zee van tijd om boodschappen te doen zodat ze het nieuwe keukenwonder kon uitproberen. Alleen al van de gedachte kreeg ze het op haar heupen. Het gebruikershandboek dat bij het fornuis hoorde, was dikker dan de pil die ze moest doorworstelen voor haar rijexamen. Ze zou er uren, zo niet dagen, mee kwijt zijn. De delicatessenwinkel op de place Maubert moest haar ook vandaag maar weer uit de brand helpen. Een salade, gekookte ham, quiche, gebraden kip, gemarineerde boontjes, een punt kwarktaart, aan keuze geen gebrek.

Ze fronste haar voorhoofd. Waarom had ze in hemelsnaam een nieuwe keuken laten aanrukken? Een fornuis gekocht voor de prijs van een goede tweedehandsauto? Het was een overhaaste aankoop, wat zij nodig had was een primitief gasstelletje.

Marchal en Roland waren de grote boosdoeners, bedacht ze, nijdig op zichzelf omdat ze zich zo makkelijk liet beïnvloeden. Hun eeuwige gezanik over voedzame en regelmatige maaltijden en hun stomme gegrinnik als ze een blik wierpen op het aftandse fornuis hadden haar gehersenspoeld. Ze had zich laten manipuleren om een smak geld te betalen voor iets wat ze totaal niet nodig had. Die gedachte had haar in een slechte bui gebracht en ze smeet de laden en kastdeuren met een klap dicht terwijl ze fabuleerde over alles wat ze had kunnen kopen. Twintig paar hippe schoenen gingen er op één zo'n fornuis, minstens. Of nog beter, ze had een veldkeuken kunnen schenken aan de straatkinderen in Noord-Rusland. Dat idee rechtvaardigde helemaal haar helse humeur.

Haar hakken roffelden als drumsticks tegen de vloer toen ze naar het kantoor van Marchal beende en de deur opentrok. 'Jullie mogen dat onding hebben!'

Marchal stond samen met Roland over een stapel papieren gebogen. Beiden staarden haar aan met een stomverbaasde uitdrukking op het gezicht.

'Hier is de huissleutel!' Ze keilde hem op de tafel. 'Jullie weten waar ik woon. Dankzij jullie kan ik zelfs geen blik spaghetti opwarmen. Rij er maar heen en prop dat rotfornuis in de bagagebak. Veel plezier ermee!' Ze marcheerde de kamer uit en knalde de deur achter zich dicht.

Marchal en Roland keken beteuterd naar de reservesleutel die Orla had achtergelaten. Door het raam zagen ze haar in de Peugeot stappen en met een vaart wegrijden.

Een halfuur later stond Roland voor haar deur met een platte, kartonnen doos in zijn handen. 'Marchal komt misschien ook', zei hij. 'Als ondergeschikte ben ik als kanonnenvoer vooruit gestuurd.' Hij plaatste de doos voor haar op de tafel. 'Breng ik het er levend vanaf, dan komt hij achter me aan.'

'De lafaard.'

'Nietwaar? Terwijl hij zojuist eigenaar is geworden van een splinternieuw fornuis.'

Ze knikten allebei en zetten hun tanden in een stuk pizza. Geen van hen vertrok een spier toen Marchal binnenkwam en op de stoel naast Roland neerzeeg. Ze aten een tijdje in diepe stilte.

'Tot nu toe schijnt niemand geprobeerd te hebben om Tessons bankbiljetten te gebruiken', mompelde Marchal. 'Dat zou kunnen betekenen dat ze geen haast hebben om het geld in omloop te brengen.'

'En dus geen acuut geldgebrek hadden.'

'Misschien is er sprake van een langetermijninvestering of het vereffenen van een buitenlandse schuld. De mogelijkheden zijn legio.' Marchal haalde een vel papier tevoorschijn. 'Deze stemvervormer kun je kopen op het internet, onder het motto "bekend maakt onbemind", discretie gegarandeerd, neutrale verpakking.'

'Denk je dat ze bang waren dat Tesson de stem zou herkennen?'

'Dat kan, maar ze kunnen dat ding ook gebruikt hebben voor de zekerheid, om zo min mogelijk risico te lopen.' Hij schoof het papier naar hen toe. 'Het toestel wordt aangeprezen als bijzonder geavanceerd. Voor ons is de cosmetica die erop zit interessanter. Het gaat om een merk waarvan zelfs ik gehoord heb, een van de betere en bovendien dit jaar pas op de markt gebracht. Dat neemt niet weg dat er alleen al hier in de stad duizenden zaken zijn die deze lippenstift verkopen. De naam ervan klinkt als een prelude van Debussy in mijn oren. Orchid Rose. Roze orchidee, om van te smullen, nietwaar?'

'Briljant, Marchal', lachte Orla.

'Het wordt pas briljant als er DNA-sporen in worden aangetroffen. Ik ben benieuwd, maar het blijft nog even wachten geblazen.'

'Ik vind eerlijk gezegd dat er een vreemd luchtje aan die orchidee zit', zei Roland langzaam. 'Ik begrijp niet dat ze kliederen met lippenstift terwijl ze doodsbenauwd zijn voor vingerafdrukken.'

'Vergeet niet dat het donker was.' Marchal vouwde het vel papier open. 'Het toestel viel uit een jaszak zonder dat het opgemerkt werd. Te categoriseren onder de noemer "cosmetisch foutje, gemaakt door een vrouwelijk persoon". Dat is mijn theorie.'

'A propos, vrouw.' Roland viste een papiertje uit zijn zak. 'Er is een klein, maar niet onbelangrijk gegeven opgedoken betreffende het personeel dat werkzaam is in het gebouw waar Adam Fabres bureau gevestigd is.'

'O?'

'Het kantoor van Fabre wordt schoongemaakt door een vrouw. Ze werkt in de avonduren, als Fabre de deur uit is.' Na een korte stilte voegde hij eraan toe: 'Niet officieel, blijkbaar. Ze werkt zwart.'

Orla rimpelde haar voorhoofd. 'Waar heb je die informatie vandaan? Ik heb tweemaal met Agnès gesproken en ze heeft het woord schoonmaakster niet uitgesproken.'

'Ik sprak de jurist die een verdieping lager een kantoor heeft. Die vrouw maakt ook bij hem de boel schoon. Hij was het die me vertelde dat ze ook voor Fabre werkt.'

'Voor hetzelfde geld was ze in het gebouw op de avond dat Fabre verdween', zei Orla perplex. 'Waarom heeft Agnès dat verzwegen?'

'Daar kan ze verschillende redenen voor hebben gehad', antwoordde Roland. 'De belangrijkste is waarschijnlijk dat die schoonmaakster haar eigen moeder is. Louise Leclerc is haar naam.'

39

'Agnès Leclerc is Louise Leclercs enige kind.' Roland boog over de notities en likte zijn vingers af nadat hij een overrijpe, sappige peer had verorberd. 'Turbulente kindertijd, van hot naar her verhuisd. Louise was een typische bijstandsmoeder, werkloos, altijd blut. De vader van Agnès zal met de noorderzon vertrokken zijn, daar staat niets over vermeld.' Hij draaide het vel om. 'In tegenstelling tot de kinderbescherming. Daar vroegen ze zich voortdurend af of Louise in staat was om een kind groot te brengen. Dat wil zeggen, men twijfelde of het haar aan het vermogen of aan de goede wil ontbrak. En daarom leek de weg vrij voor Juliette. Maar Louise zette een inhaalmanoeuvre in en sindsdien redden moeder en dochter zich zo goed en zo kwaad als het kan.'

'Ik heb niet de indruk dat de sociale ambities van Agnès veel geleden hebben onder een moeilijke kindertijd', merkte Orla op. 'Als je ziet hoe...'

Marchal wapperde haar woorden ongeduldig weg. 'Orla, bespaar me alsjeblieft onzakelijke sociaalpsychologische analyses. Daar hebben we geen tijd voor. Iedereen behoort te weten dat het minderwaardigheidscomplex een onderschatte drift is. Het is gewoon puur natuur.'

'Ik heb het niet over minderwaardigheidscomplexen, godsamme, wat ben je toch een...' Ze vond het juiste woord niet. '... *skjeggete stabeis! En forspist bulldoser!* Ik heb het over de-pri-va-tie. Het tegenovergestelde van geprivilegieerd, gestimuleerd, vertroeteld, alles wat een mens een kanjer van een ego geeft. Kijk maar naar jezelf!' Ze veerde van kwaadheid overeind.

'Je scheldt me niet uit in het Noors! Dat laat je!'

'En jij moet het laten om over me heen te walsen!'

'Agnès heeft zich in ieder geval staande weten te houden.' Roland verhief zijn stem en deed alsof hij niets hoorde. 'Ze heeft verschillende baantjes gehad tot ze aan een cursus tot secretaresse begon. Bij Fabre kwam ze terecht toen ze voor een vacature solliciteerde. Schoon strafblad.' Hij trok een vel vol getallen tevoorschijn. 'Dit hier schetst echter een minder mooi beeld. Het is een overzicht van haar financiele loopbaan. Het blijkt dat deze mevrouw grote sommen geld schuldig is. Je krijgt de indruk dat ze leningen aangaat om leningen af te lossen.' Hij likte weer aan zijn vingers. 'Het meisje van wie ze dat mobieltje pikten in Galeries Lafayette, heeft overigens een getuigenis afgelegd. Ze beweert dat het gebeurde toen een vrouw tegen haar aan botste op een van de trappen. Het meisje bukte zich om de boodschappen op te rapen die ze had laten vallen. Haar mobieltje dat ze in haar hand hield, legde ze naast zich neer en toen ze de spullen opgeborgen had, was de vrouw foetsie, en haar mobieltje ook.'

'Kon ze de vrouw beschrijven?'

'Vaag. Slank, haar dat voor haar gezicht viel, een grote zonnebril.' Hij bladerde in zijn papieren. 'En nu we het over telefoons hebben...' Hij spreidde drie vellen uit op de tafel. 'Afschriften van telefoongesprekken op de dag dat Adam Fabre verdween. Fabre blijkt helemaal niet naar huis gebeld te hebben, zoals Charles beweerde. Daarentegen belde Isabelle van de huistelefoon naar zijn kantoor, precies zoals Agnès zei. Dat gebeurde om 19.50 uur. Vervolgens belde ze om 19.58 uur naar Maurice Vilar, de advocaat van haar man.'

'Misschien om hem te vragen de scheiding te regelen? Ik heb begrepen dat het hun trouwdag was en dat de gasten al aan tafel zaten...'

Roland ging door. 'Charles belde om 20.05 uur naar Marc Tesson. Juliette heeft de telefoon niet aangeraakt.'

Marchal had een peinzende blik gekregen. 'Waarom zou Charles liegen?'

Orla haalde adem. 'Het is helemaal niet zeker dat hij liegt. Misschien maakte Isabelle de gasten wijs dat Adam gebeld had, om haar gezicht niet te verliezen?'

Louise Leclerc verliet het gebouw aan de rue de Rivoli klokslag acht. Over het gebloemde werkschort had ze een bruin, wollen vest aan en de korte winterjas was dichtgesnoerd met een riem. Ze droeg platte, gemakkelijke wandelschoenen, maar ondanks de lage temperatuur had ze geen kousen aan. Haar kuiten hadden de bijna doorzichtige kleur van magere melk, in tegenstelling tot het roodachtige gezicht met de vurige wangen. Een gezicht dat omlijst werd door steil, vet haar, in tweeën gedeeld door een scheiding in het midden en recht afgeknipt onder de oren. Ze stak de straat over met langzame, sloffende stappen. De benen bewogen mechanisch onder het stijve bovenlijf, dat iets naar achteren boog.

Orla kon haar ogen nauwelijks geloven en probeerde tevergeefs gelijkenissen te vinden tussen de elegante Agnès en haar moeder. 'Dat kan gewoon niet', mompelde ze.

'Toch is het zo', beweerde Marchal. 'Volgens die jurist heeft Agnès er zelf voor gezorgd dat haar moeder deze baantjes kreeg. Ze wonen met zijn tweeën in een flatje. Ik heb het gecheckt, ze hebben allebei hetzelfde adres.' Hij trommelde met zijn vingers op het dashboard.

Orla volgde haar nog steeds met de ogen. 'Ze loopt naar de metro', zei ze en ze sprong uit de wagen.

Ze hielden haar tegen bij de ingang van de metro en trokken haar discreet uit de stroom mensen.

Louise Leclerc drukte haar tas tegen haar borst en keek hen met verschrikte ogen aan. 'Wat willen jullie van me?'

Ze legitimeerden zich, waardoor ze zichtbaar zenuwachtiger werd. 'Politie?' Ze had een kleine, openstaande mond en gesprongen adertjes naast haar neus. Haar ogen waren glazig, alsof er een dun laagje gelatine over haar pupillen lag. 'Ik heb toch niks gedaan?' Haar stem klom een toontje hoger en werd agressief. 'Het gaat zeker over Agnès, wedden?' blafte ze.

Orla slikte en was het liefst ter plekke op die opmerking ingegaan. Ze werden echter nog steeds bijna omvergelopen door jachtige voetgangers die zo snel mogelijk thuis wilden komen. 'Nee, eigenlijk niet', zei ze. 'Ik stel voor dat we u naar huis rijden, dan kunnen we in de auto een praatje maken.'

De tweestrijd was in haar ogen te lezen, maar ze bleek al gauw te beseffen dat ze eigenlijk geen keuze had. 'Goed. Maar niet helemaal naar huis. Zet me maar af op de place d'Italie, dan pik ik daar de metro. Ik moet eerst boodschappen doen, anders krijg ik op mijn donder van Agnès', deelde ze mee.

'Jullie wonen samen?'

Ze knikte. 'Noodgedwongen, zeg maar. Die meid is niet bepaald een makkelijke huisgenoot, maar zo komen we in ieder geval een beetje rond.'

Orla zag de schoenen en mantelpakjes voor zich die zíj zich niet kon veroorloven. 'Ja, Agnès heeft gelukkig een behoorlijk salaris, nietwaar?' vroeg ze tussen neus en lippen door terwijl ze deed alsof ze haar volle aandacht bij het verkeer hield. Er klonk een kleine kreet van de achterbank.

'En zoveel schulden dat ze binnenkort achter de tralies zit. Eigen schuld, dikke bult. Ik bemoei me er niet mee.' Daarna zweeg ze, alsof ze doorhad dat de politie niet het juiste publiek was voor dit soort verhalen.

'Ik heb begrepen dat jullie het ook vroeger niet zo makkelijk hadden', begon Orla voorzichtig en zoekend naar de juiste woorden. 'Er was zelfs sprake van adoptie, toch?'

'O, die geschiedenis, met dat Tesson-mens.' Het antwoord kwam er zonder moeite uit, alsof Orla gevraagd had welke weg ze moest inslaan. 'Agnès was toen een jaar of vier, vijf en ik had haar meegenomen naar mijn werk, in de keuken van een stel rijke stinkerds op de avenue Georges V. Madame Tesson stak haar mooie hoofd naar binnen en kreeg Agnès in de smiezen. En natuurlijk moest mijn bazin dat mens vertellen dat mijn dochtertje een tijdje in een pleeggezin was geweest en dat de kinderbescherming haar waarschijnlijk bij me weg zou halen, voor altijd. Aasgieren, dat zijn het. Dat Tesson-mens stond te likkebaarden, want ze vond dat mijn mooie meisje niet vloekte bij haar dure behang.' Louises stem klonk steeds schamperder. 'Dat mens was niet goed snik. Als ik die adoptiepapieren ondertekende, dan zou ze me een paar jaarsalarissen geven. Ja, stiekem natuurlijk.' Louise wreef de wasem van de ruit en keek geboeid naar twee auto's die op een kruispunt tegen elkaar waren gebotst. 'Hebben ze weer niet uit hun doppen gekeken, uilenbillen.'

'En u zag dat wel zitten?'

'Dat geld, bedoelt u?' Louise rukte zich los van het ongeluk. 'Ja, wat dacht u? Ik was in één klap steenrijk geworden.'

'En daarna kreeg u spijt?' Orla bedacht dat ze met glans gezakt was als ze een patiënt evenveel leidende vragen had gesteld tijdens haar examen op de medische faculteit.

'Ja, godzijdank! Ik ben nog steeds wat blij dat ik toen mijn harses gebruikte.' Louise leunde naar voren en legde het rode, pafferige gezicht ietsje schuin om oogcontact met Orla te krijgen. 'Kijk, als dat Tesson-mens mijn dochter beschouwde als een soort onbekend schilderij van Monet, wat voor aanbod zou Agnès dan wel niet krijgen op de huwelijksmarkt, bedacht ik. Dat adoptiegeld zou me nooit een mooie oude dag bezorgen, een rijke schoonzoon wel.'

Orla wist in de gauwigheid niet wat ze moest zeggen en wierp een snelle blik op Marchal, die al die tijd zwijgend naast haar had gezeten, voor ze zich op het verkeer concentreerde. Het was spitsuur en ze kwamen zo nu en dan amper vooruit. Orla koos de weg die langs de noordelijke oever van de Seine liep en stak bij de pont d'Austerlitz de rivier over. Marchal slaakte een kleine zucht. Hij was het vrijwel nooit eens met haar routekeuzen, maar volgens het vredestraktaat dat ze hadden afgesloten, had de chauffeur het voor het zeggen en hield de passagier zijn mond.

Orla kuchte en zette het gesprek voort. 'Klopt het dat u mevrouw Tesson voor de rechter gedaagd heeft?'

Louise, die suffend uit het raam zat te kijken, schoot weer wakker. 'Ja, omdat ze me dood wou hebben. Dat wijf was niet alleen geschift, ze was levensgevaarlijk.'

'Echt?'

'Op een avond kwam ik laat thuis. Toen woonde ik nog chiquer dan nu, maar niet heus. Op een zolder in een krotwoning die nu gesloopt is. Alle deuren stonden dag en nacht wagenwijd open, je kon zo naar binnen wandelen. Licht was er niet in de gang en als je rechtop stond, stootte je je kop tegen het plafond.' Louises gezicht was nu pioenrood. 'Dat mens stond tegen de muur geplakt, gaf geen kik en ik zag haar pas toen ik de deur van mijn kamer opendeed en de lamp aanstak. Jezus, ik schrok me kapot!' Louise haalde diep en dramatisch adem. 'Ze begon opnieuw te zeuren om dat kind en ik maar nee zeggen. En weet je wat ze toen deed?' Louise sperde haar ogen open. 'Ze stak haar hand in haar tas en toen ze hem er weer uithaalde, zag ik iets glimmen. Het was een mes!'

'Juliette Tesson bedreigde u met een mes?' Orla hield het verkeer in de gaten terwijl ze het verhaal probeerde te koppelen aan het beeld van een magere vrouw met bontjas, dure diamanten en ogen die glommen van overmatig alcoholgebruik.

'Ze kreeg de tijd niet om met dat mes te wapperen, want ik had de deur al dichtgeknald en gelukkig zat daar wel een slot op. Dat wijf begon op de deur te timmeren en te tieren. Als er iemand de Kabylische kus verdiende, dan was ik het, schreeuwde ze. "Kabylische kus? Kus mijn reet en praat je moedertaal", riep ik tegen die kakmadam.' Louise werd er warm van en ze veegde het zweet van haar voorhoofd. 'Die lieden, hè, die hangen me zo de strot uit, die komen met koffers vol poen uit de koloniën en behandelen ons alsof we slaven zijn. Nou, mooi niet!' Louises lichaamsgeur drong door het dikke wollen vest en in hun neusgaten.

Marchal zette het raampje aan zijn kant wijdopen. 'Weet Agnès van deze geschiedenis af?'

'Agnès? Natuurlijk niet. Die meid loopt al naast haar schoenen van verwaandheid.'

'Wat doet Agnès nu haar werkgever verdwenen is?' Orla hield halt voor het rode licht en draaide haar hoofd om naar de vrouw.

'Ik geloof dat ze al een vette vis aan de haak heeft geslagen', zei Louise en ze knipperde sensatiebelust met haar ogen. 'Een type als Agnès hoeft maar met haar vingers te knippen en de mannen komen op haar af, dat denkt ze tenminste. En dit keer geloof ik dat ze verdomme nog aan toe gelijk krijgt, want zo opgedirkt als de laatste dagen heb ik haar nog nooit gezien. En maar zaniken of er iemand gebeld heeft.'

'Goh.' Orla knikte, stomverbaasd over het feit dat een moeder zonder blikken of blozen haar eigen dochter bekritiseerde. Een vastgeroeste negatieve instelling ten opzichte van anderen was misschien de enige gelijkenis tussen die twee, stelde ze vast. 'Heeft u hem al ontmoet?' Er werd luid gesnoven op de achterbank. 'Bent u betoeterd? Agnès schaamt zich dood voor me.' Ze zweeg even. 'Maar dat er iets gaande is, dat zweer ik. Want ineens heeft ze weer geld en die incassobrieven maakt ze geeneens meer open. Bovendien is ze zo hyper dat ze me knettergek maakt. Je zou bijna denken dat ze drachtig is.' Ze haalde de ronde schouders op en corrigeerde zichzelf in dezelfde ademteug. 'Maar vandaag de dag laten vrouwen zich niet zo snel beetnemen.' Ze leunde weer naar voren en legde een hand op Marchals schouder. 'Maar dat ze iets onder de leden heeft, dat weet ik zeker.'

Marchal bleef roerloos zitten. 'Ik neem aan dat u Adam Fabre kende?'

Louise Leclercs blik verduisterde. 'Mijn hand heeft hij in ieder geval nooit geschud. Agnès regelde dat baantje voor me. Ze zei dat hij zich niet met zulke onbenulligheden bemoeide. Meneer scheen belangrijkere zaken aan zijn kop te hebben.' Ze trok haar neus op. 'Die Adam Fabre hield totaal geen rekening met mij. Ik moest soms uren wachten voor hij de deur achter zijn kont dichttrok en dan liep hij langs me heen alsof hij de koning was en ik gebakken lucht.'

'U was daar die avond waarop hij verdween?'

'Ik ben daar iedere avond.'

'Heeft u toen iets bijzonders opgemerkt?'

Louise haalde haar schouders op. 'Alleen dat Agnès en hij nog later dan anders weggingen. Dat zij bleef plakken, dat komt natuurlijk omdat ze zo nieuwsgierig als de pest is en het niet kan laten om met ogen op steeltjes door sleutelgaten te loeren', zei ze giftig. 'Maar hij vertrok later dan zij, pas toen iedereen weg was, volgens mij.' Ze leek diep na te denken. 'Er kwam nog een vrouw langs, nadat Agnès al weg was en dat was om een uur of acht, of ietsje later. Ze bleef maar een paar minuten. Ik geloof dat ze Fabre wilde spreken, maar die stond zeker weer te zwammen in de telefoon en dan kun je wachten tot je een ons weegt. Ik zou hem ook gesmeerd hebben.'

'Had u haar eerder gezien?'

Louise schudde het hoofd. 'Nee, dat geloof ik niet. Maar ik zag haar alleen van opzij. Donker, lang haar had ze, dat kwam onder haar hoofddoek uit. Volgens mij was het een Noord-Afrikaanse, die wikkelen altijd van die lappen om hun hoofd. Maar dit was wel een mooie, die hoofddoek, met van die felle kleuren.' Ze zat druk te gebaren terwijl ze praatte.

Fatima, dacht Orla. Wat deed zij bij Adam Fabre?

40

Orla zat te wachten in de auto. Ze had hem geparkeerd op de hoek van de quai d'Orléans, vanwaar ze de buitendeur van Marc Tessons woning in de gaten kon houden.

Precies om negen uur zag ze dat de eikenhouten deur openging en dat Maurice Vilar het pand verliet. De advocaat slenterde op zijn gemak de straat uit, de opgevouwen paraplu als een wandelstok op en neer zwierend en zijn blik naar de grond gericht.

Orla was in de tussentijd uitgestapt en overgestoken. 'Monsieur Vilar.'

Hij stond stil en had een paar seconden nodig voor hij haar herkende. 'Dokter Os', zei hij, bijna waakzaam. En toen hij twee stappen in haar richting deed, leek hij op hete kolen te lopen. 'Waarmee kan ik u van dienst zijn?'

'De geldafpersing, ik vraag me af of er nieuws is.'

Hij tilde de borstelige wenkbrauwen op en Orla haastte zich om eraan toe te voegen: 'Ik heb meerdere malen geprobeerd om u telefonisch te bereiken, maar er werd nooit opgenomen. Marc Tesson heb ik wel te pakken gekregen, maar hij kon mij niets vertellen, behalve dat hij nog steeds voet bij stuk houdt.'

De advocaat keek haar rustig aan. 'Beste mevrouw Os', zei hij en hij glimlachte charmant. 'Ik kan u verzekeren dat we contact met u opnemen zodra er iets te melden valt. Ik reken erop dat het omgekeerde ook het geval is.'

'Aangezien u de advocaat van deze familie bent, zou ik u een paar vragen willen stellen over Juliette Tesson. Het gaat over een misdrijf waarvoor zij werd aangeklaagd, geruime tijd geleden. Ze zou een andere vrouw met een mes bedreigd hebben.'

Vilar leek een moment uit het veld geslagen. 'O, die kwestie', zei hij toen. Het vriendelijke gezicht kreeg een verbeten uitdrukking. 'Beste mevrouw Os, u wilt toch niet zeggen dat jullie bij gebrek aan beter persoonlijke tragedies van familieleden aan het afstoffen zijn?

Als dat uw enige strohalm is, dan staan de zaken er bijzonder slecht voor.'

Orla wilde dat hij ophield met haar te betitelen als 'beste mevrouw Os'. 'Mijns inziens gaat het om een bijzonder ernstige kwestie. Een kwestie die ons iets zegt over Juliette Tesson, meneer Vilar.'

Hij glimlachte honingzoet, maar zijn stem was bikkelhard. 'Het deed zich twintig jaar geleden voor. Juliette maakte een zeer zware tijd door en het hoeft niet verzwegen te worden dat ze indertijd een alcoholprobleem had. Daar heeft ze zich gelukkig uit omhoog weten te worstelen. Ik kan u niet verhinderen om op dezelfde weg voort te gaan, maar ik moet u wel zeggen dat het me zou verbazen als uw onderzoek vruchten afwerpt.' Hij glimlachte weer breeduit. 'Juliette leed aan een neurose, dokter Os. Daar weet u ongetwijfeld het uwe van af. Als u verder geen prangende vragen heeft, dan neem ik nu afscheid.'

Hij was een van de weinige mannen die nog een hoed droegen. Ze voelde zich een beetje sullig toen hij hem even optilde, voor hij zich omdraaide en doorliep. Een meter of vijftig verderop stapte hij in een wachtende auto. Orla herkende het achterhoofd en het profiel van de bestuurder in de loop van het korte moment dat het lampje brandde.

Het was Isabelle Fabre.

Marchal was al weg en Roland was bezig om de kasten en laden op slot te doen toen Orla haar hoofd naar binnen stak.

'Jeetje, Orla, het is al halftien.'

Ze plofte neer op een stoel. 'Ik heb weer een mislukte expeditie naar Marc Tesson achter de rug. Die advocaat van hem...' Ze balde haar vuist. 'Daar kwam ook geen zinnig woord uit, die produceerde alleen maar beleefde gebaartjes en schouderophalens. Hoewel, hij werd iets minder gentleman toen ik hem vragen begon te stellen over die messentrekkerij van Juliette Tesson. Hij doet daar wel vrij luchtig over, zegt dat het te wijten was aan een persoonlijke crisis, gecombineerd met een alcoholprobleem. Ze leed bovendien aan een neurose. Ik kreeg trouwens de indruk dat hij mij ook neurotisch vond, aangezien ik met deze oude geschiedenis kwam aanzetten.' Ze lachte even.

'Wie weet heeft hij nog gelijk ook? We hebben allemaal onze kleine neuroses, nietwaar?' Ze hield haar tien afgebeten vingernagels omhoog.

Roland wierp er een blik op. 'Ik stel voor dat je overschakelt op het Franse eetpatroon en op varkenspootjes begint te kluiven in plaats van op je eigen vingers.' Hij greep haar bij de arm toen ze opstond en aanstalten maakte om de deur weer uit te lopen. 'Nu we het toch over die advocaat hebben', zei hij en hij liep naar zijn bureau. Daar begon hij in de stapel papieren te bladeren die met de dag hoger leek te worden. 'Ik heb wat leuke feitjes liggen over die man.' Hij wapperde met een papier. 'De vriendschap en samenwerking tussen Tesson en Vilar stamt uit de tijd dat ze beiden in Algerije verbleven. Dat lag bijna voor de hand. De levenslopen van de twee mannen vertonen veel gelijkenissen. Maurice Vilar is daar geboren, heeft rechten gestudeerd aan de universiteit van Oran en verhuisde in 1962 naar Frankrijk. Vanaf het begin van zijn advocatencarrière heeft hij de familie Tesson met raad en daad bijgestaan.'

'Ja, Marc Tesson noemde hem zelfs een soort erelid van de familie. Dat hij daar kind aan huis is, dat is duidelijk.' Ze keek Roland onderzoekend aan. 'En vanwege Vilar ben je blijven plakken op het bureau?'

'Als ik wat minder bedeesd was aangelegd, dan had ik geantwoord dat ik op jou heb zitten wachten.' Hij leunde achterover en opende het bovenste knoopje van zijn overhemd. 'Maar ik heb inderdaad aardig wat tijd aan Vilar besteed. Alle rechtszaken waarin hij een rol heeft gespeeld en die ik heb kunnen opzoeken, heb ik bestudeerd. Het CV van de man is meterslang, maar ik hoefde niet lang te zoeken voor ik op een interessant gegeven stuitte.' Hij pakte het bovenste papier van de stapel en legde het voorzichtig op haar schoot. 'In 1961 was de toen kersverse advocaat aanwezig tijdens verhoren die de plaatselijke politie afnam van Marc Tesson. Het betrof een incident waarbij Assia Kagda, de dochter van een van Tessons werknemers, het leven verloor. Ze was in gezelschap van Marc Tesson toen ze in Constantine van de rotsen viel. De stad ligt op een bergplateau, zeshonderdvijftig meter boven de zeespiegel, omgeven door een ravijn. Een val in de diepte overleeft geen mens.' Roland zweeg en haalde van vermoeidheid beide handen door zijn haar. 'De verhoren waren een regelrechte farce. Marc Tesson werd nergens van beschuldigd, de val beschouwde men als een ongeluk en de zaak werd geseponeerd. De vrouw was een Algerijnse. Het zou natuurlijk buitengewoon spectaculair geweest zijn als Tesson in de nor beland was.'

Orla staarde hem verbluft aan. 'Welke reden zou hij gehad kunnen hebben om haar te vermoorden?'

'Geen enkele, volgens Vilar. Marc Tesson en Assia Kagda hadden een relatie en waren van plan te trouwen.'

Orla voelde zich behoorlijk geradbraakt na Rolands verslag en ze had er daarom niets op tegen dat hij haar vergezelde toen ze naar huis ging. Geen van hen had de tijd genomen om iets te eten. Voor Orla was dat vaste prik. Boodschappen had ze ook niet in huis gehaald, en dat was al even vanzelfsprekend.

Roland ontpopte zich als een goochelaar op kookgebied. Hij ging aan de slag in haar nieuwe droomkeuken, waar het nog steeds naar lak en verf rook en het plakband nog op de kastdeuren kleefde, en veranderde in een handomdraai een paar uien, een homp brood en een stuk kaas in een volwaardige maaltijd.

'Dus er waren geen getuigen van de valpartij?'

Roland schudde het hoofd. 'In eerste instantie niet, volgens de stukken die ik gelezen heb. Marc Tesson was de enige aanwezige en hij was het die de autoriteiten waarschuwde. In de verklaring die hij aflegde, staat te lezen dat hij de vrouw enkele minuten verliet vanwege een kleine boodschap. Hij keerde zijn rug naar haar toe en tsjoep, daar duvelde ze naar beneden.'

'En hoe weet men dat hij haar geen duwtje heeft gegeven?' Orla nam voor de derde keer van de uiensoep.

'Er bleek toch een derde persoon op die plek geweest te zijn', legde Roland uit. 'Namelijk de zus van de omgekomen vrouw. Het was de bedoeling dat zij Marc en die Assia zou ontmoeten, maar dat kwam pas later aan het licht. Het duurde dagen voor die vrouw durfde te bekennen dat ze stiekem had staan gluren toen haar aanstaande zwager op het randje van het ravijn een straal urine met een grote boog de diepte instuurde.'

'Vreemd dat ze zo lang wachtte voor ze een getuigenis aflegde', merkte Orla op. 'Denk je dat ze gedwongen werd, of omgekocht?'

'Orla, het gaat om een moslima die naar een man heeft staan kijken die zijn blaas leegt. Ik ben geen expert op dit gebied, maar ik kan me voorstellen dat zo'n vrouw dat niet van de daken schreeuwt.' Hij keek haar geamuseerd aan. 'Hoe dan ook, men geloofde haar op haar woord, en mede daarom werd hij onschuldig verklaard. En het is dan ook begrijpelijk dat hij bij onze Fatima in het krijt kwam te staan.'

'Onze Fatima?'

'Ja. Fatima Kagda.'

'Fatima Kagda...' Orla was even stil. 'Zij was dus de enige getuige. Maar wie kan garanderen dat zij haar eigen zus niet van die rots heeft geduwd? Om welke reden dan ook...'

'Dat scenario kun je misschien niet uitsluiten. Net zo min als de mogelijkheid dat ze behalve Marc Tesson ook iets anders gezien heeft. Bijvoorbeeld degene die het leven van haar zus wel op zijn geweten heeft.'

Orla fronste haar voorhoofd. 'En zo ja, waarom zou ze daarover gezwegen hebben? Omdat ze bang was dat de moordenaar zich zou wreken?'

'Dat zou kunnen. Misschien begreep ze ook dat ze een voordeel kon trekken uit haar machtspositie.'

Orla keek hem aan. 'Dus dan zou het toch kunnen kloppen dat ze werd omgekocht?'

'Ja, in feite. En als je het zo bekijkt, als er daadwerkelijk sprake was van een moordenaar, dan kan dat wie dan ook geweest zijn, inclusief Marc Tesson.'

Orla staarde voor zich uit. 'Wat er ook gebeurd is, de betrokkenen verkeren vast en zeker in een afhankelijkheidspositie ten opzichte van elkaar. Uit dankbaarheid of uit angst. Maar je denkt toch niet dat deze oude geschiedenis iets met het huidige onderzoek te maken heeft?'

'Ik heb geen idee, maar ik zie wel een soort rode draad of een gemeenschappelijke noemer.' Roland legde zijn lepel neer. 'Weet je wat me bij deze mensen opvalt? Hun krampachtige loyaliteit. Ze houden elkaar allemaal de hand boven het hoofd en alles wat ze loslaten is oude koek. Adam Fabre vormt een uitzondering. Daar zijn ze het allemaal over eens. Hij is een nul en hij kan geofferd worden.'

Orla dacht even na. 'Je bedoelt dat ze hun mond houden omdat ze beseffen dat als er eentje uit de school klapt, ze allemaal de klos zijn?'

'Het bekende domino-effect', knikte Roland. 'Ook al is niemand direct medeplichtig, een bekentenis of ontmaskering heeft catastrofale gevolgen voor de anderen. Verlies van aanzien, verstoting uit de sociale kring, geruchtenstroom, noem maar op.'

Orla was midden in de keuken stil blijven staan. Ze schudde gefrustreerd haar hoofd. 'Die dode vrouw die we in Fabres auto vonden, daar kunnen we nog steeds niets mee. Ze was niet eens geboren toen al die lieden in Algerije woonden.'

Roland stond op en pakte zijn jasje. Hij legde zijn handen op haar schouders. 'Geduld, Orla. Ergens moet een zwak punt te vinden zijn, een plek waar we een gat kunnen beitelen in de verdedigingsmuur.'

Door zijn woorden leek het of zijn handen van lood waren geworden. Ze had het gevoel dat hij het eigenlijk over iets anders had en ze zweeg perplex. Zijn blik rustte op haar gezicht, en Orla, die Rolands lichtblauwe ogen meestal associeerde met ijs en koele meren, had nu het idee dat ze vuur spuwden. 'Geduld is niet mijn sterkste eigenschap, maar je hebt gelijk. Bedankt voor de soep, trouwens.'

Roland liet zijn handen langs haar armen glijden en pakte haar vingers vast. Hij hield ze omhoog en bestudeerde de nagels. 'Het werd tijd dat je je tanden in iets anders zette', zei hij met een glimlach. Ze had Roland al duizenden keren zien glimlachen, maar nu snoerde haar keel volledig dicht. Het zweet brak haar uit. Dat kwam natuurlijk van de pittige soep en van het pingpongen met alle onvoldongen feiten, zei ze tegen zichzelf. Even afkoelen op het kleine balkon zou zalig zijn, maar ze kon haar benen met geen mogelijkheid bewegen.

Het enige wat bewoog was Rolands nek, die iets naar voren boog, en zijn handen, die nog steviger om die van haar grepen.

Zijn mobieltje ging af. Hij nam op, mompelde iets onverstaanbaars in het toestel en zette het uit.

'Dat was toch niet Marchal, hè?' Orla sprak met een met helium gevulde stem en betrapte zichzelf erop dat het de eerste keer was dat ze wilde dat Marchal om halftwaalf 's avonds werkgesprekken voerde.

Hij stopte de telefoon weer in zijn zak. 'Nee, hij was het niet.' Zijn ogen dwaalden door de kamer. 'Dan stap ik maar eens op, Orla. Ik licht Marchal morgenochtend in over hetgeen we vanavond besproken hebben. Als ik me niet vergis, denk ik dat hij zowel Fatima als Maurice Vilar op het matje wil roepen.' Hij was weer honderd procent business. 'Slaap lekker.' Ze kreeg een kusje op haar wang en weg was hij.

Orla bleef nog steeds als aan de grond genageld staan terwijl ze zich afvroeg wat voor merkwaardig gevoel zich van haar meester had gemaakt. Het was alsof ze iets heel belangrijks had verloren en er niet op kon rekenen dat ze iets gelijkwaardigs ervoor in de plaats zou krijgen.

Ze keerde haar rug naar de borden en pannen en drentelde versuft naar de badkamer.

41

Georges Lambert lag met opengesperde ogen in de koele slaapkamer.

De lichtgevende wijzers van de wekker gaven kwart voor drie aan. Een zacht, knarsend geluid had hem wakker gemaakt. Hij tuurde in het donker, zijn oren gespitst, zich afvragend of hij alleen maar gedroomd had dat er iemand op het grind van de oprit liep. Alle haartjes op zijn blote huid stonden rechtovereind alsof hij bedekt was met miljoenen mieren die prikkels naar zijn zenuwcellen stuurden. Het kon niet anders of zijn oren hadden hem bedrogen, begreep hij. Er was niets anders te horen dan het autoverkeer in de verte en het lichte zwiepen van de takken aan de eikenboom in zijn tuin.

'Wat ben je toch een schijtluis!' zei hij hardop. Zijn stem verbrak de benauwende stilte in de kamer. 'Gedraag je als een kerel!' Zijn hart hamerde hard en hol en hij haatte het. Zodra hij zijn eigen hartslag voelde, moest hij denken aan apparaten die het ineens konden begeven, en het feit dat hij aan zijn lot was overgelaten.

Hij hield er niet van om alleen te zijn. Zodra het donker werd, controleerde hij of alle deuren goed op slot waren. En sinds jaar en dag was de cognac zijn beste vriend. Hij werd er rustig van en minder bang. Een halve fles had hij soldaat gemaakt voor hij rond middernacht in bed was gekropen. Zonder roes viel hij niet in slaap. Nu leek het wel net andersom.

Hij stak de schemerlamp op het nachtkastje aan en waggelde huiverend naar de badkamer, waar hij zijn gezicht onder de kraan hield, voor hij besefte dat hij slapen beter kon vergeten. Met stijve benen daalde hij de trap af naar de begane vloer. Bij het zien van de voordeur bleef hij enkele seconden aarzelend staan. Het gevoel dat hij het grind had horen knarsen, liet hem niet los. Hij draaide de deur van het slot en deed hem langzaam open.

Buiten was het stil. Het grind lag er grijs en vlak bij, de poort was gesloten en verder was er niets bijzonders te zien. Hij zoog de koude nachtlucht diep in zijn longen, maar in plaats van daarvan op te kikkeren, voelde hij zich ineens duizelig. Het zijn de zenuwen, bedacht hij en hij sloot de deur. Ze vreten me op.

In de keuken nam hij een groot glas water en een stuk van het droge stokbrood dat op het aanrecht lag. Met de fles cognac in zijn hand slofte hij naar de zitkamer. Daar stak hij op de tast de staande lamp aan die naast de leunstoel stond waar hij meestal zat. Een drie-zitsbank, de leunstoel met een bijzettafeltje en een kleine eettafel, aan meer had hij geen behoefte. Er kwam toch nooit bezoek. Voor de ramen hingen dikke, donkergroene gordijnen die hij ook overdag niet opentrok. Ze pasten niet bij de rest van het interieur, maar ze gaven hem een gerust gevoel. Hij hield er niet van dat mensen bij hem naar binnen konden kijken.

Hij zeeg neer in de stoel. Zijn vingers knelden om het koude cognac-glas. Tegen de witte muur boven de bank prijkte een grote, ingelijste reproductie van Renoirs *Lunch van de roeiers*. Het was een schilderij waar hij graag naar zat te kijken. Je kon erin kruipen, vond hij, doen alsof je een van de gasten was die aan gedekte tafels op een terras zaten. Op de achtergrond was water zichtbaar, misschien een meer of een rivier. Wijn en fruit op witte tafelkleden. Aan de tevreden gezichten te zien had men vast een heerlijke en lange maaltijd achter de rug en genoot men nu van elkaars gezelschap. Hij mocht vooral de man die tegen het hek stond geleund, in zijn witte hemd en met de strooien hoed op. Er ging een natuurlijke autoriteit van hem uit. Met zijn kin omhoog en een zelfvol-dane blik bekeek hij het gebeuren. Je kreeg meteen het gevoel dat het zijn feestje was, dat de gasten zijn vrienden waren. Vaak beeldde hij zich in dat hij die man was. Dat hij het middelpunt was, dat hij bewonde-ring genoot en iemand was bij wie anderen hun toevlucht zochten. De vrouwen hadden ronde vormen en bleke, aantrekkelijke gezichten. Het schouwspel vertelde hem dat ze spoedig even schaars gekleed gingen als de roeiers. Er hing verwachting in de lucht, een verlangen naar lief-de en minnekozen. Het was een schilderij dat erotiek ademde, vond hij, ook al was er amper blote huid zichtbaar.

Hij nam een forse teug uit het glas en zette het bij de lege fles op het tafeltje naast hem. Vanonder half dichtgezakte oogleden tuurde hij naar de man met de strooien hoed. 'Pas maar op', lalde hij. 'Die wijven zijn alleen maar op centen uit. Op centen en macht!'

Zijn lichaam leek van lood. Hij krabbelde moeizaam overeind uit de stoel en strompelde op het schilderij af. Met trillende handen draaide hij het om zodat het achterstevoren kwam te hangen. De lunchende roeiers waren vervangen door een grote foto van Franco en Mussolini. Georges Lambert zonk weer neer in de stoel. Hij hief het glas als een groet naar de twee mannen voor hij het laatste restje in zijn keel kieperde.

Zijn kin viel op zijn borst en hij zonk weg in een onrustige slaap.

42

Georges Lambert werd wakker omdat zijn voet sliep. Zijn hele been, van zijn dij tot zijn tenen, leek afgestorven, omdat hij met zijn benen over elkaar als een blok in slaap was gevallen. Voorzichtig bewoog hij zijn voet terwijl hij een blik op de klok wierp. Vijf voor vier. Hij ging rechtop zitten en keek om zich heen. De lamp naast de leunstoel was nog steeds aan en hulde de kamer in een schimmig licht. Op het bijzettafeltje stonden de lege fles en het glas, een grimmig voorteken van de zware uren die hij nog voor de boeg had. Door een smalle spleet tussen de gordijnen zag hij dat het nog aardedonker was buiten.

Hij wreef over zijn nek, die stijf was van de verkrampte slaaphouding. Ook zijn maag deed pijn. De cognac was als een sloophamer, maar zolang hij er zijn onrust mee in toom kon houden, lieten de lichamelijke gevolgen hem koud.

Met grote krachtsinspanning hees hij zich uit de stoel. Voor hij de lamp uitdeed, draaide hij het schilderij weer om. Gewoonlijk droomde hij nooit tijdens zijn slaap, maar nu schoot hem te binnen dat hij het gevoel had gehad dat hij omringd werd door vaag gestommel. Weer schrok hij bij de gedachte dat geluiden in of om het huis hem wakker gemaakt hadden. De zware en onbehaaglijke roes had zijn zintuigen op non-actief gesteld, en hij staarde paniekerig en met droge, schrijnende ogen in de duisternis. Hij hoorde niets. Er was niets te horen, zei hij tegen zichzelf. Niets, behalve zijn eigen hartslag, bloed dat door slagaderen stroomde, door zijn oren met een geruis dat deed denken aan windvlagen over een wateroppervlak.

Hij bleef lange tijd staan luisteren naar de stilte en hij verafschuwde zichzelf. De nervositeit droop uit zijn poriën, plakte als kleverig spinrag op zijn huid en gaf hem onophoudelijk de kriebels.

Hij kreunde zachtjes en verliet de kamer. Met zijn ene hand hield hij zijn broek aan de riem omhoog terwijl hij stap voor stap op zijn blote voeten de trap opklom. In de badkamer pakte hij het buisje met zuurremmende tabletten en stopte er twee van in zijn mond. Zijn hand reikte naar het doosje slaappillen. Als hij er daar ook twee van nam, zou hij misschien sneller in slaap vallen. Hij voelde zich nog steeds dichtgeslibd vanbinnen en zijn ledematen waren loodzwaar. Zijn speeksel smaakte naar metaal. Met tegenzin liet hij zijn arm zakken. Hij kon het beter laten. Hij hoopte dat hij genoeg op had om opnieuw in slaap te vallen.

Hij deed het licht uit en trok de badkamerdeur achter zich dicht. De lamp in het trapgat was automatisch uitgegaan en in het schemerdonker liep hij naar de slaapkamer. Hij zag ertegenop om weer in bed te kruipen, maar zijn lichaam schreeuwde om slaap. Een blik op de wekker vertelde hem dat het kwart over vier was. De kamer was aangenaam koel. De broek zakte op zijn enkels toen hij de riem losgespte. Hij hing hem over het voeteinde en ging op de rand van het bed zitten. Met een diepe zucht kroop hij tussen de kille lakens.

De aanraking was ijskoud.

Ze schoot als een elektrische schok door zijn lichaam. Een hese kreet vulde de kamer. Sidderend van angst rolde hij uit zijn bed. De kreet moest uit zijn eigen keel zijn gekomen.

Langzaam kroop hij overeind, zijn ogen stijf op het bed gericht. Er lag een mens in. Een man. Hij lag op de andere helft van het grote tweepersoonsbed. Zijn naakte lichaam was vanaf de navel bedekt, met zijn eigen laken. Een bleek, onbeweeglijk mannenlijf. Zijn hoofd was naar hem toegekeerd. Het gezicht lag in het halfdonker, maar hij kon zien dat de ogen dicht waren en de mond halfopen.

Hij griste zijn broek van het bed en wankelde achteruit naar de deur terwijl hij met zijn linkerhand tevergeefs naar de lichtschakelaar tastte. Hij had geen licht nodig. De koude aanraking had hem genoeg gezegd.

Er lag een lijk in zijn bed.

Op de gang schopte hij de slaapkamerdeur hard dicht. Met zijn rug leunend tegen het hekwerk dat langs het trapgat liep, wurmde hij zijn benen in de broekspijpen. Zure oprispingen brandden in zijn keel. Hij probeerde terug te denken. Hoe had hij in het bed gelegen vóór hij er die nacht uit kroop? Had hij de andere helft van het bed toen niet aangeraakt? Hij sliep altijd aan de ene kant, bijna tegen de bedrand, alsof hij naast iemand lag die te veel plaats innam. Hij was uit bed gestapt zonder er een blik op te werpen, dacht hij.

Ineens kon hij zich niets meer herinneren van wat er eerder die nacht was gebeurd. De lamp... Had hij die niet aangestoken toen hij opstond? Het was alsof hij een nachtmerrie had waaruit hij maar niet kon ontwaken.

De man in zijn bed hoorde echter niet thuis in een nare droom. Hij was echt. Zijn huid had koud aangevoeld, koud en kleverig, als het vel van een geplukte kalkoen.

Hoe was hij in zijn bed beland? Dat hij er zelf levend en wel was ingekropen om even later het loodje te leggen, leek hem niet logisch. Iemand had het lijk daar neergelegd terwijl hij zelf beneden in de zitkamer zat.

Het besef dat iemand in zijn huis was geweest terwijl hij sliep, joeg hem opnieuw de stuipen op het lijf. Hoe konden ze weten dat hij juist op dat moment beneden was? Of hadden ze gedacht dat er niemand thuis was? Ze moesten minstens met twee man geweest zijn om dat lichaam naar boven te dragen. Misschien waren ze nog niet weg? Hij slikte moeizaam terwijl hij zijn oren spitste. Het was doodstil. Zelfs verkeer was er niet meer te horen. En ook de eik in de tuin gaf geen kik. Georges Lambert stond nog steeds als versteend tegen de houten trapleuning. Waarom was hij er zo zeker van dat ze de man niet in het bed hadden vermoord?

Met aarzelende stappen begon hij de trap af te lopen. Halverwege hielt hij halt. Hij tuurde door het glas-in-loodraam. Er stond een auto op de oprit, met de lichten uit. Hij was onder de grote eik geparkeerd, daar waar het ook overdag bijna donker was. Met twee trillende handen maakte hij de broeksriem dicht. Onder aan de trap stond een paar schoenen, waar hij zijn voeten in stak. Hij deed de deur open.

Het was windstil en de lucht was kil. Een panische drang om het huis te verlaten overviel hem en hij sprong bijna naar buiten. Hij was veertig jaar terug in de tijd. Geweersalvo's in de verte, de soldaten van de vijand zaten achter hem aan, guerrillastrijders die het voordeel hadden dat ze het terrein als hun eigen broekzak kenden en bovendien in de meerderheid waren. Hij bleef met zijn hand op de balustrade staan en haalde een paar keer langzaam en diep adem om de paniek te bedwingen. Zodra hij het kentekennummer had genoteerd, zou hij een taxi nemen naar het dichtstbijzijnde politiebureau. Zijn eigen auto stond in de garage en de uitrit was geblokkeerd.

'Brutale klootzakken!' barstte hij uit, verbaasd over zijn eigen stem, die oversloeg en een scherp contrast vormde met de grove woorden. Hij was blij dat hij ondanks zijn angst zo vooruitziend was geweest om de kleine zaklamp die altijd op het gangkastje lag, in zijn broekzak te steken. Het was nog steeds akelig donker buiten. Het grind dat onder zijn zolen knarste, klonk als glasscherven. Langzaam liep hij op de auto af. Hij stond stil en liet het licht op de voorruit schijnen. Het was een zwarte Citroën, hier neergezet en verlaten.

Hij voelde aan het portier aan de bestuurderskant. Het was op slot, net als de kofferbak. Hij liep om de auto heen en richtte de lamp op de achterbank. Toen hij een stap naar voren zette, trapte hij op iets. Er klonk een vreemd geluid alsof er een veer sprong, gevolgd door een harde klap. Hij liet de lamp vallen en zakte door zijn knieën. Hevige pijnscheuten joegen door zijn been en zijn eerste gedachte was dat er op hem was geschoten en dat hij in zijn enkel was geraakt. Met beide handen pakte hij de gewonde voet vast, maar in plaats van huid voelde hij hard, koud metaal. Zijn voet zat vast in een klem. In een wolfijzer.

Hij sleepte zich voort over het grind. De kleine, scherpe punten van de klem waren door het stof van zijn broek diep in zijn huid gedrongen. Tot op het bot, dacht hij, toen hij niet meer op zijn been kon staan van de pijn en op handen en knieën verder kroop. Vlak bij de trap viel hij voorover, zijn vingers graaiden in het grind, zijn nagels groeven in het zand.

Een waanzinnige angst welde in hem op. Het gevoel dat veertig jaren van zijn leven verspeeld waren, in één klap verbrijzeld waren, deed hem kokhalzen. *Fellagha, biot, maquis, moudjahiddin* – alle bijnamen van de gehate vijand uit die tijd weerklonken in zijn hoofd, zo helder, alsof ze in zijn oor gefluisterd werden. Het zand dat hij in zijn mond kreeg, had de sirocco uit de Sahara meegevoerd. De geluiden die hij hoorde, kende hij maar al te goed. Hij had er veertig jaar lang elke nacht naar geluisterd. Het waren de snelle, bijna geruisloze voetstappen van de FLN-soldaten die zijn schuilplaats ontdekt hadden. Uiteindelijk. Harde handen die zijn hoofd achterover rukten, een dolk die hem van oor tot oor openreet. De Kabylische kus. Hun geliefde afscheidsgroet.

Achter hem maakten langzame stappen een droog, knerpend geluid in het grind. Hij kroop de eerste tree op, maar zijn voet bleef steken en hij begreep dat het wolfijzer aan een lang touw bevestigd was. Hij hoorde de gesmoorde kreten die uit zijn eigen keel kwamen en zijn stem die rochelde: 'Vive l'Algérie française!'

De pijn kwam plotseling en trof hem als een mokerslag tegen zijn borst. Daarna werd alles zwart.

43

Het was zaterdag. Vier etmalen waren verstreken zonder nieuwe doorbraken in het onderzoek.

Orla gebruikte de ochtend om haar papieren op te ruimen en te bladeren in de berg oude kranten en tijdschriften. Ze maakte twee nette stapels van *Vesteraalens Avis* en *Vesterålen*, niet alleen voor de sier, maar ook om haar gedachten te sorteren. Dat ze nog steeds op die streekbladen abonneerde, was eigenlijk te gek voor woorden. Ze keek er amper in, misschien omdat ze al oud waren voor ze bij haar in de brievenbus lagen. Ze sloeg het laatste nummer van de krant open en zag dat de toekomst van het ziekenhuis in Stokmarknes de gemoederen nog steeds verhitte, zoals in de vorige jaargangen. Het maakte waarschijnlijk niet uit dat de kranten oud waren. Zolang het probleem de wereld niet uit was, werd je ermee doodgeknuppeld. Zie bij moordonderzoek, bedacht ze.

Ze was bij de overlijdensadvertenties beland toen er aangebeld werd. Ze kneep haar ogen even stijf dicht, slaakte een zucht en liep naar de deur. Het was Marchal.

Hij knikte kort en beende naar binnen, voor ze boe of bah kon zeggen. Hij hing zijn jasje over de muurlamp in de gang, zoals hij gewoon was.

'Is er iets bijzonders aan de hand?' begon ze, overrompeld door de drang om hem vast te pakken, om te draaien en door dezelfde deur naar buiten te duwen. Of hem eens en voor altijd duidelijk te maken dat deze 'kapstok' een exclusieve Italiaanse lamp was die haar een fortuin had gekost. 'Roland heeft zeker verteld over advocaat Vilars rol in de affaire waarbij Marc Tesson betrokken was, bijna een halve eeuw geleden?'

'Precies. Zowel Fatima als Vilar was vanochtend op het bureau om uitleg te geven. Fatima was aardig uit haar hum, omdat we deze oude koe uit de sloot halen. Dat leek haar volslagen zinloos. Ze had indertijd onder eed verklaard dat ze niets anders gezien had dan Marc Tesson die in de rivier stond te urineren. Van haar zus had ze geen glimp opgevangen, vermoedelijk omdat struiken en bomen het zicht belemmerden. Ergo weet ze niets van de val van Assia af.' Hij keek voor zich uit. 'Ze vertelde ook dat ze op die beruchte laatste avond van Adam Fabre bij hem langs was gegaan op zijn kantoor. De relatie tussen haar en Isabelle Fabre schijnt niet al te best te zijn en ze wilde Fabre vragen of hij er met zijn vrouw over kon spreken. Adam Fabre was echter druk aan het telefoneren, zodat ze maar weer is weggegaan.'

'Dat komt overeen met de verklaring van Agnès. En Vilar?'

'Vilar is zo gedienstig als een kelner in een driesterrenrestaurant. Hij knikt en blaat hetzelfde liedje als Fatima. Ze bevestigen elkaars verklaringen. Alles schijnt koek en ei te zijn, zowel tussen die twee als binnen de muren van de familie Tesson, volgens Vilar.' Hij verdween naar de keuken en Orla hoorde hem in de kasten naar een kopje zoeken en de laatste druppels koffie uit de thermos schudden. In de huiskamer maakte hij het zich gemakkelijk, met het kopje op zijn knie en het andere been op de tafel. Hij trok het schaaltje pinda's naar zich toe. 'Toen Roland insinueerde dat de familieleden zich zo loyaal opstelden ten opzichte van elkaar dat ze de politie buitenspel zetten, was het Vilars beurt om inquisitorisch te worden.' Marchal stopte een handje pinda's in zijn mond en knaagde er vrolijk op los. 'Vilar liet Roland weten dat hij nog nat achter zijn oren was en een typisch product van zijn tijd. Een sterke saamhorigheid binnen de familie was tegenwoordig zo ver te zoeken dat het bijna als een afwijking werd beschouwd, aldus Vilar. Roland hield daarna zijn mond.'

'Je hebt pinda's in je baard, Marchal. En zout.'

Marchal keek haar een moment onderzoekend aan en het leek alsof er bij hem een lampje ging branden. 'Dat mens begint eerlijk gezegd aardig op mijn zenuwen te werken.'

Orla leunde achterover. 'Welk mens?'

'Isabelle Fabre.'

Orla grinnikte. 'Ze valt je toch niet lastig?'

Hij kneep zijn ogen tot spleetjes. 'Dagelijks de laatste tijd. Ze beweert dat jullie elkaar niet begrijpen', zei hij langzaam. 'Dat jullie niet dezelfde taal spreken.'

'Zo, zegt ze dat.' Orla boog zich over het pak kranten en ging door met sorteren.

'Dat haar man bij haar weggelopen is, daar geloof ik steeds minder in. Er is nog steeds geen geld van zijn bankrekening verdwenen.' Er verscheen een sombere blik in zijn ogen. 'Dat is een slecht teken.'

'Dat ben ik met je eens.'

Hij rukte de telefoon uit zijn borstzak toen hij plotseling begon te piepen. 'Roland', zei hij, kijkend op het display. Hij drukte het toestel tegen zijn oor. 'Marchal.'

Hij luisterde zwijgend. 'Jij gaat er alvast heen', zei hij eindelijk. 'Ik ben bij Orla. We vertrekken over vijf minuten.' Hij liet zijn hand zakken en stak de telefoon weer in zijn zak. 'De meldkamer heeft zojuist een telefoontje gekregen van een vrouw. Ze was volledig van de kaart en ze moesten de woorden uit haar mond trekken. De vrouw is werkster en vandaag was ze zoals gewoonlijk het huis binnengegaan waar ze elke zaterdag werkt. Ze schijnt een eigen sleutel te hebben. In de slaapkamer trof ze een dode man aan.'

Orla zag aan zijn gezicht dat hij meer te vertellen had en ze wachtte vol ongeduld.

Marchal krabde in zijn roodbruine baard. 'De man bij wie ze 's zaterdags de boel schoonmaakt, heet Georges Lambert.'

44

Het huis lag in een van de rustige wijken van Parijs, in een kleine straat niet ver van de place Monge. In deze gegoede buurt waar meerdere elitescholen gevestigd waren en de bewoners over chique appartementen beschikten, viel een villa bijna uit de toon. Bij de woning hoorde een kleine tuin, die omgeven werd door een witte, kalkstenen muur. Het huis lag op de hoek van de straat en het was waarschijnlijk slechts een kwestie van tijd voor de bulldozers deze zeldzame parel ontdekten en platwalsten om plaats te maken voor moderne en lucratieve flats.

Marchal parkeerde aan de straatkant, bij het hek in de anderhalve meter hoge tuinmuur. De inkijk werd belemmerd door de enorme, knoestige eikenboom die naast de oprit stond. De kleine lamp naast de voordeur was nog aan.

Een witte personenauto stond in de garage. Een agent leek de peperdure kar te bewaken. Hij knikte naar Marchal, die een blik in de auto wierp.

'Een juweeltje', glimlachte de man. 'Eigendom van de bewoner. Kan hem niet vaak gebruikt hebben, naar mijn idee.'

Ze bleven op de trap staan en wierpen een blik op de tuin, waar duidelijk al een tijd niemand met een snoeischaar in de weer was geweest. In het grind waren wielsporen zichtbaar, wellicht van de wagen van de eigenaar. De technici waren al in touw geweest om sporen veilig te stellen.

Door de open keukendeur vingen ze een glimp op van de ontredderde schoonmaakster. Ze zat samen met een agente aan de eettafel, ineengedoken en met een glazige blik.

Ze klommen de smalle trap op naar de tweede verdieping. Drie deuren stonden open, van de twee slaapkamers en de badkamer. Uit de bedrijvigheid maakten ze op waar het lijk zich bevond.

'Een keurige boel hier', liet de ene technicus weten, nadat hij hen met een knikje begroet had. 'De man werd dood in het bed aangetroffen, zonder één bloeddruppeltje of sporen van geweld. Zelfs de lakens zijn zo schoon als wat.'

Orla had het koffertje met apparatuur al geopend en er een paar latexhandschoenen uit gehaald. Ze liet haar blik door de slaapkamer dwalen. Een ladekast onder het raam. Een stoel naast de deur. Witgeverfde, vrijwel kale muren. Boven het bed twee muurlampjes aan weerszijden van een ingelijste kopergravure waarop de haven van Algiers was afgebeeld. Het kunstwerk was schijnbaar lukraak opgehangen, zonder rekening te houden met de afstand tussen de lampjes. Georges Lambert leek weinig oog te hebben voor esthetiek. De kamer deed denken aan de cel van een monnik, bedacht ze terwijl ze de handschoenen aantrok.

Het lijk lag op de ene helft van het enorme, eikenhouten tweepersoonsbed. Een bed dat je niet meteen zou verwachten in het huis van een oudere vrijgezel. Beide helften leken beslapen. Het andere kussen was ingedeukt en de lakens lagen op een slordige hoop.

Over de stoel bij de deur hingen een lichtblauw overhemd en een pantalon. Verder was er geen kleding te bespeuren in de kamer.

Roland stond plotseling naast haar. 'Georges Lambert is de enige bewoner.'

Orla knikte en pakte de dictafoon en de stethoscoop uit de koffer.

'En die ligt niet in dat bed.'

'Dat zie ik.' Orla begreep dat Roland niet wist wie er wel lag en dat de werkster daar waarschijnlijk ook niets over had kunnen zeggen.

Ze stonden zwijgend om haar heen terwijl ze de lakens behoedzaam verwijderde. Hij was helemaal naakt, op het horloge om zijn pols na. Orla wierp een blik op de wijzerplaat en zag dat het liep.

Het licht van de sterke lamp scheen op de man. Hij had dik, donkerbruin haar en ook nadat de dood was ingetreden en trekken had weggewist, kon men zien dat het een aantrekkelijke man was geweest.

Marchal en Roland hielden zich koest terwijl Orla op haar efficiente wijze te werk ging. Ze hield er niet van dat men tegen haar sprak als ze bezig was, maar Marchal had de neiging om dat te vergeten.

'Aan dat horloge te zien is dit geen arme sloeber die in een leegstaand bed is gekropen.'

'Marchal.' Ze had een lange injectienaald in haar hand.

Marchal zweeg toen ze de naald in het oog van de man stak om een hoeveelheid vocht uit de oogappel op te zuigen. 'In godsnaam, Orla!'

'Dit is een betere manier om de lichaamstemperatuur vast te stellen dan het ding in zijn lever te prikken.'

'Bedankt voor de informatie. Nooit weg.' Marchal verplaatste zich naar de andere kant van het bed. 'Al wat ontdekt?'

Ze gaf geen antwoord. Marchal zag de rimpel op haar voorhoofd en begreep dat ze zich niet alleen concentreerde, maar ook diep aan het nadenken was.

'Weinig', zei ze en ze keek hem aan. 'Wel dat hij al een tijd dood is, ik denk een etmaal of drie, vier.'

'Vanaf dinsdag ongeveer.'

'De schoonmaakster was hier om tien uur vanochtend.'

'En de vorige keer was precies een week geleden.' Ze rechtte haar rug. 'Het is niet meteen duidelijk waaraan hij is overleden. Het is geen gewelddadige dood geweest. Zijn lichaam vertoont geen uitwendige verwondingen.'

'Zou het kunnen...' begon Roland en hij haalde een hand door zijn haar. 'Het is maar een idee, maar als dit bijvoorbeeld de minnaar is van Georges Lambert, zou het kunnen dat ze zo hard tekeer zijn gegaan dat hij het loodje heeft gelegd?' Hij wierp een snelle blik op Orla terwijl hij sprak.

'Jongen, je bent een genie', zei Marchal droog en hij keerde zijn bebaarde gezicht naar hem toe. 'Die gedachte zou nooit in ons hoofd zijn opgekomen. Er zit alleen een minuscuul rekenfoutje in die theorie van jou. De man die hier ligt, is waarschijnlijk een vijftigplusser. En ook al vinden kerels van achtentwintig iedereen van boven de vijftig rijp voor het mausoleum, dat klopt niet met de werkelijkheid!' Orla hoorde aan zijn stem dat hij beledigd was en ze keek hem onderzoekend aan. 'Dus mijn voorstel is dat we andere doodsoorzaken zoeken dan ouderdomskwaaltjes.' Hij beantwoordde Orla's blik. 'Orla?'

Ze liet de lamp in de mond van de man schijnen. 'Ik zou graag een kijkje nemen in zijn longen en luchtwegen.' Ze gluurde naar Roland.

'Je kunt het bij het rechte eind hebben, maar niets is zeker voor de lijkschouwing.'

'En de identificatie. Georges Lambert is misschien de enige die uitkomst kan bieden.'

'Een mens verandert na zijn dood en we hebben alleen wat slechte, verouderde foto's gezien...' Orla stond aan het hoofdeinde. De felle werklamp baadde de man in een onbarmhartig licht. Hij gaf een verzorgde indruk. Het haar was schoon en had zelfs naar shampoo geroken. 'Maar ik geloof toch dat er genoeg aanwijzingen zijn om zijn identiteit bijna met zekerheid vast te stellen', zei ze en ze trok met haar vingers een scheiding in zijn haar. 'Het zou me heel erg verbazen als dit hem niet is, de verdwenen echtgenoot, monsieur Fabre', zei ze langzaam terwijl ze knikte naar de witte uitgroei in het mahoniebruine haar.

Marchal staarde lange tijd naar de man. 'Hij verfde zijn haar.'

'Isabelle Fabres belangrijkste beweegreden om te veronderstellen dat hem iets was overkomen. Hij had nooit eerder een afspraak bij de kapper overgeslagen.'

Marchal richtte zich tot Roland. 'Probeer meer te weten te komen over deze Lambert en ontbied Isabelle Fabre zo snel mogelijk op het bureau.'

Orla was op weg naar de badkamer.

Een van de technici was er nog steeds bezig. 'Chaos', zei hij. 'Bergen kleren. Bovendien heeft hij overgegeven, waarschijnlijk gisterenavond. En kijk eens in dat medicijnkastje. Meneer was gek op pilletjes.'

Orla trok het deurtje open en bestudeerde de inhoud van het boordevolle kastje. 'Hij heeft last van zijn maag', concludeerde ze. 'Misschien een maagzweer. En problemen met zijn gal. Zijn alvleesklier laat het ook afweten. Net zoals zijn slaap', vervolgde ze, turend naar de buisjes en doosjes. 'Terwijl zijn zenuwen naar het schijnt op volle toeren draaien.' Ze schudde haar hoofd. 'Aan kalmerende tabletten geen gebrek.' Ze schoof een paar potjes opzij. 'Maar geen vergif. En niets wat geschikt is voor een overdosis.' Ze draaide zich om naar de technicus. 'Heb je verder nog iets bijzonders ontdekt?'

De man haalde zijn schouders op. 'Behalve die pillenwinkel en een hoop vuile kleren hier in de badkamer nog een verzameling folders van aardige vakantiewoningen. Geen zichtbare sporen van inbraak voorlopig. Een lijk in het bed en een eigenaar die blijkbaar de benen genomen heeft. Wat zijn jullie van plan?'

'Stante pede een opsporingsbericht uitzenden in ieder geval, dat spreekt vanzelf.'

45

De werkster, een magere vrouw van tegen de zeventig, zat nog steeds aan de keukentafel, met haar vingers om een glas water gekneld.

De hand was ongewoon krachtig, vergeleken bij de dunne arm. Aan de rode en rimpelige huid te zien, stak ze niet alleen 's zaterdags de handen in het sop. Ze stelden zich aan elkaar voor en de vrouw begon mechanisch te knikken.

'Ik begin altijd boven', stak ze van wal voor haar een vraag was gesteld en terwijl ze het glas met een bevende hand naar haar mond tilde. 'En daar lag hij. Mijn god, ik ben nog nooit zo geschrokken. Ja, eerst dacht ik dat hij sliep.' Ze zweeg en staarde naar de hand die het glas vasthield. 'In het bed van meneer Lambert, een vreemde man. Ik had hem in ieder geval nog nooit gezien.'

'Is Georges Lambert altijd thuis als u hier aan het schoonmaken bent?'

'Omdat het zaterdag is en ik altijd vroeg kom, is hij er meestal nog. Maar daarna gaat hij de deur uit. Soms wil hij dat ik iets te eten maak, voor als hij weer terug is. Heeft hij niets in huis, dan doe ik wel eens de boodschappen voor meneer.'

'Hij woont hier alleen?'

Ze knikte. Het staalgrijze haar lag plat op haar hoofd en in het licht van de zonnestralen die op dat moment door het raam naar binnen drongen, zag je de schedel onder het dunne haar doorschemeren. 'Ik weet wat jullie denken', zei ze zonder haar gezicht op te tillen. 'Maar meneer Lambert is een hele nette man. Een man van wie je zóiets helemaal niet zou verwachten.'

Door de nadruk die ze op het woord legde, maakte ze duidelijk wat ze precies bedoelde. 'Hij had nooit gasten', ging ze door. 'Niemand die bleef slapen. En mannen al helemaal niet.' Ze haalde diep adem en blies zuchtend uit. 'Hij leefde een rustig bestaan.'

Terwijl de vrouw sprak, maakte Orla een inventaris op van de keuken. Een lege cognacfles op het aanrecht, vuile borden in de gootsteen, een uitgedroogd stokbrood op de tafel. Ze stond op en trok de koelkast open. De inhoud kwam haar bekend voor. Een aangesneden knoflookworst en een stukje gruyèrekaas, boter en een pak melk. Zijn koelkast was even leeg als die van haar, stelde ze vast en ze sloot de deur. Onder het aanrecht stonden vier lege flessen, van hetzelfde merk als de cognacfles. Als dit het wekelijkse verbruik van Georges Lambert was, dan had de man een probleem.

'Neemt u elke week de lege flessen mee?'

De vrouw knikte en volgde haar blik. 'Hij drinkt veel cognac. Drie, vier flessen per week', zei ze rustig. 'Maar hij is nooit dronken', voegde ze eraan toe. 'Niet als ik er ben, tenminste.' Ze vouwde de grote, rode handen. 'Eigenlijk kan ik niet veel zeggen over meneer Lambert. Ik ken hem in feite helemaal niet. Ik kom hier al vijf jaar, maar we kletsen nooit met elkaar. Alleen als ik iets bijzonders moet doen, dan praat hij tegen me. Maar hij betaalt goed en altijd op tijd. Zulke mensen zijn dun gezaaid', zei ze en ze pinkte een traantje weg.

Orla knikte en vroeg zich af om wie of wat ze huilde. Was ze bang dat haar baas iets was overkomen of vreesde ze dat ze dit goede baantje kwijt was? Ze knikte tegen Roland, die was aangeschoven om het gesprek met de vrouw over te nemen.   ·

Samen met Marchal liep Orla naar de huiskamer, waar alleen een bank, een leunstoel en een staande lamp, naast een reproductie van Renoir, afstaken tegen de witte steriele muren. De ramen gingen schuil achter dikke, donkergroene, fluwelen gordijnen. De hele kamer ademde isolatie en desolaatheid uit. De lege flessen cognac pasten perfect in het geheel.

'De bloemetjes zijn hier niet buitengezet', constateerde Marchal en hij knikte naar het lege cognacglas op het bijzettafeltje. Om eventuele sporen intact te laten, bleven ze op de drempel staan. Aan alles was te zien dat hier een man woonde die de wereld buitensloot en Russische roulette speelde met zijn gezondheid.

'Het is niet waar dat ik hem helemaal niet ken.' De werkster stond achter hen, klaar om te vertrekken. Ze keek even naar Marchal voor ze aarzelend de kamer inliep. Met twee handen draaide ze het schilderij van Renoir om. 'Ik geloof dat hij fascist is', zei ze. 'Maar toch kan ik niet anders zeggen dan dat het een hele keurige man is.'

Met een verlegen knikje verdween ze naar buiten.

46

Isabelle Fabre was er al toen ze op het bureau aan de quai des Orfèvres aankwamen. Met een bleek en onbewogen gezicht kwam ze overeind van de stoel. 'Hij is gevonden?'

'Dat weten we niet zeker', zei Orla. 'We vermoeden het en we
hopen dat u ons kan helpen met de identificatie.'

Twintig minuten later stonden ze bij het lijk. Toen het groene
laken van het gezicht werd verwijderd, leek Isabelle Fabre even te
schrikken. Haar lippen waren op elkaar geperst toen ze met een korte
knik bevestigde dat het haar man was.

Marchal nam haar bij de arm en geleidde haar de kamer uit. 'Ik
wil zoveel mogelijk weten en zo snel mogelijk', protesteerde ze toen
Marchal voorstelde om haar naar huis te rijden en nog even te wachten met een gesprek.

Ze liepen met haar naar het kantoor van Marchal en boden haar
een stoel aan. Op hun aandringen om iets te drinken, reageerde ze
nauwelijks. 'Is hij vermoord?' Ze beet op haar lip en Orla zag haar aarzelen voor ze doorging. 'Of heeft hij het zelf gedaan?'

'Heeft hij daar wel eens mee gedreigd?' vroeg Marchal.

Ze schudde langzaam haar hoofd. 'Niet direct. Maar hij was vrij
onstabiel de laatste tijd.'

'Onstabieler dan anders?' Marchals wenkbrauwen waren omhoog-
geschoten.

'Hij bleef nog vaker weg en die ziekelijke aandacht voor zijn uiterlijk was erger dan ooit. Het zat hem vreselijk hoog dat hij ouder aan
het worden was.'

'Dat lijkt me geen reden om zelfmoord te plegen', merkte Orla op.

Isabelle Fabre draaide zich langzaam haar kant op. In het scherpe
licht dat door de ramen viel, leek haar gezicht ivoorwit. 'Zei ik dat
soms? Ik doe mijn uiterste best om jullie vragen te beantwoorden.'
Haar stem was vast en had geen enkele keer ook maar even getrild,
alsof ze al haar krachten en koppigheid had gemobiliseerd.

Orla zei niets terug. Ze keek de vrouw alleen maar aan en kon niet anders dan haar bewonderen om haar enorme zelfdiscipline. De vele bokkensprongen van haar man hadden haar waarschijnlijk geleerd hoe ze haar façade moest bewaren. De liefde had er in ieder geval onder geleden, stelde ze vast toen ze in de droge ogen van de vrouw staarde.

'Had uw man vijanden?'

'Vijanden?' Ze liet een korte, schampere lach horen. 'Daar was hij te onbeduidend voor, denk ik.'

'Heeft hij ooit bekend dat hij homofiele gevoelens had?'

Ze staarde hen verbijsterd aan. 'Lieve hemel, wat een vraag! Zou ik het dan dertig jaar met hem uitgehouden hebben?' Ze stond op en drentelde even heen en weer voor ze aan het raam plaatsnam. 'Dat zou de laatste druppel geweest zijn. Hoe had ik in onze liefde kunnen blijven geloven als ik wist dat zelfs mijn geslacht niet deugde?'

'Hij lag in het bed van een andere man', zei Marchal langzaam. 'U begrijpt natuurlijk dat we die mogelijkheid overwegen. Vooral omdat we geen sporen van geweld hebben gevonden. De man in wiens huis hij werd aangetroffen, is zijn naaste compagnon. En bovendien een alleenstaande man.'

'Georges Lambert is geen homo!' barstte ze uit.

'Hoe weet u dat?' vroeg Orla rustig.

Ze zweeg, duidelijk verward. 'Mijn man zou me dat verteld hebben.'

'Niet als het hun grote, gemeenschappelijke geheim was', sprak Orla haar tegen.

'Homofilie hoeft niemand meer geheim te houden.'

'En Lamberts rechts-extremistische sympathieën, sprak hij daar wel in het openbaar over?'

Een moment leek ze onaangenaam verrast. Toen zei ze met een schouderophalen: 'Daar moet u mij niet naar vragen. We praatten nooit over politiek.'

Orla zat achterovergeleund en bestudeerde de vrouw. Ze dacht terug aan de gesprekken die ze eerder gevoerd hadden. Ook al was Adam Fabre mettertijd minder afhankelijk geworden van het geld van zijn echtgenote, het leek haar niet waarschijnlijk dat hij zijn buiten-echtelijke escapades verkoos boven de schatkist van zijn vrouw.

'Mijn man had affaires met andere vrouwen.' Isabelle Fabre had zich blijkbaar ook vastgebeten in het onderwerp. 'Dat heb ik al die tijd geweten. En zouden er mannen in het spel zijn geweest, dan had ik dat natuurlijk in de gaten gehad.'

Marchal slaakte een bijna geluidloze zucht en ook Orla begreep dat het gesprek was gestrand.

Isabelle Fabre was al terug naar de stoel gelopen om haar mantel te pakken. Ze opende de deur. 'Tot ziens, mevrouw...' Ze bleef in de deuropening staan en draaide zich om. 'Nog één ding, inspecteur...' Een bezorgde rimpel verscheen tussen haar ogen. 'Het is toch niet nodig dat mijn zoon ook... dat hij hetzelfde moet doen als ik?'

Marchal keek haar verbaasd aan. 'Nee, madame Fabre, natuurlijk niet. Waarom zou hij?'

'Hartelijk dank. Ik ben blij dat hij zijn vader zo niet hoeft te zien liggen. Het is een gevoelige jongen, begrijpt u.' Na die woorden liep ze de gang op, met stappen die minder vastberaden klonken dan anders en een bittere uitdrukking op het bijna niet opgemaakte gezicht.

Ze wachtten tot ze buiten gehoorafstand was voor ze begonnen te praten.

'Die twee schijnen zich praktisch ingericht te hebben. Orde op zaken wat de financiën, de behuizing en de façade betreft. Ze had-den alles, behalve plezier van elkaar', merkte Orla op.

'Dat noem ik een cynische beschouwing.'

'Marchal, kom op, de wereld zit vol met dit soort huwelijken.' Ze trommelde met haar vingers op de tafel. 'Madame Fabre is het beu om de schijn hoog te houden. Ze vindt het treurig en schokkend dat hij op deze manier uit haar leven is verdwenen. Maar ze rouwt niet om hem. Dat is begrijpelijk en legitiem. Oprecht. En niet verdacht.'

Marchal was even stil. Toen zei hij: 'Als het klopt dat Adam Fabre regelmatig slippertjes heeft gemaakt, dan moeten we misschien op zoek gaan naar een jaloerse echtgenoot of een gedumpte vriendin, schuine streep vriend.'

Orla zuchtte. 'De mogelijkheden zijn legio.'

'Je maakt mij niet wijs dat Fabre vrijwillig bij zijn compagnon in bed kroop. Waarom zou hij? En wat heeft hij met zijn kleren gedaan? Ik zag een broek en een overhemd, maar geen ondergoed, sokken of schoenen', zei Marchal. Hij stak een *éclair au chocolat* in zijn mond en staarde geërgerd naar de telefoon die begon te rinkelen en hem dwong om de lekkere hap veel te snel weg te werken. '*Merde!*' knorde hij en greep de telefoon.

Orla zag hem hevig slikken en zijn rug rechten.

'Natuurlijk, rechter-commissaris Pineau', mompelde hij. 'We komen eraan.' Hij wierp een wrevelige blik op Orla. 'Je hoorde wie het was. De hel is aan het losbarsten. Pineau wil ons spreken, *pronto*. Het blijkt dat madame Fabre een hogere rang bekleedt dan we dachten. Eén kik van het nichtje van Marc Tesson en de hele mallemolen draait.'

'Met andere woorden?' vroeg Orla gelaten.

Marchal slaakte een vermoeide zucht. 'Pineau heeft van de hoogste instanties te horen gekregen dat er on-mid-del-lijk resultaten moeten worden geboekt.'

Pineaus kantoor was zoals altijd goed verzegeld. Hij beweerde dat hij hoofdpijn kreeg van het verkeerslawaai op de boulevard. Een muffe lucht van stof, zweet en Pineaus ouderwetse aftershave hing als een Londense mist in de kamer. Hij keek amper op toen ze binnenkwamen. 'Ga zitten, Marchal.' Hij gebaarde met zijn ene hand. 'U ook, dokter Os.'

Het klonk als een commando, alsof Marchal een van de politiehonden bij zich had, bedacht Orla terwijl ze met verbazing constateerde dat de man er voor zijn doen slonzig uitzag. Er ontbrak een knoopje aan zijn overhemd en er zat een koffievlek op zijn stropdas.

'De zaak rond Adam Fabre.' Hij wuifde weer met zijn hand alsof hij het over een akkefietje had. 'Die wil ik zo snel mogelijk de wereld uit hebben.'

'Dat spreekt vanzelf.' Orla kon zich niet inhouden. 'Maar ik neem aan dat dat niet de reden is waarom u ons heeft ontboden. Deze zaak heeft al onze hoogste prioriteit op het moment.'

Pineaus hoofd draaide zich langzaam haar richting uit en zijn koele blik bleef even op haar gezicht rusten voor hij zijn aandacht weer op Marchal vestigde. 'Ik begrijp dat ik in herhaling moet treden. Het gaat om een man wiens echtgenote het nichtje is van een van de rijkste mannen van de stad', zei hij tegen Marchal.

'Het spijt me, maar ik begrijp niet waar u heen wilt', merkte Orla koppig op.

'Dat had ik ook niet van u verwacht, dokter Os', zei Pineau met zichtbaar ingehouden ergernis.

Zou Pineaus omvangrijke lichaam niet onwrikbaar in de bureaustoel geperst zitten, dan was hij waarschijnlijk opgeveerd, bedacht Orla.

'Ik leg net aan politie-inspecteur Marchal uit dat een invloedrijke burger van ons verwacht dat we alle zeilen bijzetten om te weten te komen wat er met deze Adam Fabre gebeurd is. Subiet!' Hij vouwde zijn handen op het tafelblad.

Orla keek naar de handen en het werd haar ineens duidelijk. De smalle ring om de vierde vinger was verdwenen. Alleen een diepe groef was zichtbaar en ze nam aan dat er een nijptang aan te pas had moeten komen. Ook het portret van de glimlachende mevrouw Pineau dat gewoonlijk op de linkerhoek van zijn schrijftafel stond, was weg. Ze knikte perplex. 'Jazeker.'

Pineau keek niet naar haar. 'Dan gaan jullie dus aan de slag.'

Ze sloten de deur geruisloos achter zich, alsof Pineau lag te slapen, en liepen zwijgend de trap af, het bureau uit en naar het dichtstbijzijnde café.

'Je had me best kunnen informeren', zei Orla eindelijk toen ze het glas Orangina bijna had leeggedronken en Marchal van zijn gloeiend hete espresso nipte. 'Verdomme, Marchal, waarom waarschuwde je me niet voor we naar binnen gingen?' Ze klopte met het lege flesje op de tafel om haar woorden kracht bij te zetten. 'Wanneer gebeurde dit?'

Marchal deed alsof hij nadacht. 'Een maand geleden, denk ik.'

'Zo!'

Marchal keek haar berouwvol aan. 'Het is me door het hoofd geschoten, eerlijk waar.'

Orla zuchtte, nog steeds in haar wiek geschoten. 'Je weet donders goed dat Pineau niet met vrouwen kan omgaan. En nu natuurlijk helemaal niet. Ik zat daar als een waardig vertegenwoordiger van alles wat hij vervloekt.'

Marchal haalde zijn schouders op. 'Pineau kan onmogelijk moeilijker worden dan hij al is. En aan onze situatie heeft hij niets veranderd, behalve dat hij ons waarschijnlijk een paar mannen meer cadeau doet. Mannen én vrouwen', voegde hij er haastig aan toe. Hij leunde naar voren. 'Wat die rijke oom betreft, ik kan me voorstellen dat Isabelle bij hem in een goed blaadje wil blijven staan. Het is niet niks wat zij en haar broer erven als oomlief in de kist ligt. De man gaat opvallend zuinig met zijn centen om.' Marchal leek na te denken. 'Maar dat geld een cruciale rol speelt bij die geschiedenis met Fabre, dat krijg je er bij mij nog niet in. Wie heeft er baat bij dat hij van de aardbol verdwijnt?' Hij schudde langzaam het hoofd. 'Niemand, behalve zijn zoon in feite. Ik heb Fabres testament gelezen en zijn echtgenote is zijn natuurlijke erfgename, dat spreekt vanzelf. Isabelle heeft echter laten weten dat alles wat zij van haar man erft, haar zoon toekomt. Met ogenblikkelijke werking.' Hij beet op zijn lip. 'Dus niemand kan de vrouw ervan verdenken dat ze haar man om financiele redenen vermoord heeft.'

Orla haalde haar notitieblok tevoorschijn. 'Hier heb ik het adres van Paul Fabre', zei ze en ze schoof het blok naar hem toe. 'De plattegrond van Parijs ligt in mijn dashboardkastje. Het is in de buurt van Montmartre. Laten we er meteen werk van maken.'

47

Ze parkeerden bij het metrostation op de place des Abbesses. Het mooie station in de art-decostijl uit de jaren twintig gaf het pleintje een betoverende aanblik. In het voorbijgaan aaide Marchal over de smeedijzeren trapleuning. Terwijl hij met verliefde ogen naar het rode metrobordje keek, zei hij: 'Ik zal je niet vervelen,' begon hij, 'maar ik blijf het vreemd vinden dat ze dit station met rust laten.'

Orla voelde de bui hangen. 'Ze?' vroeg ze om hem een plezier te doen.

'De vandalen van de stadsvernieuwing natuurlijk', bromde hij. 'Dat hele zootje geschifte modernisten.'

'O, die', glimlachte ze terwijl ze in het geniep haar pas vertraagde en achter hem ging lopen.

Marchal was niet afhankelijk van aandachtige toehoorders om zijn lezingen te houden. Hij beende rustig door terwijl hij zijn standpunten grondig toelichtte en slechts af en toe zijn hoofd omdraaide, zodat ze begreep dat hij dacht dat hij nog steeds met haar in een gesprek gewikkeld was. 'Een volksstemming bijvoorbeeld', gooide hij over zijn schouder. Orla bleef staan.

'Jij weet de weg?' vroeg ze uitgeput. Ze had óf een slechte conditie, óf een acuut voedselgebrek. Het was inmiddels zes uur. En sinds het ontbijt had ze geen hap gegeten, ontdekte ze. Ze hadden halt gehouden voor een banketbakkerij en Orla wierp een blik op de taartjes in de etalage voor ze naar binnen snelde.

'De rue Durantin is hier links om de hoek', hoorde ze achter haar.

Het hoge, roze schuimgebakje in Orla's hand bracht hem eindelijk van zijn stuk. 'Je bent niet goed wijs', mompelde hij. 'Het is zo etenstijd.'

'En jij bent alleen maar jaloers.' Ze propte het taartje in haar mond en voelde haar bloedsuikerspiegel omhoogvliegen. 'Nummer 11?'

Ze sloegen de straat in en stonden even later voor de rue Durantin, nummer 11.

De man die opendeed, had het gespierde lichaam van een tienkamper. Orla's blik gleed naar het gezicht met de vierkante kin, de rechte neus, de sceptische ogen en de welgevormde, ernstige mond.

De een meter negentig lange adonis knikte bevestigend toen ze naar Paul Fabre vroeg.

'Dat ben ik. En...?'

Ze stelden zich voor toen er geroepen werd in de flat. 'Wie is het, Paul?'

Een magere, slungelige man in een spijkerbroek en een singlet, en met een aanzienlijk minder indrukwekkend uiterlijk, kwam een kamer uit. De gladgeschoren schedel glom in het licht van de ganglamp. Hij bleef achter Paul Fabre staan en legde een hand op zijn schouder. Met zijn kleine, muisgrijze ogen keek hij hen nieuwsgierig aan. 'Bezoek?'

De ander schudde het hoofd. 'Ze zijn van de politie. Rechercheurs. Vanwege je weet wel.'

De hand gleed van zijn schouder. De man keerde hen een knokige, sproetige rug toe, met schouderbladen die als hoekige vleugels onder het hemd vandaan kwamen. 'O, dat.' Hij liep naar de kapstok. 'Dan piep ik er even tussenuit om boodschappen te doen.' Een paar seconden later had hij zijn blote voeten in een paar schoenen gestoken en een spijkerjasje over zijn ene schouder geslingerd. Met een korte knik in hun richting liep hij de deur uit.

'Mijn partner', verkondigde Paul Fabre ongevraagd. Hij zette een pas opzij en liet hen binnen. 'Iets drinken? Koffie?' Op zijn manieren was niets aan te merken.

Ze schudden het hoofd. 'Nee, dank u, we zijn zo weer vertrokken.' Het was Orla die het woord voerde.

Hij drong niet aan. Uit zijn betrokken gezicht konden ze opmaken dat hij niet uitkeek naar het gesprek dat hem te wachten stond. 'Deze kant op. Gaat u zitten.' Hij wees naar een kleine zitkamer, rechts van de gang.

De flat was niet groot, maar exclusief ingericht. Elk voorwerp leek op doordachte wijze te zijn aangeschaft en neergezet. Nergens lag zomaar iets te slingeren. Er hingen originele kunstwerken aan de muren, een glazen sculptuur vulde één hoek van de kamer, een bronzen beeld op een voetstuk een andere. De bewoners waren ongetwijfeld grote kunstliefhebbers, bedacht Orla, en aan geld schenen ze geen gebrek te hebben. Ze kwamen niet uit een kringloopwinkel, de spullen die hier op sokkels en in lijsten uitgestald waren.

Orla was bij een mannentorso in natuurlijke grootte blijven staan. 'Dat ben ik', zei hij alsof hij haar gedachten kon raden. 'Het lijkt van hout, maar het is gips.' Het leek hem te amuseren dat ze was beginnen te blozen.

Orla knikte zwijgend en bestudeerde de man. Ze nam aan dat hij het meest weghad van zijn vader. Donker en knap. Maar hij had de ogen van zijn moeder. Dezelfde koele, beoordelende blik, dezelfde lichtblauwe tint. Ogen als edelstenen. Mooi, maar tegelijk doods.

'Mijn partner is de kunstzinnige hier in huis', vertelde hij alsof de plotselinge stilte hem dwarszat. 'Hij volgt de trends en kan helemaal uit zijn dak gaan als iets hem bevalt. En ik betaal de rekeningen.' Hij glimlachte. 'Dat vind ik prima, ik kan het me permitteren. Bovendien fascineert het me, mensen die zo in vuur en vlam kunnen raken. We vullen elkaar aan. Hij is de kunstenaar, de bohemien. Ik ben gestructureerd, goed opgeleid en doe alleen maar verstandige dingen. Sommigen vinden me dan ook oersaai.' Hij lachte en het sombere gezicht lichtte op. 'We zijn als vissoep met aioli', vervolgde hij, duidelijk op dreef. 'Van elkaar gescheiden zijn we gewoontjes, samen zijn we om van te smullen.'

Dan ben jij de vissoep, dacht Orla. Aioli is alleen maar een smaakmaker. 'Uw partner, wat doet hij?'

Paul liep terug naar de gang, waar meerdere grote doeken tegen de muur stonden. Hij nam er eentje mee. 'Hij probeert zijn eigen werk aan de man te brengen, maar de verkoop valt tegen.' Het doek werd midden in de kamer gezet. 'Ik begrijp het niet, hij heeft echt talent...'

Orla bekeek 'het werk' en begreep dat Paul Fabre de rest van de avond over het niet onderkende talent van zijn partner kon praten.

Vanuit een ooghoek zag ze dat Marchal alle tekenen van ongeduld vertoonde. De grote vingers trommelden op zijn knieën terwijl zijn voeten op onzichtbare pedalen trapten.

'En u, welk beroep beoefent u?'

'Ik ben arts.'

Orla nam plaats op een stoel. 'We zijn hier natuurlijk in eerste instantie om over uw vader te praten. Wanneer ontmoette u hem voor het laatst?'

Hij liep de kamer uit met het schilderij. 'Dat kan ik me eerlijk gezegd niet herinneren. Het is in ieder geval lang geleden. Ik heb al jaren geen contact met mijn vader.'

'Nee?' Orla moest denken aan opa Tesson, die zo trots was op de sterke saamhorigheid tussen de familieleden. 'Met niemand in de familie?'

'Jawel, met mijn moeder natuurlijk.' Hij haalde zijn schouders op. 'Ik sloot een soort wapenstilstand door op mijn achttiende het huis uit te gaan. Toen hadden we oorlog gevoerd sinds ik een jaar of twaalf was. Het begon met geruzie, maar naarmate ik ouder werd, namen de conflicten in aantal en hevigheid toe.' Hij sloeg zijn armen over elkaar. 'Ik geloof dat mijn vader het niet kon pruimen dat ik zijn idealen niet nastreefde. Eerlijk gezegd, verafschuwde ik zijn manier van leven. Hij was een streber, iemand die wilde pronken met zichzelf en zijn dure spullen.' Met een ironische glimlach op zijn lippen staarde hij voor zich uit. 'Op bepaalde gebieden waren we misschien toch niet zo verschillend.'

Hij stond op en liep zonder iets te zeggen de kamer uit. Even later kwam hij terug met een kan ijsthee en drie glazen. 'Het is mijn moeder die ervoor gezorgd heeft dat ik mijn eigen gang heb kunnen gaan en de kans kreeg om de persoon te worden die ik ben. Ze heeft me altijd gesteund, door dik en dun.' Plotseling liet hij een honende lach horen. 'Toen ik als klap op de vuurpijl op mijn tiende diabetes kreeg, had hij helemaal het idee dat er een vloek op me rustte. Niet alleen had hij een zoon gekregen die hem weigerde te bewonderen, het jong bleek ook nog een zwak gestel te hebben!'

Orla wierp een vragende blik op de knappe man met het kerngezonde uiterlijk. 'Mij mankeert niets meer, dankzij mijn moeder', zei hij. 'Ze las alles wat er gepubliceerd was over deze ziekte en leerde me hoe ik ermee moest omgaan.' Hij zweeg even en zei toen: 'Ik was een slim en gehoorzaam kind, tot op zekere hoogte. Zodra ik oud genoeg was om zelf te kiezen, heb ik hem in zijn eigen sop laten gaarkoken.'

'Dus u hebt geen idee wat uw vader kan zijn overkomen?'

Hij schudde zijn hoofd. 'Nee, dat zou ik echt niet weten.' Hij was even stil. 'En eerlijk gezegd houdt het me ook niet bezig. Een sterfgeval is altijd triest, maar verder beschouw ik het bericht louter als informatie.'

Orla gaf de moed nog niet op. 'Georges Lambert, ik neem aan dat u hem kent?'

Hij schudde nogmaals zijn hoofd.

'En Fatima Kagda, de hulp in de huishouding?'

'Fatima?' Hij staarde een ogenblik voor zich uit. 'Niet persoonlijk. Het spijt me. Ik ben bang dat u uw tijd aan het verspillen is. Met deze zaak heb ik totaal niets te maken.'

Orla opende haar mond om een nieuwe vraag te stellen, maar hij tilde beide handen afwerend omhoog. 'We zetten er een punt achter, oké?' Om zijn mond was een verbeten trek verschenen. 'Ik weet niets en weiger te speculeren over het doen en laten van mijn eigen familie.' Hij stond op. 'Ik loop met u mee naar de deur.'

Op de trap draaide Orla zich om. 'U erft het vermogen van uw vader, heb ik begrepen?'

Hij keek haar met kille ogen aan. 'Dat heeft u goed begrepen. Maar dat verandert niets aan hetgeen ik gezegd heb.'

48

Isabelle Fabre maakte geen aanstalten om Fatima Kagda binnen te laten toen ze de deur opende en haar zag staan. 'Wat is er?'

De twee vrouwen bleven elkaar een paar lange seconden aanstaren. Fatima's bronzen huid glom nadat ze de trap op was gesneld. Van Isabelle Fabres gezicht was niets af te lezen. Alleen de lichte trilling van haar ene mondhoek kon duiden op misnoegen. Zoals zo vaak verborg ze haar gevoelens achter een bleek, uitdrukkingsloos masker.

Fatima deed alsof ze geen tegenzin bespeurde en glipte langs Isabelle heen de gang in. Zonder om te kijken liep ze naar de huiskamer en vervolgens door de openslaande deuren naar de veranda. Het was prachtig weer en Fatima liet haar ogen door de tuin dwalen, waar zonnestralen schitterden in de plassen in het schoongeboende zwembad. De kleurrijke tegels blonken als de goedkope sieraden in de soeks. Fatima stond met haar rug naar het huis gekeerd en haar armen gekruist, als betoverd door het lichtspel in het bassin. 'Hij is dood', zei ze plotseling.

'Ik dank je voor deze betuiging van medeleven.' Isabelle Fabres stem kon het water dat Fatima stond te bewonderen, doen bevriezen. 'Ik vraag me af wat je hier doet.'

Fatima draaide zich naar haar om, de armen nog steeds gekruist, als een beschermend schild voor haar borst. Ze staarde Isabelle Fabre aan met ogen die gloeiden als smeulend houtskool.

'Alsof je dat niet weet!' Ze hapte naar adem, haar neusgaten sperden open en de woorden kwamen ijzingwekkend langzaam uit haar mond. 'Alsof je het niet hebt voelen aankomen. Alsof je niet hebt gemerkt dat de druk toenam. Hoe lang kan een mens de waarheid verzwijgen, Isabelle? De waarheid die behalve Marc, alleen jij en ik kennen.' Haar stem was zacht, maar helder als glas. Ze beet op haar lip. 'Jullie hebben mij opgevangen en als dank heb ik jullie jarenlang trouw en loyaal gediend. Ik heb jullie liefgehad als mijn eigen familie en alles voor jullie overgehad. Maar wat kreeg ik terug? Kruimels! Dat besefte ik pas toen ik ouder werd, helaas.'

Isabelle Fabre had Fatima aangehoord zonder ook maar één keer met haar ogen te knipperen. 'Hoor ik het goed?' Isabelle sprak langzaam en leek haar woorden te wegen. 'Probeer jij te insinueren dat er in onze familie geheimen zijn waarvan jij op de hoogte bent?' Er was een verbeten trek op haar gezicht verschenen, die haar bijna lelijk maakte. 'Ik ken jou maar al te goed, Fatima! Loyaal, laat me niet lachen. Je bent je hele leven een doortrapte valserik geweest. Met je lieve maniertjes heb je mannen beduveld, met name mijn oom. Hij houdt van vrouwen en is gek op kinderen en dat kwam jou mooi uit, omdat je indertijd zowel vrouw als kind was. Hij had niets in de gaten en betaalde je schoolgang, en alsof dat niet overdreven genoeg was, ontving hij je met open armen toen je zo brutaal was om je aan ons op te dringen indertijd.'

Fatima had haar armen omhooggetild. 'Zwijg!' Ze zette een stap dichterbij en haar armbanden rinkelden toen ze haar vinger naar Isabelle opstak. 'Liegen en de schijn hoog houden, dat gaat je goed af, en daar kun je die man van je voor bedanken. Jij en ik weten donders goed wat voor type hij was. Hij is dood en het wordt tijd dat je je verstand gaat gebruiken.' Ze haalde diep adem.

Het gedruppel van de kraan bij het zwembad klonk in de stilte die volgde als het zwiepen van een zweep. Zelfs de duiven die op de dakrand koerden, maakten een hels kabaal. Fatima wachtte op een reactie, maar Isabelle zat als een marmeren standbeeld op de tuinstoel. Fatima deed nog een stap in haar richting.

'En dat geheim, Isabelle, daar hebben jullie mij mee opgezadeld. Had ik daar ook maar iets mee te maken? Nee!' Ze had een diepe altstem, die over de veranda galmde.

Isabelle Fabre zat nog steeds roerloos.

'Adam heeft een aanzienlijk vermogen nagelaten. Het zou niet meer dan billijk zijn als ik daar een deel van kreeg. En dan spreek ik niet over kleingeld. Gaat dat niet gebeuren, dan vrees ik dat mijn loyaliteit binnenkort ver te zoeken zal zijn.' Ze sloeg haar armen weer over elkaar en drukte de ronde borsten omhoog en plat. 'Vind je niet dat ik een soort compensatie verdiend heb nadat ik al die jaren braaf heb gezwegen?' Ze trok haar schouders naar achteren en staarde de zwijgende vrouw veelzeggend aan. 'Of heb je liever dat de roddelkrantjes lont ruiken? Ik kan daar best een handje bij helpen.' Isabelle Fabre leek langzaam uit een diepe slaap te ontwaken. Ze keerde haar gezicht naar Fatima. 'Je raaskalt', zei ze ijzig. 'Niemand interesseert zich voor die verhaaltjes van je. Je bent een geboren leugenaarster. Je probeert interessant te doen, maar bij mij ben je aan het verkeerde adres.' Ze stond moeizaam op en richtte het bleke, starre gezicht op Fatima. 'Ik had het kunnen weten. Bij jou draait het altijd om geld. Je bent een parasiet die zonder scrupules andere en vooral hulpeloze mensen uitbuit. En hoe durf je kwaad te spreken over een dode man die zich niet kan verdedigen! Maar van zijn geld ben je blijkbaar niet vies! Misselijk mormel!' Ze wees naar de openstaande deuren. 'Maak dat je wegkomt!' Haar ogen keken langs Fatima heen, alsof iets in de verte haar aandacht had gevangen.

Fatima liet zich niet afpoeieren. 'Parasiet?' siste ze. 'Weet je...'

'Mijn huis uit!' De intensiteit van Isabelles Fabres uitbarsting was als de drukgolf na een gedetoneerde springlading. Fatima deinsde achteruit. De wilde blik in de ogen van de vrouw bracht haar een kort moment van haar stuk.

'Ik wil je nooit meer zien!' Isabelle had haar stem nu in bedwang. Ze sprak zachtjes en gearticuleerd, als tegen een ondeugend kind. 'Wat mij betreft, ren je rechtstreeks naar die roddelkrantjes. En waarom niet naar de tv en de radio?' Ze liep langzaam op Fatima af. Het gezicht was uitgestreken, maar haar stem trilde lichtjes en haar hals vertoonde rode vlekken. 'Maar ik beloof je dat je daar spijt van zult krijgen.'

'Met die roddelkrantjes heb ik geen haast...' Fatima stak haar kin omhoog. 'Er bestaat een betere manier om mijn doel te bereiken. En dat weet jij ook.' Ze glimlachte zelfvoldaan. 'Ik vereer je geliefde oom met een bezoekje. Marc Tesson zal me aanzienlijk vriendelijker ontvangen dan jij en onmiddellijk de nodige maatregelen treffen, daarvan ben ik overtuigd. Ik heb geen schijnheilige façade nodig om hem in te palmen!' Ze draaide zich om en liep met snelle passen naar de voordeur.

49

Malek kwam het metrostation uit en belandde op het kleine kruispunt vlak bij de drukke rue Bonaparte. Niets in deze wijk deed hem denken aan de panden waar de jonge Algerijnse vrouwen meestal terechtkwamen. Ook toen hij voor het eerst een voet in deze buurt zette, had hij geen plattegrond bij zich gehad. Dit gedeelte van de stad stond in zijn geheugen gegrift. Hij had er zijn best op gedaan, had de namen van de straten, pleinen en parken uit zijn hoofd geleerd en kon ze afratelen als de verzen in een gebedenboek.

Hij snoof de geur op van de pannenkoeken die gebakken werden in het piepkleine kraampje naast de ingang van de metro. Ze roken naar honing en vanille en prikkelden zijn eetlust. Met een lange spatel streek de man in het kraampje het beslag op de ronde bakplaat uit. Zijn gezicht had een geconcentreerde uitdrukking, maar Malek vermoedde dat zijn gedachten niet bij zijn werk waren. De monotonie van dit soort bezigheden moest slopender zijn dan de brandende zon boven de Sahara.

Malek zelf verafschuwde de stad en het dwaze gewoel van de bewoners. Met hongerige ogen doolden ze door de straten, alsof er niets belangrijkers bestond dan het verslinden van delicatessen. Vooral met de vrouwen had hij het moeilijk. Nooit van zijn leven zou hij een vrouw benaderen die haar blik niet neersloeg. En hij schaamde zich over de begeerte die in hem opwelde als hij de lange, blote benen zag die onder de korte, krappe minirokken uit kwamen. Hij voelde zich als een druppel olie op een rivier. De stroom voerde hem mee, maar zich mengen met de massa zou hij nooit kunnen.

Het was al donker buiten. Hij stond met zijn rug tegen de pui van een winkel en gaf de indruk dat hij schuilde voor de regen die bij bakken uit de hemel viel. Met zijn ene hand trok hij zijn jas dichter om zich heen terwijl zijn ogen het gebouw aan de overkant van de straat in de gaten hielden. Het zandkleurige appartementencomplex zag er netjes en fris uit en had blijkbaar niet lang geleden een grondige opknapbeurt ondergaan. Gelig licht scheen achter de ruiten.

Hij had geen idee hoe lang hij gewacht had toen de voordeur openging en een vrouw naar buiten kwam. Ze bleef op de stoep staan en opende haar tas. De vele armbanden glinsterden in het licht van de lantaarn toen ze een paraplu tevoorschijn haalde en opensloeg. Het lange haar viel voor haar gezicht, maar hij kende haar te goed om zich te vergissen. Bovendien had hij haar al meerdere avonden gadegeslagen. Ook al was er een half mensenleven gepasseerd sinds ze aan dezelfde tafel zaten, hij kon haar nog altijd haarscherp voor de geest halen.

Fatima trok de grote sjaal die om haar schouders hing, over haar hoofd en begaf zich met snelle pas in de richting van de metro. Zijn blik rustte op haar rug tot ze uit het zicht verdween. Hij brandde van verlangen om achter haar aan de trap af te rennen, haar arm te grijpen en haar te vragen of zij het ook wist. Maar Fatima en hij hadden niet meer met elkaar gesproken sinds ze jong waren en als vijanden uit elkaar waren gegaan. Hij had meer tijd nodig om deze stap te nemen.

Malek bleef op de straathoek staan tot alle lichten achter de ramen gedoofd waren. Met zijn hoofd zo diep mogelijk in zijn kraag, stak hij over. Op een metalen bordje naast de voordeur stonden de namen van de bewoners. Hij bekeek het aandachtig, alsof het een gedenkplaat was. Zijn wijsvinger gleed over de toetsen van het codeslot, over de twee letters en de drie cijfers waar hij de bewoners op had zien drukken voor ze naar binnen gingen. Het was een eenvoudige zaak. Een paar cijfers en letters en je was binnen.

Met zijn handen in zijn zakken liep hij op zijn gemak terug naar het metrostation.

50

Dokter Berlier duwde de knoop van zijn stropdas omhoog en trok handschoenen aan.

Even gereserveerd als gesoigneerd knikte hij hen toe voor hij zijn blik op Adam Fabre richtte, die op de stalen tafel lag. De patholoog-anatoom had hun zojuist verteld dat er op de resultaten van de röntgenonderzoeken niets aan te merken was.

'Ik wil vooraleer ik verderga, wijzen op een detail betreffende het huidoppervlak', begon hij met zijn typische, wat archaïsche spreektrant. Hij stak zijn hand uit naar het beweegbare vergrootglas. 'Kijk eens goed naar zijn huid.' Marchal en Orla tuurden om de beurt door de loep. 'Jullie hebben het gezien, nietwaar?' Hij had zijn blik op Orla gevestigd. Ze knikte.

'Door de loep is het duidelijk te zien. Hij zit vol minuscule wondjes en wat kleine schrammetjes.'

Dokter Berlier knikte. 'Bijna niet te zien met het blote oog, maar het zijn onmiskenbaar schaafwondjes, of nog juister uitgedrukt, "scrubwondjes".'

Marchal fronste zijn voorhoofd. 'Scrubwondjes?'

'Ja, en ze zijn over de gehele huid verspreid, van top tot teen.'

Marchal beet op de binnenkant van zijn wang. 'U bedoelt dat de man zich gescrubd heeft? Ik dacht dat dat meer iets voor vrouwen was. Zaten de benen van die dode vrouw ook niet vol dergelijke wondjes?'

'Dat is juist. Deze man hier heeft er goed werk van gemaakt, aangezien de huid zowel van voren als van achteren beschadigd is.' Hij wees. 'Het haar is pas gewassen.'

'Met andere woorden, hij heeft een grote schoonmaak ondergaan voor hij in dat bed belandde.'

'Ongetwijfeld.' Berlier tilde Fabres hand op. 'Alle nagels, zowel van de handen als de voeten, zijn kortgeknipt en schoongeborsteld. Daar zullen de technici weinig plezier aan beleven, vrees ik.' Hij haalde zijn schouders op. 'Het zou natuurlijk kunnen dat deze man bijzonder veel waarde hechtte aan persoonlijke hygiëne, die mogelijkheid mag niet worden uitgesloten. Ik vond het in ieder geval de moeite van het noemen waard.'

'Er zijn twee mogelijkheden.' Orla had het vergrootglas weer weggeschoven. 'Hij kan samen met Georges Lambert een uitgebreid bad genomen hebben vóór zijn overlijden. Of iemand heeft het lijk schoongeschrobd om alle sporen weg te poetsen. Waarom, mag Joost weten. Het is niet nodig om zo gedegen te werk te gaan om vingerafdrukken, haartjes, zaad en dat soort dingen te verwijderen.'

Dokter Berlier luisterde geduldig terwijl ze haar gedachten op een rijtje zette. Commentaar op de hypothesen van de recherche leverde hij nagenoeg nooit. Hij keerde zich om naar de instrumententafel. 'Het interpreteren van de bevindingen laat ik aan jullie over. Ik stel alleen vast dat de huid van de man gescrubd is. Het waarom behoort gelukkig niet tot mijn domein.' Hij had ondertussen een scalpel van de tafel gepakt om aan het belangrijkste deel van zijn werk te beginnen. Orla wist dat de man nauwelijks sprak tijdens het verrichten van autopsies en had er een gewoonte van gemaakt om hem te assisteren, zodat ze in ieder geval iets van zijn gemompel opving.

'Vondst.'

'Wat dan, Berlier?'

'Longoedeem. Maar hij heeft het hart van een jongeling en nauwelijks atherosclerose.' Orla draaide haar hoofd naar Marchal en verklaarde dat het om een gezond hart en keurige aderen ging.

'De vraag is waar dat vocht in de longen vandaan komt', mompelde hij door.

Daarna was hij zo stil als een muis, een duidelijk teken dat hij niets bijzonders ontdekte.

Marchal drentelde al heen en weer in een hoek van de kamer en Pineau maakte zich discreet gereed voor de afmars.

'Een onverklaarbare dood, ziet het daarnaar uit, Berlier? Wat vocht in de longen, maar verder niets van belang? Zoals bij de dode vrouw?'

'Dat is juist, Pineau.'

Achter zich hoorde Orla Marchal de groene jas zo woest uittrekken dat de naden knapten. De deur sloeg met een klap achter hem dicht.

51

Orla opende de deur van Adam Fabres kantoor en bleef op de drempel staan.

De bescheiden inventaris was in dozen gelegd. Het antieke vloerkleed stond opgerold in een hoek van de kamer. Agnès was opvallend zwijgzaam geweest toen Orla haar belde om te vertellen dat Adam Fabre dood was. Ze had het gevoel gekregen dat de secretaresse haar woorden woog, wellicht omdat ze op de hoogte was van zaken die niet geopenbaard mochten worden.

Ze was bezig met het inpakken van een olieverfschilderij, een afbeelding van een blote man en een dikke engel met een harp. 'Ik vroeg me ineens af of zijn vrouw wist dat er in zijn agenda alleen maar voornamen van vrouwen stonden.' Ze plaatste het schilderij naast het tapijt.

'En je denkt dat het geen afspraken met modellen waren, maar met vriendinnetjes?' vroeg Orla verveeld. 'Dat hebben we al overwogen.'

'In deze familie gaat niet alles volgens het boekje, zeg maar.' Agnès had kleine roosjes op haar wangen gekregen en gaf de indruk dat ze zich amuseerde. 'Hoe dan ook, het had misschien niets uitgemaakt, ze waren toch als kat en hond. Ik hoorde haar een keer hier op het kantoor tegen hem schreeuwen, ja, ik was nu eenmaal in de buurt, en toen riep ze dat ze hoopte dat het haar oom lukte om hem te onterven.' Ze keek Orla opgewonden aan. 'Maar Adam Fabre zei dat hij zich daar niet druk om maakte, want als hij de scheiding erdoor kreeg, dan moest er wel geld op tafel komen.'

'Scheiding?' Orla keek haar verbaasd aan.

Agnès was nu duidelijk in haar element. 'Daar heeft u waarschijnlijk niet van gehoord, en u bent vast niet de enige, neem ik aan.' Haar stem daalde en kreeg een theatrale klank. 'Hij had het over "psychische terreur". Ik zweer het.'

'Wanneer was die ruzie, Agnès?'

Ze streek haar rok glad en deed alsof ze moest nadenken. 'Een maand geleden, of zo.'

Orla wierp een blik uit het raam en zag Marchal met zijn rug tegen de auto geleund staan wachten. Dit kon nog wel even duren. Ze vroeg zich af of Agnès haar iets op de mouw spelde, om welke reden dan ook. Ze dacht aan Isabelle Fabres koele, gecontroleerde wezen. De fobie voor schandalen waaraan haar oom leed, had haar hoogstwaarschijnlijk beïnvloed. Orla nam aan dat ze voor de goede vrede heel wat overhad. Ze draaide zich om naar Agnès. 'Psychische terreur?'

Agnès opende het deurtje van de muurkast achter zijn bureau. 'Hij had een vast ritueel. Minstens een en meestal twee borrels dronk meneer voor hij 's avonds de deur uitging. Ik denk dat hij dat nodig had om zijn zenuwen te kalmeren.'

Orla zag nu pas dat Agnès nieuwe schoenen aanhad. Dezelfde als die in de etalage van de peperdure modezaak op de hoek bij de St.-Sulpicekathedraal hadden gestaan. Een week geleden. Ze was bijna tegen de bumper van de auto voor haar gereden toen ze ze in het oog kreeg en had er een extra rondje in de avondspits voor overgehad om terug naar deze zaak te rijden. Het was liefde op het eerste gezicht en ze had wel kunnen janken toen ze het prijskaartje zag. En nu zaten ze aan de voeten van Adam Fabres praatzieke secretaresse. Ze slikte de frustratie weg. 'Ik weet eerlijk gezegd niet hoeveel waarde ik moet hechten aan dit verhaal. Het bevreemdt me dat niemand hier iets over gezegd heeft.'

Agnès sloeg haar ene been over het andere. 'Ik heb het met eigen oren gehoord. Of hij daadwerkelijk een scheiding heeft aangevraagd, moeten jullie maar uitzoeken.' Ze wipte de voet met de schoen op en neer. 'Dat is uw werk, als ik me niet vergis.'

'Waarom heb je dat niet eerder verteld?'

'Hoe kon ik weten dat dat van belang was?' Agnès stond op en herschikte de flessen in de kast. De hoge flessen werden achter de kleine gezet. 'Ik antwoord op de vragen die jullie stellen en niet op vragen die jullie niet stellen. Dat lijkt me logisch.'

'Je wist dat Georges Lambert ernstig ziek was en dat hij verdwenen is?'

Agnès knikte.

'Hoe goed kende je hem?'

'Georges Lambert liep meestal langs me heen alsof ik lucht was. En dat was hij ook voor mij. Lucht dus.' Ze trok de tot het minimum geëpileerde wenkbrauwen op. 'U wilt toch niet zeggen dat die sul in staat is geweest om een misdaad te begaan?'

Agnès' eeuwige gekanker op andere mensen begon Orla de keel uit te hangen. Vooral omdat het daardoor moeilijk was om haar uitspraken op geloofwaardigheid te beoordelen. Iedereen kreeg van haar een negatief prefix, over niemand had ze iets goeds te zeggen. 'Had hij een belangrijke functie in dit bedrijf?'

Agnès beende stampvoetend over de vloer. 'Hoe kan ik dat nou weten? Adam Fabre informeerde mij alleen maar over de klusjes die ik voor hem moest doen. De rest was "niet opportuun" volgens hem.'

'Het aanstellen van een schoonmaakster liet hij wel aan jou over?'

De kleur verdween van haar gezicht, voor ze hevig blozend op een stoel neerplofte. 'Wat bedoelt u?'

'Je moeder maakt dit kantoor schoon en jij zorgde ervoor dat ze dit baantje kreeg, nietwaar?'

'Ze had dat geld hard nodig.' Agnès zette een bokkig gezicht op.

'Misschien kan zij ons iets vertellen?'

Nu kwam er pas echt leven in Agnès. 'Ze werkt als iedereen al naar huis is. Jullie laten mijn moeder erbuiten!'

Orla bekeek haar aandachtig. 'Waarom?'

'Ik dacht dat jullie geïnteresseerd waren in Fabre en Lambert', zei ze alleen maar. 'En het enige wat ik zeker weet van die twee is dat ze allebei zeer goed bij kas waren zonder dat ik ooit begreep waar ze het geld vandaan haalden.' Ze trok een la open en begon erin te rommelen. 'Adam Fabre teerde misschien op het geld van zijn vrouw, maar Lambert was alleen. Hoe hij aan al die poen kwam, moet je mij niet vragen.'

Agnès deed duidelijk alsof ze thuis was. Haar jas hing over de rug van Fabres bureaustoel, overal slingerden damesbladen en haar handtas prijkte wijdopen op zijn schrijftafel. Orla leunde naar voren en wierp een gefascineerde blik op alle toiletartikelen die uit de tas puilden. Haar autosleutels, nagelvijl en lippenstift lagen los op de tafel.

Orla pakte de lippenstift om te zien of die net zo exclusief was als de schoenen van mevrouw. Orchid Rose, van Chanel. Ze hield hem omhoog. 'Is deze van jou?'

De lippenstift werd uit haar vingers gegrist. Hij verdween samen met de autosleutels en de vijl in de tas. 'Blijf van mijn spullen af.' De stoom kwam bijna uit haar neusgaten.

'Waar was je afgelopen zaterdagavond, na tienen?'

Agnès staarde haar verbluft aan. 'Dat weet ik niet meer. Thuis, neem ik aan.'

Orla hield haar hand op. 'Die lippenstift zul je even moeten missen.'

52

Hervé Marchal, die nog steeds tegen de wagen stond geleund, was ongeveer de enige stilstaande figuur in de hele rue de Rivoli. Voor zijn neus krioelde het van de drentelende en dravende voetgangers.

'Een praatlustige madame?'

Orla opende het portier. 'Het was de moeite waard.' Ze hield het verzegelde zakje met de lippenstift omhoog. 'Van hetzelfde merk als op de stemvervormer. Agnès heeft geen waterdicht alibi voor het betreffende tijdstip. Bovendien trippelde ze vandaag rond op de duurste en meest trendy schoenen die ik ooit gezien heb', voegde ze er grimmig aan toe.

Marchal knikte naar het raam waarachter het modellenbureau schuilging. 'Een fabelachtig uitzicht op de straat. Je kunt iedereen die het gebouw ingaat en uitkomt in de gaten houden. En dat niet alleen. Met een beetje geluk zie je ook wie er de garage uitrijdt.'

Orla draaide de contactsleutel om. 'Toch lijkt het me stug dat iemand als Agnès het lef en de potentie heeft om zo'n slim opgezet misdrijf uit te voeren', zei ze peinzend. 'Het is meer aannemelijk dat ze zich heeft laten gebruiken. Mevrouw is zo arm als een kerkrat en heeft het geldverbruik van een oliesjeik. Ze heeft misschien een handje geholpen, in ruil voor een deel van de buit.' Orla schudde vrijwel meteen haar hoofd. 'Agnès zou alles meteen over de balk gegooid hebben. Eén paar nieuwe schoenen is verdacht weinig.'

'Ik zou haar niet onderschatten.'

'Wat er verder aan het licht kwam, kan erop duiden dat Isabelle Fabre nog minder mededeelzaam is dan we dachten. Hoewel we de verhalen van de secretaresse met een grote hoop zout moeten nemen', zei ze toen ze de auto eindelijk in de file had geperst.

Marchal knikte geïnteresseerd toen ze hem van het gerucht over de scheiding vertelde. 'Ja, zeer opmerkelijk dat ze daar niet eerder over begonnen is', zei hij terwijl hij zijn telefoon uit zijn zak haalde en het nummer van Paul Fabre toetste.

Drie minuten later was het gesprek voorbij. 'Paul heeft nog nooit van een echtscheiding gehoord en ook wat psychische terreur betreft, kan hij zijn oren niet geloven, zei hij. Hij klonk tamelijk verontwaardigd.' Marchal stopte de telefoon weer weg. 'Laten we het er voorlopig op houden dat Agnès met haar baas ook haar remmen kwijt is.'

53

Fatima verliet de moskee en stak de straat over.

Het stortregende en ze had niets anders om haar hoofd dan een ragdunne sjaal. Het licht van de lantaarns reflecteerde in de plassen op de stoep, waar vanwege het barre weer weinig voetgangers te zien waren. Ze vervolgde haar weg in de richting van de Gare d'Austerlitz, langs de stenen muur die de Jardin des Plantes aan het oog onttrok. Van de duizenden verschillende gewassen die de exotische tuin rijk was, kwamen slechts enkele boven de hoge omheining uit.

Bij de kruising op de rue Buffon sloeg Fatima links af. Aan de andere kant van de straat stond een man tegen de muur geleund. Het donkere haar lag nat en plat op zijn hoofd, de dunne jas was doorweekt en plakte tegen zijn schouders. Rustig keek hij voor zich uit, alsof de regen hem totaal niet deerde. Fatima hield even haar pas in voor ze haar ogen neersloeg en haastig doorliep. Ze was bijna thuis.

Toen ze overstak, draaide ze als toevallig het hoofd opzij. De man stond op dezelfde plek, en nog steeds even roerloos. Maar zijn ogen bewogen. Ze glommen in het duister en keken haar na.

Haar vingers trilden en haar hart ging wild tekeer toen ze de letters en cijfers van de code intoetste. De deur gleed open en eenmaal binnen moest ze zich tegen de muur staande houden. Het was alsof ze door de bliksem getroffen werd toen ze de man zag. De kracht leek uit haar lichaam weg te vloeien en ze voelde zich plotseling duizelig en misselijk. Fatima haalde een paar keer diep adem en viste de sleutels uit haar jaszak. De man kon niemand anders zijn dan Malek. De laatste woorden die hij sprak toen ze veertig jaar geleden hun ouderlijk huis verliet, weerklonken in haar oren. Hij had haar aangetijgd, verweten dat ze hen verraadde en verzekerd dat hij haar nooit meer met een blik zou verwaardigen.

Ze opende de deur van de flat en liep rechtstreeks naar de keuken, waar ze de waterketel vulde en de potten met gedroogde munt en suiker klaarzette. Zijn aanblik had haar herinnerd aan alles waarvan ze voorgoed afstand had gedaan. Ze troostte zich met de gedachte dat ze de herinneringen opnieuw zou wegdrukken, zoals al het andere dat ze had weten te verdringen. Terwijl ze wachtte tot het water kookte, gluurde ze door de kier tussen de gordijnen. En weer begon haar hart woest te hameren. De man stond er niet meer. Het licht van de straatlantaarn scheen op een lege stoep en een kleine plas water.

Ze zat lange tijd in gedachten verzonken terwijl de wandklok stilletjes tikte en de thee lauw werd en een bittere smaak kreeg. Toen stond ze op. Het was laat en ze moest nodig slapen.

Ze ging naar de badkamer, maakte zich klaar voor de nacht en deed de lichten uit. De slaapkamer was kil en slechts schaars verlicht door de straatlantaarns. Ze stak haar hand al uit naar de lamp boven het bed toen ze verstijfde. Er was iemand in de kamer geweest.

Ze draaide de lichtschakelaar om met vingers die niet de hare leken. De sprei die ze die ochtend over het bed had gelegd en gladgestreken, vertoonde een bobbel in het midden, alsof er iets onder lag.

Ze rukte de sprei weg. De schreeuw bleef in haar keel steken.

Op het bed lag een pop, even natuurgetrouw als een echte baby. Hij was bloot. In de borst was een gat gesneden en naast het lijfje lag een bloedige klomp, die Fatima ondanks haar schrik herkende als het hart van een dier. Ze trok met bevende handen het laken van het bed en wikkelde het om de pop, die een pasgeboren kind moest voorstellen, of een vermoorde baby, dacht ze terwijl de tranen over haar wangen stroomden.

Ze hoorde haar eigen zachte, onsamenhangende gemompel toen ze als een zombie het laken met de pop in een zak propte en daar nog een zak omheen knoopte voor ze de buidel onder in de klerenkast legde. Ze was niet in staat om hem naar buiten te dragen en in de vuilnisbak te gooien.

Pas toen ze het bed verschoond had, kwam ze langzaam bij haar positieven. Ze kroop onder het koele laken en bleef met open ogen liggen tot het ochtendlicht naar binnen viel. De gedachten hadden onafgebroken door haar hoofd getold, maar toen ze opstond, bleef ze bij het besluit dat ze de avond ervoor genomen had: niemand zou dit ooit te weten komen.

54

Orla had bijna haar hele lunchpauze in de rij voor het postloket door-gebracht en kwam kortademig en met een baguette in haar ene hand en het pakket in de andere het kantoor van Marchal binnen.

'Lambert lijkt van de aardbodem verdwenen', bromde hij nog voor ze de deur achter zich had gesloten. 'Taal noch teken van de man. Ook bij Interpol vangen ze bot.' Hij wreef over zijn neusrug. 'Of we daaruit kunnen opmaken dat hij het land nog niet verlaten heeft...' Marchal keek op van zijn papieren toen er geen antwoord kwam van Orla. 'Bijna Kerstmis?'

Orla maakte een hoekje van zijn bureau vrij voor het bekertje koffie en knikte. 'Ja, me dunkt, het is al half november.' Ze pakte Le Monde van de tafel en begon erin te bladeren, voornamelijk om van onderwerp te wisselen. De kerst was een vervelende tijd, waarom precies kon ze niet verklaren. Ze had hoe dan ook geen zin om dat met Marchal uit te dokteren.

'Je eet dit jaar zeker rauwe kalkoen?' babbelde hij terwijl hij zijn mappen op volgorde legde. 'Of heb je die keuken van je aan de praat gekregen?'

Orla legde het pakket op een stoel. 'Ja. En in dat verband nodig ik jou en Roland uit voor een lunch.' Ze leunde naar voren en bestudeerde zijn agenda. 'Aanstaande zondag?' Ze stak haar hand omhoog toen ze zag dat Marchals blik over de volle tafel scheerde en hij op het punt stond om hoge werkdruk als excuus aan te voeren. 'Eten moet iedereen, hoe vaak heb ik je dat niet horen zeggen? Ik inviteer je niet op een pyjamaparty met overnachting. Alleen maar op de lunch.'

Hij zag er uit het veld geslagen en schaapachtig uit. 'Je hebt gelijk, in feite. Eten mag er niet bij inschieten.' Hij rechtte zijn rug. 'Hierbij wil ik je uit naam van Roland en mezelf bedanken voor deze verrassende en ongewoon spannende uitnodiging. We zijn van de partij', verkondigde hij.

'Ongewoon spannende...! Je haalt me de woorden uit de mond,

Marchal.' Orla glimlachte vriendelijk en verdween met het pakket naar haar eigen kantoor.

Marc Tesson deed met een kort knikje de deur open, schudde hen de hand zonder hen aan te kijken en maakte met een uitnodigend gebaar duidelijk dat ze binnen konden komen. Orla nam aan dat zij de ongediertebestrijding even hartelijk zou hebben ontvangen.

Hij ging dit keer informeel gekleed, in een lichte broek en een geruit overhemd onder een dunne, beige pullover. Had hij er tijdens hun vorige ontmoetingen uitgezien als de heerser van een schrikbewind, nu leek hij bijna op een vriendelijke, oude opa.

De ene muur in de gang was bedekt met ingelijste foto's, waarschijnlijk van familieleden. De galerie ging generaties terug in de tijd. Er zaten oude zwart-witfoto's tussen, van ernstige, besnorde mannen met hoge hoeden en vrouwen met wespentailles en lange jurken. De hele wand ademde een familiegeschiedenis uit die gekenmerkt werd door macht en rijkdom. Behalve portretten waren er ook andere taferelen te bewonderen, zoals gebouwen, bruggen, natuurschoon en mensen die om een mooi gedekte tuintafel zaten geschaard.

Orla's aandacht werd getrokken door een van de weinige foto's die een niet-gekunstelde indruk maakten. Het was een kleurenfoto, maar zeker niet van recente datum. Ze zag dadelijk dat de goedgebouwde man met de zelfingenomen uitdrukking op het zongebruinde gezicht een jongere versie van Marc Tesson was. Hij stond op een zandstrand voor een olijfgroene zee die aan de horizon grensde aan een strakblauwe lucht. Naast hem stonden twee tieners, een jongen en een meisje. De jongen had een magere gestalte, een kaarsrechte rug en een ernstige, kinderlijke toet. Het meisje was zichtbaar ouder en al bijna een jonge vrouw. Ze drukte een hand tegen haar mond, alsof ze op haar knokkels beet. Eén arm had ze, misschien uit gêne, over haar borsten gelegd. Orla dacht dat ze wist wie het waren, maar voor ze de kans kreeg om het te vragen, had Tesson haar al ingelicht.

'Mijn neef en mijn nichtje, en ik.' Hij klonk bruusk.

Vlak ernaast hing een foto van een man en een vrouw, in het gezelschap van drie jongeren. Terwijl Orla de foto bekeek, kwam Tesson naast haar staan. 'De familie Kagda', zei hij kort. 'Fatima hebben jullie ontmoet. Die jongen is haar broer, Malek. En het andere meisje is hun zusje Assia. Beide foto's werden omstreeks dezelfde tijd genomen, een jaar voor we vertrokken.'

Zijn stem klonk weer normaal. Het vijftal stond buiten, waarschijnlijk voor de hoofdingang van het landhuis. Hun feestelijke kledij vormde een contrast met de ernstige gezichten die in de lens staarden. De kleuren waren vaal, maar dat was te verwachten van een foto uit de jaren zestig, concludeerde Orla. Haar blik rustte op een andere foto. Dit keer was Tesson afgebeeld samen met een vrouw en in tegenstelling tot de andere foto's was deze van dichtbij genomen. Ook al waren Fatima en haar zus moeilijk van elkaar te onderscheiden, Orla begreep dat deze vrouw Assia moest zijn. 'Fatima en Assia lijken erg op elkaar.'

'Ja.' Opnieuw klonk hij kortaf.

'Wanneer werd hij gemaakt?'

'Een paar weken voor we Algerije zouden verlaten.' Ze waren toen al een stel, giste Orla. Marc Tesson glimlachte niet naar de fotograaf, maar naar Assia, die recht in de camera keek. Marc Tessons verliefdheid, die tegen alle normen van het land inging, was duidelijk zichtbaar, zelfs op deze grofkorrelige, fletse foto.

'Die foto daar is mijn favoriet', converseerde Orla. 'Schitterend, die groene zee tegen de blauwe lucht.' Ze tuurde weer naar de foto van Isabelle Fabre en Charles Tesson. Geen van beiden zag er vrolijk uit. Ze zouden dan ook spoedig afscheid moeten nemen van het land waar ze waren opgegroeid. Het was nog een geluk dat ze niet wisten dat hun ouders zo gruwelijk aan hun eind zouden komen. 'Waren jullie op vakantie?'

Hij knikte. 'Ja, het was onze laatste zomer in Algerije. Het zijn stuk voor stuk fraaie foto's en dierbare herinneringen, maar ik kan jullie verzekeren dat er van al dat moois niets meer over is.' Hij gebaarde bijna nonchalant naar de wand. 'De vrijheidsstrijders van toen zijn de onderdrukkers van vandaag, en niet te vergelijken met de elite die ze het land uit joegen. Het ging met de Algerijnen zoals met de Fransen toen Robespierre en zijn revolutionaire garde volslagen paranoïde werden en hun eigen mensen het hoofd begonnen af te hakken.' Hij opende een deur. 'We gaan in mijn kantoor zitten.' Met een uitnodigende, maar resolute handbeweging maakte hij een eind aan het gemijmer over oude foto's. Hij stak de parketvloer over en nam plaats aan het eikenhouten bureau, waarvan het tafelblad dof van slijtage was. Een hoge, bronzen lamp met een gerimpelde, vergeelde kap stond op een hoek, naast een inktpot, een pennenkoker en een leren schrijfmap. Alle voorwerpen gaven een verouderde en versleten indruk, net zoals de ingebonden boeken met de vergulde rugtitels in de boekenkast. Stagnatie, stelde Orla vast, die niets ontdekte wat de man aangeschaft zou kunnen hebben na zijn komst uit Algerije in 1961.

Tesson had zijn handen gevouwen. 'Wat komen jullie doen?' vroeg hij rechttoe rechtaan. De toon was niet mis te verstaan. Hij wilde de gasten zo snel mogelijk het huis uit hebben.

'Heeft u nog iets van de afpersers gehoord?' vroeg ze en ze zag dat Roland haar verbaasd aankeek. Ze wist zelf ook niet waarom ze op deze manier van wal stak. Tesson had de bal doodgelegd. Hij weigerde aangifte te doen en had duidelijk gemaakt dat hij niet wilde dat er ruchtbaarheid aan de zaak gegegeven werd.

Hij tilde zijn kin iets omhoog en staarde haar een tijdlang aan. 'Nee.' Zijn mond werd een smalle streep. 'U gaat me toch niet zeggen dat dat uw enige vraag is?' Er lag iets dreigends in zijn stem.

'Nee. Er zijn meerdere zaken die vragen oproepen, monsieur Tesson.' Orla beantwoordde zijn blik zonder te knipperen. Ze was opgegroeid in een arctische omgeving en liet zich niet kisten door een paar ijskoude ogen. 'We verbazen ons er bijvoorbeeld over dat niemand met een woord gerept heeft over het feit dat Adam Fabre van plan was om te scheiden.'

De glimp die in zijn ogen verscheen, was moeilijker te duiden dan de kou. Het kon erop lijken dat hij onaangenaam verrast was. Hetzij omdat hij niets van de kwestie afwist, hetzij omdat hij niet verwacht had dat ze dit onderwerp zouden aankaarten.

'Ik neem aan dat u ervan op de hoogte was?' vervolgde ze, zich verbijtend over de ontoeschietelijke houding van de man.

Tesson stond op en legde zijn handen op zijn rug. 'Dokter Os, ik ben benieuwd uit welke bron u die informatie heeft', zei hij, heen en weer drentelend over het vloerkleed, dat er van ouderdom eerder haveloos dan eerwaardig uitzag.

Orla slaakte een diepe zucht. 'Meneer Tesson, we proberen een motief te vinden voor de verdwijning en de dood van Fabre.'

'En u beschouwt eventuele huwelijksproblemen als een potentieel motief?' merkte hij schamper op.

'Dat zou niet de eerste keer zijn', repliceerde ze rustig.

'Heeft mijn nichtje dit gerucht bevestigd?'

Orla liet zich niet uit evenwicht brengen. 'Ik wil weten wat ú, meneer Tesson, te zeggen heeft. Wat anderen mij te vertellen hebben, hang ik niet aan de grote klok.'

Hij bleef door de kamer ijsberen. 'Van een scheiding heb ik nooit iets gehoord.' Hij bleef staan en keerde zich naar haar om. 'Bent u hertrouwd, dokter Os?'

'Wat heeft dat in hemelsnaam met deze zaak te maken?' Ze voelde de rode vlekken op haar hals verschijnen. 'Het antwoord is overigens nee.'

'Dat vermoedde ik al.' Haar reactie liet hem duidelijk koud. 'Als het goed is, dan behoort een huwelijk een eenmalige zaak te zijn. Zowel Isabelle als Charles is conservatief opgevoed, zeer conservatief.' Hij keek Orla en Roland indringend aan voor hij zijn redenering vervolgde. 'Ik geloof niet dat het woord "echtscheiding" in hun vocabulaire voorkwam voor ze de volwassen leeftijd hadden bereikt.' Hij ging weer op de stoel zitten en gaf met beide handpalmen een klap op de armleuningen. 'Ondenkbaar. Het is volslagen ondenkbaar.'

Orla kwam plotseling overeind, alsof haar iets belangrijks te binnen schoot. Ze liep terug naar de gang en bleef opnieuw voor de wand met foto's staan. Een bijzonderheid was in haar achterhoofd blijven hangen, maar de betekenis ervan drong nu pas tot haar door. Met samengeknepen ogen tuurde ze van Assia op de foto van de familie Kagda naar Assia aan de zijde van Marc Tesson. Op deze laatste foto was het beter te zien. Assia had een korte ketting om haar hals waaraan een sieraad hing. De kwaliteit van de foto was echter te slecht om de details te kunnen onderscheiden.

Ze gaf zichzelf een mentale opduvel omdat ze bij gebrek aan beter van het kleinste sprietje een strohalm maakte, maar het mocht niet baten. Ze hoorde Marc Tesson de gang in komen en met ongeduldige passen op haar af lopen.

'Heeft u meer foto's van Assia?' vroeg ze, met haar ogen nog steeds op de foto gericht.

'Nee.' Tessons stem was vlak.

'Of oude filmopnames uit die tijd?'

'Wat bezielt u eigenlijk, dokter Os?'

Iets weerhield haar ervan om haar gedachten met hem te delen. 'Dan zou ik deze foto graag van u lenen.' Ze haakte de foto van Assia en Marc Tesson van de muur voor hij de kans kreeg om te protesteren. 'U krijgt hem zo snel mogelijk en in dezelfde staat terug.'

Marc Tessons gezicht was veranderd in een levenloos masker. Hij liep naar de voordeur om duidelijk te maken dat het gesprek erop zat. 'Dat is u geraden.'

Roland was naast Orla komen staan. 'Of het enige relevantie heeft, betwijfelen we, maar we zouden graag met u en Fatima samen van gedachten wisselen.'

'En welk interessant onderwerp staat me dit keer te wachten?' Tesson keek alsof hij een pijnlijke behandeling onderging, waarvan het einde in zicht was.

'We willen meer weten over de tragische gebeurtenis destijds in Algerije, toen Fatima haar zus verloor en u uw verloofde.'

Hij leek een moment op zijn benen te zwaaien. 'U verdoet uw en mijn tijd', zei hij toonloos. 'Dat ongeval vond veertig jaar geleden plaats en heeft vanzelfsprekend geen enkele relevantie. Goedenavond.'

Hij deed de deur open en keek recht voor zich uit toen ze het huis verlieten.

Marc Tesson stond aan het raam en zag Orla en Roland in de auto stappen en de quai d'Orléans uit rijden. Achter hem deed advocaat Vilar de deur van de bibliotheek stilletjes achter zich dicht.

'Ik maak me zorgen, Maurice', zei Tesson zonder zich om te draaien. Het leek alsof hij zijn blik niet van de Seine kon wegrukken, ook al had hij jaar in, jaar uit meerdere keren per dag dit uitzicht gadegeslagen. 'Hoe onbetekenend het ook voor ons is, het bevalt me niet dat spoken uit het verleden met hun kettingen beginnen te rammelen.'

'Dat begrijp ik', zei Vilar rustig. 'Ik heb dan ook al de nodige telefoontjes gepleegd. Bovendien heb ik ervoor gezorgd dat niemand te veel ophef maakt over die oude geschiedenissen, als de politie ermee voor de dag komt.'

'Erg duidelijk is het niet.'

Marchal bestudeerde de foto onder de loep terwijl ze wachtten tot de technici gereed waren met de bewerkingen. 'Assia heeft een witte bloes aan, dat staat als een paal boven water, en in het kuiltje van haar hals zie ik een gouden sieraad. Het zou best een hartje kunnen zijn', zei hij turend. 'Ik geloof dat ik rode puntjes zie, maar of het edelstenen zijn?' Een telefoon rinkelde en aan de andere kant van de lijn werd meegedeeld dat de foto gescand was en dat de afdrukken onderweg waren naar Marchals kantoor.

Een halfuur later wreef Orla in haar brandende ogen. 'Het blijft te vaag, de korrel is te grof', klaagde ze. 'Hier hebben we te weinig aan.' Ze schoof de foto's van zich af. 'Ik heb het gevoel dat ik in een beslagen glazen bol zit te staren.'

'Een dwaalspoor?' Roland keek haar aan.

'*Er hangt een gouden hartje aan met kleine, rode steentjes*', citeerde Orla. 'Dat zinnetje uit de brief die bij Fabre gevonden werd, dook ineens bij mij op toen we bij Tesson zaten. Ja, dat hele gedoe met die ketting kan natuurlijk een schot in het duister zijn.' Ze haalde half verontschuldigend haar schouders op. 'Toch houdt het me bezig. De vrouw die in de auto van Fabre werd aangetroffen, had een duidelijke, bleke vlek op haar hals. De patholoog bracht dat zelf onder onze aandacht. Volgens hem zou het kunnen betekenen dat ze een ketting had gedragen, met een hanger. Als dat klopt, dan vraag je je toch af waar die ketting is gebleven.'

'Maar dat er een link is tussen de ketting en Assia...?'

'Ik weet het niet, maar ik wil de mogelijkheid niet uitsluiten.'

'Goed. Fatima kan misschien meer vertellen.' Marchal keek op zijn horloge. 'Acht uur. Morgen moet ze hier op het bureau verschijnen, samen met Marc Tesson en Isabelle Fabre. We confronteren hen met de brief en de foto's en kijken wat er gebeurt.' Hij haalde de telefoon naar zich toe en begon te bellen.

55

Bedreven stuurde Malek de auto door de straten van Parijs. Hij was deze avond in het stadsdeel Belleville geweest met koopwaar voor de kleine Noord-Afrikaanse kruideniers. De Franse *épiceries* die vroeger op elke straathoek te vinden waren, hadden de strijd tegen de grote supermarktketens opgegeven en waren overgenomen door buitenlanders. Deze winkeltjes, die meestal gerund werden als familiebedrijf, waren erg in trek, omdat ze laat sloten en een verrassend ruim assortiment hadden. Hij had dadels en noten bezorgd, rechtstreeks van de Algerijnse producent en dus zonder tussenhandelaars die een graantje meepikten. De winkeliers wreven in hun handen en zagen hem graag komen, maar voor hem was dit baantje uitsluitend een alibi om zonder argwaan te wekken Frankrijk binnen te komen. Zijn belangrijkste lading had onder het zeildoek gelegen en was inmiddels ook op de plek van bestemming gearriveerd.

Drie jonge vrouwen waren het dit keer. De markt leek onverzadigbaar, misschien ook omdat er altijd vrouwen verdwenen. Nadat ze een tijdje in de stad waren, namen ze stiekem de benen. Of ze hadden pech en kwamen om het leven. Daar was hij in ieder geval bang voor. Hij duwde de gedachte weg, omdat hij herinnerd werd aan de vrouw die in het niets leek te zijn opgelost. Het bevreemdde hem. De bedoeling was dat Mina niet in deze branche zou belanden en dat ze een veilig bestaan zou leiden.

Het licht sprong op groen. Hij sloeg af en reed zonder nadenken de Sullybrug over. Pas toen hij zich op de andere oever van de Seine bevond, drong het tot hem door dat hij de verkeerde weg had genomen. Onbewust was hij naar het adres gereden dat havenmeester Yacef hem had gegeven en waar hij Mina een maand geleden heen had gebracht. Deze wijk had niets weg van de buurt waar hij de Algerijnse vrouwen gewoonlijk achterliet. Het huis waar Mina de persoon zou ontmoeten die haar aan een eerlijke baan zou helpen, lag tussen moderne appartementencomplexen en schoolgebouwen. De villa met de kleine tuin en de grote eik had Malek dadelijk vertrouwen ingeboezemd.

Hij herinnerde zich de eerste keer dat hij hier kwam. Het was een zaterdag, de laatste van oktober. Precies om zeven uur had hij Mina voor de tuinpoort afgezet en aan onbekenden overgelaten. Dat had hem niet verwonderd, aangezien het noemen van namen in deze business, netjes gezegd, niet werd geapprecieerd. Yacef vormde de enige uitzondering.

De toekomst van Mina was indertijd in het huis van de baas in Algiers en onder het genot van een sigaar en een calvados geregeld. Het was de eerste keer geweest dat Malek een ontmoeting had aangevraagd. Uiterst beleefd en onderdanig had hij zijn verzoek voorgelegd, wetend dat de havenmeester met zijden handschoenen moest worden aangepakt.

Gehuld in een wolk sigarenrook en met de ogen half gesloten had Yacef naar Malek zitten luisteren. Tot zijn grote vreugde had hij vervolgens verkondigd dat hij zo vriendelijk zou zijn om Malek, die hem al twaalf jaar lang trouw diende, een handje te helpen.

Na een zakenreis naar Parijs was Yacef met dit adres op de proppen gekomen. Malek kreeg te horen dat als Mina zich daar meldde, er een baan op haar zou liggen wachten. Alles werd mondeling overgebracht en namen werden niet genoemd. Sinds die zaterdag in oktober leek Mina van de aardbodem verdwenen.

Malek passeerde de place Monge en parkeerde in de buurt van de kleine villa. Dikke, donkergroene gordijnen hingen voor de ramen en nergens in het huis scheen licht. De woning gaf een sombere en verlaten indruk.

Er was iets met hem aan het gebeuren, stelde hij vast toen hij met stijve, automatische passen de trap op liep en op de bel naast de voordeur drukte. Hij begon grenzen te overschrijden. Hij stelde vragen, bemoeide zich met zaken die hem vroeger koud lieten of met angst vervulden. Intuïtief begreep hij wat dat tot gevolg had, maar op dit moment hechtte hij daar geen belang aan.

Nadat hij drie keer had aangebeld zonder dat er iemand opendeed, keerde hij terug naar zijn auto. Als een logische consequentie van de zoektocht waaraan hij begonnen was, bevond hij zich twintig minuten later in een totaal andere omgeving, in de shabby buurt waar het lugubere hotel met de poëtische naam Hôtel des Charmes lag. Hier werden de Algerijnse vrouwen ondergebracht zodra ze in Parijs waren gearriveerd. Een week eerder had hij navraag gedaan in het hotel. Malek was toen wijs genoeg geweest om de bullebak die hem met een diepgewortelde achterdocht en een onverschillig schouderophalen ontvangen had, niet nader aan de tand te voelen.

Het was ijzig koud. Malek trok zijn kraag omhoog en vroeg zich af hoeveel zin het had om hier te staan verkleumen. Zijn jas was niet berekend op dit jaargetijde. In plaats van beschutting te bieden, zoog hij de warmte uit zijn lijf, zodat zijn spieren en gewrichten steeds stijver werden. Het was gaan regenen en het water droop langs zijn gezicht en nek. Toch bleef hij staan. Liep hij weg, dan verspeelde hij de enige kans die hij had.

Aan de andere kant van de straat ging de deur open. Een man kwam naar buiten. Hij had een bruine, dikke mantel aan en een zijden sjaal om zijn hals. In het donker waren zijn trekken moeilijk te onderscheiden, maar Malek had het idee dat hij de man eerder gezien had. Op het moment dat hij een zijstraat insloeg, drong het eindelijk tot Malek door dat het havenmeester Yacef was.

Hij voelde zich als een frontsoldaat in een loopgraaf, gevangen tussen zijn eigen besluiteloosheid en het gebrek aan keuze. Schoot hij de man aan, dan zou hij Malek er wel eens van kunnen betichten dat hij hem bespioneerde. Aan de andere kant was dit een man die je alleen te spreken kreeg als je werd binnengelaten in zijn zwaar bewaakte villa buiten Algiers. Het was Malek één keer gelukt. Een tweede audiëntie leek hem onwaarschijnlijk, evenals de mogelijkheid om zijn baas nogmaals tegen het lijf te lopen.

Voor hij er diep genoeg over had nagedacht, was hij de man achternagerend. 'Monsieur Yacef!' Zijn stem kreeg een vreemde, bijna schelle klank in het donker.

Havenmeester Yacef bleef stokstijf staan, zonder zich om te draaien. Malek zag dat hij zijn schouders optrok en zijn nek kromde, alsof hij een harde klap verwachtte. Toen hij eindelijk omkeek, waren zijn ogen opengesperd. Een seconde later schoten ze vuur.

'Malek Kagda?' Het klonk als een vloek of een bedreiging.

Malek knikte terwijl hij haastig zijn excuses aanbood. Dat had geen enkel effect. Malek had duidelijk een grote blunder begaan door op deze manier contact met de man op te nemen. Hij besefte dat hij net zo goed tot het bittere eind kon doorgaan.

'U herinnert zich vast dat ik u afgelopen voorjaar om hulp vroeg', begon hij stamelend. 'Ik wilde een baan in Parijs regelen voor een jonge vrouw en u was zo vriendelijk om me een adres te geven.'

Yacef stond nog steeds aan de grond genageld met een grimmige blik in zijn ogen. Vijandig, vond Malek. Het maakte hem alleen maar moediger. Hij had niets meer te verliezen. 'Ik ben op het adres geweest waar ik haar heb afgezet. Maar daar doet niemand open', vervolgde hij. 'Kunt u me zeggen met wie ik contact kan opnemen? De mensen die u zojuist gesproken heeft in het hotel, zouden zij weten waar Mina is?' Malek begreep niet waar hij de brutaliteit vandaan haalde.

Dat gold blijkbaar ook voor Yacef, want hij liet een korte, verblufte lach horen. 'Ik denk dat je je verstand kwijt bent, Kagda', zei hij langzaam. 'Dit had ik niet van jou gedacht.' Zijn schouders werden naar achteren getrokken, alsof onzichtbare riemen hem verhinderden om Malek naar de keel te vliegen. 'Je bespiedt me, achtervolgt me in een stille straat en overvalt me met buitensporige vragen. Ik had de stellige indruk dat ik je kon vertrouwen.'

'Dat heeft u ook twaalf jaar lang kunnen doen, monsieur Yacef.'

'Daar heb je op dit moment weinig aan.' Hij zweeg even en leek toen een snelle beslissing te nemen. 'Vergeet die vrouw, Kagda. Jij weet niet waar ze is, en ik al helemaal niet. Verdwijn uit mijn buurt en neem contact met me op zodra je weer in Algiers bent. We moeten een aantal zaken met elkaar bespreken.' Met een korte knik vervolgde hij zijn weg.

Malek liep terug naar zijn auto terwijl hij nadacht over de woorden van de havenmeester. Het vertrouwen van zijn baas was geschonden. Malek was hoogstwaarschijnlijk zijn baan kwijt, maar dat kon hem plotseling niets schelen. Het ging hem alleen nog maar om Mina. Hij moest haar zien te vinden, het was als een bezetenheid, alsof hij zijn eigen dochter had verloren. Hij klom in de naar knoflook ruikende bestelauto en trok het portier dicht.

Doelloos reed hij door de straten tot hij de knoop had doorgehakt. De dertig jaar lange stilte moest verbroken worden. Hij had Fatima nu al zo vaak gevolgd dat hij haar routines kende. Ze verliet het huis waar ze werkte nooit voor negen uur 's avonds. Soms had hij haar pas tegen elven naar buiten zien komen. Als hij er een beetje vaart in zette, zou ze nog niet vertrokken zijn. Was ze al weg, dan zou hij haar thuis opzoeken.

Het feit dat hij het besluit genomen had, bracht hem bijna in een geluksroes. Hij draaide een straat in en reed in de richting van de rue Bonaparte.

56

Fatima schrok op. Met de lege theekop in haar hand was ze ingedommeld.

Ze huiverde en haar gewrichten deden pijn. Het kon niet anders of ze had koorts, misschien wel griep, dacht ze. In deze tijd van het jaar voelde ze zich altijd lamlendig en liep ze de godganse dag te rillen. De klok sloeg tien uur. Ze had al lang klaar moeten zijn. De kerst naderde en ze had beloofd om over te werken om het huis aan kant te krijgen, maar vandaag schoot ze nergens mee op. In de hoop dat een kop thee haar zou opkikkeren was ze even gaan zitten, niet met de bedoeling om in te dutten.

Op de schoorsteen stonden de familiefoto's in het gelid. Deze mensen waren een belangrijk deel van haar leven geworden, om de eenvoudige reden dat ze zelf geen familie meer had. Het besef dat ze aan handen en voeten gebonden was, vervulde haar met afkeer. Hoe vaak en diep ze ook peinsde, een uitweg leek er niet te zijn. En hoe moesten haar werkgevers zich zonder haar redden? Madame was niet eens in staat om theewater te koken. Fatima zorgde driemaal per week voor het warme eten. De rest van de week aten de twee buitenshuis.

Ze stond op. Onderweg naar de keuken wierp ze een blik door het raam. Op dit uur van de avond was het stil op straat. Ze zag geen mens, maar wel de bekende Citroën die op dat moment langs de stoep geparkeerd werd, een uur vroeger dan anders. Het leek haar ineens logisch dat ze daarvan wakker was geworden, van het geluid van een auto in een uitgestorven straat.

Ze had geen zin om haar vermoeide en chagrijnige werkgevers te ontmoeten en daarom liep ze snel door naar de keuken. De vuilniszak die ze altijd mee naar beneden nam, had ze al dichtgeknoopt en bij de achteruitgang klaargezet.

Fatima trok haar jas aan en liep nog even snel de badkamer en de slaapkamers in om te checken of ze niets was vergeten. De lampen moesten uit zijn en de deuren dicht. Met een zucht bedacht ze dat het licht in de huiskamer nog brandde. In de gang bleef ze verbaasd staan. Het was donker in de huiskamer. Een gevoel van onwerkelijkheid bekroop haar, voor ze tot de conclusie kwam dat ze waarschijnlijk zo suf was geweest na het dutje dat ze de lampen zonder nadenken had uitgedaan.

Ze pakte de vuilniszak van de vloer, deed het licht in de gang uit en wierp nog een laatste blik op de in het donker gehulde flat, voor ze de deur naar de achtertrap opende. Ze wreef in haar ogen. Het werd tijd dat ze thuiskwam, want ze voelde zich helemaal niet lekker. Even had ze zelfs gedacht dat ze in het donker iets zag bewegen. Slapen, zei een stem in haar binnenste, je moet naar bed, je valt om van de slaap.

De trap was van hout, smal en steil, en werd verlicht door slechts één koepelvormige lamp. Ze stak haar hand uit naar de schakelaar en drukte erop, maar er gebeurde niets. Kortsluiting, misschien. Ze tastte naar de leuning en op hetzelfde moment leek het alsof de lucht uit haar borstkas werd geperst. Haar lichaam dook voorover en de trap verdween onder haar voeten vandaan. Ze vloog als een gewichtloos voorwerp en een schrikbeeld flitste als een schicht door haar hoofd. De rotsen in Constantine! Assia in vrije val, vlak voor haar ogen. Ze voelde de klap, maar niet de pijn.

Malek opende de achterdeur en liep met langzame passen naar de trap. De doffe dreun die hij buiten hoorde, had zijn adem doen stokken. Hij had zich tegen de muur gedrukt en afgewacht. Er waren meerdere minuten verstreken zonder dat er iets gebeurde. Het bleef stil daarbinnen.

Hij staarde naar de vrouw die voor zijn voeten lag. Het donkere haar bedekte haar ene wang, de open ogen keken hem bijna verwijtend aan, ook al zagen ze hem niet. Hij sperde zijn mond open, maar de rauwe kreet zat muurvast in zijn keel. Geen geluid kwam over zijn lippen.

Hij tilde zijn hand op en streek langs zijn ogen, alsof hij het beeld wilde wegwissen. Met gebogen hoofd en zijn armen slap langs zijn lichaam bleef hij staan. Zijn mond hing halfopen en toen hij hem eindelijk sloot, dacht hij aan alles wat hij haar nooit meer zou kunnen zeggen. En hij dacht aan alle vragen die hij haar nooit zou kunnen stellen.

Na een laatste, lange blik op Fatima draaide hij zich om, verbijsterd over het noodlot dat opnieuw toesloeg en zich afvragend of rechtvaardigheid nu was geschied.

57

'Je ziet er een tikkeltje opgejaagd uit.'

Marchal reikte haar een fles rode wijn aan en wandelde naar binnen. Hij slingerde zijn jasje over de dure designlamp en wreef in zijn handen. 'Eerlijk gezegd kan ik me niet herinneren ooit iets homemade bij je gegeten te hebben. Ik ben sinds het ontbijt aan het hongeren, zo kijk ik hier naar uit.'

Orla zette de fles in de kast. 'Hartelijk dank, Hervé, maar bij dit soort eten wordt nooit rode wijn gedronken.'

Marchals wenkbrauwen vlogen omhoog, maar voor hij een woord kon uitbrengen, werd er aangebeld.

'Doe jij even open? Jullie kunnen meteen aan tafel gaan. Alles staat klaar.'

'Een drankje vooraf...?' riep Marchal haar perplex achterna terwijl hij Roland binnenliet. 'Zoveel haast is er toch niet bij?'

'Geen aperitief', klonk het uit de keuken. 'Dit gerecht duldt geen vertraging.'

'Aha!' knorde Marchal vergenoegd. 'Soufflé! Dat heb ik al in geen tijden gegeten.' Hij klopte op zijn buik en beende de eetkamer in. 'Wat een weelde!' Met zijn hand op een stoelrug bekeek hij de gedekte tafel. 'Ik dacht dat jij alleen maar wegwerpborden in huis had. En wat ziet mijn oog? Een schitterend servies!'

Roland had sinds hij binnenkwam nog geen woord gezegd. De uitdrukking op zijn gezicht was die van een kwajongen en zijn ogen glinsterden toen hij de bierflesjes op het buffet zag staan. Marchal dronk nooit bier. 'Kan ik je ergens mee helpen?' riep hij naar de keuken.

Orla kwam de eetkamer in met een schaal gekookte aardappelen in haar ene hand en een blad met kleine kommetjes in de andere. Marchal was verstomd.

Toen ze opnieuw opdook, hield ze een grote, vuurvaste schaal voor zich uit. 'Ziezo, we kunnen beginnen.' Ze zette de schaal op tafel en schoof met rode wangen en zweetpareltjes op haar bovenlip aan. 'Ik weet niet hoe het met jullie is, maar het water loopt me in de mond.' Ze schepte twee aardappelen op haar bord en gaf de schaal door.

'Orla, wat eten we eigenlijk?' Marchal zag er paniekerig uit.

Ze tilde haar hoofd op. 'O, neem me niet kwalijk, *messieurs*.' Orla ging door met zichzelf te bedienen terwijl ze sprak. 'Dit is *lutefisk*.' Ze zei het alsof het de normaalste zaak van de wereld was en reikte Marchal de schaal met vis aan. 'Per expresse uit het hoge Noorden verstuurd.'

'Lutefisk?' Het woord klonk komisch in zijn mond. Marchal hield de schaal in zijn handen en staarde sceptisch naar de inhoud. Hij boog zijn hoofd en rook. 'Orla, in wat voor wateren zwemt dit stinkdier?'

Orla slaakte een ongeduldige zucht. 'Hervé, het eten wordt koud. Het is doodgewone kabeljauw, gedroogd en in natronloog gelegd. De Noren eten het al sinds mensenheugenis. Meestal met aardappelen, erwtenpuree en gebakken spekjes, maar elke regio heeft zijn eigen variant. Sommigen gieten er stroop over, anderen zweren bij mosterd of bruine geitenkaas. Mijn hemel, Hervé, schep op!'

Hij zette de schaal voorzichtig op tafel. 'Natronloog? Weet je wat er met onze spijsverteringsorganen geschiedt als we loog naar binnen werken?'

Orla keek hem aan met de ogen van een strenge moeder. 'De loog is verwijderd, Hervé, en de vis heeft een etmaal in de week gelegen.'

'En wat is dit?' Hij roerde in de bruine massa.

'Stroop, schat. Niet mijn favoriet, eerlijk gezegd. Geef mij maar bruine kaas, die is net zoet genoeg. En ik vind dat de vis vast moet zijn, niet zacht. Laat je hem te lang in het water liggen, dan wordt hij drillerig. Maar zoals gezegd, smaken verschillen.'

'Geloogde vis met stroop, mosterd en zoete kaas? Mijn god, nu begrijp ik pas waarom je uit Noorwegen bent weggevlucht.'

Orla legde haar bestek neer. 'Marchal, wat ben jij kinderachtig. Hoe vaak heb je me niet op mijn duvel gegeven omdat ik geen gebakken testikels, hersenen en darmen eet? En kijk, zodra jij iets nieuws voorgeschoteld krijgt, slaan je stoppen door. Dit is een Noorse delicatesse, de mensen daar doen er een moord voor!' Ze vulde zijn glazen met bier en aquavit. 'Moet je Roland zien, hij eet braaf zijn bord leeg.' Marchal bekeek zijn collega alsof hij een landverrader voor zich had. Roland had alleen de stroop laten staan en at zonder blikken of blozen. 'Hoe smaakt het?'

'Anders', zei Roland en hij stak een hap vis, gedompeld in spekvet, in zijn mond.

'Vind je het lekker?' Marchal keek hem verbluft aan.

'Nog niet', bekende Roland eerlijk. 'Maar zou ik een band met Noorwegen hebben, bijvoorbeeld een Noorse vrouw, dan had ik er vast van leren houden.' Hij laadde zijn vork opnieuw vol.

'Een opportunist is er niks bij', bromde Marchal en hij deelde een aardappel in tweeën. 'Wedden dat je op school bij de juffrouw slijmde?'

'Daar was ze niet vatbaar voor.' Roland schepte meer erwtenpuree op. 'Net als onze gastvrouw. Ik raad je aan om te beginnen eten, alleen al om de goede huisvrede te bewaren. Als jij hongerig van tafel gaat, dan zitten Orla en ik met de gebakken peren.'

Orla serveerde gele bramen met crème fraîche als nagerecht.

Marchal bestudeerde de bessen op zijn lepel. 'Ze zitten vol pitjes', stelde hij zuchtend vast, uit zijn hum over het hoofdgerecht, dat wat hem betrof slechts uit gekookte aardappelen en wat spekvet had bestaan.

'Een knorrende maag is je verdiende loon', zei Orla schouderophalend terwijl ze meer koffie in zijn kopje schonk. 'Je bent door de mand gevallen, Marchal. Ik dacht dat je een volbloeds gourmet was, maar je bent een bekrompen schijtluis.' Ze zette de koffiekan neer en keek naar de rand van het buffet, waar haar mobieltje lag te trillen. 'Wat een timing', gromde ze geërgerd. 'Ik ben zo verzadigd dat ik me amper kan verroeren.' Met een valse glimlach naar Marchal, die met het gezicht van een martelaar in zijn koffie roerde, strekte ze haar hand uit naar het toestel. Een tijdlang zat ze zwijgend en met een diepe rimpel op haar voorhoofd op een servetje te schrijven. 'Ik ben

260

zo bij jullie', zei ze uiteindelijk. 'Binnen een minuut of tien.' Ze staarde even voor zich uit. 'Een verdacht sterfgeval', zei ze langzaam. 'Er is een vrouw dood aangetroffen onder aan een trap in de rue Bonaparte. Ze kan gewoon gevallen zijn natuurlijk.'

'Gevallen?' Marchal legde de lepel met bramen op zijn bord. 'Een dodelijke val van een trap is op zich verdacht', zei hij. 'Tenzij de pechvogel stomdronken of stokoud was. Ja, of last had van evenwichtsstoornissen.'

'Stokoud was ze niet bepaald en ook stond ze niet op haar benen te zwaaien toen wij haar zagen.' Orla had de kaarsen al uitgeblazen en het raam gesloten. 'Het slachtoffer is Fatima Kagda, met wie we vanmiddag een afspraak hadden. Ze werd gevonden door de vrouw die een verdieping lager woont. Fatima lag op haar deurmat.'

58

Meerdere politiewagens en een ambulance stonden al voor de hoofdingang van het appartementengebouw aan de rue Bonaparte. Orla en
Marchal baanden zich een weg door de groep nieuwsgierige toe-
schouwers naar de agent die de deur voor hen openhield.

Door een ruime gang kwamen ze op een keurige binnenplaats,
waar een vreemde stilte heerste. De zon scheen op het ronde grasveld
dat in het midden was aangelegd en dat nog glinsterde van de bui die
's ochtends gevallen was. Twee grote keramische potten met winter-
groene planten prijkten naast de voordeur, waar nog een agent geposteerd was.

Hij knikte. 'Het is op de derde etage.'

Ze namen de lift. Er bleek maar één deur op deze verdieping te
zijn, die van de flat van Charles Tesson. De deur werd geopend op hetzelfde moment dat ze aanbelden.

Charles zag er vermoeid uit, vond Orla. Hij schudde hen de hand
en mompelde iets onverstaanbaars terwijl hij zich omdraaide om hen
voor te gaan naar achteren. Zijn haar zat in de war, zijn stropdas hing
los en de bovenste knoopjes van zijn overhemd waren open, alsof hij
het benauwd had. Aan zijn grauwe gezicht te zien, leek hij last te hebben van een ernstig slaaptekort.

Het lijk van Fatima werd pas om drie uur 's middags gevonden.
De buurvrouw die de macabere vondst had gedaan, zat kaarsrecht en
witjes op een stoel in de keuken van Tesson. In haar handen wrijvend
en met trillende lippen legde ze een verklaring af. Orla hoorde haar
meerdere malen 'Ik weet het niet' zeggen.

Door de openstaande achterdeur zag Orla een bekende rug. Lang
en recht, onder een zilverwitte haardos. Marc Tesson stond met de
handen diep in zijn zakken en met gebogen hoofd naar de technici te
kijken die onderzoek verrichten in het trapgat. Fatima lag voor de
onderste traptree, met het hoofd in een grote plas bloed. Het lichaam
had een vreemde knik en haar beide benen waren opgetrokken. Haar

ene arm was gestrekt en lag naast het naar opzij gekeerde gezicht. De ogen waren open en het donkere haar lag in slierten over haar voorhoofd en wang.

'Hoe wreed is het leven.' Marc Tessons stem onderbrak haar gedachten. 'Hoe onherroepelijk is de dood. Een val in het niets en alles is voorbij.'

'Meneer Tesson', zei Orla koeltjes. Ze vervloekte zijn aanwezigheid. De man stoorde haar met zijn autoritaire en dominante wezen. Het leek alsof hij met zijn lichaam de hele trap in beslag nam en niemand anders ruimte gunde. 'Weet u wat er is gebeurd?'

'Was het maar waar', antwoordde hij zachtjes, zonder zijn hoofd om te draaien.

'U moet zich verwijderen van de plaats delict gedurende het onderzoek, meneer Tesson. We zullen u na afloop ondervragen.'

Hij keerde zich bruusk naar haar om en ze zag aan zijn verbolgen blik dat hij geen prijs stelde op commando's.

Ze had geen tijd om daar aandacht aan te besteden en liep langs hem heen naar beneden. Op een afstand van de technici bleef ze staan, om zich ervan te vergewissen dat hun onderzoek afgerond was en zij aan haar taak kon beginnen. De dictafoon en de stethoscoop hield ze al in haar handen, zonder dat ze zich kon herinneren wanneer ze die gepakt had. Ze bracht de dictafoon naar haar mond en begon fluisterend gegevens in te spreken. De datum, het tijdstip, de plaats en een korte beschrijving van de vrouw aan haar voeten.

'Uw beurt, dokter Os.' De technicus knikte haar toe en ruimde zijn spullen op. De gedrongen man met het pezige lichaam was een oude bekende. Het had een tijdje geduurd voor hij begrepen had dat er niets mis was aan de buitenlandse vrouw met de scherpe stem, maar sindsdien verliep de samenwerking vlekkeloos. Snel en soepel als een hermelijn sprong hij de steile en smalle trap op.

Orla zette de dictafoon uit. 'Iets wat ik behoor te weten?'

Het bedrijvige lichaam kwam even tot rust en hij wierp een blik op de dode vrouw. 'Alleen haar eigen bloed, gestorven aan de verwondingen na de val, neem ik aan. Geen sporen die erop duiden dat er anderen in de buurt waren. Het licht hier werkt niet en ze is waarschijnlijk gestruikeld toen ze met het vuilnis naar beneden liep. De zak ligt naast haar.' Hij stak zijn hand op en weg was hij.

Orla trok handschoenen aan, dook onder de schijnwerper en boog zich over de dode vrouw. Het zag ernaar uit dat ze in deze houding op de grond was terechtgekomen en dat niemand haar had verplaatst of bewogen. Orla bestudeerde de lijkvlekken en de lijkstijfheid en controleerde de temperatuur van de lever. 'Ongeveer veertien tot zestien uur geleden overleden', stelde ze vast. 'Ze was waarschijnlijk klaar met haar werk bij de familie Tesson en op weg naar huis.' Orla herinnerde zich de eerste ontmoeting met Fatima. Ook toen bleek ze tot laat in de avond te werken. Dat zei natuurlijk niets over haar werktijden, wie weet ging ze naar huis als ze daar zelf zin in had.

Orla ging systematisch en behoedzaam te werk. Ze onderzocht alle openingen en oppervlakken waar ze bij kon. Alle informatie legde ze vast met de dictafoon. De doodsoorzaak leek voor de hand liggend. Fatima was voorovergevallen en op haar hoofd beland. Waarschijnlijk had ze geprobeerd om haar handen uit te steken, want ze had een lelijke polsbreuk opgelopen. De andere hand hield nog steeds de vuilniszak vast. Orla bestudeerde het bloed dat om het lichaam lag. 'Ze is na de val op dezelfde plek blijven liggen', constateerde ze. 'De klap die ze met haar hoofd tegen de grond maakte, lijkt fataal geweest te zijn.' Orla ging op haar hurken zitten en liet haar ogen over het gezicht dwalen. 'Een bloedonderzoek moet uitwijzen of ze onder invloed was van alcohol, medicijnen of iets dergelijks.'

'Fatima dronk niet en slikte geen pillen.' Tessons stem galmde in haar oren.

Orla draaide haar hoofd om en zag dat hij nog steeds boven aan de trap stond, in precies dezelfde houding. 'Bent u nóg niet weg, meneer Tesson?' Ze hoorde dat ze hem afblafte en begreep dat de vraag nergens op sloeg. Hij stond er nog, dat was duidelijk. Ze zuchtte. 'Hoe weet u dat ze geen alcohol of medicijnen gebruikte?'

'Ik ken Fatima', zei hij alleen maar, alsof daarmee alles bewezen was.

Marchal was naast hem opgedoken. 'Er was sprake van een korte ondervraging en daar kunnen we nu mee beginnen.' Hij pakte Tesson vastberaden bij de arm en leidde hem naar binnen.

Orla concentreerde zich weer op haar werk. Ze kon zich nog niet losrukken, alsof ze zocht naar de geheime code die op de huid van de vrouw was geschreven. Ze liep langzaam om haar heen terwijl ze zich afvroeg welke geheimen Fatima met zich mee de dood in had genomen. Orla had namelijk het sterke voorgevoel dat Fatima zaken had verzwegen. En dat niet alleen, ze was bang dat haar plotse en tragische dood daarmee verband hield. Ze geloofde er niet in dat Fatima was gestruikeld. Iemand had haar een duw verkocht.

59

Marc Tesson zat met een verbeten gezicht op een stoel in de riante huiskamer van Charles en Juliette.

De witte strepen die langs de diepe rimpels naast zijn neus liepen, gaven blijk van ingehouden woede. Orla vroeg zich even af of verdriet hem parten speelde, maar zijn houding viel moeilijk te rijmen met een man die rouwde.

Juliette zat in haar eentje in een hoek van de bank. De zwaar opgemaakte ogen waren groot en gevuld met ongeloof, alsof ze naar een toneelstuk zat te kijken waar ze de clou niet van begreep. Het daglicht drong door de ramen en gaf het gezicht met de hoge jukbeenderen de bleke, doorzichtige teint van een wassen beeld.

Charles Tesson zat stilletjes en met hangende schouders voor zich uit te staren, alsof de schok hem buiten werking had gesteld. Het slachtoffer was tenslotte hun eigen dienstbode en het ongeluk was hier in dit gebouw gebeurd. Hij kromp ineen toen hem gevraagd werd naar een alibi voor het tijdstip van het ongeval.

'Alibi? Wat bedoelt u?' Hij keek Marchal niet-begrijpend aan.

'Geef toch gewoon antwoord, man!' Marchal perste de woorden tussen de opeengeklemde lippen naar buiten. 'Zit niet zo sullig te kijken.'

Marchal schoof wat heen en weer op de stoel, zichtbaar verveeld met de situatie. 'Dit soort vragen hoort erbij, pure routine', zei hij ontwapenend en met een knikje naar Charles. 'Waar waren u en uw vrouw gisterenavond?'

Tesson had nog steeds moeite met zijn geheugen. 'We... we... waren niet thuis. We aten in een restaurant, zoals we wel vaker doen.'

'En wanneer kwamen jullie thuis?'

Een eenzame zweetdruppel tekende een glimmende streep langs zijn slaap. 'Om een uur of elf... geloof ik.' Hij wierp zijn vrouw een smekende blik toe. 'U kunt het beter aan mijn vrouw vragen, ik weet het niet meer precies.'

Juliette zag er niet alleen uit als een pop, ook haar bewegingen deden onecht aan. Ze keerde haar hoofd met een ruk naar Charles, alsof een onzichtbare hand het een kwartslag draaide.

'Ik begrijp het niet goed... valt er iets te verklaren?' Juliettes stem klonk zo zacht dat ze nauwelijks hoorbaar was. 'We komen altijd rond elven thuis, schat. Dat weet je toch?'

'Dus jullie kwamen om elf uur thuis?'

Het hoofd draaide weer op zijn plaats. 'Ja.'

Marchal keek haar lange tijd aan. 'Dan klopt dat niet met de verklaring van de conciërge. Hij zei dat jullie kort na tienen thuiskwamen.'

Juliettes zware mascarawimpers knipperden één keer. 'Dan zal hij zich vergissen, inspecteur.' Ze wierp een blik op haar man. 'Nietwaar, Charles?'

Charles gaf geen kik.

'Godallemachtig!' kreunde Tesson senior. 'Ben je niet eens in staat om je eigen onschuld te betuigen?' Hij sloeg met zijn vuist op de stoelleuning en gooide zijn hoofd achterover.

Marchal had er genoeg van. 'Roland, ik stel voor dat jij en Orla alvast een praatje met Marc Tesson in de eetkamer maken, dan rond ik dit gesprek alleen af.'

'Ik geef de voorkeur aan het kantoor.' Marc Tesson opende de deur zonder op een antwoord te wachten. Hij beende op het raam af en bleef met de rug naar hen toegekeerd staan. Zijn nek was even star als zijn gemoed, bedacht Orla.

'Welnu?' Hij draaide zich langzaam om. De witte strepen bij zijn neus waren nog niet verdwenen.

'We willen graag zoveel mogelijk over Fatima weten.' Ze ging door voor hij iets kon zeggen. 'Heb ik het mis als ik meen dat jullie een gezamenlijke geschiedenis hebben die ver terug in de tijd gaat?'

Marc Tesson liet zich niet makkelijk verrassen. Zijn ogen rustten maar een paar seconden langer op haar gezicht dan anders, voor hij met een diepe zucht achter de grote schrijftafel plaatsnam. 'Fatima was als een dochter voor mij', zei hij na een lange stilte. 'Ze was nog maar een kind toen ik haar en haar zus Assia leerde kennen.' Hij streek een hand langs zijn ogen en maakte ineens een vermoeide indruk. 'Toen ik hun hele familie leerde kennen, bedoel ik natuurlijk. De ouders van de meisjes waren bij ons in dienst. De vader als opziener, de moeder als hulp in de keuken. We vormden als het ware één grote familie, wij en de mensen die voor ons werkten.'

'Om welke reden kwam zij pas twintig jaar later naar Frankrijk?'

'Vanwege de voortdurende erbarmelijke situatie in Algerije. Ze had geen werk.'

Orla bekeek het onbewogen gezicht waar zo zelden een emotie op was te bespeuren. Vandaag leken de rimpels echter duidelijker dan voorheen, alsof de zorgen zich steeds dieper in zijn huid nestelden.

'Dat begrijp ik, maar ze zal toch niet de enige geweest zijn die in nood verkeerde en contact met u opnam?'

'Nee, dat klopt. Het leven was voor menigeen ondraaglijk', zei hij en het leek alsof hij tegen zichzelf sprak. Hij pakte een foto van het bureau, wreef met zijn mouw over het glas en zette hem weer terug. 'Toen wij uit Algerije vertrokken, lieten we een land achter, maar de mensen bleven ons bij. Velen lagen ons na aan het hart, maar niet iedereen was ons even dierbaar, dat spreekt vanzelf.' Met een handgebaar weerde hij haar af toen ze een nieuwe vraag wilde stellen. 'Laten we niet meer over het verleden praten, dokter Os. Dat heeft zo weinig zin in de situatie waarin we ons op dit moment bevinden.'

'Op de foto die bij u in de gang hing en die wij van u mochten lenen, heeft Assia een bijzondere ketting om. Kunt u zich dat herinneren?'

Hij keek haar verbaasd aan, voor hij langzaam knikte. 'Ik herinner me een ketting, ja.'

'Kunt u hem nader beschrijven?'

Een schamper lachje ontsnapte hem. 'Na veertig jaar?'

'Een gouden hanger in de vorm van een hartje, met kleine robijnen langs de rand, zegt dat u iets?'

Orla merkte dat hij wegkeek. 'Ik zeg u nogmaals dat ik me zoiets niet kan herinneren.'

'Waar was u gisterenavond tussen negen en elf uur, meneer Tesson?'

Het was de eerste keer dat Tesson breeduit glimlachte en ze zijn tanden te zien kreeg. Zijn gebit was nog steeds intact, maar de tanden waren lang en gelig, als die van een paard. De man, die ongetwijfeld ooit een knappe verschijning was geweest, had met de jaren dierlijke trekken ontwikkeld, bedacht Orla. Om niet te zeggen, duivelse. 'Ik neem aan dat ook ik deze vraag moet beschouwen als pure routine, dokter Os?'

Orla antwoordde niet, maar knikte beamend.

'Ik was gewoon thuis. Dat kan mijn advocaat bevestigen.'

Orla kon zich geen loyalere persoon voorstellen dan advocaat Vilar en ze was bang dat ze zelfs zijn verklaring onder eed met een korreltje zout zou nemen. Ze liet deze kwestie voorlopig liggen.

'Hoe kwam het dat Fatima van de trap viel, volgens u?'

'Ze struikelde of stapte mis. Iets wat iedereen kan overkomen helaas. Nee, agent', viel hij Roland in de rede, die alleen nog maar zijn mond had geopend. 'Ik zal de laatste zijn die beweert dat er sprake is van een misdrijf. Niet zozeer omdat niets in die richting duidt, maar vooral omdat ik niet begrijp wat daar de bedoeling van zou zijn. Waarom zou iemand haar willen vermoorden?'

Noch Orla, noch Roland had daar een antwoord op. Dat niets op een misdrijf duidde, had de man in ieder geval goed geraden. Er was inmiddels vastgesteld dat er geen inbraak gepleegd was en dat niets erop wees dat er een gevecht geleverd was in de flat. En wat Fatima betrof, zag het er niet naar uit dat ze zich verweerd had vóór de fatale duik in de diepte.

60

Een van de technici klopte op de deur en gebaarde Orla naar zich toe. 'We hebben de meterkast gecheckt. De zekering die zorgt voor de stroomvoorziening naar het trapgat, is weg.'

'Met andere woorden, een indicie', knikte Marchal. 'Het zou in ieder geval een vreemde samenloop van omstandigheden zijn als die stop verwijderd is op de dag dat Fatima van de trap valt.'

De conciërge klakte met zijn tong en schudde heftig met zijn hoofd toen ze hem vroegen of hij de stop de dag ervoor had weggehaald. 'Ik houd alles netjes bij', zei hij en hij keek hen aan alsof hij onterecht beschuldigd werd van nalatigheid. 'Ik weet precies welke stoppen, peertjes en andere zaken ik verwijder en vervang. En wanneer.' Hij trok een groen notitieboekje met een harde, viezige kaft uit zijn achterzak en wapperde ermee voor hun neus. 'Dit is meneer zijn geheugen.' Hij bladerde in het boekje. 'Hier. Die stop heb ik er een maand geleden in gedraaid', zei hij triomfantelijk. 'Ik snap niet dat iemand die nu al weggemikt heeft. Die dingen gaan soms jaren mee.'

Marchal knikte. 'Zijn hier gisterenavond onbekenden aan de deur geweest?'

De conciërge haalde zijn schouders op en tilde beide handen omhoog. 'Geen mensen die ik nooit eerder gezien heb in ieder geval. Vraag me niet naar de huurders, want die gebruiken de code en zijn binnen voor je het weet. En dat er dan wel eens vreemde snoeshanen mee naar binnen glippen, dat zou niet de eerste keer zijn...' Hij schokschouderde opnieuw.

Ze waren meer dan tevreden met zijn ene duidelijke antwoord, waaruit bleek dat iemand de zekering had verwijderd. Orla begreep dat haar bange voorgevoel niet ongegrond was. Maar dat nam niet weg dat Marc Tessons vraag nog steeds relevantie had. Waarom zou iemand Fatima willen vermoorden?'

Fatima's ziel bevond zich nog steeds in haar flat, begreep Orla toen ze binnentraden in de woning in de rue Buffon en verwelkomd werden door de warme, sterke tinten en de kruidige geur. Kleurrijke kleden hingen tegen de muur. Een kleine divan ging schuil onder een gestreepte, geweven deken en grote, mosgroene kussens. Een ronde poef bekleed met bruin leer stond voor het raam.

De flat was klein en de meubels waren eenvoudig. Een nieuw televisietoestel met flatscreen prijkte in een hoek van de kamer en viel volledig uit de toon. *Star Wars* in het rijk van *Duizend-en-één-nacht*, griezelde Orla.

Haar oog viel op de theepot en het gebruikte ontbijtbord op het aanrecht. Ze trok laden open en controleerde de inhoud. Ondergoed, kousen, dunne sjaals, truien en nachtjaponnen. Orla scharrelde tussen de spullen, schiep wanorde in de nette stapels, duwde alles plat en schoof de laden met een klap dicht. In de boekenkast zocht ze naar foto's, maar vond alleen maar een aantal goedkope schilderijtjes, voornamelijk van roestbruine woestijnen onder azuurblauwe luchten. Op een ervan was een typisch stadje aan de Middellandse Zee afgebeeld. Witte en terracottakleurige huizen leken te wiebelen op de rand van een bergmassief waarvan de loodrechte wanden een woeste rivier in doken. 'Constantine' stond er in een hoekje met gouden letters gedrukt.

Marchal had bij het raam gestaan terwijl Orla Fatima's bezittingen onderzocht. Met zijn hand een geeuw verbergend liep hij op de kleine poef af, duidelijk van plan om het zich gemakkelijk te maken.

'Niet doen!' Orla slaakte een verschrikt gilletje bij de gedachte dat een zwaarlijvige man als Marchal op deze fraaie, maar fragiele poef zou neerploffen. 'Die is niet om op te zitten, volgens mij. Ik denk eerder dat je er dingen in kunt bewaren.'

Marchal had zijn grote handen al op het deksel gelegd en tilde het voorzichtig omhoog.

'Paperassen.' Hij keek in een van de dikke enveloppen. 'Loonbriefjes', zei hij met een rimpel op zijn voorhoofd. 'In keurige stapeltjes.' Hij haalde er een bundeltje uit. 'En geordend op datum. Laten we dit hele archief maar meenemen.'

Orla was op een stoel geklommen en doorzocht Fatima's garderobekast. Ze trok een plastic zak tevoorschijn en schudde hem leeg op de vloer. Er viel een laken uit dat om een blote babypop van porselein bleek te zijn gewikkeld. In de borst van de pop zat een gat. Orla begreep meteen dat het kleine orgaan het hart van een dier was.

'In godsnaam, wat heb je daar?' Marchal stond al naast haar. 'Wat moest ze daarmee?'

Orla schudde het hoofd. 'Alsof ik dat weet. Mijn eerste reactie is dat het gaat om iets van symbolische waarde, zeg maar.' Ze rook aan het hart en kneep er zachtjes in. 'Niet echt vers, maar meer dan een paar dagen heeft het niet in die kast gelegen. De vraag is of Fatima dit cadeau gekregen heeft of dat ze van plan was om er iemand een plezier mee te doen.' Ze rolde de pop en het hart weer in het laken en stopte alles terug in de zak. 'Iemand kan het als een soort waarschuwing naar haar gestuurd hebben of in haar bed hebben gelegd. Aangezien er een laken omheen zat.' Orla fronste haar wenkbrauwen. 'Die pop was geen grapje.'

'Ergo zou het kunnen dat iemand haar geterroriseerd heeft', zei Marchal langzaam. 'Zo ja, dan is het vreemd dat ze niet naar de politie gestapt is. Was ze dat niet van plan, dan had ze op zijn minst die vieze troep kunnen wegsmijten.'

'Je weet niet of Fatima iets te verbergen had, iets wat zwaarder woog dan die pop.'

'Wat die loonbriefjes betreft.' Marchal hield er eentje voor haar neus. 'Zodra ze adverteren voor een nieuwe hulp in de huishouding ga ik naar dat baantje solliciteren, zeker weten', zei hij grimmig. 'Ze had verdomme nagenoeg hetzelfde salaris als ik, met het verschil dat ze een vaste werktijd had en elke nacht kon pitten.' Hij rechtte zijn rug. 'Waarom betaalden ze haar zo'n smak geld?'

Orla haalde haar schouders op. 'Je kunt die mensen in ieder geval niet betichten van uitbuiting. Wat dat betreft, werd ze netjes behandeld.'

61

Advocaat Maurice Vilar trok zojuist de deur van het kantoor dicht toen Orla en Marchal de trap opkwamen.

'Het spijt me', zei hij over zijn schouder terwijl hij de sleutel omdraaide. 'Ik ben dicht. Maar morgen...'

'We komen niet voor juridische bijstand', onderbrak Marchal hem. 'Het betreft Georges Lamberts testament. En in dat verband ook de familie Tesson. U bent de advocaat van beide partijen, is ons verteld.'

De advocaat stond nog steeds met zijn rug naar hen toe. 'Ja, dat klopt.' Hij schoof de aktetas beter onder zijn arm en draaide zich om. 'Zoals u weet, was ik in de gelegenheid om het testament van Georges Lambert te openen als er sterke vermoedens waren dat hem iets was overkomen. Hij heeft al twee weken geen teken van...'

'Daarvan zijn we op de hoogte, meneer Vilar.' Marchal begon ongeduldig te worden. 'Ook van de inhoud van het testament.'

Zonder een woord te zeggen maakte de advocaat de deur weer open.

Marchal stak meteen van wal. 'Van Georges Lambert hebben we een vrij duidelijk beeld, maar dat geldt niet voor zijn nauwe relatie met de familie Tesson.'

Maurice Vilar vouwde zijn handen en legde zijn hoofd schuin. 'Nauwe relatie?'

'Adam Fabre is toch de belangrijkste erfgenaam van Georges Lambert, of ben ik abuis?'

'U bent op de hoogte van de inhoud van het testament, dus die vraag lijkt me overbodig.'

'Er hangt nog een vraag in de lucht.'

'Wat moet ik daarop antwoorden, inspecteur? Lambert heeft geen naaste familie. Natuurlijk zou hij zijn vermogen kunnen doneren aan het Rode Kruis of het Leger des Heils, maar dat heeft hij niet gedaan.'

'Aangezien Adam Fabre overleden is, komt dat vermogen waarschijnlijk Isabelle Fabre toe?'

'Dat is juist.' De advocaat trok één wenkbrauw omhoog. 'Voor de duidelijkheid moet ik onderstrepen dat Georges Lambert strikte geheimhouding eiste inzake dit testament. Tot voor kort was ik, naast Lambert, de enige die de naam van zijn erfgenaam kende.' Hij zweeg en keek Marchal strak aan, alsof hij wachtte op een signaal om op te staan en hen uitgeleide te doen.

Marchal bleef rustig in zijn baard zitten krabben. 'Nu we hier toch zijn, meneer Vilar... Er zijn een paar andere zaken die we graag met u zouden doornemen. Het gaat om Assia Kagda, de vrouw die in Algerije om het leven kwam toen de familie Tesson daar nog woonde.'

Vilar keek hen verbaasd aan. 'Assia Kagda?'

'We begrijpen niet precies wat er allemaal gebeurde in het kielzog van haar dood.'

Vilars verbazing was veranderd in ongeloof. 'Zijn jullie geïnteresseerd in een dodelijk ongeluk dat veertig jaar geleden in Algerije plaatsvond?'

Orla knikte. 'We proberen de oorzaak van Fatima's dood met zekerheid vast te stellen. We vragen ons af of het een ongeval was.' Ze boog naar voren. 'De val van haar zus, indertijd in Constantine, was dat een ongeluk, volgens u? Of werd ze van de rotsen geduwd?'

'Volgens de uitspraak van de politie is ze gestruikeld of uitgegleden en naar beneden gevallen. We spreken dus van een ongeluk.' Het antwoord kwam bijna te snel. 'Eerlijkheidshalve moet ik erbij zeggen dat niemand het zag gebeuren, ook Marc Tesson niet.'

'Dat niemand het zag gebeuren, dat klopt niet...' begon Orla.

'U denkt misschien aan Fatima', viel Vilar haar in de rede. 'Zij was inderdaad ter plekke, maar zij zag alleen Marc Tesson urineren, niet dat haar zus van de rots viel.'

'Hoe weet men dat allemaal zo zeker, Vilar?' vroeg Marchal inquisitorisch. 'Zou het niet kunnen dat iemand het gebeuren heeft gadegeslagen en dat al die jaren verzwegen heeft? Tot op de dag van vandaag?'

De schouders van advocaat Vilar zakten iets naar voren. 'Ik heb niets aan deze zaak toe te voegen, inspecteur. Ze werd bijna een halve eeuw geleden afgesloten.'

'En Georges Lambert?'

Vilar leek iets op te leven. 'Lambert is een verhaal apart, inspecteur. Mijn sympathie heeft hij niet. Als jonge vent verliet hij het leger om generaal Salan en het verzet te dienen. Hij was leergierig, een trouwe discipel en tot alles bereid. Een tijdlang smokkelde hij zelfs wapens via Spanje het land binnen, voor de FAF, de latere OAS. Ik neem aan dat jullie van dat geheime leger gehoord hebben, en van alle moordaanslagen die deze fascistische honden op hun geweten hebben?' Vilar tilde zijn kin omhoog. 'Lambert draaide met alle winden mee en je wist nooit waar je hem had. Slim als de duvel en in staat om zijn eigen broer of moeder te verraden als hij daar voordeel uit kon trekken. De familie Tesson, die een veel nuchterdere kijk op de politieke situatie had, werd volgens mij grondig door hem uitgebuit.' Hij ging meer rechtop zitten en leek een besluit te nemen. 'Zoals jullie weten, was Marc van plan om met Assia te trouwen.' Hij haalde diep adem. 'Ik kan jullie verzekeren, een dergelijk huwelijk was niet gewoon in die tijd. Marc vond echter dat hij geen keuze had, die indruk kreeg ik in ieder geval.'

'En wat heeft dat met Lambert te maken?'

Vilar keek Marchal ernstig aan. 'Lambert heeft altijd een hechte band met de familie gehad. Ik denk zelfs dat hij een van de weinigen was die op de hoogte was van de trouwplannen van Marc en Assia.'

'En dat zinde hem niet?' vroeg Orla.

'Dat zinde niemand.'

'Zou iemand er zoveel op tegen gehad kunnen hebben dat hij of zij er een moord voor zou plegen?'

'Dat zou kunnen.'

'Acht u Georges Lambert tot zoiets in staat?'

Advocaat Vilar gaf geen antwoord en Marchal kuchte. 'U hebt maar één keuze, Vilar, en dat is eerlijke taal spreken. We denken dat u over inlichtingen beschikt die wij nodig hebben.'

Vilar stond op en liep naar het raam. Hij zwaaide een beetje op zijn benen alsof hij een inwendige strijd voerde die hem uit evenwicht bracht. Toen zei hij: 'Niet ik, maar Georges Lambert beschikt over informatie. Informatie waarmee hij Marc Tesson chanteert', zei hij langzaam.

'Had Lambert iets te maken met die geldafpersing van een tijdje terug?'

'Nee, dokter Os, die gedachte is nooit bij me opgekomen. Daar zaten volgens mij andere lieden achter.'

'Die informatie waarmee hij Tesson chanteert, waar draait het om?'

'Hij zegt dat hij in het bezit is van een getuigenis waaruit blijkt wat er gebeurde toen Assia van de rotsen viel.'

'Maar er waren geen getuigen, afgezien van Fatima, die de verkeerde persoon in de gaten hield?'

'Lambert beweert dat er een tweede getuige is geweest die kan bevestigen dat het geen ongeluk was, maar een moord. Wie de dader is, heeft hij al die tijd verzwegen, in ruil voor een forse, jaarlijkse tegemoetkoming.'

'En die getuige, wie was dat?'

'Hijzelf.'

Orla was een van de laatsten op het bureau die het licht uitdeed. De inlichtingen van Vilar moesten worden verwerkt en gesystematiseerd. Isabelle Fabre was de enige erfgename van Lambert, maar daarvan wist ze pas af toen hij al lang en breed verdwenen was. Mits Vilar zijn zwijgplicht even serieus nam als zij.

Orla bleef in het halfduister zitten peinzen. Dat Lambert beweerde dat hij getuige was van de moord op Assia en tegen betaling zijn mond hield, kon niet kloppen. Voor geen meter. Orla stak de lamp weer aan en wreef in haar vermoeide ogen. Ze bladerde in haar papieren en vond het overzicht dat ze gemaakt had van de bewegingen van de familie Tesson gedurende de periode voorafgaand aan hun vertrek uit Algerije.

Assia Kagda overleed 's middags, op 22 april 1961, in Constantine, waar ze samen met Marc Tesson verbleef. Georges Lambert was in die tijd een van generaal Salans vaste lijfwachten en week geen moment van zijn zijde. Op het tijdstip dat Assia stierf, was Salan in Spanje. Pas tegen de avond keerde de generaal terug naar zijn zomerresidentie even buiten Algiers.

Toen ze voor de tweede maal de lamp uitdeed, had ze een hypothese opgesteld. Georges Lambert was geen getuige geweest van de val van Assia, maar was wel te weten gekomen dat er sprake was van een moord. Marc Tesson had meer gezien dan hij deed geloven. Hij moest weten wie de moordenaar was. Waarom zou hij anders Lambert jaar in jaar uit betalen om zijn mond te houden, ondanks het feit dat hij donders goed wist dat Lambert niets met eigen ogen gezien had?

Met de gedachten tollend in haar hoofd slenterde ze de gang uit. Ze kon maar één conclusie trekken uit haar stelling. Fatima had gezien wat er die middag gebeurde. Zij was het die de informatie doorgespeeld had naar Georges Lambert. Maar waarom dreef dit alles nu naar de oppervlakte, veertig jaar later?

Ze overwoog een moment om Marc Tesson te confronteren met haar bevindingen, maar ze zag zijn verbeten, gesloten gezicht voor zich en wist dat ze over voldongen feiten moest beschikken voor de man zijn mond opendeed.

Het mobieltje rukte haar uit haar overpeinzingen. Het was Marchal en ze liep als vanzelf in de richting van zijn kantoor.

'Die pop zat onder de vingerafdrukken', zei hij toen ze de deur opende. 'Die van Fatima, naast een serie afdrukken die niet in onze registers voorkomen.'

'Van haar moordenaar?'

Marchal streek over zijn baard. 'Misschien. Dat deze persoon zo klakkeloos met blote vingers met die pop omging, rijmt niet met het gedrag van een doortrapte moordenaar. Stel dat Fatima met pop en al naar de politie was gestapt?'

Orla beet op haar lip. 'Tenzij deze persoon Fatima zo goed kende dat hij of zij wist dat ze geen aangifte zou doen. Wat deze persoon misschien niet verwacht had, was dat Fatima die pop in haar kast opborg in plaats van hem in de vuilnisbak te smijten. Zou ze misschien toch van plan zijn geweest om ermee naar de politie te gaan?'

'Dat zou natuurlijk kunnen.' Marchal stond op. 'Ik waarschuw je bij deze dat ik een kleine rel ga ontketenen. Ik wil namelijk vingeraf-drukken hebben van de hele familie Tesson. Nu meteen. Gelukkig is de minister van Justitie op een officieel bezoek in Japan en de president op kerstvakantie, zodat we onze gang kunnen gaan zonder dat we meteen op het matje worden geroepen.'

62

Alle bekende luchtjes stroomden hem tegemoet toen Malek door de nauwe straatjes van de havenbuurt in Algiers liep.

Urine, vuilnis, koffie, gebraden vlees en pepermunt, en de niet te definiëren stank die deed denken aan te veel mensen in een te kleine ruimte. Het weerzien met de vertrouwde omgeving temperde zijn angst. Toch had hij het idee dat hij op hete kolen liep. Hij tilde zijn voeten steeds sneller op, maar leek amper vooruit te komen.

Het was pas acht uur in de ochtend en hij was net aangekomen met de nachtboot uit Frankrijk. Hij kocht een kop thee van een straatventer en dronk van de gloeiend hete, zoete drank terwijl hij wachtte op het moment dat ook de gegoede burgers het tijd vonden om uit bed te kruipen.

De verwarming in zijn auto had het begeven en toen hij de exclusieve wijk in reed waar de havenmeester woonde, was hij verkleumd van de kou. Een ijzige novemberwind joeg in vlagen langs zijn lichaam en zijn ledematen trilden toen hij de trap op liep. Hij belde aan en bedacht dat hij nog steeds niet besloten had hoe hij het gesprek moest aanvatten. Het maakte waarschijnlijk niets uit. In zijn hart wist hij dat zijn kansen waren verspeeld.

Yacefs lakei was een vermomde lijfwacht, stelde Malek vast toen hij de borstkas zag die breder was dan de zeevlakte die vanuit de tuin te zien was.

'Heb je een afspraak?'

Malek schudde zijn hoofd.

'Oprotten.'

'Het betreft Parijs...' Malek zette een voet in de deurkier, ook al vreesde hij dat de man niet vies was van een amputatie.

De lakei staarde naar de voet en leek Maleks gedachten te raden, maar besloot blijkbaar om eerst de baas te bellen. Malek verstond niets van het gemompel dat voorafging aan de grijns die op zijn gezicht verscheen. Een paar seconden later draafde hij achter de diender aan naar het terras, waar Yacef onder een warmtelamp zat met zijn benen op de tafel en een zijden, turkooizen ochtendjas over zijn pyjama.

'Malek Kagda.' Het klonk als een aanklacht. Hij zoog gulzig op zijn sigaar terwijl hij Malek koeltjes aankeek. 'Je lijkt het idee te hebben dat je welkom bent in mijn huis.'

'Ik...'

'Discretie was de voorwaarde, Kagda.'

'Monsieur Yacef, ik was...'

'... even discreet als de roep van een minaret.' Hij zwaaide zijn benen van de tafel. 'Je moet nodig afkoelen, Kagda, je verhitte hoofd onder de koude kraan houden. Je bent de draad kwijt, je talent. Ga daar thuis maar eens diep over nadenken.'

Malek wilde antwoorden, maar de zware hand van de lijfwacht plakte al op zijn schouder en keerde hem om. Voor hij hem van zich af kon schudden, stond hij weer op de stoep. De klap van de deur dreunde in zijn oren.

Het was nog steeds vroeg toen Malek bij het flatgebouw aankwam. De armetierige woning die hij met Jamal deelde, had hij van de hand gedaan. Hij was er nooit meer geweest, zelfs niet om zijn spullen op te halen.

Aan geld had hij de laatste jaren geen gebrek gehad. Hij nam risico's en werd daar goed voor betaald. De flat die hij nu bewoonde, konden weinig mensen zich veroorloven. Het huurcontract had Yacef voor hem geregeld en Malek vermoedde dat de havenmeester zelf de eigenaar was van het pand. Ernaar gevraagd had hij natuurlijk nooit. Het enige wat hij met zekerheid omtrent Yacef wist, was dat hij de ontvanger was van de bankbiljetten die Malek onder zijn kleren verborg als hij terugkeerde naar Algerije om een nieuwe lading dadels, couscous en andere koopwaren op te halen. Van de gedrongen, amechtige Fransman met de paarse aardappelneus die hem in het videozaakje naast Hôtel des Charmes voorzag van de bankbiljetten, wist hij niets. Zelfs na alle jaren die waren verstreken sinds hij de man voor het eerst bij Yacef in Algiers ontmoette, had Malek geen idee hoe hij heette. Ook zijn eigen personeel noemde hem alleen maar *le patron*.

Hij reed de parking op die bij het appartementencomplex hoorde. Vroeger had hier een plantsoen gelegen. Het standbeeld van een Franse dichter was met bloemperk en al door de revolutionairen op de vuilnisbelt gegooid en alleen de overgebleven sokkel midden op de parkeerplaats herinnerde aan vervlogen tijden.

Hij was al een poos niet thuis geweest. De tas met boodschappen had hij helemaal vanuit Marseille meegesleept, maar hij had geen honger. Hij verlangde alleen maar naar zijn bed.

Met krachteloze benen klom hij de trap op naar de vierde verdieping. Hij voelde zich uitgeput en geradbraakt na het onbehaaglijke gesprek met Yacef. Diepe slaap was misschien de enige remedie. Wie weet broeiden zijn hersenen op eigen houtje een oplossing uit.

Voor de deur van zijn flat bleef hij verrast staan. Er klonken stemmen daarbinnen, van volwassenen en jengelende kinderen. Hij stak de sleutel in het slot en vreesde voor zijn verstand. Begon hij last van hallucinaties te krijgen?

De sleutel paste niet. Hij liep door naar de volgende deur en zag daar het naambordje van zijn buurman, waaruit bleek dat hij niet op de verkeerde verdieping was beland.

Hij keerde terug en drukte op de bel. Even later stond hij oog in oog met een vrouw die een kind op haar arm had.

Ze keek hem onvriendelijk aan. 'Wat is er?'

'Wat doen jullie hier?' Hij stamelde meer dan hij sprak.

De vrouw liet een snuivend geluid horen, voor ze haar hoofd omdraaide en een naam riep.

De man die achter haar opdook, had een platgedrukt gezicht en priemende, onbetrouwbare ogen. Zijn lippen had hij stevig op elkaar geperst, alsof elk woord hem fataal kon worden. Hij droeg kleren met een modieuze snit en dure Italiaanse mocassins. Toen hij zijn hand op de deurpost legde, merkte Malek een breed gouden horloge op. De man was een oude bekende, een creatieve valserik die van alle louche markten thuis was. Hij regelde uitjes in de vrije natuur voor vrouwen van lichte zeden, wees klanten de weg, zorgde voor de alcohol en de versnaperingen die in de parken en de bossen geconsumeerd werden, als hij niet door de stad doolde op zoek naar jonge gasten die ook wel eens een lijntje of shot wilden uitproberen. Aan zijn blik te zien, was de herkenning wederzijds.

'Wat wou je precies?'

'Ik woon hier.'

'Jíj?' De lach van de man was vol leedvermaak. 'Jij hebt hier nog nooit van je leven gewoond. Een krot in de kashba is meer jouw stijl. Ophoepelen!' De deur werd dichtgesmeten.

Hij had geen uitleg nodig, de situatie was duidelijk. Het slot hadden ze verwisseld en hij was uit zijn huis gezet. Malek kende de spelregels. Hij werd gezien als een veiligheidsrisico. De vraag was niet wat hun volgende maatregel was, maar wanneer hij die kon verwachten. Hij kon alleen maar hopen dat de Fransman nog steeds een beschermende hand boven zijn hoofd hield en ervoor zou zorgen dat de methode die ze kozen gesofisticeerder was dan een doorgesneden strot.

Hij herinnerde zich dat hij jaren geleden voor het station zat en zich afvroeg of hij beter af was geweest als hij in 1961 het loodje gelegd had. Nu dacht hij er anders over. Het feit dat hij de aanslag bij zijn school overleefd had, was een goed teken. Hij vertrouwde erop dat hij ook deze keer geluk zou hebben.

63

Parijs, 27 november 2000

Juliette Tesson had in haar eentje gegeten.

Het bord stond nog op de eettafel. Ze had zo te zien wat hapjes van een plak ham genomen, een halve krop sla opgepeuzeld en een hompje stokbrood.

Met de wijn was ze minder karig omgesprongen en het geslepen, met ornamenten versierde glas blonk als een sieraad tussen de vingers met de mooi gemanicuurde nagels.

Orla vroeg zich af hoe het was om een aangetrouwd lid van deze familie te zijn. Met haar koele elegantie en mondaine wezen viel Juliette beslist niet uit de toon. De bleke huid deed Orla denken aan porselein. Wat niet betekende dat ze een breekbare indruk gaf. Integendeel. De vrouw had iets hardnekkigs over zich, een taaiheid die moeilijk te verklaren was.

Maar zodra Orla haar troebele, lege blik ontmoette, zag ze niets anders dan een bodemloze eenzaamheid. De vrouw was niet bepaald een-twee-drie te doorgronden. Wat er achter het slanke, schijnbaar fragiele uiterlijk schuilging, was voorlopig een raadsel.

Charles Tesson was afwezig. Op de vraag waar hij was, antwoordde ze om te beginnen met een schouderophalen. Toen zei ze: 'Op zakenreis. Komt vanavond laat pas thuis.' Ze schonk het wijnglas opnieuw vol. 'Voor de draad ermee, mensen. Wat is er nu weer aan de hand?'

Ze was lang genoeg aan het woord om te horen dat ze lichtelijk aangeschoten was. Dat was misschien in hun voordeel. Wie weet zou ze met een slokje te veel op, sneller op haar praatstoel zitten.

'We hadden gehoopt dat we uw man hier zouden aantreffen.' Marchal stond voor het raam, alsof hij naar hem uitkeek. 'We konden vanochtend geen vingerafdrukken van hem afnemen. Bovendien willen we graag met u beiden een praatje maken.'

Juliette zette een verbaasd gezicht op. 'Met ons beiden?'

Marchal ging dat niet uitleggen. 'Heeft Fatima wel eens verteld dat ze bedreigd werd of door iemand werd lastiggevallen?'

'Draait het alweer om Fatima?' Juliette Tesson rolde met haar ogen. 'Hemelse goedheid, komt er dan nooit een eind aan? Fatima struikelde en viel van de trap. Jammer genoeg was dat ónze trap. Het antwoord op uw vraag is nee. Waarom zou iemand haar bedreigen?' Ze tuurde naar de inhoud van haar glas terwijl ze sprak.

'Laten we overstappen op Adam Fabre. Waarom zou iemand hem willen vermoorden?' Orla wierp op goed geluk een lijn uit. 'Wij tasten namelijk in het duister. Van buitenaf gezien, lijkt namelijk alles aan de man koek en ei, zeg maar.'

'O?'

Heel even dacht Orla pretlichtjes in haar ogen te zien. 'Een knappe man met een mooie vrouw en een succesvolle zoon, een goed salaris, een pracht van een woning', vervolgde ze. 'De enige zwakke kant was misschien dat Fabre iets te dol op vrouwen was?'

Nu schoot Juliette in de lach. Ze boog naar voren en lachte zo uitbundig dat de wijn over de rand van het glas golfde. Met een hikje zette ze het glas op de tafel. De alcohol had haar misschien niet loslippig gemaakt, maar wel losbandiger dan ze van haar gewoon waren. Leedvermaak grenzend aan minachting stond op haar gezicht te lezen.

'De man was getrouwd met een feeks, dokter Os. Maar welke vrouw zou niet af en toe door het lint gaan als blijkt dat haar echtgenoot liever bij een man in bed kruipt?' Ze pakte het glas weer op en nam een forse teug. 'Af en toe heb ik met haar te doen. Veertig jaar geleden zette ze alles op alles om die vent aan de haak te slaan. En vanzelfsprekend kreeg ze haar zin, dat is vaste prik. Toen ze begreep wat er mis was aan Adam, voelde ze zich natuurlijk beetgenomen. Bedrogen is misschien een beter woord.' Juliette sloeg haar arm uit en stootte bijna de wijnfles van de tafel. Marchal kon hem nog net redden.

'Adam Fabre had alleen op haar centen zitten azen. Tenminste, dat dachten we. Later bleek dat zijn minnaar de gulzige geldwolf was.' Juliette gooide het hoofd in haar nek en barstte weer in lachen uit.

'Maar dat mocht niemand weten. Dus speldde ze iedereen op de mouw dat meneer vriendinnetjes had.'

Marchal leunde naar voren en plantte zijn ellebogen op zijn knieen. 'Wilt u zeggen dat Isabelle Fabre die verhalen over minnaressen uit haar duim heeft gezogen?'

'Ja, natuurlijk.' Juliette sperde haar ogen nog meer open en ze zagen dat ze moeite had om haar blik scherp te stellen. 'Het probleem is alleen dat ze er zelf in is gaan geloven. Moet u eens proberen,' ze boog naar Marchal toe, 'moet u eens proberen om haar met de waarheid te confronteren. Ik zweer u dat ze u naar de keel vliegt. Als je het mij vraagt, is dit een klassiek voorbeeld van verdringing.'

Orla zat roerloos op haar stoel. 'De minnaar van Adam Fabre', zei ze langzaam. 'Kunt u ons zeggen wie hij is?'

'Aan de noodzaak van discretie is duidelijk een eind gekomen, nietwaar? Alles moet en mag gezegd worden?' Juliette knipoogde samenzweerderig. 'Georges Lambert, dokter Os. Wie anders?' Ze lachte weer, luid en schel. 'Knappe, jonge vrouwen, om de dag een nieuwe, hoe verzint ze het!'

64

Dokter Berlier trok de handschoenen goed omhoog, tot over de mouwen van de groene jas. De sectie van Fatima was eerder die ochtend voltooid. Roland was erbij geweest en kon vertellen dat de vrouw was overleden als gevolg van de val van de trap. Punt uit.

Orla en Marchal stonden aan weerszijden van de stalen tafel. Het groene laken was weggeslagen. Het bleke lichaam leek in tweeën gedeeld door de lange naad die Berlier op de huid had aangebracht.

Orla's blik rustte op de buik van de vrouw. Fatima, een kinderloze Algerijnse, had zichtbare striemen bij haar heupen. Ze tilde haar hoofd op en keek Berlier aan.

'Het ging om deze vondst, nietwaar? Ze heeft een kind gebaard?'

Berlier knikte langzaam. 'Minstens één kind.' Hij wees naar het abdomen van de vrouw. 'Dit soort striae duidt op een zwangerschap, maar het hoeft niet zo te zijn, het is op zich geen afdoende bewijs.'

'Er is afdoende bewijs dat ze bevallen is?' Marchal had moeite met het verwerken van de informatie.

Berlier knikte bevestigend. 'Ja, het geboortekanaal spreekt duidelijke taal. Ze heeft bijvoorbeeld een episiotomie gehad. Ze is ingeknipt', voegde hij er ter verduidelijking aan toe met een blik op Marchal.

Orla stak haar koude handen in de zakken van haar wollen jas terwijl ze nadacht over Berliers woorden. 'Volgens de openbare registers die we doorgenomen hebben, had Fatima geen familie in Frankrijk. Er staat nergens iets over kinderen.'

'Een geheimgehouden zwangerschap?' Marchal keek haar van opzij aan. 'Hoe kan een Algerijnse vrouw zonder familie of achterban verbergen dat ze in verwachting is?'

Orla trok het jasje dichter om zich heen en was al op weg naar de deur. 'Er waren er die het wisten en die haar geholpen hebben, dat kan niet anders. Ik kan me niet voorstellen dat ze in deze toestand in haar eentje terug naar Algerije is gereisd. Hier weten ze bij de familie Tesson vast meer van af.'

'Fatima zou bevallen zijn van een kind?' Tesson stond in geefachthouding voor de haard en legde een hand op de schoorsteenmantel, alsof hij steun kon gebruiken. De gezonde, vitale gloed was van zijn gezicht verdwenen en de huid zag er grauw en perkamentachtig uit. Orla vond dat hij zichtbaar ouder geworden was sinds hun laatste ontmoeting.

'Ze heeft al die jaren nauw samengeleefd met uw familie. Het lijkt me stug dat de vrouwen niet zagen dat ze zwanger was. En u, u moet het toch ook in de gaten gehad hebben?'

Tesson ging eindelijk op een stoel zitten. 'Voor mij was Fatima... als een dochter. Toen ik besloot om haar te helpen, was ik niet bedacht op moeilijkheden. Fatima was een volwassen vrouw en het verleden lag verder achter ons. Ze was een schoonheid in haar jeugd en het bleek dat ze er niet minder mooi op was geworden. Jullie hebben het met eigen ogen gezien...' Hij maakte een hulpeloos gebaar met zijn hand. 'De vrouwen in onze familie zagen haar liever gaan dan komen. Van een nauwe band tussen hen en Fatima is nooit sprake geweest. Ze hebben het haar nooit vergeven dat ze indertijd de kant van de guerrilla koos.'

Orla dacht na over zijn uitspraken. 'Denkt u dat uw nichtje jaloers op haar was?'

Een ironisch lachje speelde om zijn mond. 'Ja, Isabelle was erg jaloers. En Juliette ook.' Hij snoof schimpend. 'Ze vonden dat Fatima te veel aandacht kreeg en behandelden haar arrogant en oneerbiedig. Ze sloten haar buiten, volgens de regels van de kunst.' Zijn blik rustte op Orla. 'U weet, sommige vrouwen ontnemen anderen hun glans.'

Orla sloeg haar ogen neer, boos op zichzelf omdat ze zich bijna had laten afleiden. 'U heeft mijn vraag niet beantwoord.' Ze tilde haar hoofd op en keek hem zo kalm en afstandelijk mogelijk aan. 'U zou eigenlijk de eerste moeten zijn die het wist.'

'Waarom ík?'

'Is dat niet logisch? U was haar beschermheer en haar financiële zekerheid.'

Tesson leek een inwendige strijd uit te vechten. Hij veerde op, beende naar het raam en wierp een blik naar buiten, voor hij langzaam terug naar zijn stoel liep en ging zitten. 'Ja, ik wist het', zei hij met een gelaten zucht. 'Het was ongehoord.'

'Was ze al in verwachting toen ze kwam?'

'Ik weet het niet, inspecteur.'

'En u wist ook niet of ze een relatie had?'

Hij staarde haar koeltjes aan. 'Nee, dat al helemaal niet.'

De lange, pezige handen schoten plotseling omhoog, als opgeschrikte, radeloze vogels. 'Wat moest ik doen? Ze wilde me niets vertellen en terug naar huis kon ze niet.' Hij was weer opgestaan en drentelde rondjes op het versleten vloerkleed. 'Ik stuurde haar naar een wijngaard in de Provence, naar oude vrienden van me uit Algerije. Ze hielp mee op het land, want ze was zo gezond als een vis, en ik betaalde voor kost en inwoning.'

'Wat gebeurde er met het kind?'

Hij bleef midden op het kleed staan en keek haar aan met een gekwelde uitdrukking op zijn gezicht. 'Wat denkt u? Ze kon het natuurlijk niet houden. Het was een thuisbevalling waarvan geen aangifte werd gedaan. Het kind werd kort na de geboorte naar Algerije gebracht, waar het via een Algerijnse organisatie bij adoptiefouders terechtkwam. Vraag me niet waar, want ik heb geen idee. Fatima wilde het niet weten. Haar vader moest ik wel informeren, iets anders zou ongepast zijn.' Tesson haalde diep adem. 'In Algerije was Kagda altijd mijn rechterhand geweest, een man op wie ik kon bouwen. Aan die hechte relatie kwam nu een eind', zei hij zachtjes. 'De familie van Fatima verweet me dat ik haar had geholpen om zich in Parijs te vestigen. Ze verbraken alle banden met mij, zoals ze indertijd met Fatima gedaan hadden.'

'Is ze daarom in Frankrijk gebleven?'

Hij nam weer plaats op de stoel, zonder hen aan te kijken. 'Waarom zou ze teruggaan naar Algerije? Het land heeft vrouwen niets te bieden. Hier had ze een baan.' Hij haalde zijn schouders op. 'En hoe dan ook een beter leven dan daar.'

'En niemand weet wie de vader van het kind is?'

Tesson schudde het hoofd. 'Niemand, nee. Ze zweeg in alle talen, waardoor er natuurlijk allerlei geruchten de ronde deden. Dat is spijtig en zinloos. We zullen het nooit zeker weten. Dat geheim heeft ze mee in haar graf genomen.'

Marchal stond op. 'We moeten u een formeel verhoor afnemen op het bureau. Ik heb het willen vermijden, maar er zit niets anders op.'

Tesson klonk bijna vriendelijk toen hij antwoordde: 'Inspecteur, het probleem is dat jullie zaken door elkaar halen. Van geschiedenissen die tientallen jaren geleden gebeurd zijn, maken jullie voorpaginanieuws.' Zijn stem werd luider. 'Wat doet het ertoe dat we ooit in Algerije woonden? Dat Fatima jaren geleden een kind kreeg?' Hij liet een droge, sarcastische lach horen. 'Jullie zijn niet alleen de richting kwijt...' Hij greep naar de telefoon. '... jullie zijn te ver gegaan. Ik voel me vernederd.'

65

Isabelle Fabre keek haar broer met een mengeling van medelijden en minachting aan, voor ze een stap opzij deed en hem binnenliet. Het bezoek was niet aangekondigd. Hij kwam van zijn werk en in plaats van naar huis te rijden, was hij bij haar langsgegaan.

Charles Tesson wreef in zijn vermoeide ogen. 'Het spijt me, het is me de laatste tijd een beetje te veel geworden. Ik had je al eerder moeten bezoeken.'

De glimlach waarmee ze hem van opzij aankeek, was schamper. 'Dat vind ik ook.' Ze ging hem voor naar de zitkamer, waar ze een fles sherry en twee glazen uit de kast pakte. 'Maar eigen beslommeringen gaan bij jou altijd voor.'

'Isabelle, alsjeblieft, nu even niet.' Zonder zijn jas uit te trekken, zonk hij neer op een stoel. Het haar dat meestal losjes en vlot langs zijn voorhoofd hing en hem een vitale, jongensachtige uitstraling gaf, zag er plakkerig en piekerig uit, alsof hij niet alleen zijn zus verwaarloosde, maar ook zichzelf.

'Je bent vermagerd.' Terwijl ze hem zijn glas aanreikte, keek ze hem van onder neergeslagen wimpers onderzoekend aan. 'Er lijkt me sprake van een zekere mate van verval. Jij bent de laatste van wie ik dat had verwacht.'

'Isabelle, sarcasme is aan mij niet besteed.' Hij pakte het glas aan en dronk het in één teug leeg. Daarna stond hij op om de fles cognac uit het barmeubel te halen en zijn glas opnieuw vol te schenken. Nadat hij ook dat glas in een paar slokken geleegd had, bleef hij moedeloos voor zich uit zitten staren. De minuten verstreken. Charles Tesson zat in gedachten verzonken en leek de bestuderende blik van zijn zus niet op te merken. 'Ik weet dat ik genoeg stommiteiten heb uitgehaald', zei hij, half fluisterend. 'Maar ik heb in ieder geval geprobeerd om het binnen de familie te houden. Aan mij ligt het niet dat we overspoeld worden door schandalen.' Nu pas keek hij zijn zus aan. Hij hield haar het lege glas voor en ze schonk het opnieuw vol. 'Bega ik

290

een blunder, dan kom ik daar meestal eerlijk voor uit. Thuis', zei hij toonloos. 'Juliette, je kent haar, je weet hoe ze reageert. Dikke tranen, gejammer, gekreun en de traditionele, verwijtende blikken. Het was me liever geweest als ze in woede uitbarstte en me goed op mijn duvel gaf. Die weerloze houding, daar word ik zo moe van.'

Isabelle ging op het puntje van haar stoel zitten. 'Charles, ik maak me ernstig zorgen over Juliettes geestelijke gezondheid.' Hij staarde haar verbaasd aan, maar ze sprak rustig door. 'Het verwondert me dat je niet ziet dat ze uit haar psychische evenwicht is.'

Hij lachte schamper. 'Zij? Ík zul je bedoelen!'

'Dat is best mogelijk. Misschien dat je daarom niet ziet hoe je vrouw eraan toe is. Je hebt genoeg aan je eigen hoofd, blijkbaar.' Ze leunde naar voren en keek hem indringend aan. 'Maar met jou heb ik eerlijk gezegd niet te doen, jij redt je wel. In tegenstelling tot Juliette. Echt, Charles, ze baart me zorgen.'

Hij knipperde met zijn ogen. 'Waar heb je het eigenlijk over?'

Isabelle aarzelde en leek haar woorden te wegen. 'Weet je dat ze me geregeld belt als jij niet thuis bent? En dat ze dan allerlei lelijke dingen zegt, over jou, over mijn oom en ook over mij?' Ze schoof naar achteren op de stoel. 'Ik heb er niet eerder over gesproken, omdat ik begrijp dat ze zichzelf niet is.' Ze slaakte een zucht. 'Ik weet niet wat haar mankeert, waarom ze zo radeloos is, maar ze gaat wel erg ver. Wist je dat ze je achtervolgd heeft toen je met Agnès Leclerc op stap was? Dat ze in de auto voor het restaurant zat te wachten tot jullie naar buiten kwamen en dat ze achter jullie aan naar dat hotelletje reed?'

Hij keek verrast. Die mogelijkheid was niet bij hem opgekomen. Het benarde gevoel bekroop hem dat Agnès wel eens een vinger in deze pap kon hebben.

'In welke toestand was Juliette toen je die nacht thuiskwam, Charles?' Hij schudde zijn hoofd. 'Je hoeft niet te antwoorden, ik weet het, want ze was eerst bij mij geweest.' Isabelle haalde diep adem. 'Mademoiselle Leclerc maakt van Juliettes leven een ware hel, Charles. Ze belt haar op, het brutale nest, en vraagt waar je zit en wanneer je terugkomt. Agnès heeft totaal geen scrupules. Net zo min als verstand. Ze wil jou inpalmen en gaat over lijken.' Ze probeerde zijn blik te vangen, maar hij tuurde naar de vloer, het hoofd in zijn handen. 'Vandaag kreeg de arme ziel het helemaal zwaar te verduren.' Isabelle wachtte tot hij zijn ogen weer op haar richtte. 'De politie kwam onverwachts bij haar op bezoek, bij jullie, bedoel ik. Maar jij was uiteraard niet thuis.'

'De politie? Alweer?' Hij fronste zijn voorhoofd.

'Ze waren uit op jouw vingerafdrukken. Ze hebben overigens ontdekt dat Fatima een kind heeft gebaard. En de grote vraag is natuurlijk of ze bezwangerd werd vóór ze met hangende pootjes naar Parijs kwam, of daarna.' Haar stem kreeg een bitse klank. 'Het antwoord ligt helaas voor de hand. Bij wíé was ze aangesteld vanaf dag één? Wíé huppelde als een krolse hond om haar heen, zonder zich iets aan te trekken van zijn echtgenote, die vanop de eerste rang de hele farce gadesloeg?'

Er volgde een lange stilte. Beiden staarden voor zich uit in het schemerdonker, tot Isabelle opnieuw het woord nam. 'Ik begrijp nog steeds niet wat er zo bijzonder was aan die vrouw, waarom alle mannen zodra ze haar zagen, hun denkvermogen leken te verliezen. Alle principes en goede zeden gooiden jullie zonder blikken of blozen overboord. Het is gewoon krankzinnig.' Ze verhief haar stem. 'Ze had geen klasse, geen stijl, ze had niets wat de moeite waard was. Dat ze de dochter van een boerenknecht was, is nog tot daaraan toe, maar dat ze ons toen het afscheid was aangebroken als een rasechte *fellagha* een dolkstoot in de rug gaf in plaats van ons te bedanken voor alles wat we voor haar gedaan hebben, dat vergeef ik haar nooit. Ja, schud maar met je hoofd, Charles. Je kop in het zand steken gaat je altijd goed af.' Ze ademde hoorbaar en de afkeer stond op haar gezicht te lezen. 'Volgens mij had Fatima maar één talent. Ze wist hoe ze haar vrouwelijke attributen moest gebruiken om haar sociale achterstand te verdoezelen.' Isabelle zweeg. Haar borst ging op en neer en ze staarde hem met wijd open, met woede gevulde ogen aan. 'Als puber was je al niet bij haar weg te slaan. En hetzelfde geldt voor oom Marc. Hij verafgoodde haar.' Ze veerde op van de stoel, alsof ze opgejaagd werd door haar eigen woorden. 'De politie heeft bij Fatima huis-onderzoek gedaan en een pop gevonden waarop vingerafdrukken zaten. De vernedering bereikte vandaag een nieuw hoogtepunt. We moesten allemaal onze vingerafdrukken afgeven.' Ze wierp een blik over haar schouder. 'Dat staat jou dus ook te wachten. Morgen ben jij de klos.'

'Vanwege een pop met vingerafdrukken?' Charles klonk ongelovig.

'Een pop, ja.' Isabelle had de sherryfles van de tafel getild en schonk een scheutje in haar glas. 'Nee, ik ben er niet rouwig om dat ze dood is, en ik ben ook niet van plan om de schone schijn te bewaren en te doen alsof ik het betreur', zei ze terwijl ze weer tegenover hem ging zitten. 'Dat jouw vrouw het gepikt heeft om haar al die jaren in huis te hebben, dat gaat mijn verstand te boven.' Ze boorde haar ogen in de zijne terwijl ze naar voren leunde en van de sherry nipte. 'Alles wat Juliette heeft moeten verdragen, van Fatima en van jou, daar zou ik in ieder geval de moed niet voor hebben kunnen opbrengen', zei ze zonder haar blik van hem af te wenden. 'Om eerlijk te zijn, ik zou al veel eerder in de verleiding zijn gekomen.'

Charles Tesson had ineengedoken en als in trance de woorden-vloed van zijn zus over zich heen laten komen. Nu fluisterde hij schor: 'Wat bedoel je?' Hij ging moeizaam overeind zitten, alsof alle kracht uit zijn lichaam was gevloeid. 'In de verleiding om wat te doen?'

Isabelle Fabre zette het handgeslepen sherryglas uiterst voorzichtig op de tafel. 'Om haar van de trap te duwen natuurlijk.'

66

De brief was die ochtend per expresse aan huis bezorgd.

Er stond geen logo op de envelop en Agnès zou hem normaal gezien met geen vinger hebben aangeroerd voor ze een oplossing had uitgedokterd voor de ernstige problemen die haar ongetwijfeld te wachten stonden. Ernstige problemen! Er kon haar op het moment niets ergers overkomen dan dat ze haar in de gevangenis dumpten, bedacht ze terwijl ze de envelop bestudeerde. Hij was van stevige, exclusieve kwaliteit. De incassobureaus waren doorgaans niet zo scheutig met kostbaar postpapier.

Het versieren van Charles Tesson verliep niet volgens plan. Hij had haar tussen de lakens gekregen, mede dankzij een kleine inspanning van haar kant, en daarna waren er nog drie dates in hetzelfde hotel gevolgd. Ook al waren hun ontmoetingen niet bepaald van lange duur, ze was toch beginnen te geloven dat hij de man was die haar wensen kon vervullen.

Tot nu toe had ze echter geen concrete resultaten geboekt. Ze moest het doen met zijn flemende, maar vrijblijvende uitspraken over haar fantastische eigenschappen. En daar kon ze geen rekeningen mee betalen.

Ze besloot om de envelop te openen. Boven aan de brief stond het vignet van een advocaat die ze van naam kende. Het was de advocaat die Adam Fabre gebruikte. Haar hart maakte een wilde sprong. Wie weet had hij haar toch een warmer hart toegedragen dan ze dacht en haar een aanzienlijke som geld nagelaten. Het was zeer goed mogelijk. Ze had wel vaker gehoord van huishoudsters, secretaresses en zelfs minnaressen die na de dood van hun werkgever plotseling en in één klap stinkend rijk waren geworden. Met trillende handen streek ze de brief glad.

De tekst was kort en onomwonden:

Mademoiselle Agnès Leclerc,
Op grond van het tragische overlijden van mijn cliënt, dhr. Adam Fabre, ben ik genoodzaakt u ervan te verwittigen dat uw aanstelling bij zijn bedrijf, JeuneMode, met ogenblikkelijke werking wordt ontbonden.
Gedurende de wettige opzegtermijn, die volgens afspraak veertien dagen bedraagt, ontvangt u uw vaste salaris.

Met geachte groet,
Maurice Vilar
Advocaat

Agnès staarde naar de brief en vervolgens naar haar moeder, die nog steeds in haar nachtjapon op de bank zat. Met de plaid om haar benen gewikkeld, slurpte ze het laatste restje café au lait uit de kom.

'Wil je me de koffiekan even geven? Ik zit zo lekker ingepakt.'

Agnès smeet de brief op de tafel. Het was alsof er doffe vlekken op haar hoornvliezen waren verschenen waardoor ze niets meer scherp kon onderscheiden. 'Heeft er vandaag een man gebeld en naar me gevraagd?'

Louise slaakte een gemaakte, goed hoorbare zucht. 'Houd toch op met dat gezanik. Nee, er heeft vandaag geen man gebeld en gisteren en eergisteren ook niet', knorde ze. 'Of je die koffiepot wilde pakken, zei ik!'

Agnès stond langzaam op. De pot met lauwe koffie stond op het aanrecht. Haar moeder zette altijd een volle pot en kieperde, als ze de helft had opgedronken, de rest in de gootsteen. Een verspilling waaraan Agnès zich doodergerde, zonder dat Louise zich daar iets van aantrok. Ze beweerde dat de koffie anders veel te snel koud werd.

'Je barst van de primadonnanukken, Agnès, wist je dat? Van wie je dat hebt, mag Joost weten.'

Het leek alsof de stem van haar moeder uit de verte kwam.

'Je bent verdomme te verwaand om doodnormale dingen te doen, zoals de koffiepot voor je moeder halen.' Ze had een sigaret opgestoken en zweeg terwijl ze de rook naar binnen zoog. 'Maar boontje komt om zijn loontje, meid. Je denkt toch niet dat...'

Verder kwam ze niet. Agnès was achter de bank blijven staan. Een seconde later stroomde de lauwe koffie over Louises hoofd. Met de lege pot gaf Agnès haar zo'n harde mep tegen haar schedel dat haar tanden op elkaar klapten.

Louise krabbelde overeind en probeerde weg te lopen. De deken zat echter als een cocon om haar benen en ze dook voorover tegen de vloer. 'Jezus Christus! Ben je helemaal besodemieterd!' Als een ruiter zat Agnès op haar rug terwijl ze haar moeder ervan langs gaf.

Charles Tesson zette zijn kraag op en sloeg de rue Bonaparte in. Het was beginnen te miezeren en de gure wind sneed hem bijna de adem af. Voor de flat stond een vrachtwagen half op de stoep geparkeerd en hij liep eromheen, verdiept in zijn gedachten. Toen hij weer de stoep op stapte, botste hij bijna tegen haar op.

'Hoi.' Het klonk kortademig alsof ze haastig had gelopen. 'Ik sta op je te wachten.'

Charles rukte zich los uit zijn overpeinzingen en het duurde even voor hij haar herkende. 'Mademoiselle Leclerc.'

'*Mademoiselle Leclerc.*' Ze lachte gespannen. 'Toe maar. De laatste keer dat je me zag, was het Agnès voor en na en wist je niet hoe snel je me uit de kleren moest krijgen.'

'Dit is geen weer voor onderonsjes, het spijt me.' Hij probeerde door te lopen, maar ze versperde hem de weg. 'Het komt mij anders bijzonder goed uit.' Ze sprak snel en steeds luider en feller. 'Waarom laat je niets van je horen?' Hij zette een pas opzij, duidelijk van plan om een poging te doen om haar te passeren, maar ze had zijn revers al vastgepakt. 'Doe ik iets verkeerd? Wat wil je eigenlijk van me? Moet ik bewijzen dat ik goed genoeg ben? Hoe dan?'

Hij hoorde aan haar stem dat ze op was van de zenuwen en hij bleef staan.

'Agnès, luister.' Hij voelde zich als een arts die een hysterische patiënt moest kalmeren. 'Je moet je niet druk maken. Er ligt zoveel moois in het verschiet, voor ons beiden, maar we moeten niets overhaasten.' De woorden duwden hem nog dieper de put in.

Hij legde een vinger onder haar kin en kwam een centimeter dichterbij terwijl hij vanuit zijn ooghoeken tersluiks controleerde of de kust veilig was. 'Een klein beetje geduld, dat is alles.' Hij drukte een kus op het puntje van haar neus. Het was ijskoud, net zo koud als zijn lichaam en zijn ziel op dit moment. 'Je hoort van me, binnenkort.' Hij produceerde een van zijn brede glimlachen.

Ze signaleerde dat ze zich gewonnen gaf. Met neergeslagen ogen, een rustige ademhaling en een zachte stem zei ze: 'Ik was bang dat je me vergeten was.'

'Jou? Dat kan niet. Je bent onvergetelijk, Agnès.' De weg van de minste weerstand, onzin uitkramen waarmee hij haar een plezier deed. Hij zou zich misschien schuldig moeten voelen, maar het enige wat hij voelde, was het verlangen om haar kwijt te zijn. Ze was een leeghoofdige hartenjager, van het soort waarvan hij er gedurende zijn leven al tientallen ontmoet had.

Het probleem was dat hij zich had laten gaan. De vrijpartijen had hij nodig gehad om te ventileren, om de druk die de laatste tijd op hem werd uitgeoefend, beter aan te kunnen. Hij had daar geen moeite mee, zo nu en dan een slippertje was hij gewoon. Agnès daarentegen was ongewoon. Het beangstigde hem dat ze deze relatie zo bloedserieus nam. Iets zei hem dat ze een groter risico vormde dan andere vrouwen. Hij had zelfs het idee dat ze een gevaarlijk spelletje speelde dat ze wel eens te ver zou durven doorvoeren.

Hij kneep zachtjes in haar schouder, keek nogmaals schielijk om zich heen en kuste haar wangen. 'Ik neem contact met je op. Als je mij belt, dan komt daar alleen maar heibel van. Ik weet wanneer de tijd rijp is.'

'Later op de avond misschien? Als ze naar bed is?' Ze was weer niet te stuiten.

'Misschien vanavond. Heel misschien.'

Weer gaf hij zichzelf een mentale oorvijg. Die laatste zinnen had hij zich kunnen besparen. Voor ze meer beloftes kon afdwingen, was hij bij de voordeur. Hij toetste de code in, stak een hand omhoog en verdween met een zucht van opluchting naar binnen.

67

Charles' langzame tred met stokstijve benen deed denken aan de loop van een slaapwandelaar.

Hij nam de trap. Zijn longen leken gekrompen en niet in staat om zijn lichaam genoeg zuurstof toe te dienen. In de benauwde lift zou hij het loodje leggen, dat wist hij zeker. Boven hapte hij naar lucht voor hij de sleutel in het slot stak en stilletjes de donkere gang instapte. Een magere, witgeklede gestalte dook op uit de zijkamer en benam hem opnieuw de adem.

'Schat...' De lange, dunne arm die naar zijn schouder reikte, had net zo goed van een spook kunnen zijn, zo schrok hij.

Hij schudde de jas van zich af en liet hem op de grond vallen. 'Ik dacht dat je al naar bed was.' Hij stond al in de zitkamer met zijn hand in het barmeubel. Bij het inschenken belandde de helft naast het glas.

Juliette legde haar koude hand op de zijne en nam de fles van hem over. 'Laat mij het maar doen.'

Hij zonk neer in een stoel en greep het glas dat ze hem aanreikte.

'Is er iets?' Ze had de lampen niet aangestoken, maar zelfs in het donker merkte hij dat ze onrustig naar hem zat te loeren. Ze vreesde altijd het ergste, maar stelde nooit vragen.

'Nee, alleen... je doet zo zenuwachtig, schat.'

Schat. Hij keerde zijn hoofd naar de donkere muur en wist niet wat hij moest zeggen. Het was laat, zijn echtgenote zat op hem te wachten en dacht dat hij bij een andere vrouw was geweest, maar het enige wat ze deed, was hem een glas in zijn hand drukken en hem 'schat' noemen. Hij vroeg zich af of hij alle spelregels overboord zou gooien en haar zou vertellen dat hij bij zijn zus was geweest. Zijn geliefde zus die geïnsinueerd had dat zijn vrouw Fatima van de trap had geduwd, in een vlaag van onderdrukte woede over zijn gevoelens voor deze Algerijnse vrouw.

Hij nam een slok en speelde met de gedachte om dit keer geen klein akkefietje op te biechten, maar alles eruit te gooien. Het zou een lawine ontketenen. In hun huwelijk bespraken ze nooit ofte nimmer elkaars sores. Problemen hielden ze voor zichzelf. Het gesprek dat hij met zijn zus had gehad, zou hij niet kunnen navertellen zonder dat er misverstanden oprezen. Juliette zou meteen van de kaart zijn en beginnen te huilen. Ze zou zich onrechtvaardig beschuldigd voelen en de bal terugkaatsen. De lieve vrede zou verstoord zijn.

Ze leefden onder één dak, aan weerszijden van een glazen wand. Ze beweerden beleefd dat ze van elkaar hielden, maar de woorden waren uit hun verband gerukt en hadden geen betekenis meer.

'Ik ben bij Isabelle langs geweest.'

De bleke handen tastten naar de ochtendjas en trokken hem dichter om haar heen. 'Gaat het goed met haar?'

Hij knikte. 'Ja, relatief.' Meer durfde hij niet te zeggen. Hij rechtvaardigde zijn lafheid met de smoes dat Juliette te diep in het glas gekeken had voor een nuchter gesprek.

'De politie was hier weer. Ze wilden met ons tweeën praten. Bovendien hadden ze je vingerafdrukken nodig.'

'Ja, maar ik was bij Isabelle.'

'Ik ga maar naar bed. Kom je ook?'

Hij dronk zijn glas leeg en begreep dat ze hem niet geloofde.

Hij had een poos klaarwakker naast zijn heen en weer woelende vrouw gelegen toen vrolijk vogelgekwetter de stilte verbrak. In zijn oren galmde de telefoon in de zak van zijn broek, die over een stoel hing, als een noodklok. Hij bleef een tijdje roerloos wachten tot het toestel vanzelf stilviel.

'Zou je niet opnemen?' Juliettes ogen brandden op zijn gezicht.

Hij stapte uit bed, houterig en met een misselijkmakend vermoeden. Hij drukte op de oproeptoets. 'Ja?'

'Ik sta op straat, onder je raam.' De bevende stem zweeg en alleen haar adem was te horen. 'Het licht is al heel lang uit. Ben je vergeten wat je tegen me zei vanavond? Waar kwam je trouwens vandaan?' Haar stem werd zachter, maar ook koeler, en hij begreep dat ze eigenlijk woedend was. 'Ik weet in ieder geval waar je níét was. Je zei dat je zou bellen.'

'Het spijt me...' Hij sprak met stijve lippen en staarde naar het raam. 'U bent verkeerd verbonden.'

'Hoe waag je het!' Er was geen sprake meer van onderdrukte woede. 'Je bedriegt me, zoals je de vrouw die naast je ligt, bedriegt!' Charles Tesson was stom van ontsteltenis en drukte het toestel tegen zijn oor om het geluid te smoren.

'Agnès, je bent een bijzondere vrouw', siste ze sarcastisch. 'Iemand op wie je kunt bouwen, Agnès. Heb ik gelijk, Agnès, kan ik van je op aan? Nee, Charles Tesson, je kunt niet meer van me op aan!'

Hij drukte zijn duim op de uittoets. 'Verkeerd nummer, de eikel', mompelde hij, nauwelijks hoorbaar. Door de ruit zag hij de gedaante naast de gele BMW cabriolet en het witte, van woede vertrokken gezicht dat op zijn raam gericht was. Hij zag haar het portier openrukken. Het geluid van de claxon klonk oorverdovend.

'Hadden jullie een klein meningsverschil toen je vanavond bij haar was?' Het voelde als een koude windvlaag toen Juliette naast hem kwam staan. Ze streek met haar hand over zijn rug en het zweet brak hem plotseling uit. 'Moet je niet naar haar toe?' Ze liet haar hand zakken en er klonk bittere berusting in haar stem. 'Je kunt in ieder geval de moeite doen om het schandaal binnen vier muren te houden.'

Het geluid van de claxon hield maar niet op. Hij griste de broek van de stoel en stormde de slaapkamer uit.

68

Juliette Tesson zat in haar eentje voor het raam in de zitkamer thee te drinken. De doffe glans in haar ogen deed Orla vermoeden dat ze niet alleen suiker in haar thee had gedaan.

Ze zette de kop iets te hard neer toen Orla haar vertelde wat er tijdens de lijkschouwing van Fatima aan het licht was gekomen. 'Hoeveel oud zeer moeten jullie eigenlijk oprakelen?'

'Woonde Fatima bij jullie in huis toen ze in verwachting raakte?'

Juliette verstarde. Haar ogen waren ineens helder en fel. 'Wat moet ik opmaken uit die vraag? Fatima kon gaan en staan waar ze wilde.'

'De geheimdoenerij rond deze zwangerschap bevreemdt ons. En waarom hield ze het kind niet?'

Juliette reageerde gepikeerd. 'Dat we met háár zaten opgescheept, was al erg genoeg. Als ze dat kind zelf wilde opvoeden, dan moest ze dat maar in Algerije doen. Ze vertikte het om terug te gaan, dus...'

'En niemand wist wie de vader was?'

'Ik zal u haarfijn uitleggen hoe de vork in de steel zat, dokter Os. Die terrorist op wie ze stapelverliefd was toen wij uit Algerije vertrokken en met wie ze misschien wel trouwde, die vent heeft haar uiteindelijk in de steek gelaten. Wie weet heeft hij haar nog kunnen bezwangeren, en zo niet, dan begrijp ik donders goed dat ze de benen genomen heeft.' Juliette stak haar hand uit naar de theekop. 'Ze was al in verwachting toen ze bij ons op de stoep stond. En daarom kwam mevrouw naar Parijs. Haar zwangerschap heeft totaal niets met dat onderzoek van jullie te maken.'

Marchal wachtte tot Juliette de theekop weer neerzette en vroeg toen: 'Heeft u ooit een babypop van porselein gehad?'

'Pardon?' Juliette leek ineens broodnuchter.

'U hoorde wat ik vroeg.'

Ze staarde Marchal aan alsof hij zijn verstand kwijt was.

'Met zwart krulhaar, blauwe ogen, lange wimpers en een roze mond', vervolgde hij rustig. 'Zo'n pop die een antieke, kostbare indruk geeft en waar verzamelaars markten voor afstruinen.'

Juliette knikte aarzelend. 'Dat klopt... eh... maar dat is lang geleden. In mijn kindertijd', stamelde ze verward. 'Hoezo?'

Marchal stond op. 'Die pop willen we graag zien.'

Juliette bleef zitten. 'Ik wil eerst weten waarom.'

Marchal lichtte haar met een paar woorden in. Juliette trok wit weg. 'Ik hoop niet... jullie denken toch niet dat ík...' Ze zweeg en haar vingers omknelden de armleuningen van de stoel.

'We kunnen er helaas niet omheen dat de pop vol zit met uw vingerafdrukken.' Marchal stond ongeduldig bij de deur te wachten. 'Laat ons die pop van u zien.'

Juliette liep met houterige passen over de vloer. Ze tilde haar kin omhoog en zette een onverschillig gezicht op, maar Orla kon zien dat ze verging van de zenuwen. De vrouw trok een van de twee gordijnen weg die aan weerszijden van de voordeur hingen en opende de deur van een diepe opbergkast. Juliette bleek duidelijk te weten waar ze moest zoeken. Van de bovenste plank tilde ze een witte, rechthoekige kist.

'Wat zegt u hiervan, inspecteur?'

Marchal pakte de kist aan en haalde het deksel eraf. 'Ik zeg dat hij leeg is, mevrouw Tesson. De pop is weg.'

69

Agnès voelde de zweetparels op haar voorhoofd verschijnen terwijl de lange vingers van de bankemployee over de toetsen snelden.

De temperatuur in het lokaal leek tropisch en ze stikte zowat in de bontstola die ze vanwege het koude weer om haar schouders had geslagen. Haar enkels deden pijn na de lange voettocht naar de bank. Het autogebruik beperkte ze tot een minimum en ze was blij dat ze vergeten waren haar pasje op te vragen, zodat ze haar kleinood nog steeds veilig onderdak kon bieden in de parkeerkelder van haar vroegere werkgever. De bank lag slechts een paar straten van haar flat vandaan, een fluitje van een cent met de auto, maar op tien centimeter hoge naaldhakken had de trip haar bloed, zweet en tranen gekost.

'U weet dat u kunt internetbankieren, nietwaar?' De vrouw met de slome stem tokkelde maar door en de ene getallenreeks na de andere floepte tevoorschijn op het scherm. 'Dat is voor iedereen het gemakkelijkst.'

Ze praatte zachtjes, tussen neus en lippen door, maar Agnès was niet doof. Ze hoorde duidelijk de spottende en kleinerende toon waarmee de vrouw te kennen gaf dat ze veronderstelde dat het Agnès of aan verstand ontbrak of aan het geld voor een computer. Ze kneep harder in haar handschoenen en zei met een even trage en onverschillige stem: 'Tot nu toe heb ik geen behoefte gehad aan internetbankieren.'

'Nee, dat kan...' De vrouw knikte en had een klein rimpeltje gekregen tussen de keurig geëpileerde wenkbrauwen. 'Uw rekening staat in het rood. De maximale kredietlimiet op uw betaalrekening is overschreden. Bovendien heeft u een persoonlijke lening die een maand geleden al door u afgelost had moeten zijn. Twee aanmaningen heeft u van ons ontvangen.' Ze tilde eindelijk haar hoofd op en Agnès keek in een hartvormig gezicht met katachtige, groene ogen, die haar koeltjes opnamen. Op de mond die gestift was in de juiste nuance roze, verscheen een kleine, assertieve glimlach. 'Ik neem aan dat u hiervan op de hoogte was?'

Was het loket niet beveiligd met ijzeren spijlen, dan had Agnès de vrouw een mep met haar dure tas verkocht. In plaats daarvan plantte ze hem op de balie zodat het arrogante mens goed kon zien wat voor vlees ze in de kuip had. 'Ja, mademoiselle, en daarom wipte ik even bij jullie binnen vandaag', zei ze en ze probeerde even zelfverzekerd terug te kijken. Haar hart hamerde echter als een tamtam en ze had een droge mond van de woede en de zenuwen. 'Ik wil de aflossingstermijn namelijk verlengen en tevens de lening verhogen.' Ze tilde haar kin omhoog en keek de vrouw in de ogen. Onbevreesd en vastberaden, zo moest je overkomen op lieden die de schatkist beheerden, had ze gehoord. Banken waren willig om gigantische bedragen voor de meest waanzinnige projecten uit te lenen als je een zelfbewuste en sympathieke indruk maakte. Nooit bedelen, altijd slimmer en kostbaarder zijn dan je tegenpartij, daar boekte je de beste resultaten mee.

De kattenogen sperden open. 'Verhogen?'

Agnès trok één wenkbrauw op. 'Ik denk niet dat u de geschikte persoon bent om mijn geldzaken te regelen. Kunt u zo vriendelijk zijn om mij te verwijzen naar iemand op de kredietafdeling?' Het ergerde haar dat de vrouw eerder spottend dan beledigd keek.

'Met plezier. Dat lijkt mij ook het beste.' Ze tilde de hoorn van de haak, wendde haar gezicht af en voerde een kort, onhoorbaar gesprek. Ze legde de hoorn weer terug en gaf met haar keurig verzorgde hand de richting aan. 'Die kant op, tweede deur links. U kunt op de gang wachten tot u wordt binnengeroepen.'

Agnès mompelde 'dank u' en keerde haar resoluut de rug toe. Ze wierp het hoofd in de nek, slingerde het uiteinde van de spectaculaire stola nonchalant over haar ene schouder, zich ervan bewust dat blikken haar volgden. Alleen deze trut achter het loket wist van haar negatieve banksaldo, anderen dachten dat ze een vermogende vrouw was, en daar was ze blij om.

De bankchef leek haar een man die ze niet een-twee-drie om haar vinger kon winden. Hij begroette haar afgemeten en bleef zo lang in zijn paperassen bladeren dat de moed haar bijna in de schoenen zonk.

Zoals altijd viel de kleding haar het eerst in het oog. Hij droeg een antracietgrijs, driedelig pak met een dunne krijtstreep dat als gegoten om het iets gekromde lichaam zat. Zijn horloge zag er duur uit, evenals de smalle, gouden ring aan zijn rechterhand. Geen trouwring, bedacht ze en ze bestudeerde het uiterlijk van de man met vernieuwde interesse. Het viel best mee. Hij had een brede kin, een smalle, vastberaden mond en kortgeknipt haar dat aan de slapen grijs was. Ze liet haar fantasie de vrije loop en voelde dat ze ervan opkikkerde en ontspande. Vooral van de gedachte aan zijn inkomen. Ze vroeg zich af hoeveel een bankchef verdiende toen hij plotseling opkeek van zijn papieren.

'Wat had u in gedachten?'

'In gedachten?' Ze probeerde niet te stamelen.

'Men vertelde mij dat u mij wilde spreken over een lening?'

Ze glimlachte hem toe terwijl ze de stola van haar schouders liet glijden en haar ene been elegant over het andere sloeg. Deze houding liet mannen niet onberoerd, wist ze. 'Ja, ik heb geld nodig voor het financieren van een project', legde ze uit en ze keek hem zo openhartig mogelijk in de ogen. Die waren klein en grijs en een tikkeltje kil, maar dat lag hopelijk aan het feit dat ze nog maar net aan de praat waren.

'Project?'

'Ik ben van plan om een bedrijf over te nemen', verklaarde ze luchtig, alsof ze hem vertelde wat ze die avond zou eten. 'Namelijk het bedrijf waar ik zelf aangesteld ben. Mijn baas is pas overleden en iemand moet de zaken voortzetten, nietwaar?' Ze sprak te snel, begreep ze en ze slikte. Het ging erom dat het leek alsof ze ervaring had met dit soort investeringen.

Hij zat achteruit geleund op zijn stoel naar haar te kijken. 'U heeft misschien bedrijfsdocumentatie meegenomen?'

Ze knipperde niet-begrijpend met haar ogen.

'Jaarcijfers, bijvoorbeeld', hielp hij haar. 'Achtergrondinformatie over de aard en de staat van het bedrijf.'

Agnès schudde het hoofd. 'Nee, ik wilde in eerste instantie vragen om een klein startkapitaal.'

'En het onderpand waartegen u deze lening wilt afsluiten?' vervolgde hij rustig. 'Is dat uw kleine eenmanszaakje? Ja, want ik ga ervan uit dat het een eenmanszaak is?'

Ze wilde iets antwoorden, maar hij was haar voor. 'Mademoiselle Leclerc, sta me toe dat ik u met de realiteit confronteer. Uw kredietwaardigheid laat te wensen over. Sterker nog, vanaf het moment dat u klant werd bij onze bank, heeft uw bankrekening een negatief saldo vertoond.' Hij stak zijn hand op toen ze aanstalten maakte om hem tegen te spreken. 'Ik wil mijn redenering graag afmaken. We waren zo onverstandig om u een persoonlijke lening toe te kennen, omdat u een vaste baan had. Het spijt ons te moeten constateren dat u tot over uw oren in de schulden zit en in feite failliet bent.' Hij keek haar indringend aan en nu stelde ze vast dat zijn ogen daadwerkelijk kil waren. 'In plaats van u een nieuwe lening aan te bieden, deel ik u mee dat uw wanbetaling ons genoodzaakt heeft om een incassobureau in te schakelen.' Hij maakte een stapel van de papieren. 'Ga uw gang, mademoiselle Leclerc. Wat wilde u zeggen?'

Agnès had niets meer in te brengen. Ze zag aan de bikkelharde blik van de bankchef dat hij zich noch door smeekbeden, noch door vrouwelijk schoon van de wijs liet brengen.

'Ik raad u aan om risicovolle projecten uit te stellen tot u orde heeft geschapen in uw financiële situatie', zei hij en hij stond op om haar uitgeleide te doen. 'Bonsoir, mademoiselle.' Hij gaf haar hand een kort, formeel drukje en deed de deur voor haar open.

Agnès waggelde op haar hoge hakken in de richting van de parkeergarage. Het was ondertussen donker geworden en het miezerde. De paraplu liet ze echter rustig in haar tas liggen. Het kon haar geen barst schelen dat haar bontstola drijfnat werd nu het enkel een kwestie van tijd was voor ze de veren van haar lijf kwamen plukken. Haar enkels voelde ze niet meer en haar benen leken uit loodzwaar hout gebeiteld. De woorden van de bankchef dreunden na in haar oren en de krankzinnigste oplossingen doken in haar hoofd op. Ze zuchtte. Zelfs als prostituee zou ze niet in staat zijn om snel genoeg het nodige geld bij elkaar te verdienen.

Ze vroeg zich af wat haar te wachten stond. Gevangenisstraf? En hoe gingen zulke deurwaarders eigenlijk te werk? De fantasieën gaven haar koude rilingen en de duisternis in de parkeerkelder deed ineens anders aan, alsof er achter elke zuil een man met een mes stond. Van het geluid van de naaldhakken op de betonnen vloer kreeg ze het nog meer op haar zenuwen. Ze zuchtte opgelucht toen ze heelhuids haar BMW bereikte. 'Haar' was een zinloos woord geworden, bedacht ze moedeloos terwijl ze in haar tas naar de autosleutels zocht. Ze zouden al haar bezittingen in beslag nemen, alles, behalve die moeder van haar.

Ze opende het portier en kon haar ogen niet geloven toen ze de handtas zag die op de passagiersstoel stond. Had ze zich niet in deze griezelige kelder bevonden waar elk geluid nagalmde als in een grafkamer, dan had ze een luide vreugdekreet geslaakt. De Vuittontas was een van de duurste spullen die ze had, voor hij gestolen werd op haar werk toen ze zo stom was om naar het toilet te gaan zonder de deur van haar kantoortje op slot te doen.

Ze plofte neer achter het stuur, haalde de tas naar zich toe en drukte hem tegen haar borst. Eindelijk kon ze weer eens van geluk spreken. Er had wonder boven wonder niets van waarde in de tas gezeten, maar ze had hem elke dag gemist en vaak het gevoel gehad dat ze naakt over straat liep.

Ze dacht ineens aan de brief die ze in de la van Adam Fabre had gevonden en waarvan ze een kopie aan Charles had gegeven. Zolang ze niet wist hoe waardevol hij was, raakte ze hem liever niet kwijt. Ze zag dat de envelop nog steeds in de tas lag en met een diepe zucht van opluchting pakte ze hem eruit. Verbaasd stelde ze vast dat er iets diks in de envelop zat. Ze schudde hem leeg boven de passagiersstoel.

Dit keer gilde Agnès. Op de zitting, naast de brief, lagen twee afgesneden vingers. Om elke vinger zat een ongewoon brede, gouden ring die ze meteen herkende.

Het waren de vingers van Georges Lambert.

70

Agnès klampte zich vast aan de theekop met handen die even bleek waren als haar gezicht.

Ze zag er aanzienlijk minder chic uit dan tijdens hun vorige ontmoeting, stelde Orla vast. Het haar lag in natte slierten langs haar gezicht en de bontstola die ze om haar bovenlijf gewikkeld had, bleek eveneens in een miserabele toestand te verkeren. Van de scherpe tong die Agnès gewoonlijk had, scheen niet veel over te zijn. Alleen eenlettergrepige woorden en verschrikte ontkenningen kwamen over haar lippen toen ze haar vroegen of ze enig idee had waarom de vingers van Lambert juist in haar wagen waren achtergelaten.

'Hij heeft zelfs nog nooit in mijn auto gezeten.' Agnès staarde verdwaasd voor zich uit.

Ze boekte vooruitgang, constateerde Orla tevreden. 'Hoe komt iemand in deze parkeerkelder? Is hij niet altijd op slot?'

'Jawel, alleen met een pasje kom je daar binnen. Van buitenaf door de garagepoort of, als je in het gebouw bent, via de trap of de lift.' Ze nam grote, gulzige slokken van de thee. 'Toen ik naar de bank ging, vlak voor sluitingstijd, stond alleen mijn auto nog in de kelder.'

Orla merkte dat Agnès nog steeds op was van de zenuwen en ze kreeg het gevoel dat de vrouw minder robuust was dan ze gedacht had. Ze moest beide handen gebruiken om de kop naar haar mond te tillen. Een harde bolster, dacht Orla, en een boterzacht pitje.

'Je zei eerder dat je Georges Lambert niet goed kende?'

Agnès knikte. 'Dat is zo. Ik zag hem natuurlijk als hij bij Fabre op kantoor was, maar we praatten nooit met elkaar. Afspraken maakten ze misschien onderling. Ik wist er in ieder geval nooit van af als hij kwam.'

'Adam Fabre en Georges Lambert werkten nauw samen?'

Agnès gaf niet meteen antwoord. 'Ja, als ze geen lol trapten. Was Lambert bij Fabre, dan mocht ik nooit telefoontjes doorverbinden. Hoe meer ze dronken, hoe meer pret die twee hadden, of andersom.'

'Hadden ze wel eens meningsverschillen of aanvaringen, denk je?'

Ze schudde het hoofd. 'Niet dat ik weet. Ze waren dikke vrienden, dat is mijn indruk. Als Lambert weer weg was, dan kon je de sigarenrook snijden daarbinnen, en de cognacwalm ook.'

'Waren ze meer dan vrienden. Minnaars bedoel ik?'

Agnès was met stomheid geslagen en Orla was er zeker van dat ze geen komedie speelde. 'Die gedachte is nog nooit bij me opgekomen', zei ze eindelijk.

'Die vingers van Lambert', zei Orla. 'Denk goed na, waarom zou iemand die op de zitting in jouw auto leggen?'

Agnès tuurde een tijdlang in de theekop. 'Ze lagen in die envelop.'

'Envelop?'

'Ja, die had ik in die tas liggen.'

'Een lege envelop?'

'Nee, er zat een brief in.'

'Een brief?'

'Eentje die ik in de la van Fabre vond... toen ik ergens anders naar zocht.'

Orla becommentarieerde niet dat Agnès het bestaan van de brief voor hen had verzwegen. Ze leunde naar voren. 'Vertel ons eerst meer over deze brief.'

Agnès haalde een gekreukte envelop en een met vlekken bedekte brief uit haar tas. Ze reikte Orla de brief aan en vertelde wanneer ze hem had gevonden en ook dat ze Charles Tesson een kopie had gegeven.

'Ja, de echte brief hield ik natuurlijk zelf', voegde ze er met een schalks glimlachje aan toe.

Niet veel later zaten de rechercheurs en een schriftdeskundige over de brief gebogen.

10 mei 2000
Beste monsieur Fabre,
Ik ben een Algerijnse vrouw van twintig jaar die naar Parijs wil komen om voor uw bedrijf te werken. Uw naam heb ik gekregen van een vrouw die al voor

u werkt. Ze zegt dat u de vrouwen goed behandelt en dat ze vrij veel van het geld dat ze verdienen, mogen houden. Ik ben daarom heel erg geïnteresseerd, want hier waar ik nu ben heb ik geen werk en geen woning. Ik heb een knap gezicht en een mooi lichaam. De meeste mannen vinden me aantrekkelijk en ik kan verschillende soorten werk doen. Ik hoop met mijn hele hart dat u mij niet zult afwijzen.

Ook op deze brief ontbrak de handtekening. Het onderste gedeelte was afgescheurd.

De schriftexpert bestudeerde vervolgens de brief die ze bij Adam Fabre thuis hadden gevonden.

'Volgens mij zijn ze door een en dezelfde persoon geschreven. De handschriften zijn identiek. Wat het papier betreft, wordt de vergelijking bemoeilijkt door het feit dat de eerste brief een kopie is. Duidelijk is in ieder geval dat deze tweede brief op exclusief papier geschreven is. Je ziet het watermerk. Aan de hand daarvan zal de fabrikant kunnen vaststellen wanneer dit papier geproduceerd is.' Hij wees. 'Ook bovenaan is er een stuk weg. Misschien dat er daar een naam gedrukt stond die de briefschrijver heeft willen verwijderen.'

Marchal ging rechtop zitten. 'Qua inhoud is het verschil ook markant. In de eerste brief ging het om inlichtingen die de afzender wilde doorspelen, niet om een aanstelling bij Fabre.'

'Ja, in de tweede bedelt ze om een baantje als een van zijn hoeren, lijkt wel.' Orla pakte de brief van de tafel. 'Het handschrift is hetzelfde, maar toch ook weer niet. Deze brief is slordiger geschreven, alsof ze haastwerk had.'

'Stress? Van werkdruk scheen ze niet veel last te hebben.' Roland had de brief van haar overgenomen.

Orla keek hem verrast aan. 'Je brengt me op een idee. Zou ze onder druk gezet zijn? Zou ze de brief onder dwang geschreven hebben, nadat ze ontvoerd was?' Ze veerde op van de stoel. 'Een vrouw zonder werk en zonder woning, hoe komt die in hemelsnaam aan zulk postpapier?' zei ze terwijl ze de kamer ernaast in liep, waar Agnès nog steeds zat uit te hijgen. 'Hij zat toch in deze envelop, hé, die brief die je ons gaf?'

Agnès knikte.

'En je weet dus niet wanneer Fabre hem ontvangen heeft?'

'Nee, dat zei ik toch, dat ik hem toevallig in zijn la vond. Maar er staat 10 mei boven, dus dan zal hij hem wel even later gekregen hebben.'

Orla keerde terug naar de anderen. 'Dit is de originele envelop. Hij is zelfklevend, maar ik wil wedden dat hij onder de vingerafdrukken zit. En kijk eens hier.' Ze wees naar de postzegel. 'Geen poststempel. Dus die brief is waarschijnlijk op het kantoor afgegeven of, en dat lijkt me nog logischer, in zijn brievenbus gegooid. Waarom ze die zegel erop geplakt hebben, is me een raadsel. Toch niet om ons speeksel cadeau te doen? Als we boffen en DNA aantreffen, dan geloof ik nooit dat die van de dode vrouw is.'

Marchal knikte. 'Dit zijn hoe dan ook belangrijke vondsten. En wat die vingers betreft, begint het er dik in te zitten dat Lambert van kant gemaakt is.' Hij stond op. 'De zoektocht naar de man moet worden geïntensiveerd.'

71

Nicolas Roland had het raam van zijn kantoor wagenwijd opengezet.

Het was kwart over zeven en zijn haar was nat van de snelle douche die hij genomen had nadat hij op zijn skeelers naar het bureau was gereden. Hij stond in zijn boxershort en stak zijn hand uit naar de spijkerbroek toen Orla zonder kloppen binnenviel, half in zwijm na de nacht hoofdzakelijk piekerend te hebben doorgebracht.

'*Steike*!' In bepaalde situaties lag haar moedertaal haar nader aan het hart dan het Frans. 'Sorry!' Ze was zo abrupt blijven staan dat de helft van haar bekertje koffie op het T-shirt dat voor haar voeten op de grond lag, was beland.

Hij legde zijn hoofd schuin en ze dacht een pesterige blik in zijn ogen te zien toen hij zijn uit het lood geslagen gast kalmpjes opnam. Zijn glimlach werd steeds breder. 'Ik heb haar in de kast verstopt.' Hij raapte zijn T-shirt van de grond en keek van de broek in zijn hand naar het shirt vol koffievlekken. 'En nu?'

'Hier heb je de rest.' Ze hield hem het halfvolle bekertje koffie voor terwijl ze haar ogen wegrukte van het ontblote lichaam, dat dokter Berlier ongetwijfeld gekarakteriseerd zou hebben als 'uitmuntend lesmateriaal'.

'Dank je.' Hij pakte het bekertje aan en zette het op de tafel. Daarna greep hij haar bij de pols. 'Ik stel voor dat je weer gaat ademhalen, Orla'. Zonder dat ze in de gaten had dat ze bewoog, had hij haar dichter naar zich toe getrokken.

Ze was plotseling terug in de allée des Dames en bevond zich opnieuw op gevaarlijk terrein. Alleen dit keer beleefde ze de spanning anders. Ze liet zich meedrijven, langzaam wegsmelten. Hij hield alleen haar pols vast, maar zelfs van een afstand voelde ze dat zijn huid brandde. Hij glimlachte niet meer en zijn ogen staarden haar geboeid aan. 'Nicolas... ik... kleed je aan.' Ze keek weg van het kuiltje in zijn hals en liet haar blik over de rij wetboeken op de boekenplank glijden en vervolgens naar de stapels documenten op zijn bureau en de zeven lege waterflesjes op de archiefkast. Vier met een groene dop en drie met een blauwe, telde ze.

Hij liet haar ineens los en met zijn rug naar haar toe trok hij het vuile T-shirt en zijn spijkerbroek aan.

Ze stond al bij de deur. 'Ik ben zo terug, even nieuwe koffie halen.' Ze sloot de deur achter zich. Zo moest het voelen als je indertijd de boot naar Amerika gemist had, dacht ze. Met hangende pootjes terug naar de armoede en de honger...

Een halfuurtje later hoorde ze de stem van Marchal achter Rolands deur en ging ze weer naar binnen.

Roland kwam meteen ter zake. 'Georges Lambert heeft de afgelopen dertig jaar een vrij anoniem bestaan geleid. Na de Algerijnse oorlog vestigde hij zich in Spanje en keerde pas in 1975, na de dood van Franco, terug naar Frankrijk. Vanaf die tijd dateert ook zijn samenwerking met Fabre.'

Orla keek hem aan. 'Wat deed hij al die jaren in Spanje?'

'Officieel, dus wat je uit de papieren kunt opmaken, werkte hij voor de immigratiedienst, als tolk.'

'Daar word je niet rijk van, dunkt me.'

'Dat weet ik wel zeker.'

'Fabre had een kantoorbaantje in het bedrijf van Marc Tesson. Toen Lambert in Parijs kwam wonen, nam hij ontslag om samen met Lambert het modellenbureau op te richten. Het startkapitaal kwam uit de zak van Lambert.' Roland zweeg even. 'Een verdacht feit?' Hij keek zijn collega's een voor een aan.

'Nee, waarom?' Marchal trok zijn wenkbrauwen op.

'Vanaf 1975 runnen Lambert en Fabre dus een eigen zaak. Lambert kocht bovendien ook nog een paar videotheekjes op. Het vreemde is dat Fabre goed bleek te boeren. Zijn bankrekening en levenspatroon liegen er niet om.' Roland bladerde in de stapel papieren. 'Lambert daarentegen heeft al die jaren een inkomen op het niveau van een doorsnee loontrekker. Dat blijkt uit zijn belastingaanslagen.' Hij krabde in zijn haar. 'Dat neemt niet weg dat Lambert op grote voet leefde. Een wagen in de hoogste prijsklasse, een alleenstaande woning in een van de duurste wijken van Parijs... We hebben een paar modellen opgespoord die een paar klusjes gedaan hebben voor hun bedrijf. De indruk die je krijgt, is dat er niet bepaald sprake is van een bloeiende zaak met hoge ambities. In dat licht krijgt de dikke beurs van Lambert toch een verdacht tintje, nietwaar?' Roland nam een slok van zijn koude koffie. 'Nader onderzoek heeft een paar interessante resultaten opgeleverd. In verband met de vondst van het vliegticket gingen we na of Adam Fabre zo nu en dan een tripje naar Algerije maakte. Dat blijkt niet het geval te zijn. In tegenstelling tot Georges Lambert.' Hij knikte naar de twee paar opgetrokken wenkbrauwen. 'Aangezien hij thuis folders van vakantiewoningen had liggen, dachten we even dat hij op zoek was naar een leuk huisje om zijn vrije tijd door te brengen. We namen contact op met de makelaars.'

'En nu naar de kern van het verhaal, Roland.' Marchal was zichtbaar ongeduldig.

'Lambert blijkt die woningen gefinancierd te hebben. Een plaatselijke aannemer heeft ze voor hem uit de grond gestampt.'

Marchal zakte achteruit op zijn stoel. 'Ja, ik ben het met je eens. Dit is verdacht. Waar haalt hij al die poen vandaan?'

'Het gaat duidelijk om onzichtbaar kapitaal, zeg maar. Er blijkt nooit geld overgemaakt te zijn van Lamberts rekening naar Algerije', kon Roland vertellen.

'Zou hij een koffer met cash gevuld hebben en het geld eigenhandig hebben weggebracht?'

Roland borg de papieren weer op in de map en schoof hem naar Marchal. 'Hier. Als je op zoek bent naar een leuk vakantiehuisje.'

Marchal trommelde met zijn vingers op de map. 'En Fabre deed hier niet aan mee?'

'Fabre staat geregistreerd als mede-eigenaar.'

Marchal was even stil. 'Die fotostudio, Roland, waar je destijds, toen Fabre net vermist werd, een kijkje ging nemen. Dat was een dood spoor, nietwaar? Schud mijn geheugen eens wakker.'

'Dat bezoek leverde zoals gezegd niet veel op. Een studio ter grootte van de keuken van Orla, gelegen in een lugubere buurt en geleid door een fotograaf met een duidelijke afkeer van politieagenten. Een kerel die niet op zijn mondje gevallen was.'

'Je had dat bezoek van tevoren aangekondigd?'

Roland keek Marchal verbaasd aan. 'Natuurlijk. Dat moest wel. Die man is er vaker niet dan wel.'

Marchal wierp een blik op zijn horloge. 'Halfnegen. Een onchristelijke tijd, dus laten we meteen vertrekken. We nemen twee agenten mee, om die fotograaf een plezier te doen.' Hij liet zijn arm zakken en bestudeerde Rolands T-shirt. 'Koffie? Je hebt je toch niet gebrand?'

Roland stak zijn hand uit naar zijn jasje. 'Nee, niet aan de koffie.' Zonder om te kijken liep hij de deur uit.

72

Het gebouw lag aan de rand van Clichy, in een wijk waar armoede en gebrekkig onderhoud hand in hand gingen. Een scherpe ochtendzon scheen op de uitpuilende vuilnisbakken die tegen de vale huismuren stonden. De winkels die op dit uur van de dag nog achter traliën verscholen gingen, vervolmaakten de indruk van verval en tristesse. Ze parkeerden langs de stoeprand en namen de omgeving in zich op. Een vrouw wachtte op het groene licht. Ze had een wollen muts op en een dikke sjaal om terwijl het kleine kind aan haar hand stond te bibberen in een knielange zomerbroek. Een zwerfhond kwam zigzaggend hun kant op, bij elke lantaarnpaal een plasje plegend. Bij de auto bleef hij een tijdje met gebogen kop en sceptische ogen staan voor hij weer verder sjokte.

'Die had vast rabiës.' Orla duwde haar handen diep in de zakken van haar jas en stapte pas uit toen de hond uit het zicht was.

Marchal stond al op de stoep. Hij bestudeerde de gevel waarop een met stof en vuil bedekt bordje nog net de naam Hôtel des Charmes was te lezen. 'Bijzonder charmant, ja', mompelde hij en hij keek Roland van opzij aan. 'Wordt het nog steeds uitgebaat?'

Roland knikte. 'De fotostudio ligt op de begane grond, samen met dat videozaakje. Het hotel ligt erboven. Ze hebben niets met elkaar te maken.'

Marchal drukte de klink naar beneden. Het hotel was gesloten. Een bordje naast de deur vermeldde dat de receptie na elf uur 's avonds gesloten was en dat gasten na die tijd de bel moesten gebruiken. Marchal legde een brede wijsvinger op de bel en liet hem niet meer los.

Na enkele minuten ging de deur een ietsje open en zagen ze een man met staalgrijs haar en een achterdochtige blik. 'Ja?' De walm van cigarillo's en scepsis, in gelijke delen, sloeg hen tegemoet.

'Politie.' Marchal wapperde met zijn pasje. Hij was twee koppen groter dan de uitbater en in combinatie met de wilde baard, de woeste krullen en zijn brulaapstem een vreesaanjagende verschijning.

'En wat zoeken jullie hier?' Of de man bang was of brutaal, was moeilijk te zeggen. De deur ging in ieder geval niet met een brede zwaai open.

'Dat zien we wel als we binnen zijn. Deze dame heeft het koud.' Marchal duwde de deur open en even later bevonden ze zich in een kleine receptie. Een smalle trap voerde naar boven en op de gesloten deur rechts van de balie prijkte de naam Studio Elite.

'Die zaak hoort niet bij ons', mompelde de man toen Marchal controleerde of de deur open was. 'Hij is vaak dicht.'

Marchal stapte op de man af. 'Hoeveel kamers heeft dit hotel?'

'Twintig. Het is eigenlijk een pension.' Hij liep om het halve muurtje heen dat de balie moest voorstellen.

'En u bent de eigenaar?'

'Ja.'

Orla stond bij de uitgang frisse lucht te happen. Het hotel, of pension, was shabby en het krappe halletje stonk naar de man zijn sigaren. Het pand riep in feite maar één soort associaties op. Een typisch toevluchtsoord voor zwervers, arme sloebers en prostituees. Een toerist met een stuiver op zak zou het niet in zijn hoofd halen om hier de nacht door te brengen.

Marchal was duidelijk tot dezelfde conclusie gekomen. 'Mag ik de gastenlijst zien, meneer...?'

'Picard.' Er was een verbeten uitdrukking op zijn gezicht verschenen. 'Mag ik eerst uw machtiging tot huiszoeking zien?'

Marchal viste een opgevouwen vel papier uit zijn jaszak. 'Vanzelfsprekend, meneer Picard.'

De man sloeg de armen nonchalant over elkaar en Orla kreeg het idee dat hij zich nergens druk over maakte. 'We houden geen gastenlijst bij. De mensen die bij ons logeren, betalen per nacht en met cash. Meer gedoe is nergens voor nodig.'

Marchal en Roland waren al op weg naar boven. Orla liep hen achterna. De smalle, schimmige gang met hotelkamers had een laag plafond en deed denken aan een zolder. Ze zagen drie kamerdeuren links en drie rechts. Na langdurig geklop op de deuren werden ze stuk voor stuk geopend. Zes jonge vrouwen van ongeveer dezelfde leeftijd staken verschrikte gezichten naar buiten.

Een mat gevoel bekroop Orla. Ze besefte maar al te goed wat deze vrouwen hier deden. Ze wist ook dat de politie afhankelijk was van een zeer nauwe samenwerking met de slachtoffers om de daders op het spoor te komen.

De twee agenten werden beneden aan de trap geposteerd. Marchal nam een snel besluit nadat de papieren van de meisjes gecontroleerd waren en gebleken was dat geen van hen over een paspoort of een verblijfsvergunning beschikte. 'Kleed jullie aan', zei hij zo vriendelijk mogelijk. 'We nemen jullie mee naar het bureau voor een verhoor.' Hij keek weg om de grote, met angst en tranen gevulde ogen niet te zien.

'Waarom? Wat hebben we gedaan?' De vrouw die sprak had een honingkleurige huid en haar blik was die van een waakzaam dier. Orla zag, toen ze het zwarte haar naar achteren streek, dat ze een blauwzwarte vlek op haar hals had. Aan haar accent te horen kwam ze uit Noord-Afrika.

'Dat hoeven we niet uit te leggen, denk ik', zei Marchal, nog steeds even vriendelijk, maar tegelijk vastberaden. 'Geen gezeur verder.'

Marchal en Roland doorzochten de kamers. Ze vonden condooms, gebruikte en ongebruikte, en kleren die maar voor één bepaald doeleinde geschikt waren. Vervolgens werden de zes hologige, doodsbange en zwijgende vrouwen mee naar beneden genomen. Van de eigenaar vingen ze geen glimp op.

'De vraag is of dit een tak is van de modellenbusiness van Fabre en Lambert.' Roland verzamelde de verzegelde plastic zakken in een hoek van de receptie.

'En wie is de pooier?' Orla had samen met de twee agenten de vrouwen naar het inmiddels gearriveerde busje gebracht. Ze pakte een paar zakken van de vloer.

'Dat zullen we zo meteen wel horen, als ze hun mond open durven te doen. Hier, als jij deze ook nog kan meenemen, dan hoeven we maar één keer te lopen.' Roland reikte haar een zakje met kleren aan.

Marchal zuchtte. 'Die zijn niet makkelijk aan de praat te krijgen, maar gelukkig is het onze zorg niet. Bekentenissen tevoorschijn toveren laten we aan onze collega's van de mensensmokkel over.'

Orla knikte. 'Heb je de OCRTEH al gewaarschuwd?'

'Wat dacht je? Die zitten al lang en breed op ons te wachten.' Marchal grijnsde tevreden.

Ze liepen met de zakken naar het busje. Marchal opende het portier aan de kant waar de vrouw zat die op eigen initiatief het woord had genomen.

'Heb je haar wel eens gezien?' Hij hield haar de foto van de dode vrouw voor.

Ze nam de foto uit zijn hand en ze zagen dat ze onverschillig probeerde te kijken zonder dat het haar lukte.

'Eerlijk antwoorden, dat scheelt iedereen een hoop narigheid', zei Marchal zachtjes.

Ze tilde haar gezicht op en Marchal zag dat er tranen in haar ogen stonden. 'Ze is dood, hè? Dat staat ons ook te wachten, ik weet het zeker.'

'Ik niet', zei Marchal. 'Wij proberen dat in ieder geval te verhinderen.'

Ze gaf hem de foto terug. 'Ze zat in dezelfde groep als ik', zei ze aarzelend. 'We overnachtten samen in dat oude huis, voordat we doorreden naar Parijs, maar daarna hebben we haar nooit meer gezien.'

'Dat oude huis, waar lag dat?'

Ze haalde haar schouders op. 'Dat weet ik niet. Niet ver van Parijs. We lagen onder een doek, onder een berg knoflook en andere etenswaren.'

'En wie bracht jullie naar dat huis?'

Ze haalde weer haar schouders op voor ze haar hoofd opzij draaide en onverstaanbare woorden uitwisselde met de andere vrouwen.

'Die man die ons hierheen reed, heette Malek. Meer weten we niet.'

De fotograaf, die van Spaanse afkomst bleek te zijn, arriveerde een kwartier nadat het busje met de vrouwen was vertrokken.

Hij had een normaal postuur, een kaalgeschoren schedel en drie gouden ringen in beide oorlellen. De zwarte, leren broek zat strak als een latexhandschoen en de spitse laarzen met ongewoon hoge hakken klepperden als castagnetten toen hij voor hen uit de studio in liep.

Met zijn papieren was niets mis. Hetzelfde gold voor zijn zelfvertrouwen. Roland had hij als blijk van herkenning minachtend aangekeken terwijl zijn lippen het woord 'smeris' vormden.

'Is het niet typisch?' proclameerde hij met luide stem. 'Hoe armer de buurt, hoe beter de politie zijn best doet. Wedden dat jullie op kousenvoeten door de wijken van de bourgeoisie sluipen om de rijke stinkerds niet te storen?' Hij staarde Marchal en Roland uitdagend aan. 'Wat komen jullie nu weer uitvreten?'

Orla, die hij tot nu toe volledig had genegeerd, deed een stap naar voren. 'We proberen gewoon ons werk te doen. Ik stel voor dat u ons op de hoogte stelt van het werk dat u verricht.'

De man keek haar met grote ogen aan. 'Het is niet waar. Ze kan praten.'

Marchal verloor zijn geduld. 'Goed, dan willen we nu uw orderboeken zien, voorbeelden van de foto's die u maakt, kortom alles wat u hier doet, behalve een grote bek opzetten.'

De man reageerde met een schouderophalen. 'Zoek het maar uit zou ik zeggen.' Hij plofte neer op een kruk naast de deur, stak een sigaret op en trok een gezicht alsof hij zich nog nooit zo stierlijk had zitten vervelen.

Ze hadden niet veel tijd nodig. De fotostudio was geen fotostudio, volgens Orla. De nodige apparatuur was aanwezig, maar behalve een paar papierafdrukken was er geen enkele cd met opgeslagen materiaal te vinden. Zelfs geen computer. Dat kon in feite maar twee dingen betekenen. De man had óf bijtijds grote schoonmaak gehouden, óf deze ruimte nooit als fotostudio gebruikt, maar wel als dekmantel voor louche zaakjes die in verband stonden met de vrouwen die boven zijn hoofd werkzaamheden verrichtten. Het zou Orla niet verbazen als de man een pooier was.

Het verhoor dat ze een paar uur later van hem afnamen, bracht niets aan het licht. Hij was als veertienjarige in 1975 samen met zijn ouders naar Frankrijk geëmigreerd. Dat hij opgeleid was als fotograaf, kon hij aantonen, evenals het feit dat hij al tien jaar in dienst was bij Georges Lambert om de modellen te fotograferen die JeuneMode op hem af stuurde. Na de dood van Adam Fabre had hij geen nieuwe opdrachten ontvangen. Hij ontkende categorisch dat hij iets afwist van de vrouwen in het pension. Wat er zich buiten zijn studio afspeelde, was hem een zorg. Zijn strafblad was krijtwit. Drie uur later moesten ze hem laten gaan.

73

Marc Tesson bood hem geen kopje koffie aan toen Roland later op de dag bij hem langsging. Zelfs een knikje bleek er niet van af te kunnen. Met kaarsrechte rug ging hij hem voor naar zijn kantoor, waar hij achter het bureau plaatsnam. De stuurse houding en de gespannen pezen in zijn hals verraadden dat hij zijn uiterste best deed om zijn beleefdheid te bewaren.

'Georges Lambert is een man zonder enige betekenis, een van generaal Salans lijfwachten ten tijde van de koloniale oorlog', zei hij langzaam en hij keek Roland aan. 'De generaal had een zomerverblijf in Hydra, slechts een paar kilometer van ons vakantiehuis. Het inreisverbod dat de Franse autoriteiten hem hadden opgelegd, ignoreerde hij faliekant en hij was regelmatig in Algerije. De generaal en zijn gevolg, waaronder ook de heer Lambert, waren meer dan eens te gast bij ons. Het laatste bezoek vond plaats in april 1961. Ons huis stond open voor eenieder die tegenstander was van een breuk tussen Frankrijk en Algerije. En dat waren er velen. Militairen, academici, boeren, noem maar op. En de tijd heeft aangetoond dat we het bij het rechte eind hadden.' Zijn borstkas zette uit toen hij diep ademhaalde, maar verder was er geen teken van emotionele betrokkenheid te bespeuren. Hij laste een korte pauze in. 'Ik heb nooit het idee gehad dat Lambert bijzondere talenten had, allerminst op financieel gebied', zei hij sarcastisch.

'En Adam Fabre?'

Tesson stond op. 'Welke bijdrage Adam kon leveren aan deze vastgoedbusiness is mij een raadsel. Ja, behalve het feit dat ik hem onwijs genoeg acht om voor het verlies op te draaien als de boel failliet ging. Nee, ook Fabre was geen zakenman.' Hij keerde zich half om en liet zijn ogen onderzoekend over het gezicht van Roland glijden, alsof hij een schatting maakte van het begripsvermogen van een jong mens als hij.

Roland maakte een geruststellend gebaar met zijn hand. 'Gaat u door, Tesson.'

Heel even speelde er een glimlachje om zijn mond. 'Zoals u wilt. Toen wij Adam Fabre leerden kennen, was hij generaal Salans vaste chauffeur en al bevriend met Georges Lambert. Terwijl Salan bij ons op bezoek was, moest Fabre zijn tijd zien te doden. En daar had de man geen enkele moeite mee. Hij was, zoals u weet, begiftigd met een knap uiterlijk en een bijzondere aantrekkingskracht. Ook Isabelle was daar niet ongevoelig voor.' Hij slaakte een zucht. 'Ze was eigenwijs en blind. Ieder verstandig mens zag met één oogopslag dat Fabre een charlatan en een gelukzoeker was, maar zij moest en zou hem hebben. Ze dreef haar zin door, ondanks het feit dat ik haar duidelijk maakte dat ze er spijt van zou krijgen.' Zijn gezicht betrok. 'De tijd heeft aangetoond dat ik ook wat dat betreft, gelijk had.'

Een paar uur later trok Orla de deur van Marchals kantoor achter zich dicht. De wanden die hij bedekt had met foto's, kaarten en oude krantenknipsels met betrekking tot de familie Tesson, draaiden voor haar ogen toen ze de trap afliep.

Geen van deze oude geschiedenissen wierp tot nu toe een verhelderend licht op de huidige gebeurtenissen. De moorden konden nog steeds niet in verband gebracht worden met veertig jaar oude politieke en familiale conflicten. In 1961 waren Isabelle en Charles respectievelijk zeventien en zestien jaar. Adam Fabre en Georges Lambert waren een paar jaar ouder, maar nog steeds in de leeftijd dat het andere geslacht interessanter was dan de wereldpolitiek.

Ook de brieven die de Algerijnse vrouw aan Adam Fabre schreef, schiepen nog altijd verwarring. In de ene brief kwam duidelijk naar voren dat Fabre geen onschuldig modellenbureau runde. De speciale eenheid die al jaren onderzoek pleegde naar mensenhandel en prostitutie, had hem echter nog nooit in de kijker gehad.

Er zat een luchtje aan de brief. Orla was er bijna zeker van dat er sprake was van bedrog of vervalsing. Zou ze gelijk hebben, dan liep het aantal raadsels nog hoger op. Wie had de brief geschreven? Wie had er baat bij dat Adam Fabre in een kwaad daglicht werd gesteld?

Er zat weinig schot in het onderzoek. De inzameling van vingerafdrukken had nergens toe geleid. Er was besloten dat men van alle familieleden een DNA-test moest afnemen.

Vergezeld van een lichte regen liep Orla van de place Maubert in de richting van Brasserie Balzar. Haar paraplu had ze op een niet nader bekende plek laten liggen, maar daar maakte ze zich niet druk om. De regen was verfrissend en verscherpte haar zintuigen. Ze snoof de geuren in van kruiden, sjalotten en gebraden vlees, luchtjes die uit alle kieren en spleten schenen te sijpelen als de etenstijd naderde. Na deze deprimerende dag had ze behoefte aan een goede maaltijd. Dorade bijvoorbeeld. Het water liep haar in de mond bij de gedachte aan gebakken vis met gekookte krieltjes, gesmolten boter en verse spinazie. Nergens konden ze haar lievelingsgerecht zo lekker klaarmaken als bij Balzar.

Het was al halfacht toen ze bij de square Painlevé de straat overstak. Voetgangers, de meesten met opengeslagen paraplu's, snelden haar aan beide kanten voorbij. Op dit uur van de dag was het meestal stampvol in de brasserie. Ze had geen tafeltje besteld, maar ze wist dat het de kelner altijd lukte om een piepklein plaatsje vrij te maken tussen de andere gasten.

Het was de Franse manier van eten en na al die jaren was ze er nog steeds niet aan gewend. Bijna op de schoot van je onbekende buurman een maaltijd verorberen, bleef een vreemde en benauwende belevenis. En ook al at menigeen in dit land gewoon in zijn eentje, zij vond het maar niets. Zodra ze in haar uppie aanschoof, voelde ze zich eenzamer dan ooit. Ze had net zo goed een bordje om haar nek kunnen hangen met ALLEEN, zoals kinderen die zonder volwassenen met een vliegtuig meegingen.

Ze hield halt voor de apotheek naast het restaurant om een steelse blik te werpen in de eetzaal. Van buitenaf leek het alsof iedereen elkaar kende en toelachte.

Haar maag rammelde en ze had zo lang met het mobieltje in haar hand gestaan dat het klam aanvoelde. De ober had haar inmiddels gezien en begroet en het was slechts een kwestie van seconden voor hij de deur voor haar openzwaaide. Ze drukte haastig op de toetsen.

'Roland, heb je al gegeten?' hijgde ze toen hij opnam.

Hij aarzelde langer dan haar lief was. 'Eigenlijk niet.'

'Ik zit in Balzar. Kom je ook?' Ze slikte toen hij geen antwoord gaf. 'Ik haat het om alleen te eten, maar daar gaat het niet om.'

Twee uur later parkeerde hij zijn wagen voor de ingang van haar flat in de rue de la Bièvre, op een steenworp afstand van de brasserie. Ze hadden geen moment over hun werk gesproken, maar toch aan één stuk door zitten kletsen. Nu zei geen van beiden iets en viel er een vreemde stilte.

Orla begreep niet wat haar mankeerde toen ze zichzelf hoorde zeggen: 'Ga je nog even mee naar boven? Voor een kop koffie of zo?'

De lucht in de auto was ineens geladen. Ze keek hem van opzij aan. Hij had zijn hoofd tegen de neksteun gelegd en zijn ogen gesloten. Het duurde een aantal griezelig lange seconden voor hij iets terugzei. Haar middenrif was toen al als een rotsblok naar beneden geploft.

'Dat zou gezellig zijn, Orla.' Zijn ogen waren nog steeds gesloten, alsof hij ze dichtkneep uit een soort schaamte. 'Maar ik doe het toch maar niet. Bovendien is het aardig laat. We kunnen onze slaap goed gebruiken op het moment.'

Ze knikte mechanisch. 'Goed, hoor.' Ze stapte uit toen hij het portier voor haar opende.

Hij kuste haar wangen en bleef naast de auto staan wachten tot de voordeur achter haar was dichtgeslagen. Ze liep naar de trap en liet zich langzaam op de onderste tree zakken. Met haar hoofd in haar handen bleef ze zitten.

74

Het was vroeg in de ochtend toen Orla en Marchal halt hielden voor de woning van Georges Lambert aan de place Monge. De temperatuur was gezakt tot twee graden onder nul en de kale takken van de bomen op het plein deden nog naakter aan in de kou. De linten waarmee de politie het terrein had afgezet, waren inmiddels verwijderd en niets deed denken aan een onheilsplek.

'Hier heeft niemand een voet gezet sinds Fabre werd gevonden', mompelde Marchal toen hij de deur openmaakte en ze de donkere gang in stapten. Het was er kil en de typische muffe lucht van een onbewoond huis sloeg hen tegemoet. Ze wierpen een blik in de zitkamer. De gordijnen waren nog steeds dicht en de kamer was gehuld in schemerdonker.

'Als die trap praten kon.' Marchal knikte naar de trap die naar de badkamer en de slaapkamers voerde. 'Dat er geen zandkorreltje op te vinden was, je houdt het niet voor mogelijk.'

'Je vraagt je af wat Lambert is overkomen. Of hij gewoon de benen heeft genomen, of dat ze hem ontvoerd hebben.' Orla was de trap al op gelopen.

'Spoorloos verdwenen is hij in ieder geval. Dat er nergens tekenen van inbraak of geweldpleging zijn, zet je wel aan het denken. Alsof die lieden gewoon binnengewandeld zijn en netjes op hun kousenvoeten door het huis hebben geslenterd.'

Ze waren langs de slaapkamers gelopen en stonden bij de deur waarachter een kleine, smalle trap schuilging. 'De zolder', knikte Orla. 'Die hebben ze al ondersteboven gehaald. Het bleek dat er daar in geen jaren iemand geweest was.'

Marchals rug verdween in het trapgat. 'Dan is het nu onze beurt.'

Orla kwam hem achterna. De kleine slaapkamer onder de nok deed dienst als bergruimte. Alles zat onder het stof, ook de bolle lamp aan het plafond. Ze haalden allebei hun zaklamp tevoorschijn. In de enorme verzameling oude spullen die Georges Lambert op de zolder bewaarde, scheen geen enkel systeem te zitten. Nadat de technici overal in gesnuffeld en gewoeld hadden, was het helemaal een onoverzichtelijke bende geworden. Orla duwde een paar dozen met kleren en afgetrapte schoenen opzij en trok een pak oude kranten naar zich toe. 'Uit 1960 en 1961', zei ze toen ze het touw dat eromheen zat, had losgeknoopt. 'Voer voor fascisten. Zou hij nooit op andere gedachten gekomen zijn?'

Marchal snoof. 'Die indruk krijg je niet.' Hij vloekte toen hij zijn hoofd tegen een balk stootte. 'Zijn politieke engagement is misschien met de jaren vervaald, net als die krantjes, maar dat betekent niet dat zijn gedachtewereld veranderd is. Het is een vreemde gast. Op het eerste gezicht een zielige, zieke sloeber die niet veel in de pap te brokkelen heeft. Tot blijkt dat meneer in het geniep vakantiewoningen in Algerije laat bouwen en waarschijnlijk zijn sporen heeft verdiend in de mensensmokkel.' Marchal schopte tegen een oude, kartonnen doos. 'Daar zou ik trouwens ook ziek van worden. Wat zegt onze arts?'

Hij kreeg geen antwoord en draaide zich om naar Orla. Ze stond gebogen over een tas.

'Deze weekendtas, Marchal, die heb ik eerder gezien! De tas waarin Charles Tesson dat halve miljoen euro had zitten, was precies eender. Dat zweer ik!'

'Godallemachtig! Wat moest hij met dat geld? Hij had poen genoeg, zou ik zeggen.'

'*Mye vil ha mer*', mompelde Orla in het Noors.

'En dat betekent?'

'Heb je veel, dan wil je nog meer, of zoiets.' Ze toverde een rol vuilniszakken uit de boedel van Lambert. 'Kijk eens hier.'

'Toch gaat het er bij mij niet in. Waarom zou Lambert die oude Tesson geld aftroggelen? En wie tikte hem daarna zo hard op de vingers dat ze in de auto van mademoiselle Leclerc terechtkwamen? Welke rol speelt Agnès in dit treurspel?'

'Haar acht ik nog steeds in staat om elke rol te spelen, als ze er maar goed aan verdient.' Orla scheurde een zak van de rol, trok een paar handschoenen aan en stopte de tas in de zak.

Ze klommen weer naar beneden en liepen de overloop over. Op de drempel van Lamberts slaapkamer bleven ze staan. De kamer zag er nog kaler uit zonder beddengoed op het bed.

'Wat een troosteloze toestand. Net een kamer van een ziekenhuis. Witte wanden, een bed, een stoel en een nachtkastje. Ja, en een schilderijtje.'

'En dat hangt helemaal fout', verzuchtte Orla. 'De esthetica in mij kokhalst. Ik ben een aanhanger van weinig kunst aan de muren, maar dat weinige moet wel in één lijn hangen. Dat prentje had ik precies boven het midden van het bed gehangen, en niet tien centimeter te ver naar links.'

Marchal schudde zijn hoofd. 'Dat noem ik niet esthetisch, maar pietepeuterig.'

'Marchal, je hebt geen oog voor de schoonheid van details.'

Ze keken zwijgend naar de vergeelde zwart-witfoto van een oude boerderij.

'Hoe dan ook, ik denk niet dat Lambert zwaar tilt aan schoonheid, aan kunst überhaupt', mompelde Marchal. 'Denk maar aan dat schilderij in de huiskamer. Dat dient alleen maar als camouflage voor die twee vriendjes van hem, Franco en Mussolini.'

De gedachte kwam bij beiden tegelijk op. Orla was in drie passen bij het schilderijtje. Ze haakte het van de muur. Een witgeschilderde, ingebouwde kluis werd zichtbaar.

'Lang leve je oog voor schoonheid, Orla', zei Marchal en hij klapte zijn mobieltje open.

De inhoud van Georges Lamberts kleine muurkluis werd op het bureau van Marchal uitgestald nadat de technici alle sporen hadden veiliggesteld.

Het ging om een bedrag van 94.500 euro en een bruine envelop in A5-formaat. Controle van de nummers op de biljetten wees uit dat het niet ging om het geld dat Marc Tesson cadeau had gedaan aan de afpersers.

De envelop bevatte een stapeltje foto's. Het waren kleurenfoto's, genomen met een telelens. Marchal spreidde de foto's op de tafel uit en ze zaten er een tijdlang zwijgend naar te kijken.

Op alle foto's waren dezelfde twee personen te zien, een oudere man en een jonge vrouw. Hij was lang en donkerharig. Hoewel een deel van zijn gezicht schuilging achter de opstaande kraag van zijn mantel, waren de foto's scherp genoeg om hem te identificeren. Zij had een zwart jack en een spijkerbroek aan. Het haar was donker en reikte tot haar middel.

In de rechter bovenhoek stonden de datum en het tijdstip. Alle foto's waren op vrijdag 3 november gemaakt, tussen negen en tien uur 's avonds. Op de meeste foto's wandelden ze naast elkaar op een pad, in een park of een tuin. Er waren ook foto's bij van de twee in een diep gesprek gewikkeld in een café.

Orla was er zeker van dat ze ook de vrouw herkende. 'Dat is ze, de vrouw die in de auto van Fabre lag. Deze foto's werden de dag voordat hij verdween, genomen.'

'Maar waarom lagen ze in de safe van Lambert?'

Orla pakte een foto van de tafel en bestudeerde hem. Het was een van de foto's waarop ze in een café zaten. De vrouw had haar jack uitgedaan. 'Kijk.' Orla wees. 'Hier zit ze alleen in een trui. Je ziet duidelijk dat ze een ketting om heeft, met een hanger. Toen we haar in de auto vonden, was die ketting weg.'

Marchal pakte de foto uit haar hand. 'Laat hem vergroten.' Hij gaf de foto aan Roland. 'Zo groot en duidelijk mogelijk.'

Het was een foto van prima kwaliteit en met een hoge resolutie. Aan de ketting hing een plat hartje, omrand met kleine steentjes.

Orla legde de foto neer en beet op haar lip. 'Dit is het sieraad dat genoemd werd in de brief die we bij Fabre vonden.'

'Zou Isabelle Fabre meer weten?'

75

Isabelles gezichtsuitdrukking gaf blijk van berusting toen ze de foto's teruggaf, alsof ze besloten had dat opspelen verspilde moeite was. 'O, die', zei ze rustig. 'Ik wist niet dat Georges ze bewaard had.'

'Dat vraagt om uitleg, madame Fabre.' Marchals stem klonk uiterst zakelijk.

'Er waren er die dachten dat ik onzin uitkraamde als ik beweerde dat mijn man er vriendinnetjes op nahield', zei ze koeltjes. 'Ik had behoefte aan bewijsmateriaal. Georges kende mijn echtgenoot beter dan wie ook en was de geschikte man om mij te helpen. Hij zorgde ervoor dat iemand Adam en deze vrouw schaduwde en vereeuwigde. Dat hij deze foto's niet vernietigd heeft, wist ik niet. Misschien had hij er kwade bedoelingen mee, dat zou me niet verbazen.' Ze haalde haar schouders op. 'Georges Lambert is geen integere persoon, inspecteur.'

Orla liet haar de uitvergrote foto van de vrouw zien en wees naar het halssieraad. 'De ketting die deze vrouw droeg, was verdwenen toen we haar dood aantroffen.' Ze bestudeerde Isabelles gezicht, maar daar was geen enkele reactie op te bespeuren. 'Heeft u de ketting eerder gezien?'

Isabelle fronste haar voorhoofd. 'Dat is moeilijk te zeggen, dokter Os.' Ze zweeg even. 'Hangers in de vorm van een hart zijn niet erg origineel. Misschien heb ik het mis, maar ik meen me te herinneren dat Adam een dergelijk sieraad van zijn moeder erfde.'

Isabelle maakte aanstalten om op te staan, maar voor Marchal was de kous duidelijk nog niet af. 'U leerde uw man kennen via Georges Lambert, nietwaar?'

'Ja, maar het courtiseren knapte Adam zelf op.'

Marchal ging rustig door. 'Wist u toen al welke politieke richting Lambert aanhing?'

Isabelle Fabre glimlachte vriendelijk en keek hem recht in de ogen. 'Jazeker. Georges was ultraconservatief en had grote sympathie voor mensen als Franco en Mussolini. Hij belandde natuurlijk in de OAS, maar zelfs die organisatie was te tam in zijn ogen.'

'O?'

'Meer weet ik er niet vanaf.' Ze maakte ineens een vermoeide, geprikkelde indruk. 'U moet de zaken niet door elkaar halen, meneer Marchal. Het was mijn man die contacten onderhield met Georges Lambert, niet ik.'

Marchal nam haar nieuwsgierig op. 'Waren er bepaalde kanten aan die samenwerking die nog niet aan het licht gekomen zijn? Zaken die van belang kunnen zijn voor ons onderzoek?' Toen hij zag dat ze aarzelde, voegde hij er indringend aan toe: 'Uw echtgenoot is overleden en Georges Lambert is verdwenen. Uit loyaliteit hoeft u geen inlichtingen achter te houden.'

Isabelle Fabre rechtte haar rug. 'Schandalen zinnen me vandaag even weinig als toen mijn man nog leefde, inspecteur', zei ze langzaam, alsof ze elk woord wikte en woog. 'Adam hield een aantal zaken voor mij geheim, tenminste, dat idee had hij. Ik wist natuurlijk aanzienlijk meer dan hij vermoedde. Mijn man beweerde dat hij een modellenbureau runde. Dat betwijfel ik, meneer Marchal, zonder dat ik daar ooit het mijne van heb geweten.' Ze zweeg en het leek alsof de uitspraken haar moeite kostten. 'Misschien wilde ik het niet weten.'

Marchal liep naar het raam en bleef met zijn rug tegen de vensterbank staan. 'We hebben meer namen nodig.'

'En daar moet ík jullie bij helpen?' merkte ze zurig op. 'Wie pleegt er hier eigenlijk onderzoek?' Ze zette weer een kalm gezicht op, alsof ze spijt had van haar uitval.

'Is de naam Malek wel eens ter sprake gekomen?'

'Malek?' Ze schudde het hoofd na een korte denkpauze. 'Nee, nooit.'

'Maar van Malek Kagda heeft u vanzelfsprekend gehoord?'

Isabelle Fabre sperde haar ogen open en liet een ongelovig lachje horen. 'Malek Kagda, de brave, leergierige zoon van de opziener? Waar halen jullie die ineens vandaan? Ik heb die jongen sinds mijn jeugd niet meer gezien.'

'We draaien alle stenen om in het onderzoek, madame Fabre. Het gaat om de moord op uw man, naast die op de jonge vrouw die we in zijn auto vonden.'

Ze keek hem aan met haar vreemde, lichte ogen. 'Je zou zeggen dat hoeren tot een risicogroep horen, of ben ik abuis?'

'Ze was geen prostituee.'

'Mijn man was gek op jonge vrouwen.'

'Dat kan zijn, madame Fabre, maar er wordt tevens van hem gezegd dat hij homofiel was.' Marchal hield haar gezicht nauwlettend in de gaten, maar weer was ze hem te snel af.

Ze schudde het hoofd. 'U heeft blijkbaar geen belangrijke vragen meer?'

Marchal negeerde de opmerking. 'Madame Fabre, kunt u zich voorstellen dat wij ons niet kunnen inbeelden dat u niet op de hoogte was van dat soort geruchten?'

Ze lachte een korte, schampere lach. 'En daar zou ik meer waarde aan hechten dan aan mijn eigen ervaringen?'

Marchal zweeg, omdat hij zag dat ze meer op haar hart had. 'Misschien hoor ik me te schamen, maar ik kon de verleiding niet weerstaan om via ons tweede toestel een gesprek af te luisteren. Ik was thuisgekomen zonder dat Adam dat had gemerkt.'

'Een telefoongesprek dat uw man voerde, neem ik aan?'

Ze knikte. 'Met een vrouw in een telefooncel. Ze bedankte hem omdat hij zo lief was geweest om haar aan een baan te helpen in Parijs. Een zeer goede baan, zo te horen.' Ze glimlachte honend. 'Attent, nietwaar?'

'U denkt dat het een prostituee was?'

'Ja, dat lag er bijzonder dik bovenop.' Haar ogen hadden opnieuw een harde blik gekregen. 'Waarom zou hij anders een vrouw uit Noord-Afrika laten komen? Mijn man was geen weldoener. Bij hem was het "voor wat, hoort wat". En niemand maakt me wijs dat het een vriendinnetje was waar hij plezier aan wilde beleven. Die dames zocht hij liever dichter bij huis, want dan was hij verzekerd van gratis kost en logies.'

Marchal deed geen poging meer om te protesteren tegen Isabelles hardnekkige beweringen betreffende de minnaressen van haar man. 'Ik ga ervan uit dat hij een soort verklaring aflegde, toen u hem met dat gesprek confronteerde? Indien u dat deed.'

'Ja, dat deed ik inderdaad. Hij vertelde me dat hij wel vaker gecontacteerd werd door vrouwen die hulp nodig hadden. En dat hij het niet over zijn hart verkrijgen kon om hen af te wijzen.' Ze glimlachte bitter.

'Wanneer vond dat telefoongesprek plaats?'

'Een paar maanden geleden.'

Marchal krabde in zijn baard. 'Zijn secretaresse, mademoiselle Leclerc, zou zij op de hoogte zijn geweest van deze tak van het bedrijf?'

Isabelle Fabre haalde haar schouders op. 'Daar kan ik niet op antwoorden.'

'En uw oom? Weet hij iets van deze zaken af?'

'Nee, natuurlijk niet. Mijn oom is een oude man die veel heeft doorgemaakt. We proberen hem te ontzien en te sparen voor meer ellende. Hij denkt dat Adam eigenaar was van een modellenbureau, en daar ben ik blij om.' Ze stond op en liep naar de deur. 'Ik heb verder niets te vertellen, om de eenvoudige reden dat ik niets meer weet. Ook de naam van die vrouw in de telefooncel niet, als dat uw volgende vraag zou zijn.' De hoogmoed en minachting laaiden op in haar ogen voor ze zich weer achter het onbewogen masker verschool.

Het gevoel bekroop hem dat hij een pion was in een spel dat ze speelde. Een spel waarbij het verdoezelen van de waarheid troef was. Zou het kunnen dat ze van de gelegenheid gebruik maakte om zich te wreken op een echtgenoot die haar jarenlang voor schut had gezet?

Orla plofte doodop achter haar bureau neer. Het was al halfacht en ze hunkerde ernaar om thuis te komen. De speciale eenheid die zich bezighield met het oprollen van mensensmokkel en prostitutie had haar uitvoerig ingelicht en haar vermoedens bevestigd. Een toenemende stroom Afrikaanse vrouwen, voornamelijk uit de landen ten zuiden van de Sahara en de drie noordelijke kustlanden, kwam illegaal het land in. De route die ze volgden liep via Spanje of over de zee naar de Franse havensteden. De informatie van de OCRTEH loog er niet om. Orla was geïmponeerd door hun brede kennis van zaken, maar tot haar spijt kwamen Adam Fabre en Georges Lambert niet in hun registers voor. Net zo min als de Malek die door een van de vrouwen genoemd was.

De foto's in de kluis van Lambert waren dus in opdracht van Isabelle genomen. Dat betekende dat ze wellicht van tevoren wist van de ontmoeting tussen Fabre en de jonge vrouw. Het was niet onmogelijk dat ook zij de brief gelezen had die ze bij hem thuis in zijn werkkamer gevonden hadden.

Wat Orla niet begreep, was het motief van Isabelle Fabre. Waarom was het van belang om haar man te betrappen met een minnares, als dat om de haverklap voorkwam? Had ze niet tijdens hun eerste gesprek beweerd dat het haar koud liet? En waarom had Lambert dat stapeltje foto's in zijn kluis gelegd?

Ook het halssieraad kostte haar nog steeds hoofdbrekens. Ze hadden geprobeerd om de ketting op de laatste foto te vergelijken met die op de foto van Assia, zonder dat ze iets met zekerheid hadden kunnen vaststellen.

Met een zucht van ergernis legde ze de foto weg. Het was misschien een dwaalspoor en rigoureuze tijdverspilling. In haar achterhoofd zinderde Marc Tessons smadelijke stem toen hij opmerkte dat ze de zaken door elkaar haalden en voorpaginanieuws maakten van oude geschiedenissen. Ook was ze niet vergeten wat Vilar had gezegd over strohalmen waaraan ze zich vastklampten.

Op de hoek van de schrijftafel liet haar mobieltje van zich horen. Ze stak haar hand uit, bang dat een snelle thuiskomst de mist in ging. De uitdrukking op haar gezicht veranderde van geïrriteerd naar geïnteresseerd. Ze stopte de telefoon in haar zak en snelde naar het kantoor van Marchal.

Hij gebaarde haar te gaan zitten en gaf haar een computeruitdraai. 'Een e-mail van het bedrijf dat dit exclusieve briefpapier fabriceert. Het blijkt dat papier met dit productienummer in mei nog niet in omloop was. Pas in augustus was het in de winkels te verkrijgen.'

Orla las het bericht. 'Dus de brief die Agnès in Fabres la vond, was bedoeld om iemand te misleiden?'

Marchal knikte. 'Ik heb het lab al gebeld en gezegd dat ze haast moeten maken met de analyse van de postzegel.'

76

Agnès Leclerc was blij dat ze een parkeerplaats vond in de rue Gandon en vlak bij de ingang van de flat. In deze tijd van het jaar liep ze niet graag 's avonds over straat. De dagen waren te kort. Voor je het wist, was het donker.

Ze had last van haar zenuwen. Bij het minste kreeg ze hartkloppingen. Het kwam van alle zorgen, zei ze tegen zichzelf. Te weinig slaap, te weinig lekker eten en te weinig pleziertjes. Om van een beetje luxe nog maar te zwijgen. Sinds het laatste avondje uit met Charles Tesson had ze op een houtje moeten bijten.

Zodra ze aan hem dacht, borrelden de wanhoop en de woede in haar op. Ze had zin om iedereen die haar pad kruiste, een oplawaai met haar tas te geven. Ze had hem niet opgegeven, bij lange na niet. Hij had haar beloftes gedaan en de indruk gewekt dat hij hun relatie serieus nam. Wat hen in de weg zat, was die vrouw van hem. Hij had hulp nodig, stelde ze vast terwijl ze een blik over haar schouder wierp voor ze de straat insloeg. Sommige mannen redden zich niet in hun eentje. Die moest je met de neus op de feiten drukken. Ze moest iets bedenken waardoor ze beiden goed wakker geschud werden, zowel Charles als dat kreng waarmee hij getrouwd was. Het zou een pijnlijke affaire worden, maar het was voor zijn eigen bestwil.

Ze tilde zich een ongeluk aan de loodzware boodschappentassen. Uit geldnood haalde ze alleen nog maar aardappelen, blikjeswaren en pasta in huis. Dat kostte weinig, maar woog een ton. Als vlees kwam er nu alleen nog maar lever op tafel. Geen kalfslever, maar runderlever. Van de gedachte alleen al werd ze onpasselijk.

De ene tas belandde met een doffe dreun naast haar op de grond terwijl ze de code intoetste. De muren in de portiek waren chocoladebruin en de ijzeren deur van de lift leek op die van een kerker. Ze was ervan overtuigd dat de lieden die deze huurkazerne hadden gebouwd, haar zo afzichtelijk mogelijk hadden gemaakt, als een hoon aan de huurders die zich niets beters konden permitteren. Op haar netvlies verscheen het luxe appartementencomplex van Charles Tesson voor ze zich met tassen en al in de krappe lift wurmde en naar de negende verdieping wiebelde.

'Heeft Cassius Clay boodschappen gedaan?' Bij het horen van de stem die haar toeriep zodra ze de voordeur opende, draaide haar maag zich om. 'Ik hoop niet dat je mijn pintjes vergeten bent. Er is geen druppel meer in huis.'

Agnès beende haar moeder voorbij zonder haar met een blik te verwaardigen.

'Doe maar uit de hoogte, zo meteen lig je op je bek.' Louise stak een sigaret op. 'Er was net iemand voor je aan de deur.'

'O?' Agnès was roerloos blijven staan.

'Een man.'

'Wat voor man?' Haar hart hamerde als een op hol geslagen ritmebox.

'En dat zou ik weten?' Louise zat met half dichtgeknepen ogen naar haar te gluren. 'Als je met dit soort types optrekt, dan is er hoop. Zo'n knappe kerel heb ik in geen jaren gezien.' Ze pakte de afstandsbediening en zette de tv aan. 'Kom bij je moeder zitten. De kandidaat van vanavond heeft nog maar één ronde te gaan en dan kan hij met de volle pot naar huis.'

Agnès had de tassen losgelaten. 'Hoe zag hij er dan uit?' Het was haar met de jaren duidelijk geworden dat haar moeder het gros van de mannen die ze zag, onweerstaanbaar vond. Haar potentiële stiefvaders waren stuk voor stuk misbaksels geweest.

'Een hoofd, twee armen en twee benen. Maar wat een lijf, het zweet brak me uit! Als je niet elk moment thuis was gekomen, had ik hem binnengelaten!' Louise grinnikte. Even later was ze weer ernstig. 'Hij had iets, die vent. Een blik die ijzer kon buigen.' Ze gaf opeens een luide gil. 'Jezus, wat een oelewapper! Honderdduizend euro liet hij tussen zijn tengels door glippen. Moet je hem zien janken!'

Met knikkende knieën pakte Agnès de tassen van de grond. Charles Tesson! Hij had eindelijk zijn verstand gebruikt!

Ze had al een poos geen mobieltje meer. De telefoonmaatschappij had haar op de zwarte lijst gezet en voor een prepaidkaart had ze geen geld willen uittrekken. De enige manier waarop hij met haar in contact kon komen, was haar thuis opzoeken. Ze slingerde de boodschappen op de keukentafel terwijl ze huiverde bij de gedachte dat hij een blik had geworpen in haar armzalige privéleven. Ze vestigde haar hoop op haar botte moeder, die bezoekers het liefst door het sleutelgat toesprak en de deur waarschijnlijk amper had opengedaan.

'Ik vergat de post.' Ze klonk opgejaagd en koortsachtig. Charles Tesson had haar niet bij de buitendeur opgewacht en dat hij nog steeds in de buurt was, zou een wonder zijn. Toch moest ze een kijkje nemen. Ze had het gevoel dat de kans van haar leven nogmaals aan haar neus was voorbijgegaan.

Buiten was geen mens te zien. Er stond een ijskoude wind en het miezerde. Al wie het laten kon, bleef binnen. Agnès trok zich nergens wat van aan en stoof ervandoor. Bij elke winkel keek ze naar binnen en op elke straathoek bleef ze staan. Toen ze de hele omgeving doorkruist had, liep ze een sigarenzaak in om te bellen.

Zijn stem klonk op het antwoordapparaat en ze twijfelde geen moment aan de boodschap die ze zou achterlaten. 'Charles, liefste, ik weet dat je bij me langs geweest bent. Het spijt me dat we elkaar misliepen. Kun je me bellen als je ergens gaat eten vandaag? Het maakt me niet uit waar. Tot zo!' Ze bleef een tijd met de hoorn tegen haar oor staan, alsof ze het niet over haar hart verkrijgen kon om het contact te verbreken.

Ze viste de laatste munten uit haar tas en belde naar zijn huis. Het was pas zeven uur en het kon zijn dat hij de deur nog niet uit was.

Het duurde een eeuwigheid voor er opgenomen werd. 'Charles Tessons telefoon, goedenavond.' Het was de stem van een vrouw.

Agnès was een moment van haar stuk gebracht. 'Charles Tesson, kan ik hem spreken?' zei ze vervolgens, gemaakt onverschillig.

Het bleef even stil. 'En met wie heeft hij het genoegen?' De stem was koel en glad als satijn.

Agnès probeerde haar hartslagen in bedwang te krijgen. 'Het is privé.'

'Het spijt me, maar mijn man is niet thuis.'

De knokkels van de hand met de telefoon werden spierwit. 'Hij is altijd thuis om deze tijd', zei ze mierzoet.

'U bent een van zijn cliënten?'

'Nee.'

'Wie bent u dan als ik vragen mag?' Het klonk even beleefd als bedreigend.

Blokletters, schoot het door Agnès' hoofd. Sommige mensen waren bijzonder traag van begrip. 'Ik ben de minnares van uw man', zei ze en haar stem klonk zo ijzig kalm dat ze hem zelf amper herkende.

'O?' De stem was niet langer van satijn, maar van het zachtste fluweel. 'Welke?'

Agnès was eerst zo perplex dat ze de hoorn bijna uit haar hand liet vallen. Daarna welde een ongetemde woede bij haar op. 'Feeks!' brieste ze, zonder zich erom te bekommeren dat de wanden van de telefooncel niet bepaald geluiddicht waren. 'Je verpest het leven van je man! Je bent doodsbenauwd dat iemand anders hem gelukkig maakt!' Ze zag dat ze spuug op de glazen ruit sproeide, maar het kon haar geen barst schelen. Het liefst had ze een dreun met de hoorn tegen de metalen deurpost gegeven, alsof ze het bekakte koppie van madame Tesson voor zich had. 'Het is eeuwige zonde dat ze jou niet het eerst van kant maakten', siste ze en ze smeet de hoorn op de haak.

77

Het was kwart voor acht toen Agnès terugkeerde naar huis. Haar borstkas ging op en neer, alsof er een pomp in werking was die haar vooruitstuwde en met ongekende wilskracht vulde. Ze zou dat mens mores leren. O, welke? Jezus, ze had zich nog nooit zo vernederd gevoeld. Ze sloeg de hoek van de straat om en bleef stomverwonderd staan. Er stond een man tegen haar auto geleund. Hij had zijn armen over elkaar geslagen en zag er akelig ontspannen en zelfbewust uit. Een deurwaarder, raadde ze en de pomp in haar borst liet het plotseling afweten. Ze had wel eens gelezen dat zulke lieden er niet voor terugdeinsden om hun slachtoffers in elkaar te timmeren of met een mes te bewerken. Maar of ze dat ook met vrouwen deden?

In de loop van twee seconden overwoog ze twee mogelijkheden. Of ze maakte dat ze wegkwam, of ze stapte op de man die haar auto als ruggensteun gebruikte, af. De keuze lag in feite voor de hand. Ging ze ervandoor, dan was de kans groot dat zowel meneer als haar wagen foetsie was als ze terugkwam. Dat pikte ze niet. Ze liep met lange, vastberaden passen naar hem toe.

'Wat moet dat tegen mijn wagen?' Ze hoopte dat het overtuigend klonk.

Hij keerde zijn hoofd langzaam haar kant uit. De kale schedel, de oren vol gouden ringen, het geslepen gezicht met het dunne snorretje en de grijnzende mond bevestigden haar bange vermoedens.

'Mademoiselle Leclerc.' Hij nam de moeite niet om haar een hand te geven of de sigaret uit zijn mond te halen. 'Ik sta in contact met de financieringsmaatschappij waar u een hoop geld heeft geleend. Die auto hier behoort tot de in beslag genomen goederen en wordt binnenkort op de open markt te koop aangeboden.'

Agnès staarde hem ontsteld aan, geschrokken over het feit dat de zaak al zo ver gevorderd was en dat alles zonder haar medeweten werd geregeld. Het kon natuurlijk zijn dat dit alles in een van de brieven stond die ze niet had durven openen.

'Ik vind dit een mooie kar', vervolgde hij. 'Ik wil hem kopen, vóór anderen de kans krijgen. Het is ook in uw voordeel. Deze financieringsmaatschappij heeft een eigen regeling voor berouwvolle zondaars. Zodra u een nader te bepalen aantal termijnbedragen aflost, ziet men af van verdere strafmaatregelen.' Agnès had eindelijk haar stem teruggekregen. 'U wilt hem kopen? Nu?' Ze staarde met ongelovige ogen naar de man, die nu veel sympathieker overkwam dan een paar minůten geleden. 'Ja, twaalfduizend euro handje contantje. Maar dan raad ik u wel aan om zonder dralen naar de bank te stappen, anders schiet u hier geen cent mee op. Het resterende bedrag ontvangt u over een week, als ik de wagen kom ophalen. Ik ben bereid om er dertigduizend voor te betalen. Dat is aanzienlijk meer dan een openbare verkoop oplevert. Oké?'

Agnès knikte alleen maar. Als in trance keek ze naar de handen van de man, die al bezig waren met het tellen van de biljetten. Ze pakte het stapeltje van hem aan en schudde de hand die hij eindelijk naar haar uitstak.

'U woont hier, nietwaar?' Hij gebaarde naar het gebouw en praatte door zonder op een antwoord te wachten. 'Dan ziet u me over een week verschijnen.' Hij rukte zich los van de auto en keerde zijn rug naar haar toe. 'Mademoiselle Leclerc?' zei hij over zijn schouder.

'Ja?'

'Als ik u was, ging ik er linea recta mee naar de bank. Houdt u zich niet aan de afspraak, dan ben ik bang dat onze volgende ontmoeting minder prettig verloopt.'

'Natuurlijk', stamelde ze. 'Morgenvroeg ga ik er meteen heen.'

78

Toen Orla maandagochtend haar mobieltje aansloot op de autolader, zag ze dat ze zes oproepen van Roland had gemist. 'De man is een aanhouder!'

Marchal probeerde tevergeefs een grieflijke zithouding te vinden in de krappe auto. 'Misschien moet je beter je best doen om hem serieus te nemen', begon hij, maar zodra hij haar gezichtsuitdrukking zag, sloot hij zijn mond.

'Waar zei je?' vroeg ze onthutst toen ze Roland eindelijk aan de lijn kreeg. 'Hoeveel dan?' Ze luisterde tot hij uitgepraat was en hield het toestel onder Marchals neus.

'Eindelijk beet, vriend!' zei ze. 'Iemand probeerde met het losgeld te betalen, in een bank nota bene.'

'Wat zei Roland precies?'

'Hij zei dat een vrouw tienduizend euro wilde overmaken op de rekening van een financieringsbedrijf en dat de bankemployee zo alert was dat ze de nummers van de biljetten checkte.'

'Is de naam van de vrouw bekend?'

'Zeer bekend.' Orla keek recht voor zich uit. 'Ze heet Agnès Leclerc.'

Marchal klakte verrast met zijn tong. Orla schakelde en gaf gas. 'Roland wacht ons op in de bank. We moeten de opnames van de veiligheidscamera's bekijken om met zekerheid vast te stellen dat zij het was.' Ze wierp hem een zijdelingse blik toe. 'Wie had ooit gedacht dat Agnès Leclerc zo'n durfal was?'

Marchal haalde zijn schouders op. 'Dat mens zat diep in de schulden. Ze zal als de dood geweest zijn voor de deurwaarder en co.'

'Deze vrouw vroeg onlangs om een onderhoud met mij.'

Met beide handen op zijn rug drentelde bankchef Julien over het zachte vloerkleed. De stropdas was keurig gestrikt, de vouw in zijn nette broek was messcherp en afgezien van de rusteloze rondjes die hij maakte, leek hij onberoerd door de dramatische gebeurtenis. 'Ze wilde een nieuwe lening afsluiten.'

Roland zat achterovergeleund in een stoel terwijl een jonge en duidelijk zenuwachtige bankemployee op het puntje van haar stoel aan de grote, eikenhouten tafel zat.

'Mademoiselle Mollet heeft deze zaak uiterst correct aangepakt', merkte de bankchef op. 'Ze bediende de klant beleefd en zonder enige ophef te maken terwijl wij de nummers controleerden. Daarna hebben wij u zo snel mogelijk verwittigd.' Hij maakte een zwaai met zijn ene arm, als een goochelaar die een nieuwe act aankondigt. 'Als u mij volgt naar de veiligheidsafdeling dan laten we u de opnames zien die vanochtend zijn gemaakt.' Hij opende de deur en ging hen voor.

De opname was in zwart-wit en voornamelijk van bovenaf genomen. Ze zagen dat er om twee minuten over half twaalf een vrouw het banklokaal binnenkwam. Ze had schouderlang haar, ging gekleed in een beige mantelpakje en liep op laarzen met uitzonderlijk hoge hakken.

'Ja, dat is Agnès', mompelde Orla.

Marchal richtte zich tot de bankemployee. 'Welke indruk kreeg u van haar? Was ze nerveus? Agressief? Gehaast?'

'Nee, dat niet.' De employee peuterde aan haar nagelriemen. 'Ze deed heel gewoon, praatte rustig en zag er helemaal niet zenuwachtig uit.'

'Gehaaid', stelde Marchal met een zucht vast. 'Wie weet is onze Agnès een oude rot in het vak.'

Ze bestudeerden de clip waar de vrouw aan de balie stond. Toen ze geholpen was, keerde ze zich om, zodat haar gezicht in beeld kwam. Met haar ene hand streek ze het haar weg dat voor haar ogen viel.

'Moet je die nagels zien', merkte Roland op. 'Die zijn namaak, zeker weten.'

Orla snoof. 'Ze zijn echt. Die madame knipt nog liever haar achillespezen door dan dat ze de schaar in een nagel zet.'

'Kom, we gaan haar ophalen', zei Marchal.

79

Zelfs door de deurkier zagen ze dat Louise Leclerc er nog meer shabby uitzag dan anders. Met het vette haar, de schorre ochtendstem en gehuld in de enkellange wollen deken, was ze een wonderlijke verschijning. Roland hield zijn pasje omhoog, ook al had hij aan haar blik gezien dat ze donders goed wist wie ze waren.

'O, zijn jullie het.' Ze moest roepen om de televisie te overstemmen. 'Ja, dat de smerissen bij ons op visite zouden komen, daar heb ik op zitten wachten.' Ze slofte terug naar de bank. 'Agnès is niet thuis. Komen jullie snuffelen, dan gaan jullie je gang maar. In die fruitschaal liggen haar liefdesbrieven en haar kamer is daar.' Ze wees naar een deur. 'Maar die is op slot.' Louise toonde weinig belangstelling voor hun komst en zat alweer aan de buis gekluisterd. Roland had ondertussen met één handomdraai het simpele slot van Agnès' slaapkamer onklaar gemaakt.

De kamer was piepklein en overvol. Ze waren even met stomheid geslagen bij het zien van de enorme rijen schoenen die langs de muren waren opgesteld en alle sieraden die in doosjes lagen en overal rondslingerden.

'Het is niet te geloven.' Orla draaide om haar eigen as. 'Een normaal mens zou minstens vijf kamers nodig hebben om dit alles kwijt te kunnen.' Ze tilde een paar kledingstukken omhoog en checkte de labels. 'Er ligt hier een fortuin aan kleren. Waar haalde ze het geld vandaan?'

'Waar haalde ze het geld vandaan?' De van woede ziedende stem in de deuropening aapte haar na, met accent en al. 'Wie geeft jullie het recht om in mijn spullen te graaien?' De elegante en gesofisticeerde Agnès was ver te zoeken. Deze vrouw schuimbekte bijna.

'Die spullen van je interesseren ons minder dan het geld waarmee je vandaag in de bank was.' Orla zette een pas in haar richting.

Haar razernij leek in één klap te bekoelen. Met halfopen mond staarde ze Orla aan. 'In de bank?' Meer kreeg ze niet over haar lippen.

'Waar kwam dat geld vandaan, Agnès?' Orla keek haar indringend aan en het was alsof ze de vrouw hypnotiseerde. Agnès stond aan de grond genageld.

Roland had de kasten en laden opengetrokken en hield een schoenendoos in zijn ene hand en een stapel bankbiljetten in de andere. Hij bladerde er snel doorheen. 'Ongeveer tweeduizend euro. Er zit niets anders op, Agnès, je moet mee naar het bureau.' In de deuropening keek hij achterom om te zien waar Orla bleef. 'Orla, we vertrekken.'

Ze stond met een bundeltje brieven in haar hand. 'Kom eens kijken, Roland.' Hij liep op haar af en ze mompelde zachtjes: 'Dit is andere koek dan die incassobrieven.' Ze liet hem de envelop zien die ze in haar hand hield. 'Is dit niet hetzelfde papier als het dure postpapier waarop die brief aan Fabre was geschreven? Hetzelfde watermerk?'

Roland pakte de envelop uit haar hand. 'Verdomme, ik geloof dat je gelijk hebt.'

'En nu moet je de brief lezen die erin zit. Het is haar ontslag, geschreven door advocaat Maurice Vilar. Zijn logo staat links bovenaan.'

Nadat ze haar een uur lang verhoord hadden, waren ze niet veel opgeschoten. Agnès reageerde verbolgen op hun vragen over het losgeld en haar betrokkenheid bij de afpersing. Toen ze haar confronteerden met de stemvervormer en haar DNA dat op de lippenstift was aangetroffen, had ze het antwoord al klaar. 'Ik ontken niet dat het mijn lippenstift is, meneer Marchal. Maar als u goed had opgelet, dan zou u gezien hebben dat ik al dagenlang mijn lippen niet gestift heb. En dat is bepaald niet mijn gewoonte. Die lippenstift werd gestolen samen met mijn Vuittontas, op klaarlichte dag terwijl ik even mijn kantoor verliet, toen ik nog voor die vent werkte. En mijn laatste centen lagen ook in die tas. Ik was zo platzak dat ik me niet eens een nieuwe lippenstift kon veroorloven, meneer Marchal!' Toen ze haar tirade had beëindigd stond ze met vuurspuwende ogen en gebalde vuisten over Marchal gebogen.

'Ga zitten, Agnès.' Marchal droogde zijn voorhoofd af met een zakdoek. 'Denk je nu echt dat we geloven dat er een wildvreemde kerel bij je auto stond die je zomaar een stapeltje geld in je hand drukte?

Zonder dat er iets op papier werd gezet? Geen kwitantie of koopcontract, niets?' Hij leunde naar voren en nam een inquisitorische houding aan. 'Die wagen staat nog steeds bij jou in de straat. Vergat hij hem mee te nemen?'

'Hij zei dat hij hem volgende week zou ophalen, als hij met de rest van het geld kwam', antwoordde ze bits.

'Laat je nagels eens zien.'

Ze hield hem haar handen voor en aan de uitdrukking op haar gezicht was te zien dat ze dacht dat er bij Marchal een steekje los was. De nagels waren lang en donkerpaars.

'Zijn ze echt?'

Agnès leek te overwegen of ze de moeite zou doen om te antwoorden. 'Wat een vraag', mompelde ze toch maar. 'Natuurlijk zijn ze echt.'

'Die bontstola van je, waar is die gebleven?'

'Die ligt in het pandjeshuis. Ik had geld nodig voor de huur.'

Marchal gebaarde Orla mee de gang op. 'Volgens mij spreekt ze de waarheid', zei hij. 'De autokoper heeft haar beetgenomen, dat is mijn theorie. Hij wist van haar miserabele financiële situatie en heeft daar misbruik van gemaakt. De vraag is of hij het vuile werk alleen heeft opgeknapt of dat er iemand anders achter zit.' Marchal trok aan zijn baard. 'Dat die kerel haar opzadelde met het losgeld kan een poging zijn om haar de schuld in de schoenen te schuiven. We weten dat Agnès in staat is om ik weet niet wat te doen voor een handjevol geld. Ze zou zelfs haar moeder naar het pandjeshuis slepen. Toch geloof ik er niet in dat ze betrokken is bij deze losgeldaffaire. Waar ik wel in geloof, is dat hier sprake is van een afleidingsmanoeuvre, dat we om de tuin geleid worden, zodat men de tijd krijgt om belangrijke sporen te verdoezelen.'

Ze keerden weer terug naar Agnès. 'Die autokoper, wat voor iemand was dat?'

Agnès tilde haar wenkbrauwen op. 'Een klootzak.'

'Kun je hem nader beschrijven?'

'Een kale kop, blauwe korte jas, een leren broek.' Ze keek Marchal vragend aan en ging door toen hij alleen maar knikte. 'Hm. Geen buitenlander in ieder geval, hij sprak alsof hij hier uit de stad kwam. Tegen de veertig, denk ik.'

'Opvallende details?'

Ze dacht na. 'Een dun snorretje dat uitliep in een dun baardje.'

'Een man die belang hechtte aan zijn uiterlijk? Type snob?' Marchal zat onderuitgezakt en woelde in zijn warrige haardos.

Agnès knikte ijverig. 'Juist! Nu herinner ik me dat hij een soort decoratie op zijn ene hoektand had, zo'n metalen versiering die de tandarts op je tanden kan lijmen. En hij had oorbellen, een hele rits gouden ringen in allebei zijn oren.'

Een uur later was een kleurenfoto van fotograaf Santiago Perez gemanipuleerd en voorzien van een smalle snor en een ringbaardje. Agnès erkende zonder met haar ogen te knipperen dat dit de man was die haar twaalfduizend euro handje contantje had gegeven.

De patrouillewagen die naar de fotostudio werd gestuurd, stuitte op een dichte deur en het bericht dat de zaak was opgedoekt. De hoteleigenaar, die na meerdere verhoren nog steeds met een stalen gezicht achter de balie stond, haalde zijn schouders op.

'Ik heb al gezegd dat ik niets met die fotobusiness te maken heb.' Hij keek Marchal met roodomrande ogen aan. 'Nu heb ik het weer gedaan, zeker? Ik weet amper hoe die kerel heet en waar hij woont, daar heb ik nooit naar gevraagd. Ik bemoei me niet met andermans zaken, inspecteur. Ik run een pension. De mensen komen bij mij om te pitten.'

Marchal vloekte luid toen hij weer in de auto stapte. 'Die eigenaar is zo corrupt als de pest. Zolang hij zijn geld krijgt, houdt hij zijn bakkes. Wat die fotograaf betreft, we sturen onmiddellijk een opsporingsbericht de ether in.'

80

'Dokter Os, we hebben interessant nieuws voor je.'

De stem van een van de mannelijke technici galmde door de gang. Het was akelig vroeg in de ochtend en ze had amper de computer aangezet. Een verse *croissant aux amandes* lag lauw en glimmend op een servet naast het toetsenbord. Ze wachtte op Marchal, die nooit opdook voor hij zijn ontbijt achter de kiezen had.

'Laat maar horen.' Ze beet in de smeuïge croissant en voelde haar speekselklieren met een schok wakker schieten.

'Het betreft de onbekende vrouw die in de auto werd aangetroffen', begon hij. 'We hebben Fatima Kagda's DNA vergeleken met die van de dode vrouw. Je wilde weten of er sprake was van een mogelijke verwantschap.'

Orla knikte en at haar mond leeg. 'Dat klopt.'

'Er is een match', constateerde hij. 'En geen kleintje. Fatima Kagda blijkt de moeder te zijn van de jonge vrouw.'

Orla vergat te kauwen. 'Zeg dat nog eens.'

'Het zijn moeder en dochter', herhaalde hij.

Orla staarde zwijgend voor zich uit. De gedachte had in haar achterhoofd gesluimerd sinds ze bij Marc Tesson thuis de foto van de familie Kagda zag. Het was niet meer dan een losse associatie, maar hoe vaak leidden die niet tot doorbraken? Dat ze een verband vermoedde tussen de vrouwen van eenvoudige afkomst en deze vermogende, aristocratische en gereserveerde familie, was moeilijk te verklaren. 'Dan gaan jullie door', zei ze langzaam. 'Vergelijk deze match met de mannen waarvan DNA is afgenomen, inclusief Adam Fabre en Georges Lambert. We zijn ook op zoek naar een vader. Vangen we bot, dan is de kans groot dat ze al zwanger was toen ze in 1980 in Parijs kwam wonen.'

Marchal streek over zijn baard toen hij het nieuws vernam. 'Zou ze echt niemand verteld hebben wie de vader van het kind was?'

Orla dacht er een tijdje over na. Toen zei ze: 'Ja, ik denk dat ze haar mond heeft gehouden. Stel dat Juliette gelijk heeft en dat ze zwanger raakte toen ze vreemdging in Algerije. In dat geval bevond ze zich natuurlijk in een penibele situatie en had ze hulp nodig om weg te komen. Dat verklaart ook waarom ze bij de familie Tesson aanklopte.'

'En zij waren meteen bereid om haar te helpen, Marc Tesson tenminste. Vind je dat ook aannemelijk?'

'Hij had een sterke band met haar vader.'

Marchal krabde bedachtzaam in zijn haardos. 'Misschien maakte ze gebruik van een oude geschiedenis waarvan de betrokkenen dachten dat ze veilig in de doofpot zat? Ik denk aan de vreemde val van Assia. Fatima belooft dat ze er met geen woord over reppen zal, mits men haar een goede baan verschaft in Parijs. Zeg, denk je dat Fatima wist dat het haar dochter was toen we haar indertijd met die foto confronteerden?'

'Dat heb ik me ook afgevraagd. Het lijkt me van niet, aangezien ze haar dochter vlak na de geboorte heeft afgestaan. Of we iets aan al deze gegevens hebben, is me daarentegen helemaal niet duidelijk. Het feit dat deze vrouw een buitenechtelijk kind was, lijkt me geen reden om haar twintig jaar later te vermoorden.'

Marchal haalde zijn schouders op. 'Tja, aangezien niemand wist wie de eigenlijke vader was, deden er vast en zeker geruchten de ronde. Wie weet wilde iemand voorgoed af zijn van de verdenking die op hem rustte?' Hij stond op. 'Werken geblazen.'

Orla bleef in gedachten verzonken naar het computerscherm staren.

Een kwartier later slenterde Roland binnen. Hij ging op de hoek van haar bureau zitten en keek van de papieren op de tafel naar haar gezicht. Met halfgesloten ogen bestudeerde hij haar mond, voor hij zijn hand langzaam optilde en met zijn wijsvinger langs haar mondhoek streek.

'Roland!' Ze trok haar hoofd weg en smeet het papieren zakje en het servet in de prullenbak.

'Je zit onder de poedersuiker, Orla. Een nieuw schoonheidsmiddel of een amandelbroodje?'

Ze likte snel om haar mond. Haar tong was zo droog als schors en ze voelde de hitte naar haar wangen stijgen. 'Wat kwam je eigenlijk doen, Roland?' gromde ze. Ze klonk als een boze dobermann, maar wel met de zenuwen van een dwergpincher. 'Façades reinigen of iets nuttigs?'

Hij keek haar onderzoekend aan. 'Ik wilde je eigenlijk een idee aan de hand doen. Dat schilderijtje uit de slaapkamer van Lambert blijkt een foto te zijn van zijn ouderlijk huis, een oude hoeve in Bercy. Dat ligt een uurtje rijden hiervandaan.' Hij stond op. 'Als ik jou was, ging ik daar een kijkje nemen.'

81

Na de korte maar hevige regenbui schitterden de weg en de berm in het scherpe ochtendlicht.

'In het zonnetje ziet alles er vriendelijker uit.' Marchal slaakte een tevreden zucht en streek de kaart glad die op zijn schoot lag. 'Volgens betrouwbare bronnen ligt die boerderij buiten het dorp en op de kaart te zien zitten we er pal bovenop. Stop hier maar, zou ik zeggen.' Hij was in een wip uit de auto.

Orla volgde hem met haar ogen toen hij langs de hoge haag beende die parallel aan de weg liep. Niet veel later zag ze hem met zijn armen zwaaien.

'Gastvrij is anders', mompelde Orla toen ze de auto gekeerd had en aan het eind van het pad had geparkeerd. 'Die oprit hoort thuis in een speurtocht voor padvinders.'

Het huis had een vale, lichtbruine kleur en slechts een paar kleine ramen met luiken waarvan de verf afgebladderd was. De met de jaren scheefgezakte houten uitbouw aan de zijkant had het woonhuis er niet mooier op gemaakt. De boerderij gaf een misplaatste indruk in een omgeving die moeilijk vruchtbaar genoemd kon worden. Een rotsachtige heuvel rees op in het verlengde van een armzalige akker terwijl een riviertje met een overwoekerde oever de grens vormde tussen het erf en een industrieterrein.

'Maar we hebben het gevonden.' Orla liep het erf op, waar de grond inmiddels opgedroogd was en waar sporen van banden blijk gaven van gemotoriseerd verkeer.

'Wat moet een mens met zoveel troep?' Marchal knikte naar een bouwvallige schuur waar een blauwe vrachtwagen uit de jaren zestig stond. Naast een silo prijkten roestige, defecte landbouwwerktuigen en een oude badkuip op leeuwenpoten. 'Toen jij onlangs je badkamer liet opknappen, zette je zeker ook je afgedankte wc-pot op de stoep? Dat vonden die nette buren van je leuk, denk ik.'

Orla had nauwelijks oog voor de badkuip. 'Dan moet jij eens een kijkje in Noorwegen nemen', zei ze. 'Daar is het bijna traditie om oude vehikels te bewaren en uit te stallen. Het liefst op een plek langs een doorgaande weg, zodat iedereen ervan kan genieten. Hoe lelijker hoe mooier. De troep hier is er niks bij.' Ze wachtte ongeduldig tot hij zich had losgerukt van de puinhoop en achter haar aan kwam. Een paar harde kloppen op de deur leidden nergens toe. Ze liepen om het huis heen en zagen een achterdeur. Marchal prutste het slot open en stapte naar binnen. Zijn 'Hallo!' in de gang met de stenen vloer klonk hol en luider dan verwacht.

Ze lieten hun ogen door de kleine ruimte met de geelbruine wanden dwalen. De gang was een kale bedoening. Er hing een werkjasje aan de kapstok en op de vloer stonden een paar hoge kaplaarzen en een paar versleten wandelschoenen. Op de roep van Marchal had niemand geantwoord.

De keuken lag links van de gang en keek uit op de oude schuur. Voor een boerderij was deze keuken opvallend klein. Hij was bovendien bijzonder spartaans ingericht met een eenvoudige eettafel en een gasfornuis dat zo ouderwets was dat je er een antiekhandelaar een plezier mee had kunnen doen.

Orla tilde het enige kopje op dat op het aanrecht stond. Ze rook eraan. 'Muntthee', zei ze verrast. 'Dat betekent dat het huis bewoond is en dat we te maken hebben met een liefhebber van muntthee.' Ze streek met haar hand over het smalle aanrecht. 'Als er hier wel eens gekookt wordt, dan ruimen ze de boel daarna wel erg netjes op. Er ligt geen kruimeltje.' Marchal had een keukenkastje opengetrokken. 'Blikjes.' Hij fronste zijn voorhoofd. 'Couscous. Welke boer eet dat spul?'

'Zo exotisch is dat niet, Marchal. Dat heb ik ook in mijn kast. Klaar in vijf minuten.'

Ze klommen de smalle, steile trap op naar de bovenverdieping, waar drie slaapkamers en een badkamer bleken te liggen. Geen van de bedden was opgemaakt. Er lagen alleen wat dekens en kussens op de matrassen, die voorzien waren van plastic hoezen. Naast elk bed stond een houten stoel.

'Plastic matrasbeschermers?' Orla rimpelde haar voorhoofd. 'Dat doet me denken aan verpleegtehuizen.'

Marchal was de kamer ernaast al ingelopen. 'Twee stapelbedden in elke kamer', hoorde ze hem zeggen. 'Totaal twaalf slaapplaatsen. Dat is niet niks.'

Orla keek in de enige kast in de kamer. Ze was leeg. 'Heeft die man geen spullen?' vroeg ze en ze keek om zich heen. 'Er hangt zelfs geen spijker aan de muur.'

'Ik hoor niet wat je zegt.' Marchal was nu op de zolder. Ze hoorde zijn voetstappen boven haar hoofd en het geschuif van voorwerpen over de vloer. Even later dook hij weer op in het gangetje. 'De zolder staat vol.' Hij niesde. 'Vol dozen en rommel. En een aantal koffers en tassen. Dit ding stond er ook bij.' Hij trok een kleine reiskoffer tevoorschijn.

Orla draaide het zwartleren label om. Op het witte kartonnetje achter het plastic raampje was met blokletters een naam geschreven. Mina Kidher.

'Een Algerijns adres', zei Marchal met zijn hoofd schuin. 'Hm, daar komen we vast meer te weten.' Hij rechtte zijn rug. 'En moet je zien wat erin zit.' Hij legde de koffer op een van de bedden en ritste hem open.

Er lagen kleren in. Orla hield een van de kledingstukken omhoog. Het was een zwarte, wijde soort cape.

'Wat denk je, Orla? Is dit wat je noemt een boerka?'

'Het is een haik.' Ze rook eraan en bestudeerde de stof. 'Niet zo oud als die oude koffer je doet vermoeden.' Ze bekeek de rest van de inhoud. 'De volledige garderobe van een moslima. Met een beetje fantasie kun je je voorstellen dat ze haar eigen kleren heeft achtergelaten om met westerse kleren de reis te vervolgen.'

Marchal knikte. 'Deze godverlaten hoeve lijkt me uitermate geschikt als tussenstation voor illegale immigratie. De mevrouwen worden hierheen getransporteerd, uitgerust met een nieuwe identiteit en kunnen kant-en-klaar aan de slag. Dat lijkt me de enige logische verklaring voor een koffer met buitenlandse gewaden op de zolder van Georges Lambert.' Marchal deed de koffer weer dicht. 'We kunnen er beter niet te veel in rommelen. Wie weet zit er DNA-materiaal in.'

Orla was naar het raam gelopen en staarde naar buiten. Grijze wolkenvelden bedekten de hemel en gaven de buitenwereld een nog triestere aanblik. 'Er is iets met deze plek', zei ze aarzelend. 'De sfeer doet me denken aan oude gestichten of tuchthuizen.' Ze draaide zich om naar Marchal. 'Die vrouw in dat charmante hotel vertelde dat ze in hetzelfde huis had overnacht als de vrouw op de foto. Zou ze het over dit huis gehad hebben?'

Marchal knikte. 'Dat lijkt me erg aannemelijk.'

Orla zag hem de kamer uit lopen en hoorde dat hij zich weer naar de zolder begaf. Ze liep hem achterna.

Marchal had de meeste dozen al geopend en opzijgeschoven. 'Meneer is geen liefhebber van dure Italiaanse mocassins', mompelde hij terwijl hij een paar oude schoenen in een hoek gooide. 'Godsamme, wat een rotzooi.' Het zweet droop van zijn voorhoofd toen hij overeind krabbelde.

Orla was naast het trapgat blijven staan en opende de laden van een oud dressoir. Er bleken alleen maar nette stapels beddengoed en handdoeken in te zitten. In de bovenste la vond ze een doosje met oude dinars, zowel munten als biljetten. Tussen het geld lag een gouden dasspeld. Orla trok een handschoen aan en pakte de speld uit het doosje. Ze herinnerde zich de speld die in de envelop met de dreigbrief aan Marc Tesson had gelegen en zijn schampere opmerking over Fabres verzameling gouden dasspelden. Ze liep naar het dakvenster en hield de speld omhoog. Op de achterkant waren de initialen A.F. gegraveerd.

'Ik denk dat Adam Fabre hier geweest is', zei ze langzaam.

82

Orla reikte hem de speld aan. 'Als Fabre hier gelogeerd heeft, dan geldt dat misschien ook voor Georges Lambert.' Orla keek voor zich uit. Buiten kwam de regen met bakken uit de hemel en het water stroomde langs de randen van de misplaatste badkuip. Ze draaide plotseling haar gezicht naar hem toe. 'Ik wil de afvoer van die badkuip zien, als het niet te laat is na al die stortbuien.' Ze snelde naar de trap.

Marchal knikte en had de plaatselijke politie al aan de lijn.

Ze stonden voor de badkuip. 'Kijk, er liggen nog steeds haren op de bodem.' Orla pakte een pincet en een paar plastic zakjes uit haar tas. Met de pincet viste ze haren van verschillende lengtes op. Er was er eentje bij van ongeveer een halve meter. 'Lange, donkere vrouwenharen. En een stel korte. Een allegaartje, lijkt wel.' Ze verdwenen in een van de zakjes. 'Het haar van Adam Fabre was schoon en rook naar shampoo, ook al was hij al een week vermist. Het lijkt me stug dat hij zijn haar zelf is blijven wassen.' Ze verzegelde het zakje. 'Zou het kunnen dat Fabre hier op deze plek vermoord is en dat de moordenaar hem in deze kuip schoongeschrobd heeft voor hij het lijk naar Parijs vervoerde en in het bed van Lambert achterliet?' Ze staarde naar de natte kleigrond terwijl de regen haar jasje steeds zwaarder en natter maakte. 'De vermoorde vrouw had aarde onder haar schoenen, weet je nog? We moeten proeven van deze grond nemen en kijken of het om dezelfde aarde gaat.'

'Het lijkt me allemaal zo verdomde omslachtig', zei Marchal toen ze zich weer naar binnen haastten. 'Wat heeft het voor zin om lijken te wassen en weg te brengen als het de bedoeling is om deze mensen van kant te maken? Waarom konden ze niet gewoon hier blijven liggen?'

'Het zou kunnen dat het om een wraakactie gaat, of dat die lijken een soort waarschuwing zijn. Denk maar aan die vingers van Lambert. Stel dat die moorden hier gepleegd zijn, Marchal, dan ben ik heel benieuwd hoe de dader te werk is gegaan. En waarom het zo nodig was om die lijken te scrubben?' Waren ze zo smerig geworden? Waarom?' Ze stond weer uit het raam te kijken. Haar blik dwaalde rond terwijl ze praatte en bleef hangen bij de badkuip en de silo die er vlak achter stond.

'Die silo', zei ze langzaam. 'Zou die een rol gespeeld hebben?'

'Die silo?'

'Silogassen zijn levensgevaarlijk.'

Marchal liep naar de deur en leek op weg naar de silo. Ze greep hem bij zijn mouw. 'Je raakt dat luik niet aan, Hervé!' gebood ze terwijl haar vingers over de toetsen van haar mobieltje snelden.

Er werd vrijwel onmiddellijk opgenomen. 'Dokter Berlier.'

'Berlier, die ongelukken met die silo waar je het afgelopen zomer over had', viel ze met de deur in huis. 'Als ik er inga, wat gebeurt er dan?'

'Als je waar ingaat, Orla?'

'Ik sta voor een silo en wil een kijkje nemen in dat ding.'

Zijn stem veranderde en hij klonk plotseling als een militaire bevelhebber. 'Orla, dat doe je niet! Als alle luiken gesloten zijn, dan kan dat betekenen dat er totaal geen ventilatie is en dat er zich dodelijke gassen ontwikkeld hebben.'

'Maar, Berlier...'

'Luister', blafte hij bijna. 'Hier heb je blijkbaar totaal geen verstand van. Er ontstaan altijd nitroverbindingen en koolstofdioxide in zulke tanks. Koolstofdioxide is een gas zonder geur of smaak. Je weet dat het zwaarder is dan lucht en daarom naar beneden drijft en de aanwezige zuurstof naar boven stuwt. Nitroverbindingen zijn giftig en stinken naar rotte eieren, maar zodra er sprake is van hoge concentraties, verdwijnt de stank. Als er een slechte ventilatie is in deze silo, dan neem ik aan dat het ding bol staat van de giftige gassen.'

'Maar als ik...'

'Néé, Orla! Verdorie, meid, luister naar me. Als deze silo er slecht genoeg aan toe is, dan blaas je na één ademteug gelijk je laatste adem uit!' Nu was zijn stem hard als staal. 'Blijf uit de buurt van die silo en bel de Arbeidsinspectie!'

Marchal banjerde rond als een stier in een te kleine omheining toen de mannen van de Arbeidsinspectie een uur later in vol veiligheidsornaat het luik van de silo openden. Er bleek geen enkele vorm van ventilatie-inrichting te zijn.

Ze liepen langzaam dichterbij toen de bedrijvigheid plotseling toenam en de mannen hectisch begonnen te gesticuleren. Orla en Marchal begrepen dat de silo meer dan alleen veevoer bevatte.

Even later werd het opgeblazen lijk van een man naar buiten gedragen en op een stuk zeil gelegd.

83

De mannen van de Arbeidsinspectie waren dit soort ervaringen niet gewend en trokken zich ijlings terug. Een van hen boog met een krijtwit gezicht voorover en braakte luidkeels.

Orla deed handschoenen aan en bond een mondkapje om voor ze het lijk in ogenschouw nam. Ze had met Lambert aan tafel gezeten, maar het lichaam bleek zo aangetast te zijn na het langdurige verblijf te midden van het vochtige graan, dat hij onherkenbaar was. Wel kon ze constateren dat de middelvinger en de ringvinger van de rechterhand ontbraken.

Tussen de lagen veevoer waren een Armanikostuum en een paar handgemaakte Italiaanse schoenen aangetroffen.

'De kleren van Adam Fabre, wedden?' zei Orla.

Marchal stapte op de mannen van de Arbeidsinspectie af, die bezig waren hun auto in te laden. 'Hoe lang duurt het voor dit soort gassen zich ontwikkelen?'

De man, een stille, gezette kerel met grote handen en hangwangen, haalde zijn schouders op. 'Niet meer dan een paar uur, als er bij het opslaan fouten worden gemaakt.'

Orla begaf zich naar de auto terwijl Marchal een vertegenwoordiger van de plaatselijke recherche tegemoet liep. Ineens schoot de reiskoffer haar te binnen en ze keerde terug naar het huis om hem op te halen.

Marchal kwam haar achterna. 'We zijn een stuk wijzer geworden. Nu weten we waar Fabre en Lambert vermoord werden, én op welke ingenieuze manier.'

Orla draafde de trap op en bleef verbluft op de drempel van de slaapkamer staan. De koffer was verdwenen.

'Jezus Christus, het is niet waar!' Marchal was in twee passen bij het raam.

Achter het huis was zojuist een aantal politiewagens geparkeerd en de eerste agenten stapten uit. Op het pad naar de weg zagen ze de rug van een man met een blauw trainingsjack en een pet op. Hij liep met rustige tred en trok een donkere reiskoffer achter zich aan. In de drukte had niemand hem opgemerkt. Het gebrom van een automotor weerklonk, gedempt door de verwilderde vegetatie tussen het huis en de weg. Het geluid verzwakte en verdween.

'Wie was dat?' Ze holden naar beneden.

Orla schudde het hoofd toen ze bij de weg aankwamen. Er was in de verste verte geen auto te bespeuren. 'Hij had die wagen misschien op een zijpad of een privaatweg geparkeerd. Wie weet was die vent al in het huis toen wij kwamen.'

Marchal vloekte en stapte in de auto. 'Hadden we die kar gezien, dan konden we er een patrouille achteraan sturen. Dit wordt zoeken naar een naald in een hooiberg.'

Orla schakelde. 'Dat is niet waar. We weten dat het een man was.'

Terug in Parijs werden de hele familie Tesson en advocaat Maurice Vilar ontboden op het bureau. Een paar uur later zaten ze met zijn allen in het kantoor van Marchal.

'Adams kleren zijn gevonden in een silo op de boerderij van Georges Lambert?' Aan het gezicht van Marc Tesson was te zien dat hij zich nergens meer over verbaasde. 'Ik ben benieuwd of de politie hiervoor een verklaring heeft.'

'Onze voorlopige verklaring komt erop neer dat hij op die boerderij vermoord is, waarschijnlijk in de silo. Het feit dat men hem grondig heeft gewassen, onderbouwt die stelling.' Marchal richtte zich tot Isabelle Fabre. 'Kwam uw man wel vaker in die buurt?'

Ze schudde het hoofd. 'Ik heb geen idee, inspecteur.' Haar stem was toonloos en het gezicht zonder enige mimiek. Marchal vermoedde dat ze in shock was.

'Mijn vader had een hekel aan het platteland.' Het was Adam Fabres zoon Paul die sprak. Hij had tot nu zonder een spier te vertrekken naar Marchals uiteenzettingen geluisterd. 'Ik kan me niet voorstellen dat hij daar uit vrije wil heen ging, tenzij hij er zaken moest doen.'

'Wat voor soort zaken zouden dat kunnen zijn?' Marchal keek hem afwachtend aan. Ze hadden de aanwezigen nog niet geïnformeerd over de koffer en de doeleinden waarvoor het huis vermoedelijk gebruikt was. 'Had hij daar iets te doen wat hij niet op zijn kantoor in Parijs kon doen?'

De zoon liet een korte, snuivende lach horen. 'Nee, niets, volgens mij.'

'Praatte hij wel eens over de hoeve van Georges Lambert?'

'Nooit.' Isabelle antwoordde prompt. 'Hoe slechter zijn geweten, hoe minder je te horen kreeg, blijkbaar.'

Marchal verschoof op zijn stoel, zich afvragend hoeveel informatie hij zou doorspelen. De technici waren de hele middag in de weer geweest op de boerderij in Bercy om sporen veilig te stellen. Het ging in eerste instantie om afdrukken van banden op het erf, de vondst van haren en DNA-sporen op de theekop. Dat Georges Lambert dood was aangetroffen, verzweeg hij voorlopig.

De vijf keken hem afwachtend aan. Marchal wreef vermoeid in zijn ogen. 'We geloven dat er sprake is van een doorbraak in het onderzoek. We hebben de identiteit van de vrouw die in Fabres auto werd gevonden naar alle waarschijnlijkheid vastgesteld.' Hij keek hen stuk voor stuk aan. 'Mina Kidher. Zegt die naam jullie iets?'

Er was op geen enkel gezicht een reactie te bespeuren. Marchal wist donders goed dat dat niet betekende dat het antwoord ontkennend was.

84

'Er zijn nogal veel losse draden betreffende deze Mina Kidher', begon Roland toen de rechercheurs de volgende ochtend bijeenwaren in de vergaderkamer. 'Ze staat niet geregistreerd als ingezetene in Frankrijk, heeft geen aanvraag ingediend voor een verblijfsvergunning, was het land niet ingereisd met een toeristenvisum, was het land in feite helemaal niet ingereisd als je van de openbare bronnen uitgaat. Ze wordt niet gezocht door Interpol, bij ziekenhuizen is haar naam onbekend en hetzelfde geldt voor asielzoekerscentra.'

'Niet erg hoopgevend, nee', beaamde Orla.

'Iets meer kwam ik echter te weten toen ik contact opnam met de Algerijnse autoriteiten. Daar werd me verteld dat Mina Kidher Algerijns staatsburger is en volgens hun registers eenentwintig jaar en ongetrouwd. Er is nooit een paspoort aan haar verstrekt. Mina schijnt weggelopen te zijn van huis en haar familie heeft haar indertijd als vermist opgegeven. Ze hebben beloofd om een foto van haar op te sturen. Ik neem aan dat onze vermoedens worden bevestigd en dat zij de vrouw is die we in de auto van Fabre vonden en ook de Mina uit zijn agenda.' Hij haalde een hand door zijn haar. 'En verder kan ik berichten dat de boerderij in Bercy sinds het einde van de Eerste Wereldoorlog in het bezit is van Lamberts familie, maar dat er de laatste jaren niemand heeft gewoond. De hoeve wordt niet verpacht of verhuurd. Niet officieel tenminste', onderstreepte hij.

Hij laste een pauze in toen een agent het hoofd naar binnen stak.

'Ze zeiden dat jullie zaten te wachten op een foto uit Algerije', zei hij en hij hield een envelop omhoog. 'Hier is een print van de digitale foto. Vers van de pers.'

Marchal opende de envelop en haalde er de foto van een vrouwengezicht uit. In de bovenhoek zat een sticker, waarop 'Mina Kidher' geschreven was. Hij reikte Orla de foto aan.

'We hadden het bij het rechte eind', zei ze. 'Fatima's dochter was op Lamberts boerderij, samen met de prostituees die daar een tussenstop maakten. Verdomme, ik kan er nog niet over uit dat die kerel haar koffer vlak voor onze neus weggraaide. Het is duidelijk dat iemand er geen prijs op stelt dat Mina Kidher met deze plek wordt verbonden.'

'Zie die man maar eens te vinden', merkte Roland op. 'Een blauw jasje en een pet, dat is een mager signalement. Doodzonde dat jullie zijn auto niet zagen.'

Marchal stond op, duidelijk gefrustreerd. 'Iemand moet geweten hebben dat we die boerderij in de smiezen hadden. Het was geen toeval dat die man daar gelijktijdig met ons was. Hij nam een gigantisch risico door ons nog net voor te zijn. Dat hij van die koffer afwist, lijkt me zo klaar als een klontje.' Hij wierp een geërgerde blik op de agent die nogmaals zonder kloppen de deur opendeed.

'Er was haast bij, inspecteur.'

Marchal pakte het briefje aan en las het met gefronste wenkbrauwen. 'Het gaat over het DNA op de postzegel die op de envelop met Lamberts vingers zat.' Hij zweeg. 'Het is DNA van advocaat Maurice Vilar.'

Maurice Vilar zag er opvallend slechter uit dan de eerste keer dat ze hem ontmoetten. In de loop van enkele weken was de vitaliteit die hem kenmerkte, geheel verdwenen. De ogen lagen diep in hun kassen. Hij knipperde nauwelijks toen ze hem met het resultaat van het DNA-onderzoek confronteerden.

'De verklaring ligt voor de hand, inspecteur', zei hij vlak. 'Iemand is zo vrijpostig geweest om mijn postpapier te gebruiken. Iedereen die bij me binnenloopt, kan zonder problemen een stapeltje ervan meenemen. Het ligt open en bloot op mijn schrijftafel en geen haar op mijn hoofd...'

'Het ging ons om de postzegel', onderbrak Marchal hem.

'Ik frankeer meestal meerdere enveloppen tegelijk, voor ik ze nodig heb', repliceerde hij en hij klonk ongeduldig. 'Dit is een ongefundeerde indicie, inspecteur. Ik ben advocaat en u heeft geen idee hoeveel cliënten ik dagelijks ontvang.'

'Uw kantoor was vanochtend gesloten?'

'Ik heb u al gezegd dat ik op de universiteitsbibliotheek was om een aantal artikelen te bestuderen.'

'We zijn dat nagegaan. Niemand schijnt dat te kunnen bevestigen.'

'Dat komt omdat ik daar bijna elke dag te vinden ben. Ik vermoed dat u uw vraag zo gesteld heeft dat het personeel in verwarring werd gebracht.'

'Heeft u een donkerblauw trainingsjack en een blauwe pet, monsieur Vilar?'

'Inspecteur, zie ik eruit als een man die petten draagt?'

'Het is uw zwarte Citroën die voor het gebouw staat?'

'Pardon?'

'U heeft hem blijkbaar zojuist gewassen. Zelfs de wieldoppen en banden zijn om door een ringetje te halen. Hebt u er soms mee op modderige wegen gereden?'

Maurice Vilar stond op. 'Bij nader inzien had ik toch beter mijn advocaat moeten meenemen. Ik spreek misschien voor dovemansoren, maar ik ben een gewoontemens en mijn wagen was ik eens per week. Dat ik hem vandaag een beurt heb laten geven, is dus de normaalste zaak van de wereld. Kan ik nu opstappen?'

Marchal stond op en stak een half hoofd boven de man uit. 'We willen graag een huisonderzoek bij u doen.'

'U doet maar, inspecteur.' Hij maakte een nonchalant gebaar met zijn hand en gaf plotseling een afwezige indruk.

Marchal sloot de deur achter hem. Voorlopig hadden ze niet genoeg bewijsmateriaal om hem langer onder druk te zetten. Hij hoorde Vilars voetstappen uitsterven en richtte zich tot Roland.

'Je hebt alles gehoord. Er staat je een nieuwe klus te wachten. Onderzoek wat Vilar de laatste tijd heeft uitgespookt en wie zijn beste vriendjes zijn.'

Een paar uur later schudde Roland mismoedig het hoofd. 'We hebben een kijkje in zijn agenda genomen en alle afspraken van de afgelopen drie maanden gecheckt. Zijn cliënteel bestaat hoofdzakelijk uit bejaarden die al eeuwen bij hem over de vloer komen. De verdachte namen die we tegenkwamen, staan al op onze lijst. Met Isabelle, Juliette, Charles en Marc heeft Vilar geregeld onderonsjes gehad. Naast Adam Fabre en Georges Lambert natuurlijk.'

'Dat was te verwachten', zuchtte Orla. 'Vilar beweert dat de envelop met postzegel en al gestolen is uit zijn bureau. Het tegendeel bewijzen zal een zware dobber worden.'

85

Het was inmiddels avond geworden. Marchal had de bloederige biefstuk naar binnen geschrokt en veegde zijn bord schoon met een stuk brood.

'Dus Adam Fabre en Georges Lambert spekten hun kas met illegale bedrijvigheid. Over de omvang weten we niet veel. Het zou best kunnen dat ze meer van die charmante pensionnetjes opgericht hebben.' Hij rechtte zijn rug. 'We zullen het wel horen als onze collega's klaar zijn met spitten.'

'En als ze dat geld niet in een of andere matras gestopt hebben, dan hebben ze er maar één ding mee gedaan, zover we weten.' Orla steunde met haar hoofd op haar hand en at van de blaadjes sla die hij had laten liggen.

Marchal knikte. 'Overgeheveld naar die vastgoedbusiness in Algerije.' Hij wreef vermoeid over zijn neusrug. 'Maar hoe, mag Joost weten.'

'Die zijn slim genoeg geweest om de banken erbuiten te laten. Ze hebben dat geld er zelf heen gebracht, dat geloof ik tenminste.'

'Ik denk eerder dat ze een koerier gebruikt hebben, want geen van beiden is het afgelopen jaar in Algerije geweest. Niet met een vliegtuig in ieder geval.' Marchal schoof het bord naar Orla toe. 'Ik vermoed dat ze met een achterban werkten.'

'Welke rol Fabre heeft gespeeld bij deze business, houdt me ook bezig. Als je Marc Tesson mag geloven, had Fabre totaal geen verstand van zakendoen. In tegenstelling tot zijn echtgenote. Isabelle heeft aanzienlijke bedragen geïnvesteerd in de werkzaamheden van haar oom. Waar zij het geld vandaan haalde, is mij een raadsel.' Orla likte de slasaus van haar vingers.

'De oude Tesson lijkt te denken dat Adams modellenbureau een lucratief zaakje was en dat het geld van zijn nichtje daarvandaan kwam. Wij weten dat dat niet klopt.' Hij tilde de borstelige wenkbrauwen op. 'Of doet Tesson of hij blind is?'

Orla antwoordde niet meteen. 'Tesson is een rare snuiter, maar op mij maakt hij toch een geloofwaardige indruk. En zijn eigen zaakjes heeft hij keurig in orde. Op zijn boekhouding was niets aan te merken. Marchal, heb jij wel eens met de gedachte gespeeld dat Isabelle betrokken is bij de louche werkzaamheden van haar man?' 'Die mogelijkheid kunnen we niet uitsluiten.' Marchal masseerde zijn nekspieren. 'Ik blijf het vreemd vinden dat Marc Tesson niet meer vragen stelt. Is hij echt zo naïef?'

'Misschien wil hij niets weten', zei Orla bedachtzaam.

'Ik ben van plan om het huis van Fabre opnieuw te laten onderzoeken. Er is het een en ander veranderd in zijn status sinds ons vorige bezoek. En dat geldt ook voor Isabelle.' Hij keek op zijn horloge. 'Morgen voelen we Marc Tesson nogmaals aan de tand. En Maurice Vilar idem dito.'

'Er is iets waar we nog niet bij hebben stilgestaan, Marchal.' Orla liep voor hem uit naar de auto. 'Als Adam Fabre en Georges Lambert Marc Tesson ik weet niet hoelang gechanteerd hebben, dan zou het wel eens kunnen dat het hem op zijn oude dag te veel is geworden. Zie je dat voor je, dat hij beiden voorgoed de mond snoert?'

Marchal knikte terwijl hij zijn mobieltje uit zijn zak viste en tegen zijn oor drukte. Ze waren de straat al uit toen hij het gesprek beëindigde. 'Goed nieuws, Orla. De Spanjaard is aangehouden toen hij opdook voor de flat van Agnès Leclerc. Het eerste wat hij deed toen hij de politie in de gaten kreeg, was zijn mobieltje in een vuilnisbak gooien, ja, en de benen nemen, natuurlijk. Maar dat lukte meneer niet.'

'Prima. Ik ben benieuwd welke rol hij speelt. Of hij alleen maar een loopjongen is, of dat hij meer op zijn geweten heeft.'

'Hij bekende dat hij die biljetten aan Agnès heeft gegeven en dat hij foto's heeft gemaakt van Fabre en Mina. Maar dat hij dat laatste in opdracht van Lambert deed, dat ontkent hij hardnekkig. Hij laat überhaupt niets los over partners of bazen.' Hij fronste zijn voorhoofd. 'Je krijgt soms het gevoel dat je in een doolhof vol afleidingsmanoeuvres zit, alsof het onderzoek telkens in een bepaalde richting wordt gestuurd. De schuld wordt mensen in de schoenen geschoven die onschuldig zijn, of personen die niet in staat zijn om zich te verdedigen. En dan heb ik het over lijken.'

'Denk je dat het de bedoeling was dat we de foto's van Mina en Fabre in het huis van Lambert zouden vinden? Zodat we hem ervan zouden verdenken iets mispeuterd te hebben? En dat dat ook geldt voor die tas waarin het losgeld zat?'

'Lambert was ongetwijfeld een crimineel. Hij was betrokken bij prostitutie en was blijkbaar niet vies van witwaspraktijken. Maar het lijkt alsof iemand wil dat we hem van meerdere misdrijven betichten, zowel van geldafpersing als van moord.' Marchal leunde achterover. 'Waarom zou hij die moorden begaan?' Hij schudde het hoofd. 'Ik denk dat hij vermoord is om de eenvoudige reden dat hij te veel afwist van de moordenaar.'

Ze zwegen allebei om orde te scheppen in hun gedachten terwijl ze doorreden naar het kantoor van dokter Berlier.

Hij zat op hen te wachten, met het autopsierapport van Lambert voor zich. 'Ik zal jullie niet vervelen met een lange opsomming van alle ziektes die het slachtoffer onder de leden had, aangezien die niets met de doodsoorzaak te maken hebben.' Hij bladerde in zijn papieren. 'Door het feit dat zijn lichaam werd aangetroffen in de silo, kreeg men de stellige indruk dat hij vermoord was. Georges Lambert was echter al dood voordat hij daar neergelegd werd.' Berlier trok zijn stropdas recht. 'Uitspraken doen over de gang van zaken behoort niet tot mijn taak. Het is aan jullie om na te gaan waarom men zijn lijk in de silo plaatste.'

Orla trok haar wenkbrauwen op. 'Waar is Lambert aan gestorven, dokter Berlier?'

'Hij stierf aan een ernstig hartinfarct, dokter Os. Wat er aan dat infarct voorafging, is moeilijk te zeggen, maar een traumatische gebeurtenis mogen we niet uitsluiten. Een ongewoon zware lichamelijke inspanning of een abnormale psychische of fysieke belasting, shock... er bestaan vele bepalende factoren, zoals je weet.' Hij zweeg even. 'Het zou natuurlijk kunnen dat hij nog niet gestorven was toen hij naar de silo werd vervoerd, maar het lijdt geen twijfel dat hij het infarct niet heeft kunnen overleven.'

Orla leunde verrast achterover in de stoel. 'Al dat gedoe met het verplaatsen van het lijk, dat was toch nergens voor nodig? De dader maakt het zichzelf alleen maar moeilijk. Had men hem in zijn bed laten liggen, dan zou iedereen gedacht hebben dat hij een natuurlijke dood gestorven was. De enige plausibele verklaring die bij me opkomt, is dat zijn moordenaar dat infarct niet opgemerkt heeft.'

Dokter Berlier gaf geen commentaar. 'Het menselijk organisme is gecompliceerd, dokter Os. Zullen we ons weer concentreren op het onderzoek?'

'Heb je kunnen uitmaken hoe lang hij al dood was?'

'Hij lag op een relatief koele, maar zeer vochtige plek. Dat versnelt alle processen en maakt het moeilijk om dat tijdstip met grote nauwkeurigheid vast te stellen. Ik durf echter met grote zekerheid te zeggen dat hij minstens twee weken geleden overleden is. Dat betekent dat hij vlak na zijn vermissing gestorven is.'

86

Agnès toetste de code met stijve, verkleumde vingers in en duwde de voordeur met haar schouder open. Leunend met haar rug tegen de openstaande deur zocht ze in haar tas naar de huissleutels. De brievenbussen van de bewoners hingen in twee rijen tegen de donkerbruine muur. Chocoladebruin was ze het gaan noemen, dat stond haar beter aan dan de viezigheid waarmee ze de kleur eerst had geassocieerd.

Ze stak de sleutel in de brievenbus en zag vanuit een ooghoek de rug van een man die in de richting van de liften verdween. Agnès sloot de voordeur. De deur niet meteen achter je dichttrekken was een overtreding van de huisregels, bedacht ze met een schouderophalen. Niemand mocht zomaar het gebouw binnenwandelen. Het was haar een zorg. Een man in een grijs pak en een aktetas onder zijn arm boezemde haar hoe dan ook meer vertrouwen in dan het gros van de huurders.

Ze behoorde geen tijd te verspillen aan dit soort onbenullige overpeinzingen en kon liever een beetje opschieten. Ze moest nog snel douchen, in koud water weliswaar, voor ze in haar kortste zwarte jurkje en met haar laatste handje kleingeld in een taxi sprong. De nummers van hun huistelefoon en mobieltjes kende ze uit haar hoofd. Ze had voldoende informatie om meneer en mevrouw Tesson de hele nacht wakker te houden. Haalden ze de politie erbij, dan wist ze dat ze een aardig zakcentje kon verdienen als ze met haar verhaaltjes naar de roddelpers stapte. De Tessons waren bekende burgers en bij die schandaalbladen zouden ze hun vingers aflikken.

Ze stopte de brieven in haar tas. Aan de enveloppen had ze gezien dat ze van de befaamde incassobureaus waren. Het liet haar ijskoud. Ze waren al een keer bij hen binnen geweest om in haar spullen te snuffelen en ze wist dat die lieden door niets en niemand meer konden worden tegengehouden. Ze liep op de lift af die naar de verdiepingen met even nummers ging. Naast de lift was de deur naar het trappenhuis. Hoe iemand het in zijn botte hoofd had gehaald om in deze torenflat een potdichte betonnen koker met een wenteltrap aan te brengen, daar kon ze met haar verstand niet bij. Om in dit gebouw te wonen, moest je zenuwen van staal hebben.

Agnès snoof de bekende smerige lucht op van schimmel, beton en urine. Zodra het buiten kouder werd dan tien graden boven nul, waren er altijd die liever binnen hun blaas leegden. Ze drukte op de liftknop en beeldde zich in dat ze in een bunker stond die ze met een druk op de knop in de lucht kon laten vliegen. Er gebeurde niets. Ze drukte nogmaals en harder. De lift gaf geen kik. Ze luisterde met gespitste oren, maar kon niet horen dat de lift in aantocht was.

Agnès bonkte met haar vuist tegen de stalen deur. Ze begreep dat er weer eens iemand aan het verhuizen was. Die schoften zetten de liftdeur open en vulden het hele ding tot aan de nok voor ze eindelijk met hun hebben en houden naar beneden kwamen.

Na vijf minuten gaf ze het op. Ze beende naar de ingang van de portiek en trok de loodzware deur open. De lichtknop zat links, wist ze, en ze tastte naar de schakelaar terwijl de deur met een angstaanjagende dreun achter haar dichtviel. De lamp ging aan en een bleek schijnsel verlichtte de muren, waarvan de kleur haar deed denken aan de huid van haar grootvader die zijn lever naar de verdommenis had gedronken en aan geelzucht overleden was.

Agnès snelde naar de eerste verdieping, maar het licht was alweer uit voor ze de overloop bereikte. Met beide handen zocht ze de grove muur af naar de schakelaar. Het licht flitste weer aan en ze holde haastig en met kloppend hart verder, haar ogen stijf gericht op de lichtknop van de volgende verdieping. Ze haalde het weer niet en ze vervloekte de verdomde energiebesparende verlichting die van de trap een levensgevaarlijke trapeze maakte.

Tot nu toe had ze achter de deuren naar de verschillende verdiepingen geen stemmen van verhuizers gehoord en ze besloot vanaf de vijfde etage een blik in de gangen te werpen. Haar adem gierde door haar keel en haar gehijg weerklonk hol in de betonnen schacht. Ze had een bar slechte conditie en het leek alsof de lamp steeds korter scheen. Tussen de vierde en de vijfde verdieping was het alweer zover. Ze stampvoette en zoog de lucht diep in haar longen.

De lichte klap die ze boven haar hoofd hoorde, was niet te vergelijken met de dreun waarmee de portiekdeur achter haar was dichtgevallen, maar toch was ze ervan overtuigd dat er ergens een gangdeur was geopend en gesloten. In het trappenhuis was echter geen ander geluid te bespeuren dan haar eigen hortende hijgen. Ze probeerde haar adem in te houden. 'Hallo?'

Er kwam geen antwoord.

Agnès verstijfde. Stond er iemand boven aan de trap? Een sluis opende zich in haar fantasie en de meest gruwelijke schrikbeelden stroomden haar hoofd binnen. Ze zag psychopaten, messentrekkers en verkrachters die haar te grazen namen en dood en bloederig achterlieten. Ze probeerde rationeel te denken. De meeste bewoners kende ze van gezicht en geen van die zielenpieten leek over voldoende energie of vindingrijkheid te beschikken om te bedenken wat ze allemaal met een vrouw op een donkere trap konden uitspoken. En buitenstaanders kwamen niet binnen zonder de code te kennen. De keurige man in het grijze pak schoot heel even door haar hoofd, maar hij had de vastberaden tred gehad van een gast die geregeld op bezoek kwam.

Ze ademde uit. Vulde haar longen langzaam met verse lucht. Luisterde en hoorde het. Het bijna geruisloze geluid van een hand die langs de stenen muur streek, van een voet die werd neergezet op een volgende tree.

Ineens leek het alsof het bloed uit haar huidvaten wegtrok. Haar vingertoppen en tenen werden steenkoud, haar spieren verloren alle kracht. De stoppen in haar hersenpan sloegen door. Ze werd gedreven door haar instinct toen ze omdraaide en halsoverkop naar beneden begon te rennen.

Het lichte geruis dat ze boven haar hoofd hoorde, had ze zich misschien ingebeeld, maar dat gold niet voor het geluid dat volgde. Iets raakte met een harde klap de stenen muur.

Agnès gilde en stormde op de volgende overloop af. Ze gunde zich geen tijd om naar de lichtknop te zoeken, kon zich plots niet meer herinneren aan welke kant de gangdeur zat. Weer hoorde ze dat vreemde geruis, naast de voetstappen, waarvan ze niet wist of die van haar of van een ander waren.

Haar hand raakte iets hards en ze begreep dat het de klink was. Ze rukte de deur open, vloog de gang in en aan haar bijna blinde ogen schoten huisnummers van in de driehonderd voorbij. De derde verdieping. Ze timmerde op de liftknop en kon wel janken toen hij bijna op hetzelfde moment voor haar neus stilhield.

Eenmaal binnen leunde ze half kapot en met knikkende knieën tegen de wand. In het volle licht en een vertrouwde omgeving kon ze zich al bijna niet meer voorstellen dat ze achterna gezeten was. Ze suste zich met de gedachte dat haar fantasie haar parten had gespeeld en dat ze in paniek was geraakt. Waarom zou iemand haar in het trappenhuis overvallen als hij haar net zo goed te pakken had kunnen nemen toen ze een eeuwigheid op de lift stond te wachten? Het waren haar zenuwen. De angst voor deurwaarders en ander gespuis had haar gezonde verstand aangetast. Ze zag spoken op klaarlichte dag, dat was het.

Ze herhaalde het tot driemaal toe. *Agnès, je ziet spoken.* En toch bleef de twijfel knagen. Was het mogelijk om dit hele scenario gewoon te verzinnen? Hoe lachwekkend en vaag de gebeurtenis ook mocht lijken, ze besloot dat ze de volgende dag meteen naar de politie zou stappen. Die jongste kerel was lang zo gek nog niet. Met hem zou ze praten.

De lift was op de negende verdieping beland en ze stapte uit. Het was inmiddels kwart over acht en de tijd begon echt te dringen. Ze opende de deur van de flat, deed alsof ze het gezanik van Louise niet hoorde, liet de douche achterwege en wurmde zich in het zwarte jurkje en de zwarte pumps. In recordtijd was ze gereed voor de slag om Charles Tesson.

87

Met omfloerste ogen deed Juliette Tesson de deur voor Isabelle open. Het was pas halfacht, maar Juliette zag eruit alsof ze al uren had liggen slapen. De twee vrouwen staarden elkaar een paar seconden aan.

'Charles is niet thuis.' Juliette tilde een hand omhoog en streek met een houterige beweging een sliert haar weg van haar voorhoofd. In haar andere hand hield ze een wijnglas. Aan de strepen op haar ene wang te zien was ze waarschijnlijk in een stoel in slaap gevallen. 'Hij eet buitenshuis.'

Isabelle keek haar onderzoekend aan. 'En jij dan?'

'Ik... ik kwam een paar uur geleden thuis.' Ze trok haar gekreukte rok recht.

Isabelle glipte langs haar heen naar de huiskamer. 'Eigenlijk komt het goed uit. Het wordt tijd dat jij en ik een serieus gesprek voeren. Onder vier ogen.'

Juliette kwam haar aarzelend achterna. 'Een serieus gesprek...?' Ze was midden op de vloer blijven staan. Op haar witte bloes zaten koffievlekken en ze had geen kousen aan onder de rok. 'En waarom onder vier ogen?'

Isabelle was naar het raam gelopen en keek naar buiten. Nu draaide ze zich langzaam naar haar schoonzus om. 'Je hebt hulp nodig, Juliette', zei ze zachtjes. Ze liep op haar af en legde een hand op haar arm. 'Meestal heeft de persoon in kwestie het zelf niet in de gaten', begon ze voorzichtig. 'En dan is het de moeilijke taak van de familie om het probleem aan te snijden en hulp te verlenen.'

Juliette zonk neer in een stoel. 'Ben ik... denk je dat ik ziek ben?'

Isabelle ging op haar hurken naast de stoel zitten. 'Juliette, het zal een zware dobber worden, maar we zullen je steunen. Daar heb je familie voor. We moeten elkaar door moeilijke tijden heen helpen.'

Juliette keek haar met donkere, uitdrukkingsloze ogen aan. 'Over wat voor ziekte heb je het, Isabelle?' Ze sprak langzaam.

'Lieverd, soms weet je gewoon niet wat je doet. Men krijgt de indruk dat je af en toe ontoerekeningsvatbaar bent.' Ze haalde diep adem.

Juliette leek iets te gaan zeggen, maar bracht geen woord uit. Met een broodmagere hand greep ze om de leuning.

Isabelle legde haar hand op die van haar schoonzus. 'Je krijgt woedeaanvallen en verliest niet alleen je beheersing, maar ook je verstand. Je drinkt te veel en hebt black-outs. Achteraf weet je niet wat je overkomen is en wat je uitgehaald hebt.' Ze trok Juliette omhoog uit de stoel, hield haar handen vast en keek haar diep in de ogen. 'Toch, als je goed nadenkt, blijkt dat niet alles uit je geheugen gewist is, nietwaar? Dat je Fatima van de trap duwde omdat ze wist wie Adam en Lambert vermoord heeft, dat ben je volgens mij niet vergeten. Heb ik gelijk of niet?'

Juliette keek haar met opengesperde ogen aan.

'Waar was je trouwens eerder op de avond? Wat deed je?' Isabelle legde een vest over de trillende schouders van Juliette. 'Lieverd, we begrijpen dat je al die jaren te veel hebt moeten verzwijgen.' Ze streek met een vinger over Juliettes wang. 'Je moet niet denken dat alleen jij van het geheim afwist. Georges Lambert vertrouwde mij al jaren geleden toe dat hij zag hoe Charles Assia het ravijn in duwde. Dat verbaasde me niet. Mijn broer vond het ongepast dat een vrouw als zij ooit het vermogen van onze oom zou erven.'

Ze legde een vinger op Juliettes mond, die bewoog zonder dat er een geluid aan haar lippen ontsnapte.

'Ik begrijp maar al te goed dat het te veel werd voor Charles.' Ze schudde het hoofd. 'Dat iemand oom Marc jarenlang gechanteerd heeft, dat kwam ik pas recent te weten. Niemand verwijt je dat je Charles altijd gesteund en geholpen hebt. Hij had je hard nodig, lieverd, vooral toen Fatima's dochter ineens in Parijs opdook.' Ze pakte haar schoonzus bij de schouder toen die een stap achteruit wilde zetten. 'Juliette, je moet begrip hebben voor Charles. Fatima heeft hem op een zeer achterbakse wijze bedrogen. Een kind van hem gaf haar en haar familie recht op een deel van de enorme nalatenschap van oom Marc.'

Juliette had zich losgerukt en liep langzaam achteruit tot aan de gangdeur.

'Ik weet dat je je kranig gedragen hebt, schat.' Met een arm om het middel van haar schoonzus liep Isabelle de gang in. 'Maar nu ben je op, dat is duidelijk. Doe wat anders aan, je gaat met me mee, dat is het beste.'

'Ik moet op Charles wachten.' Juliettes stem was onherkenbaar, alsof haar keel dichtgesnoerd was.

'Charles is bij oom Marc, als het goed is. Hij zegt dat zijn maat vol is en dat hij de politie op de hoogte stelt. Ik heb beloofd dat ik met je zou praten over je problemen en de noodzaak van behandeling. Het komt allemaal in orde, maar nu ben je gewoon overstuur en dronken.' Isabelle begeleidde haar naar haar slaapkamer, waar ze een schone bloes en een lange broek uit de garderobekast pakte. 'Hier, kleed je nu maar om. Zo dadelijk hebben we een gesprek met een zeer bekwame psychiater.' Ze keek op haar horloge. 'Ik verwacht hem over een halfuurtje bij mij thuis.'

In de lift tooide Agnès zich met de oorbellen en de parelketting die Charles haar cadeau gaf tijdens hun tweede etentje.

Op de stoep voor de ingang bleef ze pardoes staan. In de kleine Volkswagen die net wegreed, zag ze het achterhoofd van de man met het grijze pak. Zenuwen, dacht Agnès. Het kon nooit dezelfde man zijn. Nog even en ze was bang dat er in elke heer in maatpak een deurwaarder verscholen ging.

Ze haalde haar autosleutels tevoorschijn, stak het laktasje onder haar arm en begaf zich met kleine, nette passen naar de BMW die de kerel met de kale knikker nog steeds niet had opgehaald. Een auto besturen met een minirokje en twaalf centimeter hoge naaldhakken kostte haar geen enkele moeite. En de route zou ze geblinddoekt kunnen afleggen, zo vaak was ze in zijn straat geweest. De rue Bonaparte, derde verdieping, de eerste deur die je zag, en de enige deur op de hele etage. Vandaag zou ze die drempel passeren, al moest ze over lijken gaan. *Charles, liefste, wil je weten of je van Agnès, deze bijzondere vrouw, op aan kunt?*

'Het antwoord is ja. Je zult met eigen ogen zien dat je van haar op aan kunt, klootzak', siste ze tussen haar opeengeklemde tanden. 'De tijd van het smikkelen van twee wallen is voorbij. Agnès zal je dwingen om een keuze te maken die haar het beste uitkomt. Bereid jullie maar voor op een onvergetelijke ontmoeting.'

Met bonzend hart en de adrenaline gierend door haar aderen hield ze voor de ingang halt. Zijn auto stond niet voor de flat. 'Mij best', fluisterde ze. 'Ik kan wachten.'

Ze schoof de rugleuning naar achteren, strekte haar benen en probeerde de drang te onderdrukken om spijkers met koppen te slaan. Misschien was die kleine feeks alleen thuis? Een onderonsje vóór hun beider liefhebbende man thuiskwam, kon toch zeker geen kwaad?

Ze deed de auto op slot en belde aan.

Na een paar minuten klonk het uit de intercom: 'Tesson.' Het was een zachte mannenstem.

Agnès' hart maakte een sprongetje. Ze haalde diep adem. 'Ik ben Agnès Leclerc. Ben jij het, Charles?'

Het was maar een paar seconden stil, maar Agnès dacht dat hij nooit zou antwoorden. Tot haar enorme verbazing zei hij rustig: 'Ja, ik laat je binnen.'

88

Charles Tesson kwam als een slaapwandelaar over het trottoir aange-
lopen toen Orla en Marchal de quai d'Orléans in reden.

'Daar hebben we eindelijk iemand van de clan', bromde Marchal.
'Ik was al bang dat ze allemaal de stad uit gevlucht waren, toen ze
geen van allen de telefoon opnamen.' Hij opende het portier en stapte uit. 'Jezus, hij stak gewoon over terwijl het licht op rood staat. Zou
hij dronken zijn?'

'Of levensmoe.'

Ze bleven bij de ingang op hem wachten. 'Charles...' Marchal liep
hem tegemoet.

Charles Tesson keek hen vragend aan en het duurde lang voor hij
doorhad wie ze waren.

'We zijn op weg naar uw oom.'

Charles keerde hen zwijgend de rug toe en deed de deur open.
Zijn bewegingen waren mechanisch en stijf. Het leek alsof hij zijn
lichaam de trap op zeulde en Orla vroeg zich af waarom hij in hemelsnaam niet gewoon de lift had gepakt.

De voordeur ging open nog voor ze hadden aangebeld. Marc Tesson ontving hen in de ruime hal. 'Heb je Juliette niet meegenomen?'

Charles Tesson schrok wakker bij het geluid van de scherpe stem
van zijn oom. 'Ik dacht dat ze hier was.'

'Waarom zou ze hier zijn?'

'Isabelle belde me een tijdje geleden op en zei dat zij en Juliette
bij u langsgingen. Ze wilde dat ik ook kwam.'

Marc Tesson knikte alleen maar en keek toen pas naar Marchal,
die een ongeduldige zucht slaakte. 'Luister, het liefst hadden we jullie meegenomen voor een formeel verhoor, maar er zijn een aantal
vragen die zo snel mogelijk beantwoord dienen te worden. Met andere woorden, nu meteen.' Zonder zijn reactie af te wachten liepen ze
de gang in. 'Isabelle heeft een aanzienlijk vermogen dat ze volgens
eigen zeggen van haar ouders heeft geërfd. Je zou verwachten dat

haar broer ongeveer even gefortuneerd is, maar dat is niet het geval. Hoe komt Isabelle aan al dat geld?'

Marc Tessons gezicht kreeg de kille, gesloten uitdrukking die hem eigen was.

'U kunt ons en uzelf een boel ellende besparen door op onze vragen te antwoorden.'

De oude man haalde diep en hoorbaar adem. 'Isabelle had een grondige hekel aan Georges Lambert. Toch lukte het hem om haar te betrekken in die smerige zaakjes van hem, vanaf dag één in feite, en dat wil zeggen vanaf het moment dat hij zich in Parijs vestigde. Ik wind er geen doekjes om, aangezien ik weet dat dit alles hoe dan ook boven tafel komt', zei hij toonloos. 'In verband met het onderzoek naar de activiteiten van Lambert, zal men op een zeker moment op contactpersonen en partners stuiten, en dus ook op Isabelle.' Hij keek even met lede ogen voor zich uit. 'Een groot gedeelte van de opbrengst van Lamberts werkzaamheden werd in het bedrijf van Fabre gepompt. Adam dacht dat die sommen dividenduitkeringen waren van de aandelen die Isabelle in mijn bedrijf heeft. Dat is natuurlijk onjuist. Mijn nicht is een bijzonder getalenteerde zakenvrouw. Daar kan ik niet aan tippen.'

'Isabelle beweert dat Adam Fabre prostituees in dienst had.'

De droge lach klonk eerder als een hoest. 'Nee, dit is eigenlijk te gek voor woorden.' Hij maakte een gelaten gebaar met zijn hand. 'Adam runde daadwerkelijk een modellenbureau. Een zaakje dat niet erg lucratief was, zoals jullie weten.' Hij streek over zijn voorhoofd en trok er een verbeten gezicht bij, alsof hij last had van hoofdpijn. 'Isabelle heeft een, zeg maar, excentrieke persoonlijkheid', zei hij langzaam. 'Ze heeft altijd een tendens gehad om de waarheid te verbloemen of te verdoezelen.' Hij rechtte zijn rug en liep voor hen uit naar zijn kantoor. 'Maurice Vilar heeft me ingelicht over het gesprek dat jullie met hem hadden en vertelde mij dat er niets onreglementairs is aangetroffen in mijn administratie. Daar ben ik blij om.' Hij zonk neer op een stoel. 'Georges Lambert heeft niet alleen aan het leven van Isabelle een ongelukkige wending gegeven. Aan het mijne ook. Hij beweerde dat hij getuige was van Assia's val. Hij bedacht een verhaal dat zo compromitterend was dat de meeste mensen het vroeg of laat zouden geloven.'

'U wist dat hij loog en toch heeft hij u jarenlang gechanteerd?'

'Omdat hij, zoals gezegd, anderen zou kunnen overtuigen. Ik betaalde zwijggeld en Lambert hield zich aan de afspraak.'

Orla mengde zich in het gesprek. 'Monsieur, wij kunnen bewijzen dat Lambert niet in Constantine was op het moment dat Assia van de rotsen viel.'

De ogen van Marc Tesson versmalden. 'Pardon?'

'Onze theorie komt erop neer dat Assia vermoord werd omdat ze met u zou trouwen. Men vond het niet alleen ongehoord, men was er ook op tegen dat een Algerijnse uw rechtmatige erfgename zou worden.' Marc Tessons gezicht was asgrijs geworden. Orla pakte een stoel en nam tegenover hem plaats. 'Ik heb een andere vraag, monsieur Tesson. Welke relatie had u met Mina Kidher, de vrouw die dood werd aangetroffen in Fabres auto?'

Marc Tessons hand bewoog naar zijn keel, alsof hij hem zelf dichtsnoerde.

'We hebben zojuist het resultaat binnengekregen van een uitgebreide DNA-analyse. Het gaat om een verwantschapsanalyse, in dit geval een vaderschapstest.'

Marc Tesson sloot zijn ogen.

'Uit die testen blijkt dat u de vader bent van Mina Kidher, de dochter van Fatima Kagda.'

89

Juliette en Isabelle waren nog steeds niet opgedoken bij Marc Tesson en Roland had de opdracht gekregen om samen met een agent de woning van Juliette en Charles binnen te gaan. Ze sloten de voordeur achter zich. Het was negen uur 's avonds en de gang was in het donker gehuld. Door een dubbele glazen deur kwam je in de zitkamer, de slaapkamers en de eetkamer. Een deur rechts in de gang leidde naar de badkamer en de keuken met de achteruitgang. Alle vloeren waren bedekt met zachte lopers, die voetstappen zo goed als onhoorbaar maakten.

In de gang was de geur van tabaksrook duidelijk waarneembaar, alsof iemand pas nog een sigaret had opgestoken. Ze wierpen een snelle blik in de kamers, die allemaal een rommelige, bijna chaotische indruk maakten. In de huiskamer zag je in één oogopslag met welk probleem Juliette kampte. Roland vroeg zich af of haar drankmisbruik beïnvloed werd door de rol die zij in dit familiedrama speelde.

In de deuropening naar haar slaapkamer bleef hij staan. Juliettes prachtige, notenhouten toilettafel stond onder het raam. Het licht van de lantaarns viel door de ruiten en op haar spullen. Hij doolde wat rond in de kamer en zag bij toeval het sieraad dat tussen de potjes en de tubetjes lag. Hij stak het licht aan. Het was een ketting met een hanger in de vorm van een hartje, omrand met kleine steentjes.

Hij haalde een zakje tevoorschijn en trok een handschoen aan. Op de achterkant van de hanger waren de initialen A.K. gegraveerd. Hij liet het sieraad in het zakje glijden en viste zijn telefoon uit zijn broekzak.

'Orla', mompelde hij zachtjes. 'We hebben de ketting van de dode vrouw gevonden, in de slaapkamer van Juliette Tesson. We zijn hier voorlopig nog niet klaar.'

De agent stond bij de deur. 'Nu de keuken, Roland?'

Hij knikte en ze liepen de gang in en naar de keuken. De deur stond op een kier en het licht was uit. Roland duwde de deur open en stak het licht aan. Zijn oog viel op de twee cognacglazen die op het aanrecht stonden. Hij hield de glazen tegen het licht. 'Droesem. In het ene glas heeft iets anders gezeten.'

Ze hoorden de voetstappen gelijktijdig. Plotseling was het aardedonker in de keuken. Roland draaide zich bliksemsnel om, maar voor hij het pistool uit de holster had getrokken, kreeg hij een brandende sproeistof in zijn gezicht. Hij vloekte en sloeg zijn handen voor zijn ogen. Een harde duw tegen zijn borstkas deed hem wankelen en hij viel tegen zijn collega aan, die achter hem stond.

De achterdeur dreunde met een klap dicht en de sleutel werd omgedraaid.

Terwijl een politiewagen Marc en Charles Tesson wegbracht naar het bureau, waar het verhoor zou worden voortgezet, reden Orla en Marchal zo snel mogelijk naar de flat van Charles.

'Roland heeft de ketting van de dode vrouw in de slaapkamer van Juliette gevonden.' Orla kreeg nu pas de tijd om Marchal in te lichten.

Marchal schoot rechtop. 'Hoe komt zij daaraan?'

'Tja, goede vraag. Misschien heeft zij haar wel vermoord. Of Charles.'

Ze schudden gelijktijdig het hoofd. 'Nee, ik denk niet dat Charles zo dom is dat hij Juliette die ketting geeft, zodat zij hem in haar kamer kan laten slingeren.'

Marchal woelde met zijn handen door zijn haar. 'Dat denk ik ook niet, dat hij zo'n oelewapper is. Bijster slim komt hij echter niet bij me over en het lijkt me sterk dat hij deze misdaad beraamd en gepleegd heeft. Juliette daarentegen zou wel eens een goede reden gehad kunnen hebben om die vrouw uit de weg te ruimen. Ze kan gedacht hebben dat Mina Charles' dochter was. Een dochter die bovendien recht had op een portie van het familievermogen. Wie weet vond ze dat sieraad zo mooi dat ze de verleiding niet kon weerstaan om het te behouden. Aangezien mevrouw geregeld dronken door het huis zwalkt, zal ze er wel niet zo voorzichtig mee omgesprongen hebben. En trouwens, vergeet niet dat haar pop in Fatima's kast lag.'

'En Isabelle? Ze blijkt aardig wat op haar kerfstok te hebben. Dat hebben we net van Marc Tesson gehoord.'

'Orla, ik neem aan dat we mettertijd kunnen bewijzen dat ze samen met Lambert in de vrouwenhandel zat, maar dat ze een moord gepleegd heeft? Dat weet ik nog zo net niet.' Orla gaf een klap op het stuur. 'Zo komen we er niet uit, Marchal. Verdomme, ik vraag me af waar Isabelle en Juliette zijn gebleven.' 'Charles was de laatste die van hen hoorde. Als we hem op zijn woord kunnen geloven dan', voegde hij eraan toe terwijl hij zijn mobieltje pakte. 'Ik hoop dat Roland dit grondig aanpakt en de technici heeft opgeroepen.' Hij staarde naar het toestel. 'Waarom neemt hij niet op?'

Orla zette de sirene aan en gaf gas.

Ze renden de trap op naar Juliette en Charles' appartement. Orla schrok zich wezenloos toen ze bijna boven waren en plotseling meerdere pistoolschoten hoorden.

Roland bleek een paar kogels door het slot van de keukendeur gejaagd te hebben.

'Een bizarre geschiedenis', bromde Roland. 'We werden overvallen toen we in de keuken twee cognacglazen stonden te bekijken. Onze aandacht was even verslapt en floep daar ging het licht uit.' Hij wreef in zijn ogen. 'Pepperspray. Ik was meteen uitgeschakeld.'

'En je zag niemand?'

Hij schudde het hoofd. 'Het was ineens aardedonker. En met die troep in mijn ogen was ik zo blind als een mol. Die gast was een snelle. In een mum van tijd was hij de achterdeur uit gerend. Een slimme duvel was het ook, om in de gauwigheid de sleutel om te draaien.' Hij hield een bosje autosleutels omhoog. 'Deze vonden we onder de keukentafel.'

Marchal greep de sleutels. 'Van een BMW. Agnès Leclerc heeft een BMW...'

'Ik kreeg een dreun tegen mijn borstkas van die peppersprayer. En dat waren geen zachte vrouwenhanden, Marchal. Het waren de ster-

382

ke klauwen van een kerel.' Hij kneep zijn ogen halfdicht in het scherpe licht. 'Ik begrijp bij god niet waar hij vandaan kwam. We waren in alle kamers geweest, en van buitenaf kwam hij niet. De voordeur hadden we gesloten, en we zouden het gehoord hebben als er iemand een deur had geopend.'

Ze doorzochten de hele keuken. 'De inhoud in dat glas moet geanalyseerd worden. Waarschijnlijk is er iemand mee gedrogeerd. Misschien Agnès.'

Ze stonden een tijdlang stilletjes voor zich uit te staren.

Orla verdween plotseling de gang op. 'Ik dacht ineens aan die bergruimte, waar Juliette de pop vandaan haalde. Daar zou die persoon zich wel eens verscholen kunnen hebben.' Ze trok de zware gordijnen opzij en opende de kastdeur. Geschrokken deinsde ze achteruit en tegen Roland aan. Ze had iets zien bewegen in het donker. Het licht werd aangestoken en ze keken met ongelovige ogen naar het geknevelde hoopje mens dat half bewusteloos op de vloer lag, gekleed in zwarte netkousen, een mini-jurkje en hoge naaldhakken. Het was Agnès Leclerc.

Orla was al naast haar neergeknield. 'Ze is zwaar gedrogeerd, denk ik. Roep een ambulance op.'

De agent kuchte. 'Marchal, dit lag naast de eettafel.' Hij reikte hem een platte, leren aktetas aan.

Orla herkende hem meteen. 'Advocaat Vilar heeft er zo een. Had hij zo'n haast dat hij zijn tas liet liggen?'

'Zoeken, die kerel.' Marchal gebruikte zijn commandostem. 'En wij rijden door naar de woning van Isabelle Fabre.

90

Malek staarde naar de stationsklok, die half negen aanwees. Hij had de halve dag doorgebracht in een hoek van de Gare d'Austerlitz en gewacht op het moment dat het buiten donker was. Stations gaven hem altijd een veilig gevoel. Het kwam door de chaos en de bonte mengelmoes van mensen, bedacht hij, en natuurlijk door het feit dat iedereen in beslag werd genomen door eigen beslommeringen.

Hij drentelde naar de taxistandplaats en wachtte tot er een taxi vrij was met een Aziaat achter het stuur. Die bemoeiden zich nooit met andermans zaken. Hij gaf de man het papiertje met het adres en nestelde zich op de achterbank.

Zoals hij had gehoopt, liet de chauffeur zijn klant met rust. Malek ontspande en zijn gedachten dwaalden af. Vanaf de dag dat hij de Middellandse Zee overstak en Algiers achter zich liet, had hij van dit moment gedroomd. Voor het eerst in zijn volwassen leven zou hij de vrouw terugzien die hem in zijn jeugd het hoofd op hol had gebracht. Isabelle Fabre, met het blonde haar, de helblauwe ogen en de melkwitte huid. Zodra ze in zijn buurt was, had hij zijn blik neergeslagen, maar 's nachts had hij met open ogen aan haar liggen denken.

Isabelle zou hem vast kunnen helpen. Van Yacef kon hij niets meer verwachten, behalve een mes in zijn rug. Het enige houvast dat hij had, was het adres aan de place Monge, waar hij Mina afgezet had. Als iemand hem met raad en daad kon bijstaan, was het de familie Tesson.

De taxi hield halt voor een appartementengebouw in een van de buitenwijken. Precies in zo'n woning had hij verwacht haar aan te treffen. Serene luxe achter hoge muren bedekt met bloeiende klimplanten. Hij was blij dat hij gewacht had tot het donker was en dat er in deze buurt geen felle lantaarns schenen die verraadden hoe misplaatst hij was in deze omgeving.

Ze herkende hem niet meteen en het hart zonk hem in de schoenen bij de gedachte dat ze hem zou afwijzen. Langzaam begon het haar echter te dagen en tot zijn vreugde zei ze: 'Nee, maar, Malek Kagda! Kom binnen.'

Hij was zo opgelucht dat hij bijna stamelde. 'U bent me niet vergeten? Na al die jaren? Ik moet iets met u bespreken, iets dringends.' Hij had hulp nodig, bescherming, en hij wist dat deze familie hem niet in de steek zou laten. Hij vroeg niet of Marc Tesson nog leefde. Isabelle voldeed. Isabelle was het beste wat hem kon overkomen. Toch was er iets in haar gedrag wat hem onzeker maakte. Ze toonde geen emoties. Geen verbazing, geen blijdschap, zelfs geen onverschilligheid was er op haar gezicht te bespeuren. Hij stapte naar binnen. 'Ik zal u niet lang lastigvallen.'

Toen hij in de smaakvol ingerichte, crèmekleurige hal stond, had hij het gevoel dat hij alleen al door zijn aanwezigheid de boel bevuilde. Het bevreemdde hem ineens dat hij zich had ingebeeld dat een vrouw als zij na een half mensenleven de moeite zou doen om iemand als hij te helpen. Een man die te beschroomd was om haar aan te kijken.

Ze begeleidde hem naar een stoel in de zitkamer en nam tegenover hem plaats. 'Malek, wat leuk om je na al die jaren terug te zien. Nu moet je me vertellen waarom je hier bent. Je hebt me nieuwsgierig gemaakt.' Ze glimlachte.

Bij het horen van de vriendelijke woorden ontspande Malek. De glimlach warmde hem en raakte hem diep in het hart. Ze was zichtbaar ouder geworden, maar in zijn ogen was haar schoonheid niet getaand.

Hij had beloofd om maar even te blijven en misschien gaf ze hem maar een paar minuten van haar tijd. Hij stak daarom meteen van wal. 'Madame Fabre, ik ben op zoek naar iemand die volgens mij mijn nichtje is. Ze kwam naar Parijs om hier te werken en daarna verloor ik het contact met haar. Ik denk dat ze het slachtoffer geworden is van een misdrijf en als dat zo is, weet ik bijna zeker wie erachter zit. Lieden in Algerije, ik ken hun namen.' De woorden stroomden uit zijn mond terwijl hij haar met ogen vol wanhoop en vertwijfeling aankeek. 'Ik heb hulp nodig. Hulp en bescherming. Ik voel me niet veilig.'

Isabelle Fabre had hem met een verschrikte uitdrukking op het gezicht aangehoord. 'Lieve hemel, hier moet je me meer over vertellen. Natuurlijk zal ik alles doen wat mogelijk is. Dat zijn we jouw familie schuldig.' Ze greep zijn hand en gaf er een kneepje in. 'Je bent vast uitgehongerd. Als je even wacht, haal ik thee en wat koekjes. Daarna wil ik het hele verhaal horen.'

Malek knikte, verrast en gelukkig. 'U hoeft niets klaar te maken, dat is niet nodig.'

'Onzin, Malek, een kopje kruidenthee is zo gezet. En waarom zou ik je niet een beetje verwennen? Ik ben zo blij je weer te zien.' Ze bleef niet lang weg. 'Salie en kamille. Ik hoop niet dat je dat afslaat.'

Hij peinsde er niet over om ook maar iets af te slaan.

Isabelle schonk de kopjes vol. 'Vertel op, Malek. Om je te helpen moet ik weten wie deze vijanden zijn.'

'Ik zag haar voor het eerst bij de Sidi Rachedbrug', begon hij. 'Er was iets met haar, iets wat me aantrok. Het voelde alsof ik haar al jaren kende. Later begreep ik dat ze de dochter van Fatima moest zijn.'

'Waaruit maakte je dat op, Malek?' Ze reikte hem zijn theekop aan.

'Herinnert u zich de ketting die Assia van uw familie kreeg toen ze zestien werd? Er hing een gouden hartje aan dat rondom versierd was met rode robijnen.'

Isabelle Fabre knikte langzaam.

'Fatima erfde de ketting van Assia. Ze had hem altijd om, ook toen ze van huis wegliep om met die guerrillastrijder te trouwen. En deze ketting, madame Fabre, had de vrouw die bij de brug zat om haar hals. Ik schrok, maar zei er niets van. Ik liet de vrouw haar verhaal doen. Het bleek dat ze geadopteerd was en dat haar biologische moeder in Parijs woonde, evenals haar echte vader.' Malek vertelde van het adres dat hij gekregen had en dat hem gezegd was dat hij de vrouw moest afzetten bij het huis aan de place Monge.

'Zag je de mensen die ze daar zou ontmoeten?'

Hij schudde het hoofd. 'Ik reed meteen weer weg. En sindsdien heb ik niets meer van haar gehoord.'

'Ik neem aan dat je later teruggegaan bent naar dat adres? En daar heb je niemand gesproken?'

Malek schudde opnieuw van nee. 'Er was niemand thuis. Ik had geen idee met wie ik kon spreken. De enige naam die Mina genoemd had, was Adam Fabre. Die naam kwam me bekend voor, maar pas een paar dagen geleden herinnerde ik me dat hij bij ons te gast was in Algerije, en dat men mij verteld heeft dat u later, in Parijs, met hem getrouwd bent.' Hij tilde de kop naar zijn mond en nam een slokje van de thee.

'Hij is toch wel zoet genoeg? Ik heb er veel suiker in gedaan, want daar houden jullie van, hè?'

Hij knikte en glimlachte beleefd. De thee was anders dan de munt-thee die hij gewoonlijk dronk. Deze was mierzoet, maar tegelijk bit-ter. Toch dronk hij met gulzige teugen, omdat Isabelle deze thee speciaal voor hem gezet had. Tussen de slokken door vertelde hij haar van zijn ontmoeting met de havenmeester en over de Fransman van wie hij de naam nooit te weten was gekomen. Hij verbloemde niets en vertelde openhartig over de illegale vrouwenhandel en de rol die hij zelf gespeeld had. Hij probeerde zich niet te verontschuldigen, want hij wist maar al te goed dat hij medeplichtig was. Isabelle zou begrijpen dat het zijn enige kans was om te overleven, hoopte hij.

Plotseling deed het er niet meer toe wat zij van hem vond. Hij was bedorven en zou binnenkort vergaan zijn, net als de bladeren op de stoepen. Mina daarentegen was onschuldig. Voor haar leven vocht hij, met zijn eigen vlees en bloed als inzet.

Isabelle vergat haar thee. Roerloos en geboeid luisterde ze naar zijn verhaal en slechts af en toe zag hij haar even knikken.

'Mijn god, Malek', zei ze eindelijk en met een bijna toonloze stem. 'Dit is een ernstige zaak.' Ze staarde hem aan met haar lichte ogen, die eigenlijk blauw waren, maar op dit moment zo grijs als tin.

Malek streek over zijn voorhoofd. De emoties en de sterke thee op zijn nuchtere maag hadden hem misselijk gemaakt. 'Mag ik even van uw toilet gebruik maken?'

Ze keek hem aan, het hoofd iets schuin. 'Je ziet wit, Malek. Ben je niet lekker? Het toilet is beneden, de eerste deur links.'

Malek haastte zich naar beneden. Hij voelde zich ineens ellendig en moest zich aan de leuning vastklampen om op de been te blijven. Beneden belandde hij in een lange gang met zes deuren die er allemaal hetzelfde uitzagen. Hij was nu zo duizelig en in de war dat hij zich niet meer kon herinneren wat Isabelle had gezegd over de juiste deur. Zijn oren suisden en hij hoorde geklop, een soort getimmer tegen een muur. Hij wist niet waar de geluiden vandaan kwamen, uit het huis of uit zijn eigen hoofd. Had hij last van hallucinaties? Hij strompelde naar het einde van de gang, duwde een deur open en tastte met trillende vingers naar de knop van het licht. Hij schrok. Dit kon alleen maar de slaapkamer van Isabelle zijn. De kleren van een vrouw lagen netjes opgevouwen op een stoel en het bed was opgemaakt. In een hoek van de kamer zag hij nog een deur en hij veronderstelde dat dit de aangrenzende badkamer was. Hij snelde erheen, trok de deur open en bleef als vastgenageld staan.

Het was geen badkamer. Het was een klein vertrek, zonder ramen en met houten, ongeverfde wanden. Er stond een schrijftafel met een computer, maar verder was de kamer ongemeubileerd. Een van de muren had ze aan Algerije gewijd. Er hingen grote foto's van slachtoffers die omgekomen waren tijdens straatgevechten. De hoofden van de lijken waren echter op alle foto's veranderd. Naast de dode, misvormde lichamen zag Malek de portretten van drie vrouwen die hij maar al te goed kende. Fatima, Assia en Mina. Op elk gezicht waren de ogen met rode viltstift ingekleurd.

Malek zag een prullenbak. Hij boog voorover en braakte.

Toen hij het gevoel had dat hij behalve de inhoud van zijn maag ook alle ingewanden uitgekotst had, richtte hij zich langzaam op. De kamer tolde voor zijn ogen, alsof hij zich in een donkere, geluidloze trommel bevond.

De stilte werd verbroken door haar voetstappen op de trap. 'Malek?'

Nog steeds draaide alles voor zijn ogen en hij kon zich amper staande houden.

Haar stappen werden luider en toen hij zich moeizaam omkeerde, stond ze in de deuropening.

'Arme Malek, kon je het toilet niet vinden?' Het leek alsof ze door een kluwen wol sprak. Hij zag dat ze haar hand naar hem uitstak. Zijn mond was droog en leek gevuld met iets groots en wattigs. Er kwam geen woord uit zijn keel. Zijn lichaam was slap en stuurloos. Voor hij het wist lag hij languit op het bed.

Hij zag Isabelle als door een beslagen ruit. 'Had ik geweten dat je vandaag op bezoek kwam, Malek Kagda, dan had ik de deur van mijn werkkamer op slot gedaan. Begrijp me niet verkeerd, ik ben blij dat je kwam. Dat ik de eerste en de enige ben aan wie je je geheim toevertrouwde, beschouw ik als een grote eer.'

Haar stem werd steeds vager.

91

Orla had tegen de ontmoeting met Isabelle Fabre opgezien en ze voelde zich bijna opgelucht toen bleek dat er niemand thuis was en Marchal het slot moest openbreken.

Ze stonden in de huiskamer. 'Thee en koekjes. Ze heeft bezoek gehad.' Orla liep om het tafeltje heen zonder iets aan te raken. 'Het ene kopje is leeg, het andere onaangeroerd.'

Ze liepen de keuken in. Toen Orla op het aanrecht de bus met het etiket 'Salie & kamille' zag, huiverde ze. 'Haar eigen melange, een goddelijke combinatie', mompelde ze terwijl ze de keuken de rug toekeerden om een blik in de kamers van Adam Fabre te werpen. Er scheen niets veranderd te zijn sinds hun vorige bezoek. Alles zag er nog even netjes en geordend uit.

De kamer van Isabelle lag naast die van haar man. Orla kon haar ogen niet geloven toen ze de bende zag. Dat deze keurige madame zo'n sloddervos was, had ze niet verwacht. Op het bed had ze een enorme berg kleren liggen, alsof ze haar hele klerenkast geleegd had. Uit de overvolle boekenplank boven het bed bleek dat ze een grote liefhebber van een bepaald soort literatuur was. Het fascisme scheen haar bijzonder te boeien. Een gevoel van onbehagen bekroop Orla toen ze zag dat de boeken niet door historici geschreven waren, maar door beruchte fascisten.

Marchal had er eentje van de plank gepakt. 'Als ik me goed herinner, beweerde ze dat ze nooit over politiek sprak', bromde hij. 'Niet met Georges Lambert in ieder geval. Je zou zeggen dat ze heel wat ideeën gemeen hadden.' Hij bekeek de ingelijste foto's die ze op haar nachtkastje had staan. 'Die lieden heb ik eerder gezien. Moet je kijken, de vier Franse coupplegers op het balkon van het raadhuis in Algiers. En deze foto is gesigneerd door niemand minder dan Salan, de leider van de OAS. Wat moet ze met die smeerlap naast haar bed?' Hij was al op weg naar de deur in de hoek van de slaapkamer. Hij trok hem open en stak zijn hoofd naar binnen. 'Orla!'

Ze kwam naast hem staan. '*Fy faen!*'

Marchal trok een paar handschoenen aan en was in twee stappen bij de schrijftafel. Nadat hij geconstateerd had dat de laden leeg waren, zette hij de laptop aan.

Orla schudde het hoofd toen Marchal tevergeefs het ene wachtwoord na het andere toetste. 'We nemen dat ding mee. Dit is zonde van onze tijd.' Ze keerde zich om en maakte een laatste rondje door de kamer. Onder de boekenplank hing een vergeelde wimpel.

'Leve ARNAT!' las ze hardop. 'Wie of wat zou dat zijn? ARNAT? Marchal, ik stel voor dat je de moed opgeeft. Dat is onbegonnen werk, vriend.'

Marchal antwoordde zonder op te kijken. 'Ik ben er zeker van dat het paswoord iets met haar verleden te maken heeft, dus iets met Algerije. Ik heb alle grote steden geprobeerd en de namen van helden en van verschillende organisaties. Behalve één.' Zijn vingers snelden over de toetsen. ARNAT, schreef hij en de computer liet horen dat het wachtwoord geaccepteerd was. 'ARNAT, Orla, is een afkorting van *Armée* en *Nation*, en het geheime codewoord van de groep die in 1962 in Parijs de coup tegen de Gaulle beraamde', zei hij langzaam. 'Aan haar slaapkamer te zien, is ze een rommelkont, maar ik denk dat ze voorzichtiger omspringt met haar papieren. Ik hoop dat ze ze netjes in deze computer heeft opgeslagen.' Hij scrolde door haar bestanden. 'Dit ziet er verdacht leeg uit', mompelde hij gefrustreerd terwijl hij haar e-mailbox opende. 'Hm, hier is een kort berichtje aan advocaat Maurice Vilar, aangaande een ontmoeting om het probleem dat is opgedoken te elimineren. Verzonden op 1 november, Orla!'

Orla staarde naar het scherm. 'Dat probleem zou wel eens de jonge vrouw geweest kunnen zijn.' Ze trok haar wenkbrauwen op. 'Isabelle wilde samen met Vilar het probleem de wereld uit helpen? Weet je dat ik even gedacht heb dat ze de Spanjaard voor dit soort klusjes gebruikten?'

'Vergeet niet dat dit een familiedrama is waar alles binnen de vier muren gehouden moet worden. Je gelooft toch niet dat Isabelle die pedante gast met zo'n delicate opdracht zou opschepen? Nee, volgens mij heeft ze haar handen zelf uit de mouwen gestoken, met behulp van het betrouwbare erelid van de familie...' zei Marchal bedachtzaam.

'De mist begint langzaam op te trekken', mompelde Orla. 'Adam was en blijft een uitzonderlijk naïeve man. Hij leefde een gelukkig en geregeld bestaan te midden van zijn dure spullen en zijn modellen. Tot hij bezocht werd door een spook uit het verleden dat hem haarfijn kon uitleggen wat er achter zijn rug om gebeurde. Ik vraag me alleen af hoe Mina op het idee kwam om Adam Fabre op te zoeken.'

'De een of ander heeft haar zijn adres gegeven, misschien bij toeval. Voor straatarme, buitenlandse schoonheden is een modellenbureau natuurlijk een aantrekkelijk toevluchtsoord. Mina schrijft Adam een brief, Isabelle krijgt hem te pakken en moet in allerijl een manier vinden om de jongedame uit te schakelen. Ze verspreidt het gerucht dat Adam weer eens een nieuw vriendinnetje aan de haak heeft geslagen en hoopt, of verwacht, dat hij de schuld krijgt als Mina dood wordt aangetroffen in zijn auto. Dat zou haar misschien gelukt zijn als niet gebleken was dat zijn vriendinnetje maagd was.'

'Ik denk niet dat Mina geweten heeft welke catastofe ze ontketende toen ze Adam inlichtte over de vrouwenhandel waarin zijn partner betrokken was. Adam is natuurlijk meteen op Lambert afgestapt en die heeft Isabelle gewaarschuwd. Ik weet niet of het op die manier verlopen is, maar het lijkt me waarschijnlijk.'

'Mij ook. Isabelle heeft vermoedelijk gedacht dat zij vrij spel had en dat wij ervan uitgingen dat Adam en Lambert de grote boosdoeners waren.'

'En nu blijkt dat madame de duivel in eigen persoon is', zei Marchal terwijl hij de computer uitzette. 'Marc Tesson had het waarschijnlijk bij het rechte eind toen hij beweerde dat het Fabre aan zakentalent ontbrak. Ik denk dat er heel wat meer haperde aan de man. Het is niet te geloven dat hij niet in de gaten had dat zijn echtgenote en zijn geliefde partner in het geniep een goed geoliede vrouwenhandel op touw hadden gezet.'

'En het is niet te geloven dat Isabelle haar eigen compagnon om zeep helpt.'

'Niet als je bedenkt dat Lambert, voorzichtig uitgedrukt, kwakkelde met zijn gezondheid. Isabelle wist donders goed dat hij tijdens het eerste het beste verhoor van de zenuwen alles bekend had, inclusief haar bijdrage.'

Orla staarde voor zich uit. 'Misschien waren ze niet zo gek op elkaar. In de privésfeer waren ze elkaars rivalen, nietwaar?'

'De grote vraag is of we kunnen bewijzen dat Isabelle levens op haar geweten heeft. Ook haar betrokkenheid bij de vrouwenhandel kan wel eens moeilijk te bewijzen zijn. Lambert onderhield de contacten met de buitenwereld terwijl zij vermoedelijk veilig vanachter de schermen aan de touwtjes heeft getrokken.'

Orla keek hem hoofdschuddend aan. 'Die geldafpersing, de tas die we bij Lambert op zolder vonden... Zou Isabelle echt zo ver zijn gegaan dat ze haar eigen oom onder druk zette?'

'Daartoe acht ik haar in staat, ja. Het hoort allemaal bij het spel. Door losgeld te eisen wordt de verdwijning van Adam logisch. Om nog meer roet in het eten te gooien en het onderzoek te bemoeilijken probeert ze de schuld in de schoenen van Agnès te schuiven. En wie weet had ze dat losgeld nodig om handlangers en dergelijke te betalen.'

Orla plofte neer op het bed zonder zich iets aan te trekken van de hoop kleren. 'Als Marc Tesson Mina had ontmoet en haar als dochter erkend had, dan zou zij zijn wettige erfgename zijn geworden...' Ze keek hem met opengesperde ogen aan. 'Marchal, ik zit op iemand', fluisterde ze.

92

Marchal schoof Orla met kleren en al opzij.

De man was aangekleed en zag er op het eerste oog niet gewond, maar wel levenloos uit. Orla had haar vingers al tegen zijn halsslagader gelegd. 'Hij leeft. Amper.' Ze trok haastig handschoenen aan en doorzocht de zakken van de man. 'Een Algerijns paspoort. Malek Kagda.' Ze wierp een snelle blik op Marchal. 'Kagda? Fatima's broer? Hij moest blijkbaar zo rap mogelijk uit de weg worden geruimd. Bel een ambulance, Marchal, de man is in levensgevaar!'

Er lag een ziekenhuis vlak in de buurt en de ambulance was in recordtempo ter plekke. 'Isabelle had haastwerk, zeker weten', mompelde Orla toen ze terugreden naar het bureau op de quai des Orfèvres. 'Ze heeft zich de tijd niet gegund om zijn zakken te legen en goed verborgen heeft ze hem niet bepaald. Ik heb het idee dat ze alleen maar even de deur uit is om iets te regelen.'

'Zoals wat?' Marchal krabde in zijn baard.

'Ik zit te denken aan anderen die haar geschiedenis zo goed kennen dat ze haar wel eens zouden kunnen verraden, als blijkt dat zij steeds meedogenlozer wordt. De enigen die mij in de gauwigheid te binnen schieten, zijn Marc, Juliette en Charles.'

'Marc en Charles worden op dit moment verhoord. Ze zitten allebei op het bureau.'

'Juliette dus.' Orla drukte het gaspedaal in. 'Ze loopt gevaar, ik voel het. Isabelle snapt dat ze het spel aan het verliezen is en zet nu echt alles op alles om haar hachje te redden.'

Marchals telefoon ging over. 'Keren, Orla! Een patrouillewagen meldt dat Isabelle en Juliette zojuist voor de flat van Marc Tesson geparkeerd hebben.'

'Laat ze rustig naar binnen gaan. Rolan en een agent zijn gestationeerd in de flat van Tesson. Pas op dat ze niet merken dat we hen in het oog houden.'

Een paar minuten later kreeg Marchal weer een telefoontje. 'Vilar is gegrepen. Roland vertelt dat hij een botsing veroorzaakte toen hij door het rode licht reed, ten zuiden van de ringweg. Isabelle en Juliette schijnen nog steeds niet in de flat te zijn gearriveerd.'

'Vier verdiepingen, daar doe je toch geen vijf minuten over? Waar zijn die twee gebleven?' Orla parkeerde op de stoep. Ze liet haar ogen langs de gevel dwalen, langs de ramen van Tessons flat en verder naar boven. 'Marchal! Ik geloof dat ik iets zag bewegen op het dak!'

'Het dakterras!' Marchal greep haar arm. 'Jezus, rennen!'

93

'Laat me los!'

Op het dakterras van Marc Tesson kwam de stem van Juliette nauwelijks boven het verkeerslawaai uit. 'Wat is dit voor een stomme smoes?' De vraag verdween als een windvlaagje in het duister. 'Begrijp je dat nog niet? Ben je een nog grotere dwaas dan ik dacht?' De stem klonk liefjes en vormde een schril contrast met de betekenis van de woorden. De hand die Juliettes arm vasthield en haar nog dichter naar de rand trok, was als een duimschroef. In de diepte stroomde de Seine, donker en dreigend. Het appartementencomplex lag in een stille wijk, langs een smalle straat waar slechts af en toe een buurtbewoner te zien was. De stilte werd nu verbroken door loeiende sirenes.

'Vind je het gek dat ik me voor je schaam?' Ze kneep nog harder in Juliettes arm. 'Dat mijn broer jou als vrouw koos, heb ik altijd een raadsel gevonden. Maar ik geloof dat ik hem begrijp. Charles is altijd een slappeling geweest, en jou kon hij tenminste aan. Toch slim van hem, nietwaar?'

'Je zei dat Charles en Marc op het terras waren.' Juliette stribbelde tegen en keek om zich heen. 'Ik wil naar beneden!'

'Ja, die wens wordt spoedig vervuld...' De stem werd zwoel. 'Kijk eens hoe mooi de rivier 's avonds is. Hoe vaak hebben we niet in het donker op dit terras gezeten en genoten van het uitzicht? En hoe vaak hebben we niet gesproken over Constantine en de Rhumel die als een kwaadaardige slang door de kloof kronkelde? Voel je niet hoe aanlokkelijk de diepte is? Is het geen zalig idee om er een eind aan te maken? Alles ben je in één klap kwijt. Je angsten, je zenuwen, je problemen. Om nog maar te zwijgen van alles wat je op je geweten hebt.'

'Waar heb je het over, Isabelle? Alles wat ík op mijn geweten heb?' Juliette schudde het hoofd alsof ze probeerde te ontwaken uit een boze droom. 'En dat zeg jíj?' Ze fluisterde. 'Wie nam Adam te grazen in de kelder? Wie moest Vilar bellen om iets te regelen? Wie is hier de grote dwaas? Denk je nou echt dat Charles en ik niets in de gaten hadden die avond? Je moest dat kind uit de weg ruimen, omdat je als de dood was dat deze *biot* er met onze erfenis vandoor zou gaan. En dat niet alleen. Je trilde als een rietje toen ze begonnen te graven in een veertig jaar oude geschiedenis, het zogenaamde ongeluk. Mijn hemel, wie van ons tweeën is eigenlijk de bange schijtluis? En wat heb jij het de laatste tijd druk gehad. Zou het niet zalig zijn om een poosje te niksen?' Ze haalde hijgend adem. 'Zonder Mina zijn er maar drie erfgenamen over. Jij, Charles en ik, nietwaar?'

'Klets maar door. Er is toch niemand die luistert.' De stem was niet langer zacht als boter. 'Mijn zwakzinnige broer kon zijn mond dus niet houden, maar moest zijn vrouw verklappen wat zijn oom hem onder vier ogen had toevertrouwd.'

'Marc heeft Charles meer verteld dan je lief is, Isabelle. Hij was een man die niet alleen de eer van de familie hoog wilde houden, maar ook die van jou. Hij probeerde je door dik en dun te beschermen en je fouten te verzwijgen. Zoals Charles en ik er al die jaren met geen woord over hebben gerept...' Ze liet haar schouders zakken, alsof ze met de woorden ook haar krachten kwijt was. 'Onze schuld is het niet dat de politie van alles op de hoogte is.'

'Van alles wat jij hebt misdaan, ja.'

Juliette rechtte haar rug. 'Wat ben je naïef, Isabelle, en nogmaals, wie is er hier de dwaas? Wij hielden onze mond, maar jij moest zo nodig je verhaal kwijt aan Georges Lambert, omdat je dacht dat hij een vriend was. Heel dom van je, Isabelle, want de valserik stapte meteen naar Marc om hem een mooi verhaaltje op de mouw te spelden. Hij had gezien wie Assia van de rotsen duwde!' Juliettes gezicht was wit als krijt in het zwakke licht van de lampen langs de rivier. 'Partners moet je niet te veel geheimen toevertrouwen. Georges wist te veel, en dat vond je lastig worden', vervolgde ze zachtjes. 'Zoals je Fatima lastig begon te vinden. En geen van beiden durfde je nog te vertrouwen. Weg ermee.' Haar stem trilde. 'En Adam, god wat heb ik met hem te doen. De enige fout die hij in zijn leven maakte, was jou te huwen.'

Isabelle liet een arrogant lachje horen. 'Juliette, Juliette, maak je niet zo druk over mij. Ik kan je overigens verzekeren dat de politie in het duister tast, afgezien van enkele interessante weetjes. Dat Charles en jij recht hebben op de ene helft van de erfenis, dat weten ze. En dat jij, Juliette, ontoerekeningsvatbaar bent, daarvan zijn ze ook op de hoogte. Daarom zal het niemand verbazen dat jij besluit om er een eind aan te maken. Je kunt het niet meer aan, hè? Zoveel misdrijven, dat is te veel voor één mens.' Isabelle duwde haar dichter naar de rand. 'Ik probeer natuurlijk wanhopig om jou ervan te weerhouden om zelfmoord te plegen. De politie zal er begrip voor hebben dat het me helaas niet lukte.' Alleen een hekje van een halve meter hoog scheidde het terras van de diepte en het betonnen plateau dat langs de rivier liep. Ze greep Juliettes pols en rukte hem naar achteren. 'Ietsje naar links, Juliette, daar lijkt het hek nog lager te zijn. De beste plek om eraf te springen, denk je ook niet?'

Ze gaf Juliette een harde stoot tegen haar rug en Juliette slaakte een ijselijke gil.

398

94

'Isabelle!'

Orla schreeuwde haar naam zonder nadenken. De gil van Juliette galmde in haar oren. Met twee treden tegelijk rende ze de trap naar het terras op, met Marchals hete adem in haar nek. Ze kon haar ogen nauwelijks geloven toen ze twee vrouwen op het dak ontwaarde. Juliette had bliksemsnel gereageerd toen ze de duw in haar rug voelde. In plaats van voorover te vallen, zakte ze door haar knieën om vanuit die positie weer omhoog te veren. Ze draaide zich om en vloog Isabelle aan met de felheid en de kracht van een roofdier. Waanzinnig van angst en opgekropte razernij boorde ze haar vingers in haar huid en haren, in haar ogen en waar ze haar maar krabben kon.

Isabelle deed verwoede pogingen om haar van zich af te schudden en Orla zag in een flits Louise Leclerc bijna aan het mes geregen worden door dezelfde withete vrouw. Isabelle had haar tegenstander danig onderschat en Orla zag haar op haar benen zwaaien.

Het leek alsof alles in slowmotion gebeurde, maar in de loop van een paar seconden en nog voor Orla en Marchal bij de twee waren, was de strijd beslist.

Op het moment dat Isabelle achteruit deinsde, liet Juliette haar zo onverwachts los dat ze haar evenwicht verloor. Een schorre schreeuw weerklonk toen Isabelle wankelde en achterover viel. Met gespreide armen en een mantel die fladderde als zwarte vleugels, leek ze op een enorme, klapwiekende vogel.

Tegen de indigoblauwe avondhemel begon Isabelle Fabre aan de duik in de diepte. Een duivelse val van vijftien meter die eindigde op de stoep van de doodlopende straat.

DANKWOORD VAN DE SCHRIJVER

Natuurlijk bedank ik degenen die mij het meest geholpen hebben om dit boek te voltooien:

Dr. Florence Javoy in Parijs, mijn trouwe vriendin en lunchpartner, die geduldig zaken natrekt, alles afweet van statistieken en websites en een bron van kennis is.

De families Basdevant-Agid en Javoy, die me onderdak bieden in Frankrijk.

Dr. med. Jan Pål Loennechen voor alle hulp bij de details, vooral op medisch gebied.

Sverre Hugo Rokstad, die me welwillend op de hoogte houdt van de laatste ontwikkelingen omtrent DNA-testen.

Alexander Opsal, Arnstein Bjørkly en Eva Kuløy voor hun kritiek op het manuscript.

En in het bijzonder bedank ik mijn onschatbare redacteur Benedicte Treider.